KB154147

중금

한국콘텐츠진흥원
KOREA CREATIVE CONTENT AGENCY

본 작품은 한국콘텐츠진흥원의 2019 스토리움 매칭 콘텐츠 제작지원작입니다.

임정원 장편소설

상동

왕의 불소리

2

비욘드
오리진

차례

4

주머니 속의 송곳

20. 중금 선발 취재

　예복을 입고 곱게 단장한 설영은 참으로 고왔다. 도정윤은 예를 올리고 맞절을 하는 동안 설영에게서 눈을 떼지 못했다.

　"아따, 각시 얼굴 닳겠구먼!"

　누군가 농을 하자 웃음소리가 와자하게 터졌다.

　도성 십 리 이내의 사람이 다 모인 듯했다. 김일엽의 집 마당이 그리 넓지 않아 하객들은 길가에까지 멍석을 깔고 주안상을 펼쳤다. 달구지도 수레도 다른 길로 빙 돌아서 가야 했다. 하지만 아무도 불평하지 않았다. 지전과 포목전의 일꾼들이 음식을 담은 보자기를 행인들에게 돌렸기 때문이다. 시전 상인을 대표하는 두 가문이 합치는 만큼 모든 것이 차고 넘치는 풍족한 잔치였다.

　예식을 지켜보는 지견의 감회가 남달랐다. 지금 맞절을 올리고 있는 두 사람과 맺어진 인연이 참으로 묘하다는 생각이 들었다. 만약 도정윤이 설영을 마음에 품지 않았다면 시름시름 앓지도 않았을 것이고, 그랬다면 지견이 도정윤의 목소리 선생이 되는 일도 없었을 것이다.

지견은 허리춤에 매달린 호패를 만지작거렸다. 지난겨울, 도경술의 도움으로 지견은 변산 이씨의 시조가 되었다. 나에게도 아이가 생길까? 나의 가문이 세세손손 이어질까? 지견은 예를 치르고 있는 도정윤의 자리에 자신을 세워보았다. 그리고 그 맞은편에는 재인을 세웠다. 찌르르한 전율이 가볍게 몸을 훑고 지나갔다.

"무슨 생각을 그리 깊이 하는가?"

정랑 정홍순의 음성이었다. 지견이 소리 나는 쪽으로 고개를 돌렸다. 갓을 쓰고 도포를 입은 정홍순이 웃고 있었다. 늘 관복 차림만 보았기 때문에 지견은 사복을 입은 그가 낯설었다.

"정랑 나리, 오셨습니까? 주인어른과 형님이 아주 기뻐하실 겁니다."

"아니네. 안 올 수 없어서 걸음을 했지만, 나는 사람 많은 곳은 딱 질색이라 금방 돌아가겠네. 적당히 있다가 갈 터이니 왔다 갔다는 이야기만 전해주게."

"그러면 두 분이 서운해하실 겁니다."

"오늘 이곳을 찾은 하객이 이리 많은데, 나 하나 빠진다고 티라도 나겠는가? 그건 그렇고……."

정홍순이 말을 끊었다가 잠시 사이를 두고 지견에게 물었다.

"자네는 이제 어쩔 참인가? 자네처럼 뛰어난 사람이 남의 집에서 서생 노릇만 할 텐가?"

지견이 대답했다.

"뜻한 바가 있으나, 기회가 닿을지 모르겠습니다."

"그래? 뜻하는 바가 무엇인지 물어봐도 되겠는가?"

"네, 나리. 궁에 들어가고 싶습니다."

"궁궐에?"

정홍순이 놀란 표정을 지으며 말을 이었다.

"내시가 되겠다는 말인가?"

지견이 가볍게 미소를 짓고 대답했다.

"주인어른께서 중금이라는 직책이 있다고 말씀해주셨습니다."

"중금?"

정홍순이 다시 놀란 표정을 지었다. 생각에 잠겨 있던 정홍순이 천천히 고개를 끄덕였다.

"생각해보니 자네는 중금이 지녀야 할 여러 가지 덕목을 고루 갖추고 있는 듯하네. 하지만 중금이 되려면 문무를 겸비해야 하는데, 그쪽으로 성취가 있는가?"

"재주가 일천하나 틈틈이 수련해왔습니다."

"중금은 아주 은밀한 직책이네. 나도 관리로 녹을 먹고 있으나 중금을 직접 본 일은 별로 없네. 가장 가까운 거리에서 전하를 보필하는 만큼 매우 엄격하게 통제가 된다고 들었네. 중금이 되는 순간, 일반 백성으로서의 삶은 포기해야 한다는 뜻이지."

각오한 일이었다. 아버지의 유언을 접한 그 순간부터 지견의 삶은 자기 것일 수 없었다. 아버지의 뜻을 알기 위해서는, 그리고 아버지의 죽음 이면에 숨겨진 비밀을 캐기 위해서는 직접 부딪쳐보는 수밖에 없었다.

"그 뜻을 이루기를 빌겠네. 다음에 또 보세."

"그만 가시렵니까?"

정흥순이 고개를 끄덕이고는 멀어져갔다.

∞

보름에 이르러 지견은 화원으로 향했다. 도경술은 도정윤의 혼례와 폐백을 치른 직후 물건을 구하러 청에 갔기에 동행하지 못했다. 여름이 가까워지자 해가 길어졌다. 신시(辛時, 오후 7시경) 무렵 화원에 도착했는데, 아직도 날이 훤했다.

지견은 화원 문 앞에 이르렀지만, 청지기를 부르지 못했다. 항상 자신을 날카롭게 쏘아보는 청지기의 눈빛 때문이었다. 문 앞에서 이러지도 못하고 저러지도 못하는데, 청독회 회원으로 보이는 중인 차림의 세 사람이 다가왔다. 세 사람은 서로 아는 사이인 듯했다. 그들은 문 앞에 있는 지견을 발견하고는 검은 천으로 얼굴을 가렸다. 지견도 품에서 복면을 꺼내 패랭이에 걸었다. 그들이 청지기를 불러 들어가는 틈에 지견도 끼었다.

누각에 자리를 잡았다. 화원에 함께 들어온 중인 세 사람 외에 양반

행색의 남자 두 사람이 먼저 자리를 잡고 있었다. 날이 조금씩 어두워 질 즈음에 음 선생과 책비 재인이 누각으로 늘어섰다. 재인은 여전히 연두색 댕기를 하고 있었다. 그녀는 지견과 눈이 마주쳤지만, 동요하는 기색이 없었다. 그날 무악재 초입에서 우연히 만나 이야기를 나눈 일이 꿈만 같았다. 중금으로 의심되는 사내와 승려 차림의 사내는 음 선생이 글을 낭독하는 동안에도 나타나지 않았다.

그날 음 선생이 읽은 글은 「호민론」이었다. 역모로 고변되어 능지처참을 당한 허균이 지은 글이었다. 허균이 아직 복권되지 않았기에 역적의 글을 읽는 것은 매우 위험한 일이었다. 하지만 글을 읽는 사람도, 듣는 사람도 그것을 문제 삼지 않았다.

천하에서 가장 두려운 것은 오직 백성뿐이다. 백성들은 물이나 불 또는 호랑이보다도 더 두려운 존재다. 윗자리에 있는 자들은 제 마음대로 백성을 학대하고 부려먹는다. 도대체 왜 그러는가? 정세를 깊이 살피지도 않고 순순히 법을 만들고 윗사람에게 잘 따르는 이들을 항민(恒民)이라 한다. 이들 항민은 두려운 존재가 아니다. 살을 깎고 뼈가 망가지면서 애써 모은 재산을 한없이 갈취당하고서 탄식하며 우는 백성들이 있다. 이들은 윗사람을 원망하는 자, 즉 원민(怨民)이라 한다. 이 원민들도 별로 두려운 존재가 아니다. 다음, 세상이 돌아가는 꼴을 보고서 불만을 품고 인적이 없는 곳으로 종적을 감추고서는, 세상을 뒤엎을 마음을 기르고 있다가 기회가 닥치면 그들의 소원을 풀어보려고 하는 자, 즉 호민(豪民)이 있다.

지견은 글의 내용을 머릿속에 새기며 자신은 어떤 존재인지 가늠해 보았다. 나는 항민인가, 원민인가, 호민인가? 책이 비판하는 '윗자리에 있는 자들'과 대적해본 적이 없기에 호민은 아니었다. 부패한 관리로부터 착취를 당한 일도 없기에 원민 역시 아니었다. 그러면 항민인가? 힘 있는 자들에 편승할 생각이 없으니 항민일 수도 없었다. 인생의 맛은 단맛일까, 쓴맛일까? 아직 제대로 인생의 맛을 보지 못했기에 지견은 자신의 위치를 가늠할 수 없었다. 하지만 앞으로 삶이 깊어지는 동안 허균이 말하는 항민과 원민, 호민 가운데 하나에 편입될 거라고 직감할 뿐이었다. 하지만 지견이 진정 바라는 것은 삶이 끝나는 그날까지 한 사람의 존엄한 인간으로 살아가는 것이었다.

　음 선생은 「호민론」 외에 「유재론」도 낭독했다. 그 역시 허균이 지은 글이었다. 「유재론」은 인재 등용의 문제점을 지적했다. 나라가 복을 받고 융성해지기 위해서는 재능을 지닌 사람이 제대로 쓰여야 한다고 주장하면서 신분에 따른 차별을 없애야 한다고 강조했다. 하나하나 맞는 이야기였다. 하지만 그래서 위험한 이야기였다. 권력을 쥔 자들은 참다운 인재가 쓰이는 것을 두려워한다. 바른 사상과 충심으로 무장한 이가 임금 곁에 있는 것을 위협으로 여긴다. 자신들의 자리가 흔들릴 것 같으면 여지없이 싹을 자른다. 허균은 기득권을 놓지 않으려는 위정자들의 횡포를 고발하고 있었다. 「호민론」이나 「유재론」 둘 다 기득권 계층에 도전하는 내용이기에 그만큼 허균에게는 적이 많았을 것이다. 지견은 허균이 정말로 역모를 꾀했을까, 하는 의구심이 들었다.

모임이 끝나고 난 뒤 지견은 후원과 마당을 돌아다녔지만, 재인을 찾을 수 없었다. 기생들이 오가며 지견에게 추파를 던졌으나 개의치 않았다. 오늘도 재인은 여기서 자고 가는 걸까? 화원 어딘가에 재인이 있으리라 생각하니, 가슴이 두근거렸다. 그렇다고 별채의 문을 열어 확인할 수는 없었다. 시간이 나면 효동을 핑계로 무악재 너머의 마을로 찾아가자고 마음먹었다.

문을 지나려는데 청지기가 말을 걸었다.

"이보시오, 서생."

청지기가 날카로운 눈매로 지견을 쏘아보고 있었다.

"저 말입니까?"

"그럼 여기 서생이랑 나 말고 누가 있는가?"

청지기가 지견에게 말을 건 것은 처음이었다. 청지기의 목소리를 접한 것도 처음이었다. 음성이 탁한 편이었다.

"무슨 일이십니까?"

"저쪽 별채로 가보게."

청지기가 마당에서 후원으로 이어지는 길목에 있는 별채를 가리켰다. 별채에는 등잔불이 켜져 있었다.

"저는 술상을 받을 처지가 안 됩니다."

지견이 말했으나, 청지기는 턱짓으로 별채를 가리킬 뿐이었다.

청지기가 자신을 대하는 것이 친절하지는 않았으나, 지견은 그리 기분이 나쁘지 않았다. 목소리 때문이었다. 표정과는 달리 음성에서는 적대감이 느껴지지 않았다. 타인을 기만하거나 속이는 자의 음성이 아니었다. 회유와 유혹에 쉽게 넘어가지 않는, 자기만의 세계가 단단한 자의 음성이었다. 지견은 주춤주춤 청지기가 가리키는 별채로 다가갔다.

"안에 계십니까?"

"들어오시게."

음 선생의 목소리였다. 지견은 마음이 설렜다. 재인이 별채에 있을지도 몰랐다. 지견은 청독회의 규율대로 얼굴이 드러나지 않도록 복면을 다듬었다. 하지만 지견의 기대와는 달리 별채 안에는 음 선생 혼자였다.

"이리 앉게."

음 선생 앞에는 술상이 차려져 있었다. 지견이 술상을 사이에 두고 음 선생과 마주 앉았다.

"한잔 하겠는가?"

"아직 술을 배우지 못했습니다."

"지금 배워볼 텐가?"

"나중에 합지요."

음 선생은 앞으로 내밀었던 술잔을 거두고 자신의 잔에 술을 따랐다. 그가 잔을 들이켜고 나서 말했다.

"중금이라고 아는가?"

지견이 놀란 눈을 치떴다. 그 모습을 보고 음 선생이 말을 이었다.

"아는가 보군."

지견은 음 선생의 다음 말을 기다렸다.

"내달에 중금을 선발하는 시험이 있네. 자네의 음성이 기가 막히기에 중금이 될 생각이 없는지 물으려고 부른 것이네. 중금을 안다고 하니, 자네도 뜻하는 바가 있나 보군."

도경술이 중금으로 지목했던 이가 아니라, 음 선생으로부터 그런 제안을 받자 지견은 어리둥절했다.

"물론 목소리만 좋다고 해서 중금이 될 수는 없네. 학문과 무예에도 어느 정도 성취가 있어야 하지. 어떤가? 자네는 글과 무예를 익혔는가?"

"내세울 정도는 아니지만, 꾸준히 공부하고 있습니다."

"음, 만약 학문에 어느 정도 성취가 있다면 시험을 보기 전에 무예쪽에 더 신경을 쓰게나. 굳이 따지자면 중금은 문관보다는 무관에 가깝네. 임금을 경호하는 역할도 해야 하므로 문보다는 무를 중시하는 경향이 있지. 그리고 사조단자를 제출할 수는 있는가?"

사조단자(四祖單子)란 네 명의 조상에 대한 신상을 밝힌 문서를 말한다. 아버지와 할아버지, 증조할아버지와 외할아버지의 이름, 생년월일, 벼슬 등을 기록한 것으로, 일종의 신분증명서인 셈이다. 지견은 고개를 저었다.

"어려서 부모를 잃고 천애 고아로 자랐습니다. 호적을 만든 것도 지난겨울의 일이었습니다."

“그렇다면 보단자(保單子)를 만들어줄 관리가 주변에 있는가?”

보단자는 6품 이상의 관리가 날인하고 서명한 신분 보증서다. 지견은 정홍순의 얼굴이 떠올랐다.

“호조의 정랑 한 분과 인연이 있습니다만, 장담은 못하겠습니다.”

“만약 그 정랑이 보단자에 서명하기를 꺼린다면 나한테 말하게나. 무악재 너머의 마을에서 음 선생 집이 어디냐고 물으면 쉽게 찾을 것이네.”

거기까지 말하고 나서 음 선생은 술을 한 잔 들이켜고 시원하게 트림을 했다. 지견이 궁금하여 물었다.

“그런데 어찌하여 어른께서 제게 이런 제안을 하시는 겁니까?”

음 선생은 음식을 집어 우적우적 씹고 나서 말했다.

“자네를 지켜본 사람의 부탁이네. 중금은 전하의 음성을 대신하는 중요한 직책일세. 사리사욕을 품은 자가 중금이 된다면 전하의 심기를 어지럽히고 국사를 망칠 수 있어. 그래서 중금을 선발할 때는 각별히 주의를 기울이네. 선발 시험을 치르기 전에 미리 사람을 물색하기도 하는데, 자네가 포착된 걸세.”

“그분은 중금이십니까?”

음 선생이 고개를 끄덕였다. 지견이 다시 물었다.

“어른께서는 그 중금 나리와 어떤 관계이십니까?”

음 선생은 곧장 대답하지 않고 시간을 끌었다. 회한에 잠긴 듯 눈빛이 흐려졌다. 그리고 천천히 말했다.

"사제지간일세. 지금 세상 사람들은 나를 음 선생이라고 부르지만, 음 선생이 되기 전에 나는 장경이라는 이름으로 불렸네. 훈도중금으로서 중금을 가르치는 일을 했지."

지견이 놀란 표정을 지었다. 장경은 지견의 반응이 재미있다는 듯 웃음을 짓고는 자신의 잔에 술을 따랐다.

∞

정홍순은 동료 관리들을 동원하여 기꺼이 지견의 보단자를 만들어주었다. 중금 선발 시험이 있기 열흘 전인 6월 초에 지견은 녹명소에 보단자를 제출했다. 녹명소에 다녀온 그날 지견은 도정윤에게 사실을 알렸다. 도정윤은 지견이 중금 시험을 치른다는 소식을 듣고 크게 기뻐했으나, 한편으로는 서운해했다.

"견이 네가 중금이 되면 이 집을 떠나겠구나."

그 말에 지견은 뜻을 알 수 없는 미소를 지었다. 도정윤은 지견의 미소 속에 담긴 의미를 간파하고는 말을 이었다.

"그래, 언제고 너를 여기에 붙잡아둘 수는 없겠지. 부디 웅지가 날개를 달기를 이 형은 기원하고 또 기원하마."

"제가 여기까지 올 수 있었던 건 다 주인어른과 형님 덕분입니다. 중금이 되든 못 되든 이 은혜는 결코 잊지 않을 것입니다."

도정윤의 신접살림은 그가 머물던 별채에 꾸렸다. 그로 인해 지견은 후원 출입이 불편해졌다. 지견은 무예 수련을 위해 아침 일찍 일어나 목멱산에 올랐다. 검을 휘두르고 스승이 알려준 태껸의 품새를 가다듬었다. 여름이 가까워진 탓에 몇 가지 동작을 취하는 것만으로도 옷이 흠뻑 젖었다. 여분의 옷가지가 많지 않았기에 지견은 점심나절에 산에서 내려와 전날 널어놓은 옷으로 갈아입고 곧장 옷을 빨아 널었다.

중금 시험을 나흘 앞둔 날에도 지견은 목멱산에 올랐다가 점심 무렵에 집에 당도했다. 새끼줄에 널어놓은 옷이 보이지 않았다. 지견은 거처인 사랑으로 향했다. 사랑의 마루에 경란이 앉아 있고, 그 옆에 옷가지가 개켜져 있었다. 경란은 설영을 따라 도경술의 집에 왔으나, 지견과 마주칠 때마다 데면데면하게 굴었다. 지견이 말을 걸어볼 틈도 없이 토라진 얼굴로 돌아서고는 했다. 그런데 그날은 지견을 기다렸던 듯 그가 다가가도 피하지 않았다.

"네가 걷어주었구나?"

경란은 대꾸하지 않았다. 한 해 전 봄에 처음 만났을 때만 해도 철없는 꼬마로만 보이던 경란은 그사이에 제법 여자 티가 나기 시작했다.

지견이 옷을 집어 돌아서려는데 경란이 말했다.

"땀에 젖은 옷은 나한테 줘."

"아냐. 내가 빨게."

"시험 준비할 시간도 없을 텐데, 그냥 나한테 줘. 우물가에 두면 내가 빨아서 널게."

지견이 경란의 얼굴을 들여다보며 말했다.

"알고 있었어?"

"응, 아씨가 알려줬어. 오라버니가 관리가 되는 시험을 치른다고."

"안 될지도 몰라."

"될 거야. 오라버니는 꼭 할 수 있을 거야."

"그래? 네가 그렇게 말해주니 힘이 난다."

지견이 경란을 향해 미소 지었지만, 경란은 여전히 표정이 굳어 있었다. 지견이 멋쩍어서 눈을 피하려는데 경란이 말했다.

"솔직히 안 되었으면 좋겠어."

지견이 의아한 표정으로 경란을 보았다.

"그런데 될 거야."

경란의 마음을 알 수 없어 지견은 참으로 난처했다. 경란의 말이 이어졌다.

"궁에 들어가고 나면 다시는 안 와?"

그제야 지견은 경란의 속을 알아차리고 마음을 놓았다. 다시 미소를 지어 보이며 대답했다.

"이제는 여기가 내 집이야. 관가(官暇)를 얻으면 올 거야."

"그래, 꼭 와. 딴 데 새지 말고."

경란이 일어섰다. 터덜터덜 발걸음을 옮겨 멀어지다가 돌아서서 말했다.

"땀에 젖은 옷은 꼭 우물가에 둬."

지견은 경란의 뒷모습을 바라보며 생각했다. 그래, 나한테 누이가 한 명 있었구나. 경란이 저 아이가 나의 누이동생이구나. 지견은 마음 한 구석이 따뜻해지는 느낌이 들었다.

∞

　육조 거리에 있는 예조 관사의 후원이 오래간만에 시끌벅적했다. 시험을 앞둔 젊은이들이 후원을 가득 채웠으나 소란의 진원은 그들이 아니었다. 담 너머로 응시자들을 구경하려고 몰려든 이들로 관사 주변은 장터를 방불케 했다.

"어쩜 저리 인물들이 훤하대요?"

"도대체 뭐 하는 사람들이기에 하나같이 용모가 저리 뛰어나죠?"

　사정이 이렇다 보니 시험을 감독하는 관리보다는 구경꾼을 몰아내기 위해서 통제하는 관리가 더 많았다. 담상 너머로 댕기머리를 한 어린 처녀들이 까치발을 들었다 놓았다 했다. 아예 담장에 올라앉은 여자아이들도 적지 않았다. 관리들이 긴 장대로 담장을 훑으면 빨랫줄에 모여 앉은 참새들처럼 포르르 흩어졌다가 다시 모여들기를 반복했다. 이 상태로는 도저히 시험을 진행할 수 없다고 판단한 시험 감독관들이 포도청에 도움을 청했다. 오래지 않아 십여 명의 포졸들이 예조 관사의 담을 둘러쌌다.

　예조 후원의 응시생들은 한때의 소란이 지나가자 곁눈질로 경쟁자들을 살피기 시작했다. 모두 스물네 명이었다. 도정윤의 말로는 과거나 취재에는 사람이 구름처럼 몰린다 했는데, 중금 시험은 그렇지 않은 듯했다. 중금이 워낙 은밀한 직책이어서 응시생이 많지 않으리라고 생각은 했지만 예상보다 훨씬 수가 적었다. 지견은 하나같이 훤칠하고 자신감 넘쳐 보이는 응시생들 사이에서 약간 기가 죽었다. 궁금한 일은 중금 시험을 위해 모인 이들이 모두 자신처럼 현역 중금의 추천을 받아 이 자리에 온 것인가 하는 점이었다. 만약 그렇다면 지견은 합격을 장담할 수 없었다.

두리번거리던 지견의 눈에 낯익은 얼굴 하나가 들어왔다. 저이를 어디서 보았더라? 기억을 더듬던 지견은 곧 그가 누구인지 알아보았다. 도경술을 처음 만났던 그날 지전에서 용연향을 훔쳤던 바로 그 도령이었다. 서무일이라는 이름도 떠올랐다. 손버릇이 좋지 않은 이가 중금이 되겠다고 나서다니, 지견은 께름칙했다.

그 외에 지견의 눈길을 잡아끄는 이가 또 있었다. 그는 청독회 회원들처럼 얼굴을 검은 천으로 가리고 눈만 드러낸 상태였다. 저래도 되나? 지견이 그를 보며 고개를 갸웃거렸다. 그러다 눈길이 마주쳤다. 지견은 저도 모르게 눈인사를 건넸다. 검은 천으로 얼굴을 가린 이도 부드러운 눈길로 응답했다.

시험 감독관으로 보이는 이들이 관사를 등에 지고 도열했다. 그중 서열이 낮아 보이는 이가 큰 소리로 말했다.

"모두 정렬하시오! 각자 멍석 뒤로 자리를 잡으시오!"

멍석이 네 개씩 여섯 줄로 응시생 숫자와 같은 스물네 개였다. 지견은 앞으로 나서기가 꺼려져서 중간 즈음에 자리를 잡으려는데 누군가 어깨를 툭 치고 지나갔다. 고개를 들어보니 서무일이라는 도령이었다. 그는 자신감 넘치는 걸음걸이로 가서는 맨 앞에 자리를 잡았다.

'상선내시의 양자라고 하더니, 양부의 세도를 믿고 저리 거만을 떠는가?'

지견은 그가 마음에 들지 않았다. 생각에 잠겨 있는 사이 시험 감독관이 다시 소리쳤다.

"이번 취재에서 선발할 인원은 여섯이오. 녹명소에 사조단자와 보단자를 제출한 이들 가운데 응시의 자격을 얻은 이가 스물넷이오. 중금들은 응시생의 숫자를 세어보라!"

그러자 응시생들 곁에 서 있던 관복 차림의 사내들이 재빨리 눈으로 숫자를 세고는 일렀다.

"스물네 명, 맞습니다."

그 말을 받아 시험 감독관이 말했다.

"첫 번째 과정은 용모 검열이오. 신체가 부자유한 이는 스스로 말하시오."

응시생들 쪽에서 아무런 대꾸가 없자, 감독관 네 명이 응시생들 쪽으로 향했다. 첫째 줄에 선 네 사람의 얼굴을 살피고 손가락을 펴도록 했다. 감독관들은 그렇게 응시생들의 얼굴과 손을 살펴보며 지견이 서 있는 다섯째 줄로 다가왔다.

"불통(不通)!"

지견 바로 옆에서 감독관이 소리쳤다. 지견이 옆으로 고개를 돌려 보니 검은 천으로 얼굴을 가린 사내가 바로 옆에 서 있었다. 사내가 말했다.

　"아니, 왜 불통입니까?"

　"얼굴을 가렸기 때문이다."

　"잠시만 기다려주십시오, 나리."

　그러고 나서 사내는 목청을 가다듬고 허공을 향해 말했다.

　"길이 멀어 서쪽에는 어이 갈 수 있을까. 인생의 천명을 알게 되면 어찌 수심할 겨를이 있으랴. 장차 고운 술을 마시며 누대에 오르리라."

　순간, 예조 후원이 침묵에 싸였다. 지견도 복면 뒤에서 흘러나온 그 음성에 취했다. 한여름의 해변으로 밀려오는 잔잔한 바다 물결이 떠올랐다.

　"훌륭하다. 북을 울리는 듯 힘이 있으면서도 마음을 편하게 만드는 좋은 소리를 타고났다."

　감독관은 자신도 모르게 감탄하여 말했다. 잠시 사이를 두고 감독관이 다시 말했다.

　"그런데 어찌하여 얼굴을 가렸는가?"

　"사 년 전 맨얼굴로 중금 취재에 나섰다가 입술 한 번 달싹이지 못하고 그대로 불통을 받았습니다. 하여 너무나 억울한 마음에……."

　"복면을 벗어라."

　사내는 주춤주춤 얼굴을 가렸던 천을 걷었다. 감독관의 입술 사이로

'풋' 하고 마른 웃음이 새어 나왔다. 고개를 돌려 사내의 얼굴을 확인한 응시생들도 입 밖으로 새어 나오려는 웃음을 참느라 얼굴을 찡그렸다.

"불통! 불통이다!"

감독관의 말에 모두 일제히 웃음을 터뜨렸다. 아닌 게 아니라 사내의 얼굴은 크고 검었다. 게다가 난처한 상황으로 표정이 일그러진 탓인지 흡사 탈춤놀이의 말뚝이 가면을 연상케 했다. 하지만 지견은 웃을 수 없었다. 그는 안타까운 눈길로 사내와 감독관을 번갈아 보았다.

웃음소리가 잦아들자 감독관이 다시 표정과 말투를 가다듬으며 말했다.

"서생의 음성은 참으로 훌륭하나 용모가 전하의 심중을 흐릴 소지가 있어 불통이다."

하지만 사내는 물러서지 않았다.

"중금은 전하의 성음을 대신하는 자입니다. 허나 선하께옵서도 화가 나서 소리를 치시거나 욕을 내뱉고 싶으실 때가 있지 않겠습니까?"

"어허, 무엄하다."

"그게 아니옵고, 전하의 혀가 더럽혀지지 않도록 이 몸이 대신하여 아주 시원하게……."

여기저기서 다시 얕은 웃음소리가 새어 나오기 시작했다. 감독관도 그런 그가 딱히 마음에 들지 않는 것은 아닌 듯 표정이 온화했다. 낙담한 표정의 복면 사내가 애절한 표정으로 말했다.

"저에게는 세 가지 죄가 있습니다."

"그것이 무엇인가?"

"첫째는 전하의 백성으로 태어난 것입니다."

"계속해보시게."

"둘째는 이런 얼굴을 하고 태어난 것입니다."

"마지막은?"

"그것은 이런 얼굴을 하고 태어난 주제에 좋은 목소리를 타고난 것입니다."

다시 한 번 폭소가 터졌다. 감독관들도 웃음을 머금은 채 서로의 얼굴을 쳐다보았다. 복면 사내를 맡은 감독관이 관사 쪽으로 고개를 돌렸다. 관사 앞에 서서 모든 광경을 지켜보고 있던 한 사내가 고개를 끄덕였다. 시험 감독관들의 수장인 듯했다.

"일단 통이다."

복면 사내는 눈물이 그렁그렁한 눈으로 주변을 둘러보다가 관사를 향해 넙죽 절을 했다. 응시생들 중 일부는 얼굴을 찌푸렸다. 지견은 그가 용모 검열에서 통과한 것이 기뻐 복면 사내를 향해 웃음을 지었다. 복면 사내도 지견과 눈길이 마주치자 함박웃음을 지었다.

∞

용모 검열에서는 모든 응시생이 통과했다. 곧이어 낭독을 통해 성량과 음색을 평가하는 시험이 시작되었다. 감독관이 두루마리를 펼쳤다.

주머니 속의 송곳

거기에는 칠언절구의 한시가 적혀 있었다.

　雨歇長堤草色多 (우헐장제초색다)

　送君南浦動悲歌 (송군남포동비가)

　大同江水何時盡 (대동강수하시진)

　別淚年年添綠波 (별루년년첨록파)

　앞줄부터 한 사람씩 낭독을 시작했다. 지견은 눈을 감고 경쟁자들의 목소리에 귀를 기울였다. 첫 번째 응시생은 목소리가 맑고 고우나 성량이 딸렸다.

　"통!"

　지견이 놀라서 눈을 떴다. 지견이 놀란 것은 두 가지 이유였다. 듣기에 만족스럽지 않은 음성이 '통'을 받은 것이 한 가지 이유였고, '통'을 외친 음성이 두 번째 이유였다. 지견은 관사 앞에 서서 낭독 시험의 당락을 결정하는 시험 감독관의 수장을 바라보았다. 분명 그 목소리였다. 청독회에 승려 차림으로 나타나던 그 사내. 그도 중금이었던가? 그것도 중금 취재의 책임자를 맡을 만큼 높은 지위에 있는. 그렇다면 그와 동행했던 사내는 도대체 어떤 직위에 있단 말인가…….

　지견은 다시 눈을 감았다. 하지만 생각이 많아진 탓에 두 번째 응시생의 목소리에 집중할 수 없었다. 그러다가 다시 놀라서 눈을 떴다. 세 번째 응시생의 목소리 때문이었다. 일부러 저음을 내는데도 발음이 뚜렷하고 예조 관사의 후원을 가득 채울 만큼 성량이 풍부했다. 마치 북을 울리는 듯하고 목탁을 두드리는 듯했다. 목소리의 주인공은 지전에서 용연향을 훔쳤던 서무일이었다. 지견은 혼란스러웠다. 어찌하여 저 작자에게서 저런 음성이 흘러나올 수 있단 말인가. 음성이 그 사람의 품성을 나타낸다는 지견의 믿음이 흔들리고 있었다.

서무일의 낭독이 끝나자 후원이 침묵에 잠겼다. 모두들 소리의 여운을 좇아 영혼이 잠시 달아난 듯했다. 그 침묵을 깬 것은 취재 책임자, 곧 청독회에 승려 차림으로 나타나던 이였다.

"통!"

그의 외침은 서무일의 음성에 넋이 빠져 있던 이들을 곧 제자리로 돌려놓았다.

'통'과 '불통'으로 응시생들의 희비가 엇갈리는 가운데 지견 옆에 선 복면 사내의 차례가 왔다. 용모 검열을 하며 이미 경험한 그의 음성이 다시 울려 퍼졌다. 다시 들어도 여전히 훌륭한 음성이었다.

"통!"

이제 지견 차례였다. 지견은 두루마리에 적힌 한시를 다시 한 번 읽으며 그 뜻을 음미했다.

"우헐장제초색다(비 갠 긴 언덕에는 풀빛이 푸른데), 송군남포동비가(그대를 남포에서 떠나보내며 슬픈 노래 부르네), 대동강수하시진(대동강 물은 그 언제 다할 것인가), 별루년년(이별의 눈물 해마다)……."

여기까지 읊고 나서 지견은 숨을 가다듬었다. 강가에 앉아 눈물 흘리는 사람의 그리움이 절절히 전해져서 목이 멘 탓이다. 그랬는데, 듣는 이들은 애가 탔다. 벌써 같은 시를 열여덟 번째 듣고 있건만 지견의 음성을 타고 흐르는 시는 달랐다. 한시의 글자들이 꿈틀거리며 살아 움직이는 듯하더니, 예조 후원에 있는 모든 사람을 비에 젖은 강가의 언덕으로 데리고 갔다. 지견은 침을 꿀꺽 삼킨 다음 마지막 세 글자를 천천히 읊었다.

"첨, 록, 파(푸른 물결에 더하는 것을)."

여기저기서 탄식이 터져 나왔다. 응시생들은 물론이고 감독관들도 지견의 음성이 흩어진 허공에 넋을 놓았다. 줄곧 냉정함을 유지하던 감독관의 수장인 훈도중금 김밀희도 가슴으로 파고드는 감동에 저항하듯 두 눈을 부릅떴다. 그러고는 힘겹게 내뱉었다.

"통."

소리에 취해 있던 서무일은 그제야 정신을 차리고 지견을 돌아보았다. 그의 눈매가 점점 날카로워졌다.

∞

낭독 시험을 통과한 응시생이 열여덟 명이었다. 불통을 받은 이들은 고개가 꺾인 채 눈물을 흘리며 관사 후원을 떠났다.

세 번째 시험은 시작(詩作)이었다. 감독관이 두루마리를 펼쳤다. 시제는 '통(通)'이었다. 지금껏 통을 받기 위해 노력한 응시생들의 입장과 딱 맞아떨어지는 시제였다. 한 시진이 지나 모두 시를 제출하고 결과를 기다렸다. 감독관이 말했다.

"지금부터 호명하는 이는 자리에 앉고, 호명되지 않은 이는 이 자리를 떠나시오."

서른여섯 개의 눈이 감독관의 입을 향해 모였다.

"서무일."

상선내시의 양자인 서무일이 명석에 앉았다.

"방시경."

말뚝이 탈을 닮은 사내가 껑충껑충 뛰어오르며 좋아했다.

"이지견."

지견의 입이 벌어졌다. 하지만 호명되지 않을 사람들이 있기에 대놓고 좋아할 수는 없었다. 지견은 일부러 무덤덤한 표정으로 자리에 앉았다. 옆에 앉은 시경이 사람 좋은 웃음으로 지견의 기쁨을 대신해 주었다.

그렇게 하여 남은 이가 열둘이었다. 스물네 명 가운데 딱 절반이 탈락했다. 탈락자들이 떠난 뒤 감독관이 말했다.

"여기 남은 이들은 내일 무예를 평가할 터이니, 강변의 병영으로 사시(巳時, 오전 10시경) 정각까지 집결하시오."

남은 응시생들은 서로의 얼굴을 살피며 주춤주춤 일어섰다. 다섯 명의 응시생이 서무일에게로 다가갔다. 그들은 서로 아는 사이인 듯했다. 무리 중에 서무일이 우두머리인 듯 보였다. 서무일은 예조 후원을 나서기 전에 지견을 돌아보았다. 지견과 눈이 마주치자 그는 가소롭다는 듯 입가에 조소를 머금고는 자리를 떴다.

"천하의 서무일이 이지견 서생을 껄끄러워하나 보오."

방시경이었다. 그가 손을 내밀었다. 시경은 지견보다 서너 살 연배가 높아 보였다.

"방시경이라 하오."

지견이 방시경의 손을 맞잡았다.

"이지견이라 합니다."

방시경이 서무일이 사라진 쪽을 턱짓으로 가리키며 말했다.

"저치는 상선내시인 서승의 양자요. 양부의 세도를 믿고 까부는 돼먹지 못한 인간이지요. 양부를 따라 불알이나 깔 것이지 여긴 왜 나타났는지 모르겠소. 아무래도 양부랑 양자가 작당하여 내반원을 통째로 먹으려는가 보오."

지견은 방시경의 말을 알아듣지 못해 멀뚱멀뚱 시경을 쳐다보았다. 시경의 말이 이어졌다.

"환시(宦侍)와 중금 둘 다 전하를 가장 가까운 거리에서 보필하는 내반원 소속이지요. 직제상으로는 상선내시가 내반원의 으뜸이지만, 그렇다고 중금의 수장인 정중금이 상선내시의 아랫사람은 아닙니다. 중금은 성음을 대신하는 매우 중요한 역할을 하기에 품계나 직제의 틀에서 비교적 자유롭기 때문이오. 그리고 중금의 이러한 위치로 인해 환시 세력을 견제하는 역할도 담당할 수 있지요. 그런데 상선내시의 아들이 중금이 되고, 훗날 정중금이라도 되면 어떻겠소? 내시들로서는 자신들을 견제하는 세력에 자기편을 심어놓는 셈이지요."

지견이 말했다.

"궁에서도 이런 상황을 파악하고 있지 않을까요?"

"그렇다 한들 어쩌겠습니까? 서승은 벌써 세 명의 왕을 모신 실력가이고, 그의 양자 역시 용모나 실력이 출중하니 떨어뜨릴 방법이 없지 않습니까."

예조 관사를 나서자 밖에서 기다리고 있던 효동이 쪼르르 달려오며 말했다.

"관사 문이 열리고 탈락자가 나설 때마다 마음이 조마조마했습니다. 작은 어른께선 염려 말라 하셨지만, 그게 어디 제 마음대로 되는가요?"

지견이 효동의 머리를 쓰다듬고 나서 말했다.

"예서 계속 기다렸느냐?"

"예. 작은 어른께서도 지전과 이곳을 왔다 갔다 하시며 제게 계속 소식을 물으셨습니다."

"그랬구나. 우선 지전으로 가자."

지견이 시경에게 고개를 숙여 보였다. 시경이 말했다.

"그럼 내일 봅시다, 이지견 서생."

∞

　무예 시험의 첫 번째 과제는 활쏘기였다. 삼십 보 거리에서 모두 다섯 발을 쏘아 과녁을 맞혀야 했다. 지견은 변산의 바닷가에서 스승과 함께 활쏘기 훈련을 하던 때를 떠올렸다. 바람이 심하게 부는 날 스승은 해변에 말뚝을 박아놓고는 오십 보 거리에서 화살로 맞히라 했다. 수백 발의 화살이 빗나갔다. 시위를 당기는 지견의 손가락에 피멍이 들었다. 손톱이 빠질 때가 되어서야. 화살이 날아가는 동선이 머릿속에 뚜렷이 그려졌다. 공기의 흐름, 바람의 방향과 세기, 습도 등이 머리와 피부에 새겨질 때마다 그 동선은 모습을 달리했다. 처음 말뚝을 맞힌 뒤로 바람 부는 해변에서도 열 발을 쏘면 다섯 발이 적중할 만큼 실력이 쌓였다.

　지견은 천천히 활시위를 당겼다. 바람은 잔잔하고 거리는 삼십 보에 불과했다. 관건은 얼마나 활에 익숙해지는가였다. 시위를 놓자 곧게 날아간 화살이 과녁의 정중앙에 꽂혔다. 시경이 탄성을 터뜨렸다.

　서무일은 자기도 모르게 눈에 힘을 주었다. 눈썹이 꿈틀거렸다. 예조 관사의 시험장에서 처음 보았을 때부터 눈에 거슬렸다. 같은 목표를 두고 시험을 치르는 자의 경쟁의식만이 아니었다. 두고두고 자신의 앞길을 가로막을 성가신 존재를 만난 듯 껄끄러웠다. 그런데 몇 번 그를 겪어보는 사이에 성가심과 껄끄러움이 두려움으로 변해갔다. 그의 음성을 듣는 순간 저도 모르게 흠뻑 취하고 말았다. 몸이 마음을 배반했던 것이다. 그리고 지금 그 두려운 존재가 과녁의 정중앙에 화살을 꽂았다. 한 치의 망설임도 없이 활시위를 당기고 화살을 날려 보내는 동작에서 오랜 훈련의 흔적이 느껴졌다. 인정할 수밖에 없었다. 저이가 나보다 몇 수 위다. 그렇게 생각해놓고 서무일은 화들짝 놀라 고개를 흔들었다. 약해지는 마음을 추스르기 위해 그는 이를 악물었다.

활쏘기에 이어진 과제는 품새였다. 감독관이 말했다.

"중금 취재를 위해 내금위 무관 두 분이 오시었소. 궁중의 무술은 시중의 것과 다르니 유념하여 품새를 따라하시오."

활쏘기를 할 때부터 거리를 둔 채 지켜보고 있던 무관 두 사람이 앞으로 나섰다.

"자, 다섯 동작씩 끊어서 할 것이니 잘 기억하면서 따라오시오."

두 사람이 같은 동작을 취하는데, 한 치의 어긋남이 없었다. 그들의 동작을 보고 열두 명의 응시생이 따라 하는 가운데 감독관들이 매서운 눈길로 평가했다.

지견은 무관들의 품새가 낯익었다. 처음에는 우연일 거라고 생각했으나, 그게 아니었다. 스승님이 궁중의 무관이었던가! 스승으로부터 가르침을 받은 품새를 지금 내금위 무관들이 그대로 선보이고 있었다.

지견의 품새를 지켜보는 훈도중금 김밀희의 눈이 커졌다. 목소리와 발성이 출중하여 정중금 최헌직의 눈에 들었으나 시작뿐만 아니라 무예까지 능통하다니, 기대 이상이었다. 정중금께서는 저 아이의 면모를 미리 알아보았던가. 내금위 무관들의 까다로운 품새를 따라하던 중 몸의 균형을 잃고 넘어지는 응시생이 속출했으나, 지견의 동작은 처음부터 끝까지 매끄러웠다.

내금위 무관들이 품새를 끝내고 호흡을 가다듬었다. 가쁜 숨을 내쉬는 응시생들은 하나같이 땀을 비 오듯 흘렸다. 서무일 역시 거친 호흡을 내뱉으며 곁눈질로 지견을 살폈다. 지견은 단전 쪽에 두 손을 모으고 숨을 고르고 있었다. 지친 기색이 없었다. 아득한 절망감이 서무일의 가슴에 파고들었다.

"마지막 과제는 승마입니다. 병영을 한 바퀴 돌아와서 창을 저 짚단에 꽂으면 되오."

우려하던 일이 현실로 다가왔다. 병영 한 곳에 매어져 있는 말을 보며 지견은 뭬 시험의 과제 중에 말타기가 있을지도 모른다는 걱정을 하던 참이었다. 지견은 말을 타본 적이 없었다.

서무일이 제일 먼저 나섰다. 그는 가벼운 동작으로 안장에 올랐다. 이어 박차를 가하여 빠르게 내달렸다. 왼손으로 고삐를 쥐고 오른손은 창을 들었다. 병영을 한 바퀴 내달린 그는 끝에 이르러 목표물을 향해 창을 던졌다. 날아간 창이 짚단에 꽂혔다. 서무일과 어울리는 무리들이 환호성을 터뜨렸다.

마지막은 지견의 차례였다. 앞선 응시생들이 한 것처럼 한 손에 고삐를 쥐고 왼발을 발걸이에 올린 뒤 힘껏 뛰어올랐다. 하지만 오른손에 쥔 창이 말의 등을 쳐서 말이 날뛰는 바람에 지견은 그대로 바닥으로 나동그라졌다. 발걸이에 발이 걸려 있는 탓에 지견은 그대로 질질 끌려갔다. 감독관과 무관들이 말을 붙잡았다. 방시경이 다가왔다.

"괜찮으시오?"

지견은 바닥에 엎드린 채로 팔다리를 조금씩 움직여 보았다. 크게 다친 곳은 없는 듯했다. 병영 바닥이 모래사장이라 다행이었다.

툭툭 털고 일어난 지견이 말했다.

"괜찮습니다."

그리고는 감독관들을 향해서 섰다. 훈도중금 김밀희가 다가왔다.

"말을 타본 적 있는가?"

"없습니다. 오늘 처음 타보았습니다."

지견의 말에 감독관들이 혀를 찼다. 발군의 기량을 뽐내던 이가 탈락의 위기에 놓인 것에 대한 안타까움이었다.

김밀희가 말했다.

"그렇다면 너는 중금이 될 수 없다."

지견을 대신하여 방시경이 매달렸다.

"나리, 한 번 더 기회를 주십시오."

"기회를 줄 수는 있으나 지금 저 말은 놀란 상태여서 위험하다. 자칫하다가는 크게 다칠 수 있다."

지견이 말했다.

"한 번 더 기회를 주십시오. 저 말에 다시 오르겠습니다."

김밀희는 주위의 감독관들과 눈길을 주고받았다. 모두 눈짓으로 기회를 주자는 신호를 보냈다.

"해보아라."

김밀희의 말이 떨어지자, 지견은 땅에 떨어진 창을 주워 말이 있는 곳으로 다가갔다. 지견이 다가가자 말이 뒷걸음질을 쳤다. 지견은 말의 눈을 응시하며 입술을 떨어 소리를 냈다.

"푸르르르. 푸르르르."

그러면서 손을 앞으로 뻗었다. 말은 상대가 자기를 해할 존재가 아니라는 점을 알아차린 듯 지견의 손에 자신의 인중을 내주었다. 지견은 말의 인중에 자신의 이마를 대고 말했다.

"나한테 한 번 더 기회를 다오."

그는 말의 목을 쓰다듬다가 고삐를 쥐었다. 발걸이에 왼발을 올렸다. 조금 전의 실수를 되풀이하지 않도록 조심하면서 안장에 올랐다.

"자, 이제 가자꾸나. 푸르르르, 푸르르르."

마치 지견의 말귀를 알아들은 듯 말이 천천히 걷기 시작했다. 지견이 가볍게 박차를 가하자 조심씩 속도를 높였다. 지견은 들썩이는 말의 움직임에 몸을 맡겼다. 목표물이 보였다. 지견은 있는 힘껏 창을 던졌다. 그러나 창은 보기 좋게 빗나가고 말았다.

말에서 내린 지견이 자리로 돌아가자 방시경이 어깨를 툭툭 쳐주었다. 모든 시험이 끝났다.

21. 중금, 중간계의 존재들

　서승은 양자 서무일의 중금 취재를 구실로 관가를 얻어 오랜만에 며칠째 집에 머무르는 중이었다. 그는 한 번 입궐하면 좀처럼 퇴궐할 줄을 몰랐다. 번듯한 집을 두고 내반원의 숙소에서 생활하는 그를 두고 노론 대신들은 임금을 향한 충심이 높다고 칭송했으나, 사실 서승은 궁궐의 사정이 자신의 눈 밖에서 돌아가는 일을 견디지 못하는 것뿐이었다. 궁궐의 모든 상황을 제 눈으로 직접 확인해야만 성에 찼다. 그렇지 않으면 한시도 불안에서 벗어나지 못했다. 그런 그가 집에 머무르는 것은 남성성이 퇴행되는 것을 막는 경락 지압을 받거나 재물을 관리할 때뿐이었다.

　인왕동에 자리 잡은 서승의 집은 그리 큰 편이 아니었다. 도성 안의 모든 집을 사들일 만큼 재물이 많았으나, 그는 시중의 눈을 의식하여 일부러 소박하게 살았다. 어차피 모든 관료가 자신의 발아래 있었다.

그는 벌써 세 명의 왕을 모시고 있는 상선내시였다. 임금의 의중을 파악하고자 하는 고관대작들은 그에게 줄을 대기 바빴다. 조정의 신료들은 그가 흘리는 말 한마디에 장단을 맞추었다. 서승은 부를 과시하거나 언제 쫓겨날지 모를 직위를 내세우며 떵떵거리는 잡배들과는 격이 다른 존재라고 스스로를 평가했다. 왕조차도 그동안 세 번이 바뀌었다. 권세를 믿고 까불던 숱한 고관대작들도 나가떨어졌다. 오로지 서승 그만이 궁궐의 가장 깊은 곳에 뿌리를 내리고 있었다.

"격세지감이로다."

서승이 혼잣말을 했다. 그의 몸을 주무르던 의원이 물었다.

"대감, 뭐라고 하셨습니까?"

서승은 대꾸하지 않았다.

대문 열리는 소리가 나더니 하인이 방문 밖에서 일렀다.

"대감, 경차관께서 오셨습니다."

"들라 하라."

계목이 방으로 들어섰다. 서승은 알몸으로 누운 채 단전에 뜸을 들이는 중이었다. 계목은 서승의 중요 부위에 눈길이 가지 않도록 주의하면서 절을 올렸다.

"치워라."

의원이 단전의 뜸을 걷어내고는 방 밖으로 나갔다. 서승이 몸을 일으켰다. 예순 중반 늙은이의 몸이 아니었다. 피부는 매끄러웠고 제법 근육도 붙어 있었다. 그가 내시의 육체를 극복하기 위해 얼마나 애쓰고 있는지 그의 몸이 말해주었다.

서승이 겉옷을 걸치고 앉았다. 계목이 품에서 천으로 싼 물건을 꺼냈다. 천을 펼치자 말린 해마가 드러났다.

"빛깔이 곱다."

서승이 흡족한 듯 미소를 지었다. 계목이 말했다.

"청 황실의 환관들 사이에 전해 내려오는 비법으로 만든 물건이라 확실히 때깔이 곱습니다."

고개를 끄덕이던 서승이 물었다.

"이제 좀 조용해졌는가?"

"포도청에서는 호조 참의 이정균이 스스로 목을 찔러 자결한 것으로 결론을 내렸습니다. 더는 캐지 않을 것입니다."

"그 역관이라는 자는 어떻게 되었는가?"

"역관 주윤봉은 이정균이 해마를 요청한 것으로 알고 있고, 또 포도청에서도 그리 진술했습니다. 지금 옥사에 있습니다."

"그럼 쓸모가 다했군."

"예?"

"처리하라."

"……예, 나리."

"그리고……."

계목이 귀를 세웠다. 서승의 말이 이어졌다.

"사건을 밝힌 정랑의 이름이 뭐였더라?"

주머니 속의 송곳

계목이 기억을 더듬다가 도저히 생각이 나지 않는 듯 고개를 흔들고는 서승에게 물었다.

"처리할깝쇼?"

"아니다, 두어라. 관련된 자들이 한꺼번에 죽으면 의심이 커진다. 일단 동태를 파악하는 선에서 주시하라."

계목은 그리 영리한 편이 아니었다. 서승은 그 점을 잘 알고도 계목을 오른팔로 삼고 경차관으로 만들었다. 경차관은 지방을 돌며 전곡(田穀)의 실태를 파악하고, 민정을 살피는 일을 하는 임시직이었다. 품계가 높지는 않으나 왕명을 받고 움직이는 자리이기에 지방 관리들은 경차관을 상전 모시듯 했다. 계목은 서승의 명에 따라 세수(稅收)를 파악한다는 명목으로 지방을 돌며 각종 특산물을 헐값에 사들이거나 반강제적으로 수탈하여 비싸게 되팔았다. 그렇게 얻은 이익은 고스란히 서승의 수중으로 들어갔다. 영리한 자에게 맡겼다가는 뒤통수를 맞을 수 있었다. 서승은 그 자리에 계목을 앉히면서 머리 쓰는 일은 자신이 하겠노라고 생각했다.

"아버님, 소자가 왔습니다."

서무일이 집에 도착하여 방으로 들어섰다. 무일이 절을 올리고 나자, 서승이 물었다.

"장원으로 통과했느냐?"

무일은 한순간 머뭇거렸다. 이지견이라는 자가 말에서 낙마한 덕에 어부지리로 차지한 장원이었다. 개운치가 않았다.

"장원이 아니더냐?"

서승의 표정이 차갑게 변했다. 무일이 마지못해 대답했다.

"장원입니다."

그제야 서승의 표정이 펴졌다.

"명심하여라. 내가 더 늙기 전에 승전이 되고 정중금이 되어야 한다. 내가 도울 터이니 너는 실수만 하지 않으면 된다. 그래, 이번 취재에 맞수가 있더냐?"

무일은 이지견의 얼굴을 떠올렸다. 하지만 양부의 심기를 건드리고 싶지 않았다.

"없었습니다."

계목이 끼어들었다.

"대감, 무일이는 군계일학인데, 누가 상대가 되겠습니까?"

서승의 눈썹이 꿈틀거렸다. 심기가 불편할 때 나오는 버릇이었다.

"무일이라 했느냐?"

"예?"

"너는 상전의 이름을 그리 함부로 부르느냐?"

계목이 얼어붙었다.

"오늘부터 무일이가 네 상전이다."

계목이 바짝 엎드렸다.

"예, 대감. 명심하겠습니다."

"둘 다 나가보아라."

서무일과 계목이 절을 하고 물러갔다.

서승은 계목이 놓고 간 해마를 집어 들고 들여다보며 흐뭇한 표정을 지었다.

$$\infty$$

품계가 높은 내시들 대부분이 가정을 꾸리고 살았다. 부인을 두는 것은 물론이고 양자를 들이는 것도 낯선 일이 아니었다. 심지어 여러 명의 첩을 거느리는 내시도 적지 않았다. 보통 사람의 눈에는 생식 능력을 상실한 내시가 가정을 꾸리는 것이 이상하게 비칠 수 있으나, 나라에서는 오히려 이를 권장하는 편이었다. 고려 말과 조선 초에 내시들이 왕의 최측근 행세를 하며 분란을 일으킨 일 때문이었다. 처자식이 없는 내시들이 정치에 골몰하여 조정의 일에 깊이 개입하고 왕명을 변조하는 일이 잦았다. 왕과 조정은 내시들이 달리 마음 둘 곳이 없어 벌어진 폐단으로 판단하고, 내시들이 일가(一家)를 이루도록 권장하였다.

하지만 서승은 부인을 두지 않았고 첩도 거느리지 않았다. 다 부질없는 일이었다. 다만 자신의 대를 이을 똘똘한 사내아이는 필요했다. 수하들로 하여금 조선 팔도의 여염집을 뒤지게 하여 고르고 고른 아이가 바로 서무일이었다. 누구의 자손인지, 어떤 방법으로 아이를 데리고 왔는지는 아예 묻지 않았다. 알 필요가 없었다. 서무일 이전에 수하들이 선보였던 사내아이들이 이후에 어떻게 되었는지도 알고 싶지 않았다.

서승이 양자를 들인 또 다른 이유가 있었다. 그는 자신의 최측근 중에 최측근이라 할 수 있는 양자를 중금의 우두머리로 만들고 싶었다. 서승은 서슬 퍼랬던 숙종 임금 시대에 운 좋게도 살아남아, 만 서른 살이었던 정유년(1717년)에 상선내시가 되었다. 이후로 35년 세월이 지나는 동안 중금군의 수장인 정중금이 네 번 바뀌었으나, 하나같이 융통성이 없어 도무지 손아귀에 잡히지 않았다. 비교적 젊은 나이에 중금의 수장이 된 현재의 정중금 최헌직은 그중에서도 가장 강직했다. 중금군만 손에 넣으면 궁에서 벌어지는 모든 일을 좌지우지할 수 있으련만, 중금이라는 존재들은 앞뒤가 꽉 막힌 자들이었다. 서승은 결코 자신을 거역할 수 없는 자를 정중금으로 만들겠다고 오래전부터 생각해 왔다. 그래서 양자를 들인 것이었다. 그리고 오늘 양자 서무일이 장원으로 중금 취재에 합격함으로써 그 오래고 원대한 계획이 비로소 실천 단계로 들어선 것이었다.

　서승 역시 내시의 양자로 자랐다. 양부 임승록은 양자를 들인 다른 내시들이 그러하듯 성씨는 물려주지 않고 '승(承)'이라는 이름자의 글자 하나를 물려주었다. 그러나 서승은 자신의 양자에게 성을 물려주었다. 자기 대로부터 시작된 서씨 가문의 시조로서 오래도록 기억되고 싶었다.

　"격세지감이로다."

　조금 전 의원으로부터 뜸을 받으며 했던 말을 다시 입에 올렸다. 그는 거세한 뒤 일어난 신체의 변화가 두려워 벌벌 떨던 열여섯의 자신을 떠올렸다. 수뇨관을 제대로 조절하지 못해 소변을 질질 흘리고 다녔고, 거뭇하게 자리 잡기 시작하던 수염이 더 이상 자라지 않았다. 변성기를 지나 제법 굵어졌던 음성도 나날이 가늘어지기 시작했다. 그러자 전에는 눈에 들어오지 않던 내시들의 걸음걸이도 거슬렸다. 엉덩이에 살이 붙은 탓에 흡사 장터의 아낙네처럼 씰룩거리는 모양새가 결국 자신의 모습이 될 것이라고 생각하니 눈앞이 아득해졌다. 양부와 양모의 만류를 뿌리치고 내시가 되겠다고 마음먹으면서 이미 각오한 일이었으나, 현실은 서승이 머릿속에 그렸던 것보다 더욱 처참했다.

처음부터 내시가 되고 싶은 마음은 아니었다. 어릴 때는 문관을 꿈꾸었다. 서당의 훈장이 혀를 내두를 정도로 학문의 성취가 빨랐다. 멋모르던 시절 그는 문관의 가장 높은 자리를 상상하며 도취하고는 했다. 하지만 곧 현실의 벽을 실감했다. 누구의 씨인지도 모르는 내시의 양자가 오를 수 있는 자리는, 종8품 봉사가 고자이었다. 관료의 밀식에 서서 윗사람의 눈치나 살피고 굽실거리며 겨우 입에 풀칠이나 하는 것이 그의 미래였다. 가슴에 자리 잡은 욕망은 점점 자랐으나, 그것을 이룰 길은 꽉 막혀 있었다.

좌절에 빠져 있던 무렵 그의 머리를 후려친 사건과 조우했다. 양부의 상전인 상선내시 생신 잔치에 갔을 때였다. 대궐처럼 으리으리한 집에 들어선 순간부터 서승은 압도되었다. 주빈들이 자리한 안채의 마루에 내시로 보이는 이는 단 한 명도 없었다. 화려한 색감의 도포를 차려입은 양반들이 상선내시를 둘러싸고 있었는데, 양부의 말로는 모두 정

2품 이상의 대감들이라 했다. 상선내시의 품계는 종2품이었으나, 서승의 눈에는 상선내시가 그 자리의 우두머리로 보였다.

내시는 참으로 이상한 존재였다. 분명 남성성을 잃은 불구로 천대를 받았다. 관료 사회에서도 내시는 미천한 계급으로 분류되었다. 하지만 그러면서도 상황에 따라서는 가장 높은 자리를 차지했다. 왕의 심중이나 의도를 파악하려는 고관대작들은 내시들로부터 흘러나오는 정보를 캐기 위해 때때로 머리를 조아렸다. 특히 내시의 수장인 상선내시는 왕의 일거수일투족과 심기를 파악하고 있기에, 중요한 정책이나 사안을 앞둔 상황에서는 모두 상선내시의 입만 바라보았다. 상선내시의 말 한마디에 조정의 무게중심이 이리저리 기울었다.

그날 이후로 서승은 내시가 되리라고 마음먹었다. 모든 굴욕을 참아내고 또 참아서 반드시 상선내시에 오르리라 다짐했다. 양부 임승록은 양자 서승이 여염집의 소소한 즐거움을 누리며 살기를 바랐으나, 서승은 자신의 욕망을 여염집에 가둘 수가 없었다. 내시의 양자로서 오를 수 있는 가장 높은 곳에 오르고 싶었다.

∞

중금 취재를 마치고 지견이 병영 밖으로 나서자, 효동이 나귀의 고삐를 쥔 채 다가왔다. 효동은 흙투성이가 되고 흐트러진 지견의 옷매무새를 발견하고는 놀란 눈길로 그의 얼굴을 올려다보았다.

"떨어졌지 뭐냐."

효동의 표정이 금세 어두워졌다.

지견은 한강변을 떠나지 못했다. 그는 나귀와 효동을 먼저 보냈다. 효동은 마지못해 먼저 떠나며 지견에게 물었다.

"작은 어른께는 무어라 전합니까?"

"어두워지기 전에 집으로 가겠다고 전해다오."

효동이 떠난 뒤 지견은 한강변에 앉아 강물을 바라보며 목에 걸린 장신구를 만지작거렸다.

'어떤 어려움이 있더라도 끝내 궁으로 들어가야 한다.'

마지막 헤어지던 순간에 아버지가 한 말이 바로 어제 들은 듯 선명하게 떠올랐다. 지견은 그날의 그 말을 입 밖으로 소리 내어보았다.

"어떤 어려움이 있더라도 끝내 궁으로 들어가야 한다."

지견은 한 번도 본 적 없는 어머니를 닮았다는 이야기를 많이 듣고 자랐다. 어린 지견이 보기에도 아버지와는 외모에서 닮은 점을 찾을 수가 없었다. 하지만 지견은 나이를 먹고 음성이 굵어지면서 아버지와 닮은 점을 발견하고는 크게 기뻤다. 바로 음성이었다. 변성기를 지난 어느 날이었다. 어릴 적 들었던 아버지의 음성이 자신의 목을 타고 흘러나오는 것을 깨달았다. 지견은 반갑고 그리운 마음에 얼마나 울었는지 모른다.

지견의 눈시울이 붉어졌다. 코끝이 시큰했다. 저 강물을 타고 남쪽으로 흘러가면 남도에 닿을 것이다. 동리 아이들과 뛰어놀던 독골의 바닷가가 참으로 그리웠다. 남원댁 이모님이 부쳐주던 부추전은 얼마나 맛있었던가. 심마니 일을 하는 아버지를 따라나서서 올랐던 유주산은 봄여름가을겨울 사시사철 항상 넉넉하게 품어주었다. 어머니의 무덤 가에 잡초가 무성할 텐데……

따갑던 햇볕이 차츰 수그러들었다. 서쪽으로 해가 기울고 있었다. 문득 목멱산 아래 자리 잡은 도경술의 집과 자신의 소식을 기다리고 있을 식구들이 그리워졌다. 지견은 몸을 일으켰다. 야트막한 둔지산을 왼쪽으로 끼고 걸어가면 오래지 않아 목멱산이었다. 천천히 걸어도 한 시진이면 충분했다.

지견이 둔지산 쪽으로 걸음을 옮기는데 저 앞에 효동이 보였다. 한가로이 풀을 뜯는 나귀의 고삐를 쥔 채 서 있었다. 먼저 가라 했건만 기어이 떠나지 못하고 지견을 기다린 모양이었다. 그럴 줄 알았으면 곁에 앉히고 이야기나 나눌 걸 그랬다고 지견은 후회했다.

"왜 안 가고 예 있느냐?"

"같이 가려고요."

"효동이 너도 참 고집이 쇠심줄이다."

지견이 다가가자 효동은 나귀 안장을 정돈했다. 효동의 표정이 좋지 않았다.

"도련님, 나귀에 오르세요."

"아니다. 나는 이제 취재가 끝나서 당분간 힘쓸 일도 없다. 갈 때는 네가 나귀를 타거라. 내가 고삐를 잡으마."

한동안 둘이 옥신각신하다가 지견의 꾸지람을 듣고서야 효동이 나귀에 올랐다. 한참 동안 둘 다 말이 없었다. 효동이 조심스럽게 입을 떼었다.

"도련님, 중금 취재는 또 언제 있습니까?"

"글쎄다. 중금 취재는 정기적으로 있는 것이 아니어서, 나도 알 수 없구나."

"어서 빨리 다음 취재가 열려야 할 텐데요."

"다음 취재는 왜?"

효동은 말문을 닫고 나귀의 목을 끌어안은 채 상체를 앞으로 기울여 지견의 얼굴을 살폈다. 효동의 하는 모양새를 보고 지견이 미소를 지으며 물었다.

"왜 그러느냐?"

효동은 나귀에서 후다닥 내려 지견의 앞을 막고는 얼굴을 빤히 쳐다보았다.

"취재에 떨어진 게 아니었습니까?"

지견이 대답했다.

"취재에 떨어져? 누가?"

"조금 전에 떨어지셨다고……."

효동이 울먹였다. 금세라도 울음을 터뜨릴 것만 같았다. 그제야 지견은 아차 싶었다. 효동이 왜 떠나지 못했는지 그제야 깨달았다.

"이런, 내가 제대로 설명을 안 했구나. 떨어졌다는 말은 취재 중에 말에서 떨어졌다는 뜻이었다. 가까스로 붙었다. 꼴찌로 통과했어."

그 말에 효동은 기어이 울음을 터뜨리고 말았다. 지견이 취재에 불통하여 상심한 것으로 오해하고 걱정한 모양이었다. 노심초사하던 마음이 한순간 안도와 기쁨으로 탈바꿈하며 그게 울음으로 터져 나온 것이었다. 지견이 효동을 달랬다.

"미안하구나. 네가 밖에서 오랫동안 소식을 기다렸을 텐데, 내가 미처 헤아리지 못했다."

"감축드립니다, 지견 도련님!"

그렇게 말하고는 효동의 울음소리가 더 커졌다. 지견은 효동을 번쩍 안아 올려 나귀에 앉혔다. 한 손에는 고삐를 쥐고 한 손으로는 효동의 등을 토닥거렸다. 효동은 좀처럼 울음을 그칠 줄 몰랐다.

∞

그날 밤 도정윤의 집에서는 작은 잔치가 열렸다. 지견이 병영에서 무예 시험을 치르는 동안 식솔들은 음식 준비에 분주했다. 그런데 해가 기울도록 지견이 돌아오지 않자, 도정윤을 비롯한 집안 식솔들은 걱정이 커졌다. 도정윤은 비범한 지견이 취재에 떨어졌으리라고는 한 치도 염려하지 않았으나, 무예 시험을 치르는 중에 무슨 일이 있었나 싶어 그게 걱정이었다.

어스름한 저녁 기운 속에 지견과 효동이 집에 당도하자, 온 집안 식솔들이 한꺼번에 몰려나와 지견을 맞았다. 효동이 집으로 들어서며 큰 소리로 외쳤다.

"이지견 중금 납시오!"

방마다 등잔불이 켜지고 마당 곳곳에 횃불이 섰다. 어둠이 내리는데도 대문을 활짝 열었다. 때 아닌 흥겨움에 무슨 일인가 싶어 기웃거리던 동네 사람들도 잔치에 섞였다. 도정윤과 지견, 설영, 경란을 비롯한 집안 식구들과 동리 사람들, 지전 일꾼들까지 합류하여 한데 격 없이 어울렸다. 다들 마당의 멍석 위에서 이야기꽃을 피우며 즐거워했다. 그렇게 차와 음식과 이야기를 나누는 이들의 평화로운 모습을 보며 지견은 코끝이 시큰했다.

동리 사람 하나가 큰 소리로 물었다.

"과거가 열렸다는 소문을 듣지 못했는데, 이지견 서생이 어떤 관리가 된 것입니까?"

모두의 시선이 지견에게 쏠렸으나, 지견에게서는 답할 기미가 보이지 않았다. 대신 도정윤이 나섰다.

"지견이는 중금이라는 관리가 되었습니다."

처음 듣는 소리에 동리 사람들은 서로의 얼굴만 쳐다보았다. 도정윤의 말이 이어졌다.

"중금은 주상 전하의 성음을 대신 전달하는 귀한 자리입니다."

"그러면 이지견 서생이 주상 전하를 배알한다는 말이오?"

동리 사람들은 못 믿겠다는 표정을 지었다. 효동이 끼어들었다.

중금
라보수지비

"배알만 해요? 온종일 전하 곁을 지키는데요."

"이야, 그것 대단한데. 우리 같은 것들은 평생 가야 주상 전하 그림자도 못 볼 텐데 말이야."

동리 사람들이 웅성거렸다. 지견이 나섰다.

"아직은 정식 중금이 된 것이 아닙니다. 궁에 머물면서 예비 중금인 소중금으로 훈련을 받고 통과해야 진짜 중금이 됩니다."

지견의 말에 동리 사람들의 말소리가 더욱 높아졌다.

"아니, 그게 어디야? 난 궁이 어떻게 생겼는지 알지도 못하는데."

"그러게. 우리 이 서생 정말 출세했네 그려."

"궁에서 높으신 분들만 만나면 나중에 우리 같은 것들은 안중에도 없겠어."

동리 사람들이 한창 너스레를 떠는 사이에 경란은 자리에서 일어섰다. 그러고는 눈에 띄지 않게 천천히 걸음을 옮겨 후원 쪽으로 향했다. 지견이 후원의 어둠 속으로 묻히는 경란을 발견하고는 뒤를 따랐다. 무리에서 너무 멀어지기 전에 지견이 말을 걸었다.

"왜 더 어울리지 않고?"

지견의 말에 경란이 걸음을 우뚝 멈추었다. 하지만 아무런 대꾸가 없었다.

"같은 집에 산 지도 한 달이 넘었는데, 너하고 얘기를 나눌 기회가 별로 없었구나."

지견의 말에 경란이 대꾸했다.

"우리 마님이 그랬어. 남녀칠세부동석이라고. 아씨 시댁에 가거든 천방지축 까불지 말고 행동거지 조심하라고."

"그래서 나한테 데면데면하게 군 거야?"

"아니, 내가 그러고 싶었어. 오라버니 아는 척하기 싫었어."

경란의 마지막 말에 지견은 할 말을 잃었다. 경란이 다시 말을 이어 갔다.

"오라버니가 점점 멀어지는 것 같아서 싫었어. 내가 닿을 수 없는 곳으로 가고 있는 게 싫었어."

그렇게 말하고 경란이 돌아섰다. 표정에서는 아무런 감정이 느껴지지 않았다. 나이답지 않게 숙연한 기운이 뿜어져 나왔다.

"궁에는 언제 들어가?"

"닷새 뒤에."

"집에는 언제쯤 올 수 있어?"

"소중금은 궁과 관사에 머물면서 훈련을 받는데, 그게 육 개월 정도 된다고 들었어."

"그다음에는?"

"글쎄, 나도 잘 몰라. 아직 많은 걸 듣지 못했어."

"왜 중금이 되려고 해?"

"아버지 유언이셔. 꼭 궁에 들어가라 하셨어."

경란이 긴 한숨을 내쉬었다. 그리고 말했다.

"오라버니, 가봐. 오늘 잔치의 주인공이잖아."

경란이 몸을 돌려 후원의 어둠 속으로 멀어졌다. 지견은 개운치 않은 기분으로 경란이 사라진 어둠을 바라보았다. 다른 사람의 음성을 대할 때면 어렴풋하게나마 속마음을 알 수 있었으나, 이상하게도 지견은 경란의 음성을 듣고도 아무런 낌새를 알아차릴 수가 없었다. 그리고 자꾸만 경란에게 빚을 지고 있다는 생각이 쌓여갔다. 참으로 알 수 없는 노릇이었다.

∞

사흘 뒤 오전에 지견은 호조 관사에 들렀다. 정랑 정홍순을 만나 인사를 할 참이었으나, 마침 정홍순은 평안도 지역의 전곡 실태를 알아보기 위해 전날 출사(出使)를 떠나고 없었다. 정홍순과 함께 지견의 보단자에 서명을 했던 좌랑이 지견을 알아보고는, 정홍순이 예조에 문의하여 지견의 합격 소식을 알아내고 무척 기뻐했다는 소식을 전해주었다.

호조 관사를 나온 지견은 곧장 효동의 마을로 향했다. 음 선생을 만나기 위해서였다. 궁금한 것이 참 많았다. 하지만 무악재를 넘는 동안 지견의 머릿속은 책비 재인에 관한 생각으로 가득 찼다. 어찌하여 관노가 되었을까? 도경술의 말대로 역적의 여식인가? 관노가 되기 전 재인은 어떤 사람이었을까? 어떤 마음으로 이 세상을 살아가고 있을까? 무엇을 할 때 가장 즐거울까……? 재인을 떠올리면 마음이 복잡해졌다. 들뜨다가 가라앉고, 달아오르다가 우울해졌으며, 설레다가도 가슴이 답답했다. 봄날의 꽃봉오리처럼 화사하게 피어나던 마음이 이내 나락으로 떨어졌고, 물오른 줄기처럼 잎을 피우다가도 삭풍에 가지만 앙상하게 남은 고목이 되었다. 까닭을 알 수 없는 이유로 목숨을 버린 아버지의 운명에서 자유로울 수 없었기에 지견은 연정을 품는 것조차 무겁게 느껴졌다. 지견도, 재인도 여염의 삶을 추구하기에는 너무나도 가혹한 굴레에 갇혀 있었다. 그것을 알기에 지견은 재인을 떠올릴 때마다 슬펐다.

무악재를 넘어 마을 초입에 이르렀을 때였다. 동네 아낙과 노인들이 어두운 표정으로 수군거리고 있었다. 지견이 다가가 물었다.

"혹시 음 선생 댁이 어딘지 아십니까?"

아낙네 한 명이 지견을 아래위로 훑어보고는 답했다.

"이 개울을 낀 길을 따라가시오. 맨 끄트머리에 있는 집이오."

지견은 무리를 떠나려다가 이상한 느낌이 들어 물었다.

"그런데 이 동네에 무슨 일이 났습니까?"

그 물음에는 노인이 답했다.

"얼마 전 이 마을에 사는 역관이 암거래하다가 붙잡혔는데, 간밤에 옥사에서 숨을 거두었다네."

지견이 놀라서 다시 물었다.

"주윤봉 말입니까?"

"아는 사이인가?"

지견은 대충 얼버무리고는 인사를 하고 자리를 떴다.

해마 밀수입과 관련된 인물이 둘이나 세상을 떠났다. 교사범으로 지목된 참의 이정윤은 단검으로 목을 찔러 자결하고, 교사를 받은 주윤봉은 수감 중에 죽었다. 아무래도 해마 사건의 배경에 도사리고 있는 세력은 사람 목숨쯤 아무렇지도 않게 여기는 잔악한 무리인 듯했다. 사건의 실마리를 쥔 유일한 인물이 죽었으니 이로써 이 사건은 그대로 덮일 것인가. 지견은 아무것도 할 수 없는 자신의 처지가 안타까웠다.

아낙네가 일러준 지점에 이르자, 맑고 고운 여인의 음성이 들려왔다. 재인의 목소리였다. 이야기책을 읽는지 낭독 연습을 하는지 낭랑한 목소리가 지견의 귀를 사로잡았다. 방해할까 두려워 지견은 조심스럽게 담 너머로 안을 들여다보았다. 재인이 엎어놓은 장독에 앉아 서책을 읽고 있었고, 그 주위에 족히 열맷 명은 되어 보이는 아이들이 둘러앉아 있었다. 아이들은 숨소리조차 내지 않고 귀를 세우고 있었다.

툇마루에 앉아 곰방대의 연기를 피워 올리며 그 광경을 흐뭇하게 바라보고 있던 음 선생이 담 너머의 지견을 발견하고는 히죽 웃어 보였다. 지견은 음 선생과 눈이 마주치자 고개를 숙여 보였다. 그러고도 꽤 오랫동안 그들은 그 그림 속에 그대로 머물러 있었다. 재인의 낭랑한 음성, 그 음성이 들려주는 이야기에 푹 빠져든 아이들, 마당 가득한 아이들을 보며 졸음에 겨운 늙은이와 그 모든 광경을 그윽한 눈길로 바라보는 담 너머의 사내. 그 여유롭고 한가하고 평화로운 풍경은 재인이 책을 덮으면서 흐트러지기 시작했다.

"자, 오늘은 여기까지. 이제 그만들 가봐."

재인의 말에 아이들이 자리를 털고 일어났다. 나름 자기들만의 규율이 있는 듯 더 읽어달라고 보채는 아이는 없었다. 우르르 몰려나가는 아이들을 눈으로 좇던 재인은 담 너머의 지견을 발견하고는 흠칫 놀라는 기색을 보였다. 그러고는 재빠르게 툇마루의 음 선생과 지견을 번갈아 보더니 정주간으로 몸을 피했다.

지견이 마당으로 들어서자, 나무 기둥에 등을 기대고 있던 음 선생이 몸을 일으켰다.

"사흘에 한 번씩 이 고을에서도 아이들을 대상으로 청독회를 열고 있네. 자네는 이제 화원의 청독회에는 못 올 테지?"

"알고 계셨습니까?"

"훈도중금 김밀희가 퇴청하는 길에 알려주었네."

음 선생은 잠시 사이를 두고 말을 이었다.

"김밀희 중금은 화원의 청독회에 올 때면 승려 차림을 했더랬지."

지견이 고개를 끄덕였다. 중금 취재 때 책임자로 나섰던 바로 그 중금 사내였다. 지견이 물었다.

"훈도중금 나리와 함께 청독회에 오던 어른은 누구십니까? 제가 보기에는 훈도중금 나리의 상전으로 보였습니다만."

"앞으로 궁에서 지내다 보면 자연히 알게 될 것을 무어 그리 서두르나?"

음 선생은 그렇게 말하고 나서 정주간을 향해 큰 소리로 말했다.

"재인아, 그제 김 사간 댁에서 얻어온 약과라도 좀 내오거라."

그러고 나서 지견에게 말했다.

"자네는 방으로 들게."

잠시 뒤에 재인이 나무 쟁반에 약과와 유밀과를 담아 내왔다. 재인은 쟁반을 내려놓고 돌아서서 방을 나갔다.

"그래, 궁금한 것이 많을 테지?"

"예, 어른."

"물어보게."

지견은 잠시 머릿속을 정리한 다음 입을 열었다.

"제가 어찌하여 중금 나리들의 눈에 들었는지는 전에 어른께 들었습니다. 혹시 저의 음성 외에 다른 이유가 있었습니까?"

음 선생은 조금 전 재인이 사라진 쪽을 바라보며 말했다.

"나에게 전기수 훈련을 받던 제자가 한 명 있었다. 사실 그 제자는 내가 중금으로 키우기 위해 훈련을 시킨 아이였지. 그리고 사 년 전에 중금 취재를 통해 궁에 들어갔다……."

지견은 전에 도경술이 했던 이야기가 떠올랐다. 음 선생의 제자가 갑자기 모습을 감춘 일로 인해 도경술은 청독회 회원 중에 중금이 있을 것이라고 짐작했다. 그런데 사실 그것은 모종의 계획에 따라 일정한 수순을 밟고 이루어진 일이었다. 따지고 보면 도경술이 음 선생 제자가 종적을 감춘 일과 중금을 연결시킨 일은 절묘한 우연이었다.

"참으로 영민하고 올곧은 아이였다. 부친이 병마절제사이기에 문관이나 무관으로 벼슬길에 오를 수 있었으나, 그 아이는 부친의 은밀한 명을 받들어 중금이 되기로 하고 스스로 전기수라는 낮은 자리에 내려와 '천종덕'이라는 가명으로 활동하며 비밀리에 중금 수련을 했다. 그리고 중금 취재에는 본명인 송도겸과 본래의 사조단자를 제출하여 뜻을 이루었지."

지견은 자신이 묻지도 않은 이야기를 음 선생이 풀어놓는 것을 보며, 그 이야기 뒤에 어떤 내막이 있음을 직감하고 바짝 긴장했다.

"그런데 정식 중금이 되고 승전중금에 오른 뒤 오래지 않아 제자는 죽음을 맞았다. 내반원 숙소에 있던 제자의 소지품에서 왕을 비판하는 내용의 흉서(凶書)가 발견되었어. 혹독한 국문을 당하는 동안 제자의 입에서는 어떠한 것도 나오지 않았다. 자신이 전기수로 지내며 훈련을 받았다는 사실도, 이 음 선생이 자신의 스승이라는 사실도 끝내 발설하지 않았다. 결국 국문을 받던 중에 죽음을 맞았고 그 아이의 부모 역시 같은 형벌에 처해졌다. 여동생과 남동생은 관노로 끌려갔어."

"정말로 송도겸 중금께서 흉서를 쓰신 겁니까?"

"그럴 리가 없다. 그 아이의 아비가 자식을 중금으로 만든 것도, 그 아이가 중금이 되기로 했던 것도 오로지 왕과 세자를 향한 충절 때문이었다."

"그러면……?"

"의심이 가는 정황은 있으나, 아무것도 확실하지 않다."

"왜 제자께서 그런 일을 당하셨을까요?"

"제자는 군계일학이었다. 중금 취재에도 장원으로 통하였고, 여느 중금과는 달리 가문이라는 배경까지 갖추고 있었다. 그대로 갔더라면 분명 정중금이 되었을 것이다. 게다가 제자는 동궁전에 배속되어 세자와 가깝게 지냈다. 그 일을 꾸민 자들은 세자와 중금군을 흔들 목적을 가졌을 것이다."

지견은 제 생각을 입 밖에 낼 수가 없었다. 그것은 음 선생도 마찬가지였다. 잠시의 침묵이 흐른 뒤에 음 선생이 입을 열었다.

"제왕은 신성한 존재야. 왕은 하늘이 낸다고 하지 않나. 그 말이 사실이든 아니든 궁에서 왕은 신과 같은 존재로 통하네. 신은 인간과 직접 접촉하지 않아. 신은 어떤 매개를 통해 인간 세상에 관여하는데, 그 매개 역할을 하는 것이 내시이고 중금일세. 제자는 이 매개자들이 바로 서기를 바라는 아비의 뜻을 따라 중금이 되었던 것이야."

음 선생의 눈시울이 붉어졌다. 애지중지하던 제자의 슬픈 운명 앞에서 그는 무척이나 약해진 탓에 갑자기 초로의 늙은이가 되어 있었다. 하지만 음 선생의 한탄은 거기서 그치지 않았다.

"아무래도 내가 전생에 큰 업보를 쌓은 모양이다."

"……."

"제자가 그렇게 가고 몇 달 지나지 않아 관리들이 관노인 여자아이를 데리고 왔어. 책비로 키워달라고 하더군."

"재인 낭자?"

"그렇지. 그런데 재인이가 누구인지 아는가? 바로 중금 송도겸의 여동생일세. 재인이는 내가 자기 오라비의 전기수 스승이었다는 사실을 모르고 있어."

∞

무거운 마음으로 음 선생의 집을 나선 지견은 재인과 길에서 마주쳤다. 멀리서 재인을 발견한 지견은 눈길을 주지 않으려 고개를 숙였다. 하지만 허사였다. 재인이 지견의 앞을 가로막았다.

"이보시오. 중금이 되었소?"

이런 마음이 아니라면 그녀를 향해 함박웃음을 지어 보였을 것이다. 이런 마음이 아니라면 함께 걸으며 두런두런 이야기를 나누었을 것이다. 이런 마음이 아니라면 소중금 수련을 마치고 퇴궐한 뒤 다시 찾아오겠다고 약조했을 것이다. 하지만 지견은 마음이 너무 아파서 아무런 말도 할 수 없었고, 그녀의 눈도 쳐다볼 수 없었다.

"중금이 되었느냐고 묻지 않소?"

마지못해 지견이 고개를 끄덕였다. 지견의 모양새를 이상하게 여긴 재인이 걱정스러운 표정으로 다시 물었다. 다소 날이 서 있던 음색이 누그러졌다.

"스승님께 혼나셨소?"

"아니오. 입궐을 앞두고 마음이 싱숭생숭한 것뿐이오."

잠시 사이를 두고 재인이 물었다.

"이제는 못 보는 것이오?"

뜻밖의 말에 지견은 놀란 눈으로 재인을 보았다. 재인은 자신이 내뱉은 말에 스스로 당황해서는 얼버무렸다.

"이제 청독회에 못 나오는지 그게 궁금했소."

지견은 쓸쓸한 미소를 지었다.

"중금 수련을 하는 동안에는 퇴청할 수 없다 하더이다. 오랫동안 못 갈 거요."

재인은 말이 없었다. 지견도 딱히 할 말이 없었다. 어색한 침묵이 흘렀다. 하지만 지견은 싫지 않았다. 별 용건이 없는데도 재인이 떠나지 않는 것이 그저 고마웠다. 지견이 용기를 내어 말했다.

"수련이 끝나서 관가를 얻으면 음 선생 댁으로 찾아오리다."

그 말에 재인이 지견과 눈을 맞추며 대답했다.

"그래주시오. 주변에 편하게 말할 사람이 없어 늘 적적하오."

지견이 고개를 끄덕였다. 재인은 다시 한 번 지견과 눈을 맞추고는 총총히 걸어갔다. 지견은 연두색 댕기가 좌우로 흔들리는 것을 지켜보고 있다가, 재인이 시선에서 벗어나자 그제야 걸음을 옮겼다.

무악재를 넘어올 때는 머릿속이 재인 생각으로 가득했으나, 다시 넘어갈 때는 음 선생의 이야기가 머리를 채웠다. 재인과 나눈 짧고 풋풋한 대화를 떠올리려 했지만, 이내 음 선생이 들려준 이야기가 무겁게 가슴을 짓눌렀다.

그랬구나. 중금이란 그런 것이었구나. 신으로서의 왕과 인간으로

서의 신료 사이에 놓인 존재. 만약 신의 뜻을 왜곡하여 전한다면, 인간세상은 어떻게 될 것인가? 신의 뜻이 올바르다 해도 그 뜻을 변조하여 잘못 전달한다면? 왕의 뜻을 권력의 추와 신료들의 정치적 셈법에 맞추어 이용한다면……? 결국 도탄에 빠지는 것은 백성들의 삶이었다. 그저 좋은 음성으로 성음을 대신하는 것이 중금의 일이라 생각했건만, 그 표면적인 역할 뒤에 숨은 엄청난 책무는 실로 무겁고 무서운 것이었다.

홋날의 정중금이 확실시되던 인재가 어처구니없는 모함으로 역모의 죄를 쓰고 죽음을 맞은 사실과 상선내시 서승의 양자 서무일이 중금 취재에 나선 일이 과연 우연일까? 입 밖에 낼 수 없는 의문이 뭉게뭉게 피어올랐다. 어찌 보면 일련의 사건들과 의문은 너무나도 뚜렷하게 용의자를 지목하고 있었으나, 그들은 절대 건드려서는 안 되는 금기의 영역에 숨은 그림자 같은 존재들이었다.

실체를 알 수 없는 어둠이 궁궐을 잠식하고 점점 그 세를 넓혀가고 있었다. 음 선생의 이야기는 왕의 뜻이 그 어둠에 가려지지 않도록 처절하게 버티고 있는 애처로운 존재가 바로 중금이라고 말하고 있었다. 지견은 한숨을 내쉬며 하늘을 올려다보았다. 검은 먹구름이 몰려오고 있었다.

22. 중금 훈련

　어스름한 기운이 창호를 물들이기 시작했다. 지견은 잠을 설쳤다. 늦은 밤까지 도정윤과 집 안을 거닐며 이야기를 나누다가, 사랑으로 돌아와 자리에 누운 것이 자정 무렵이었다. 설핏 잠이 들었으나, 아버지와 한 여인이 나타나 자신을 향해 손짓하는 꿈을 꾸고는 그대로 누워 있을 수가 없었다. 지견은 아버지와 함께 있던 여인이 어머니임을 꿈을 꾸는 동안에도 알 수 있었다. 어릴 때부터 상상해왔던 여인이 거기에 있었다. 하지만 지견은 꿈에 어머니를 보고도 마음이 좋지 않았다. 두 사람의 표정이 밝지 않았기 때문이다. 왜 출사(出仕)를 앞둔 자식을 축복하지 못하는 걸까? 아버지의 입술은 이렇게 말하고 있었다. 견아, 멈추어라! 며칠 전 음 선생에게서 들은 이야기가 내내 가슴을 짓누른 탓이었을 것이다. 그래서 그런 꿈을 꾸었을 것이다.

　지견은 구석에 놓인 함을 열어 안의 물건들을 꺼냈다. 도정윤과 설영이 꼼꼼하게 챙긴 것들이었다. 속옷이 네 벌, 반상기 한 벌, 이부자리 한 쌍, 수저 한 쌍, 복통이나 설사가 났을 때 복용할 약재와 문방구 등이었다.

지견은 반닫이 아래에 두었던 물건을 꺼냈다. 굳이 숨길 이유도, 그렇다고 드러낼 까닭도 없어서 천으로 꽁꽁 싸매어 그곳에 둔 것이었다. 그는 조심스럽게 천을 풀었다. 스승이 남겨놓고 간 단검이었다. 칼집에 용 문양의 상감을 새긴 귀한 물건이었다. 어느 장인의 솜씨인지 한 번도 벼르지 않고 방치해두었건만 칼날이 여전했다. 지견은 단검을 이부자리 사이에 숨길까 고민하다가 그대로 드러나도록 함에 담았다. 입궐하면서 들일 수 없다면 어쩔 수 없는 노릇이었다. 그리고 그는 자신의 목에 걸린 장신구를 풀었다. 아버지는 도대체 무슨 뜻으로 이 볼품없는 물건을 남긴 걸까? 하지만 지견에게 그것은 아버지와 자신을 연결해주는 단 하나의 증표였기에, 이 세상 어떤 것과도 바꿀 수 없는 귀한 물건이었다. 지견은 장신구도 함 속에 담았다. 그리고 함의 뚜껑을 덮고 무명천으로 싸맸다. 지난 시간과 인연을 그 함 하나에 모두 담았다. 참으로 조촐한 인생이었다.

이윽고 여명이 물러가고 아침이 열렸다. 지견은 가부좌를 한 채 생각에 잠겼다. 그는 중금이 되고자 한 적이 없었다. 다만 궁에 들어가야 한다는 아버지의 유언을 지키고 아버지의 죽음을 캐겠다는 일념으로 달려왔을 뿐이었다. 사실 그는 중금이라는 직책이 맞지 않는 옷처럼 거추장스럽고 불편했다. 하지만 후회는 없다. 궁에 들어갈 방법이 그것뿐이라면 받아들이겠다고 마음먹었다.

그때 가볍고 사뿐한 발걸음이 사랑으로 다가왔다. 치맛자락 스치는 소리가 들리는 것으로 보아 여인이었다. 방문 앞까지 다가온 여인은 툇마루에 무언가를 내려놓고는 멀어졌다. 지견은 그 사람이 경란임을 알아차렸다. 경란이 민망하지 않도록 충분히 시간을 두고 지견은 소리 나지 않도록 조심하며 방문을 열었다. 툇마루에 참빗 하나가 놓여 있었다. 새것이 아니라 오랫동안 쓴 손때 묻은 물건이었다.

오래지 않아 바깥에서 수런대는 소리가 들려왔다. 그날 도정윤의 집은 여느 때보다 아침이 일렀다. 지견이 떠나는 날이어서였다.

수전방의 내시부 궐외 각사에 손시(巽時, 오전 9시경)까지 당도하려면 못해도 을시(乙時, 오전 7시경)에는 출발해야 했다. 지견은 아침상을 밀어놓고 방문을 열어 밖으로 나섰다. 도정윤을 비롯한 집안 식솔들이 그를 기다리고 있었다.

"견아, 밤새 꿈이 좋더냐?"

지견은 대답 대신 미소로 응답했다. 설영이 다가와 말했다.

"도련님, 부디 몸조심하시고 꼭 뜻을 이루세요."

설영의 인사에는 답하지 않을 수 없었다.

"네, 형수님. 명심하겠습니다."

하인 한 명이 나귀를 끌고 왔고, 다른 한 사람이 방에서 함을 가지고 나왔다. 청지기 할아범이 대문을 활짝 열었다. 도정윤이 말했다.

"네가 굳이 예서 이별하자니, 따르지 않겠다. 형수의 말을 명심하여라."

"예, 형님. 형님께서도 내내 평안하십시오."

문을 나서고 난 뒤에 지견은 배웅하는 식구들을 돌아보았다. 경란은 보이지 않았다. 지견이 꾸벅 절을 하고 걸음을 옮겼다. 나귀를 끄는 이와 함을 진 이가 앞장섰다. 중금 취재에 합격한 날 저녁 집으로 들어설 때 효동이 그랬던 것처럼 누군가 소리쳤다.

"이지견 중금 납시오!"

지견은 뒤돌아보지 않았다. 눈물이 쏟아질까 두려웠다.

내시부 관사 앞에는 많은 사람이 모여 있었다. 새로이 중금에 합류하는 여섯 사람의 가족과 그 집안의 식솔들이었다. 지견은 중금 취재 때 보았던 동료들의 얼굴을 찾아보았다. 역시 키가 훤칠하고 인물이 좋으며 의복이 화려한 서무일이 가장 먼저 눈에 띄었다. 그는 허리를 꼿꼿이 펴고 뒷짐을 쥔 채 관사 정문을 쳐다보고 있었는데, 식솔로 보이는 하인 대여섯 명과 하급 관리들이 그를 둘러싸고 있었다. 방시경은 아직 도착 전인 듯 보이지 않았다.

관사의 문이 열렸다. 자주색 관복을 입은 관리 두 사람이 밖으로 나왔다. 그중 한 사람이 큰 소리로 말했다.

"지금부터 지난번 취재에 합격한 이들을 호명할 것이니, 이름이 불리거든 내 앞에 차례로 서고 함을 진 이는 그 옆에 서시오."

목소리로 보아 중금이었다. 목에 핏대가 서지 않을 만큼 가벼이 말하는데도 좌중의 이목을 끌었고 의미가 분명히 전달되었다. 음성을 다룰 줄 아는 자였다.

"서무일!"

"여기 있습니다."

하인이 대신 답하고 서무일이 앞으로 나섰다. 그 옆에 함을 진 두 사람이 섰다. 차례대로 이름이 불리는데, 아마도 취재를 통과한 등급에 따라 순서를 매긴 것 같았다. 다섯 번째로 방시경의 이름이 불렸다.

"방시경."

역시 대답이 없었다. 첫 출사부터 지각이라니, 지견은 속이 탔다.

"방시경 없는가?"

잠시 사이를 두고 중금이 말했다.

"이지견."

"예."

지견이 답하고 다섯 번째에 섰다. 그때였다. 뒤에서 방시경의 목소리가 들려왔다.

"길 좀 비켜주시오!"

그 소리에 관사 정문을 둘러싼 이들이 길을 열었다. 지견이 돌아보니, 한 떼의 사람들이 달려오는 것이 보였다. 맨 앞의 방시경을 필두로 함을 진 남자들이 뒤를 이었고, 그 뒤로 족히 스무 명은 되어 보이는 여인들이 치맛자락을 휘날리며 뛰어오고 있었다. 여인들은 노년부터 유년까지 나이대가 다양했다. 그 모습은 마치 적진을 향해 돌격하는 군사를 연상케 했다. 방시경이 장수였다.

관사 앞에 도착하여 숨을 헐떡이며 방시경이 말했다.

"방시경, 여기 왔습니다요."

중금이 곱지 않은 시선으로 방시경을 일별하고는 말했다.

"방시경의 함을 진 이들은 옆에 서시오."

함이 여섯 개나 되었다.

"이게 다 그대의 것인가?"

방시경이 멋쩍은 듯 뒷머리를 긁적이며 대답했다.

"누이들이 하도 이것저것 싸주는 통에 어쩔 수 없이……."

중금 두 사람은 어이가 없다는 듯 혀를 끌끌 찬 뒤에 방시경과 함께 온 여인들을 돌아보았다. 여인들은 연신 방시경을 응원하는 말을 하며 소란을 피웠다. 지견은 그 모습이 정겨워서 웃음을 지었다.

"입사!"

중금 한 사람이 앞장서고, 그 뒤로 소중금들과 함을 진 이들이 따르며, 맨 뒤에 다시 중금 한 사람이 서서 내시부 궐외 각사 안으로 차례차례 들어섰다. 등 뒤로 문 닫히는 소리가 들렸다. 새로운 삶이 열리고 있었다.

∞

관사로 들어선 뒤에 무리는 함을 진 이들과 소중금, 두 패로 갈라졌다.

"너희와 함께 온 함은 궁 안의 액정서에서 검열한 뒤에 각자의 내반원 숙소로 옮겨질 것이다. 궁에 들일 수 없는 물건은 액정서에서 따로 보관할 터이니, 나중에 가족을 불러 찾아가게 하라."

지견은 스승의 단검이 마음에 걸렸다. 도경술의 집에 둘 걸 괜히 가져왔나 후회했다.

내시부 관사는 크게 세 구역으로 나뉘어 있었다. 정문으로 들어서면 마당이 있고 이 마당을 디귿자 형태의 건물이 둘러싸고 있는데, 이 구역에서는 궁의 살림과 관련한 실무가 이루어졌다. 이곳에서 조금 더 안으로 들어가면 후원을 사이에 두고 양옆으로 건물이 하나씩 서 있었다. 오른쪽 건물에는 내시부의 수장인 상선내시의 집무실과 회의실이 있고, 그 맞은편에는 중금의 수장인 정중금의 집무실과 회의실이 보였다. 하지만 상선내시와 정중금 모두 궐내 각사인 내반원과 액정서를 중심으로 움직이기에 이 두 건물은 대부분 비어 있었다. 거기에서 더 안쪽으로 들어가면 절의 대웅전처럼 큰 건물이 보이는데, 이곳에서는 주로 소내시와 소중금의 교육이 이루어졌다. 이 건물을 중금과 내시들은 중청이라고 불렀다.

여섯 명의 예비 중금이 미리 마련된 방석에 자리를 잡고 앉았다. 맨 오른쪽이 서무일이고, 제일 끝이 지견이었다. 중금으로 보이는 관리 네 명이 양쪽에 두 명씩 앉았고, 가운데에 훈도중금 김밀희가 앉았다.

"나는 너희들의 훈련을 맡은 훈도중금 김밀희다. 너희는 아직 중금이 아니다. 훈련을 받는 동안 소중금으로 불릴 것이다."

소중금은 갓 입궐한 내시가 정식 직무를 맡기 전에 소내시라고 불린 것에서 유래한 말이었다. 중금이 내시부에 속한 만큼 여러모로 내시의 법도를 따랐다.

"중금에는 여러 가지 직무가 있다. 여기 있는 나처럼 교육과 훈련, 규칙을 관장하는 중금을 훈도중금이라 하고, 어명을 지정한 곳에 전달하는 이를 훈령중금이라 하며, 어전(御前)에서 주상 전하의 어성을 대신하는 중금을 승전중금이라 한다. 그리고 중금의 수장을 중금 중의 중금이라는 뜻에서 정중금이라 한다. 현재 우리의 가장 웃어른은 최헌직 정중금이시다."

김밀희는 소중금들의 얼굴을 하나하나 일별하고 나서 말을 이었다.

"너희는 앞으로 이어질 훈련 과정을 통해 각자의 능력과 자질에 어울리는 직무에 배속될 것이다. 중금의 임무에는 경중이 없다. 주상 전하의 뜻을 곧고 바르게 전하는 것만이 중금의 사명이다. 훈련에 나태함을 보인다면 즉시 퇴출할 것이다."

한 식경의 휴식이 주어졌다. 하지만 휴식이라기보다는 중청에서 이어질 교육을 준비하기 위해 소중금들을 밖으로 내보내는 목적이 더 큰 듯했다. 중청 앞의 마당으로 나온 소중금들은 두 패로 확연히 갈라졌다. 지견과 방시경이 한 무리이고, 서무일을 중심으로 모인 나머지가 한 무리였다. 서무일을 둘러싼 세 명의 소중금들은 서무일을 상전 모시듯 했다.

방시경이 그들을 보며 말했다.

"양부가 상선이니, 서무일은 출세가 빠르겠죠?"

거기에 대해서 지견은 할 말이 없었다. 방시경의 말이 이어졌다.

"하지만 내가 보기에 실력으로 따지면 이지견 중금이 서무일보다 몇 수 앞서 있는 것 같소."

지견은 그런 이야기는 하고 싶지 않았다. 그래서 일부러 화제를 돌렸다.

"아침에 본 여인들은 누구입니까? 족히 스무 명은 되어 보이던데."

"어머니와 누이들, 이모들이오. 우리 집은 대대로 자식이 많은데, 아들이 귀합니다. 내가 5대 독자요. 손위 누이가 여섯 명이고, 손아래 누이가 셋이오. 오늘 함을 지고 온 남자들은 모두 자형입니다."

"가족이 많아서 좋겠습니다."

"가지 많은 나무에 바람 잘 날 없는 법이지요."

그래도 방시경은 가족 이야기를 하며 내내 싱글벙글했다. 집안사람끼리 우애가 깊은 모양이었다. 갑자기 생각난 것이 있어 지견이 방시경에게 물었다.

"전에 취재 중에 들었습니다. 사 년 전에도 중금 취재에 응하셨다고요?"

"그랬지요. 입도 못 떼어보고 쫓겨났지만······."

"혹시 송도겸이라는 이를 기억합니까?"

"기억하다마다. 취재에 나선 이가 서른 명 정도 되었는데, 군계일학이었소. 듣자하니 양반의 자제인데, 중금 취재에 나섰다 했소. 원래 중금은 변변찮은 향반(鄕班)이나 중인 집안의 자제가 나서는 것이 상식이 었는데, 송 도령으로 인해 그러한 인식이 깨진 모양이오. 상선내시의 양자까지 중금 취재에 응하다니 말이오. 그렇지 않아도 송도겸 중금을 만나기를 기대하고 있소."

지견은 송도겸이 역모로 몰려 국문 중에 죽음을 맞았다는 사실을 말하지 못했다. 송도겸의 비운을 생각하면 가슴이 아팠다. 임금을 향한 충절을 위해 자신의 훌륭한 자식을 중금으로 들여보낸 아비와 그 뜻을 따랐던 아들, 풍비박산이 난 집안, 그리고 재인……

"그런데 이지견 중금은 어찌 송도겸 중금을 아시오?"

"취재가 끝난 뒤에 소문으로 접했을 뿐입니다."

방시경은 말이 많은 사람이었다. 대화가 끊길 것 같으면 금세 새로운 화제를 꺼내어 입을 놀렸다.

"중금의 첫 번째 교육이 무엇인지 아오?"

"……"

"연시를 혀로 핥아먹는 것이오."

지견이 놀란 표정을 지었다. 방시경은 대단한 비밀이라도 풀어놓는 듯 손으로 입을 가리고 목소리를 낮추어 덧붙였다.

"혀의 움직임을 확인하는 동시에 인내심을 시험하는 것이오. 연시의 달콤함에 취해서 덥석 물어버리면 그대로 쫓겨날 수 있으니 조심하시오."

휴식이 끝나고 다시 중청에 모였다. 시경의 말대로 각자의 방석 앞에 잘 익은 연시가 놓여 있었다. 초여름에 연시를 대하니, 기분이 묘했다. 수라상에나 오를 귀한 것이었다. 아마도 지난해 가을에 딴 감을 빙고에서 천천히 익힌 듯했다. 훈도중금 김밀희가 말했다.

"오늘 첫 출사를 한 날이니, 특별한 간식을 준비했다. 다 먹고 나면 교육을 시작한다."

지견과 시경의 눈이 마주쳤다. 시경이 물었다.

"이걸 어떻게 먹습니까?"

김밀희가 그게 무슨 소리냐는 표정을 짓고 있다가 말했다.

"어떻게 먹다니? 연시 먹는 방법까지 가르쳐주어야 하느냐?"

시경은 다른 소중금들의 눈치를 살피며 연시를 핥기 시작했다. 다른 중금들이 꼭지만 남기고 다 먹을 때까지도 시경은 혀끝으로 연시를 건드리기만 하다가 김밀희의 매서운 눈길을 받고서야 날름 삼켰다. 다시 교육이 시작되었다.

"중금은 무엇을 가장 잘해야 할까?"

김밀희의 물음에 소중금들이 저마다 생각한 바를 말했다.

"좋은 음성을 갈고닦는 것입니다."

"어명이 잘 전달되도록 발음을 분명히 하는 것입니다."

"주상 전하께서 뜻하시는 바를 잘 기억해야 합니다."

"주상 전하의 위엄이 전해지도록 목소리에 힘을 갖추어야 합니다."

지견은 소중금 동료들이 하는 말을 들으며 생각에 잠겨 있다가 입술 사이에 단어 하나를 머금었다. 그 모양을 본 김밀희가 물었다.

"이지견 소중금, 방금 무어라 했는가?"

지견이 깜짝 놀라 고개를 들었다. 김밀희의 날카로운 시선이 자신을 향하고 있었다.

"별말 아니었습니다."

"그 별말 아닌 것이 무엇이냐?"

지견은 난처한 표정을 짓고 있다가 말했다.

"그냥…… '침묵'이라고 했습니다."

서무일의 눈썹이 꿈틀거렸다. 뒤통수를 한 대 얻어맞은 기분이었다.

김밀희가 고개를 끄덕이고 말했다.

"중금이 가장 잘해야 하는 것은 말을 잘하는 것이 아니라 침묵이다. 침묵은 그저 아무 소리를 내지 않는 것이 아니라, 그 자체로 뜻을 품고 있는 것이다."

서무일의 얼굴이 벌겋게 달아올랐다. 처음 보았을 때부터 심상치 않은 놈이라는 걸 직감했다. 취재를 치르는 동안에도 계속 밀리는 느낌이었다. 이지견이라는 놈과 자신의 거리가 점점 멀어지는 것만 같았다. 만약 이대로 계속 밀린다면 양부의 노여움을 피할 수 없을 것이다. 힘으로 찍어내는 것밖에 달리 방도가 없었다.

훈도중금 김밀희가 말했다.

"중금으로서 반드시 지켜야 할 열 가지 덕목이 있다. 이 열 가지 계령을 '중금 계령 십조'라고 한다. 지금 내가 말하는 것을 오늘 안에 외우도록 하라. 계령 하나, 품위를 잃지 않는다. 항간에는 중금의 교육법이라고 해서 연시를 핥아먹는다는 헛소문이 돌고 있다."

그 말에 시경의 얼굴이 검붉어졌다. 지견은 웃음이 터지려는 것을 겨우 참았다.

"계령 둘, 궁 안에서는 이성 간의 어떤 소통도 있을 수 없다. 중금이 되기로 한 이상 궁 안에서는 남자라는 사실을 잊어라. 계령 셋, 혀와 입을 더럽히지 말라. 중금의 혀와 입은 주상 전하의 것이다. 이후로 상소리는 물론 험담을 해서도 안 된다. 이런 소리를 입에 올리다가 적발되면 벌점을 내릴 것이요, 세 번 적발되면 퇴출된다. 단 한 번이라도 경중을 따져 퇴출시킬 수 있으며, 형벌을 받을 수도 있다."

시경이 손을 번쩍 들었다.

"무엇이냐?"

"그러면 똥을 싼다든가 하는 말도 해서는 안 됩니까?"

소중금들의 입술 사이로 마른 웃음이 새어 나왔다. 김밀희는 시경의 표정을 살폈다. 정말로 궁금해서 묻는 얼굴이었다.

"그런 것에는 따로 쓰는 말이 있다. 궁에 있는 동안에는 사가의 말이 아니라 궁중의 말을 써야 할 것이다."

"예, 알겠습니다."

김밀희의 말이 이어졌다.

"넷, 궁의 비밀을 누설하지 말 것. 다섯, 권력과 통하지 말 것. 여섯, 궁의 물건을 다른 것과 거래하지 말 것. 일곱, 술주정하지 말 것. 여덟, 잡기에 빠지지 말 것. 아홉, 무뢰배와 사귀지 말 것. 열, 상관의 말에 절대복종할 것! 중금으로 사는 한 이 중금 계령 십조는 절대 잊어서는 안 된다! 알겠는가?"

"예!"

∞

출사의 첫날이 기울어가고 있었다. 그날의 교육은 중금 계령 십조를 외우는 것으로 마무리되었다. 딱 한 번 들었을 뿐인데, 소중금 모두가 기억력이 비상했다. 방시경만이 두 번 물을 먹고 세 번째에 통과했다. 이후 자유 시간이 주어졌으나, 내시부 관사를 벗어날 수 없어 딱히 할 일이 없었다.

그러나 저녁을 먹고 나서 분위기가 사뭇 달라졌다. 낮 동안에는 훈도중금을 비롯한 다섯 명의 중금이 소중금을 교육했으나, 저녁상을 물리고 나자 중청으로 족히 스무 명은 되어 보이는 중금들이 들어섰다. 지견은 그들이 중금이라는 사실을 관복 색깔로 알 수 있었다. 모두가 자주(紫朱) 빛깔이었다.

아무리 지위가 높고 재산이 많아도 백성이 쓸 수 없는 색이 있었다. 금색이 그러했고, 자주색도 그중 하나였다. 황금색은 왕의 색이었다. 자줏빛은 예부터 신성한 색깔로 여겨져 아무나 쓰지 못하게 했다. 청 황실이 궁을 온통 자줏빛으로 물들이고는 자금성(紫禁城)이라는 이름을 붙인 것도 같은 연유였다. 1품과 2품 고위 관료들은 적색 관복을 입고,

3품부터 6품까지의 관리는 청색포를 입었으며, 7품 이하 관리는 녹색포를 입었다. 단, 중금의 관복은 『경국대전』의 관복 제도에서도 벗어나 있었다. 숭금이 성스럽게 여겨지는 자주색을 쓴다는 것은 그만큼 그 지위가 특별하다는 사실을 의미했다.

여섯 명의 소중금이 중청 가운데에 앉았고, 중금들이 그들을 둘러쌌다. 지견이 곁눈질로 세어보니 모두 열일곱 명이었다. 훈도중금 김밀희가 말했다.

"정중금 어른과 궁에서 장번을 맡은 중금들을 제외하고 모두 이곳에 모였다. 지금부터 너희들은 상투를 틀 것이다."

만 스물이 되어 관례를 올렸거나 혼례를 치른 남자만이 상투를 틀었다. 여섯 명의 중금이 모두 땋은 머리를 하고 있다는 것은, 다들 만 스물이 되지 않았고 혼례를 치르지 않았음을 의미했다. 지견은 만 열일곱이었다. 관례를 치르기에 이른 나이였다. 따라서 지금 상투를 트는 것은 혼례의 의미였다. 상대는 누구인가? 바로 왕이었다.

소중금 한 명에 두 명의 중금이 붙어 땋은 머리를 풀어 내리고 참빗으로 정성스럽게 빗질을 했다. 그 일이 이루어지는 동안 중청은 사각사각 머리 빗는 소리만 들릴 뿐이었다. 중금의 제일 철칙인 침묵이 무겁게 중청을 채우고 있었다. 지견은 문득 그날 새벽에 경란이 몰래 두고 간 참빗을 떠올렸다. 이런 뜻이었던가? 기분이 묘했다. 제법 조숙해졌다 싶었는데, 예전의 그 당돌한 면모가 여전했다. 경란을 떠올리자 지견의 입가에 미소가 잡혔다.

상투를 올리고 망건을 썼다. 지견은 유년과 제대로 된 작별인사도 나누지 못하고 순식간에 성년이 되어버린 것이 당황스러웠다. 독골의 기억, 강치복과 함께 변산과 한양을 오가며 정을 나누던 세월, 스승과 보낸 수련의 시간, 도경술 부자와 지전의 일꾼들, 그리고 재인⋯⋯. 그 모든 인연과 기억이 아득한 곳으로 멀어지는 듯한 슬픔이 가슴에 차올랐다. 상투를 올렸을 뿐인데, 망건을 썼을 뿐인데⋯⋯. 그런 감정이 지견의 것만은 아닌 모양이었다. 시경이 제일 먼저 울음을 터뜨렸다. 기다렸다는 듯 소중금들이 흐느끼기 시작했다. 지견은 눈물을 흘리지 않으려 이를 악물었다. 서무일 역시 수많은 감정과 회한이 가슴에서 소용돌이쳤으나 눈물을 보이지 않으려 애썼다.

중금들이 눈물을 흘리고 감정의 사투를 벌이고 있는 어린 후배들을 지긋한 눈길로 바라보았다. 그중 한 명이 말했다.

"부디 이 훈련을 잘 끝내고 왕의 사람으로 거듭나시게."

왕의 사람이라⋯⋯ 왕의 사람이라⋯⋯. 지견은 머릿속에 맴도는 그 말의 의미를 헤아렸다. 그리고 중금이 참으로 무겁고 외로운 존재임을 다시 한 번 실감했다. 그렇게 중금 출사의 첫날이 저물고 있었다.

5

앵무새가
말의 뜻을 알랴

23. 입궐

"왕실에서 쓰는 용어는 대부분이 주상 전하를 중심으로 한다. 예를 들어 세자 저하가 머무는 곳을 동궁 또는 동궁전이라고 하는데, 그 이유는 주상 전하께서 계시는 곳의 동쪽에 위치하기 때문이다. 오늘은 특히 주상 전하와 관련된 궁중 용어를 공부할 터이니, 머릿속에 잘 새겨라."

훈도중금 유준상은 엄격하고 딱딱한 김밀희와는 달리 비교적 말투가 나긋나긋하고 동작도 부드러운 편이었다. 김밀희 훈도중금이 근엄한 아버지라면, 유준상은 자상한 어머니 역할을 맡았다.

"전하의 몸이나 전하께서 쓰시는 물건과 관련된 말에는 어(御)라는 글자가 붙는 경우가 많다. 전하의 옷은 어복(御服)이고, 갓은 어립(御笠)이며, 신은 어혜(御鞋)다. 그렇다면 주상 전하의 목소리는?"

중금들이 일제히 대답했다.

"어성(御聲)입니다."

"옳다."

그 외에 편지는 어찰(御札), 자리와 의자는 어좌(御座), 임금이 계신 곳은 어소(御所), 임금이 타는 말은 어마(御馬), 마차는 어승차(御乘車), 임금에게 올리는 우물물은 어수(御水), 임금이 내리는 음식은 어식(御食), 임금에게 물건을 바치는 것은 어공(御供)이라고 했다.

소중금 한 명이 물었다.

"그러면 모든 말에 '어'를 붙이면 되는 것입니까?"

유준상이 대답했다.

"그렇지 않다. 전하의 몸은 용체(龍體)이고, 이마는 액상(額像), 눈은 안정(眼精), 눈물은 용루(龍淚), 콧물은 비수(鼻水), 피는 혈(血), 손톱은 수조(手爪), 방귀는 통기(通氣)라고 한다."

다시 질문이 나왔다.

"전하께서도 방귀를 뀌십니까?"

질문을 한 소중금의 표정이 하도 진지해서 훈도중금도 착실히 대답해주었다.

"통기(通氣). 기가 통한다는 뜻이다. 변은 매화라 하고, 변기는 매화틀이다."

잠시 사이를 두고 유준상이 말했다.

"그날 배운 것은 그날 완벽하게 외운다. 따라오지 못하면 기다려주지 않는다."

소중금이 수련 중에 왕실에 대해서 배우는 일은 극히 드물었다. 훈련의 대부분은 참선하며 마음을 다잡고 인내심을 키우는 것에 집중되었다. 중금은 함부로 감정을 표현해서는 안 된다. 웃어서도 안 되고, 화를 내서도 안 된다. 표정에서 감정이 드러나서도 안 된다. 중금을 한자로 적으면 中禁인데, 호칭에 '가운데 중(中)'을 쓰는 이유가 어느 쪽에도 치우치지 않고 중심을 지켜야 한다는 의미로 해석되었다.

　내시부 궐외 각사에서 생활한 지 한 달이 지났을 무렵 한강변의 군영으로 이동하여 무예 수련을 시작했다. 그동안 내시부 중청 주변을 벗어난 적이 없었던 청춘들은 오랜만의 외출에 환호성을 질렀다.

　소중금들에게는 수련용 관복으로 자주색 철릭이 지급되었는데, 여기에 전립을 착용하면 궁중 무관과 모습이 흡사했다. 게다가 다들 키가 훤칠하고 용모가 출중하여 멀리서 보아도 눈에 띄었다. 소중금들은 훈도중금의 인솔을 따라 열을 지어 군영으로 이동했다. 육조 거리와 육의전을 지날 때는 사람들의 눈길을 사로잡지 않을 수 없었다. 아낙네들의 눈이 휘둥그레지고 장옷에 얼굴을 감춘 규수들도 몸종 아이들과 수군거리며 슬그머니 그들의 뒤를 밟았다. 댕기머리 계집아이들은 아주 대놓고 소중금들의 뒤를 한참 동안 따라붙었다. 소중금들은 사람들의 눈길과 관심이 싫지 않았다. 그들은 자신도 모르게 표정이 근엄해지고, 절도 있게 자세를 취하며 걸었다.

　그날 소중금들을 인도한 훈도중금은 연석이었다. 훈도중금이 모두 여섯 명인데, 제각각 특기가 달라서 왕실의 법도, 경전 공부, 참선 수

행, 규율과 몸가짐 익히기, 무예 수련을 나누어서 교육했다. 훈도중금의 우두머리라 할 수 있는 김밀희는 중금 교육과 관련한 모든 사항을 총괄했다.

중금들의 무술 훈련을 담당하는 연석은 몸 선이 가늘었지만, 흡사 날이 선 칼처럼 날렵했다. 전장에서 병사들을 이끄는 장수보다는 어둠을 틈타 은밀히 움직이는 자객을 연상하게 했다. 소중금들이 교육을 받을 때면 중청 한구석에 앉아 지켜보는 연석의 매서운 눈초리 때문에 딴청을 피울 수가 없었다.

군영에 도착하고 잠시 휴식을 취한 뒤에 본격적인 훈련이 시작되었다. 궁중 무관 차림의 사내 둘이 일정한 거리를 두고 소중금들을 지켜보고 있었다. 아마도 소중금들의 무술 훈련을 맡은 내금위 무관들인 듯했다.

연석이 말했다.

"중금군은 원래 왕실 인사들을 호위할 목적으로 고려 때에 창설되었다. 주군과 가장 가까운 거리에 있기에 비상시에는 중금이 최후의 보루로서 왕의 안위를 지켜야 한다. 그렇다면 묻겠다. 주상 전하의 안전을 위협하는 가장 위험한 적은 누구인가?"

소중금 누구도 선뜻 대답하지 못했다. 외적이 국경을 넘는다고 해도 왕이 외적에게 노출될 경우는 많지 않을 것 같았다. 그렇다면 누가 가장 위험한 적인가?

"주상 전하를 해할 목적을 가진 모든 자이다. 궁에서 생활하며 자주 얼굴을 마주하는 이들이 가장 위험한 적이다. 이 말은, 중금이라면 주상 전하 주변에 있는 모든 사람을 그 경계 대상으로 삼아야 한다는 뜻이다."

소중금들은 너나없이 침을 꿀꺽 삼켰다. 왕 주변에 있는 모든 사람을 적으로 간주해야 한다는 훈도중금 연석의 말이 무겁게 다가왔다.

방시경이 손을 들었다.

"질문하라."

"그러면 중금들은 무기를 소지합니까?"

"검이 주어진다. 겉으로 드러나지 않도록 옷 속에 감추고 다닌다."

연석은 그렇게 말하고 왼손으로 철릭의 옷자락을 젖혔다. 그러자 어른 팔뚝만한 검이 보였다. 지견은 그 단검을 보고 적이 놀랐다. 스승이 남기고 간 단검과 모양이 흡사했다. 스승이 궁중의 무관이었을지도 모른다는 지견의 추측이 점점 힘을 얻었다.

"너희가 정식 중금이 된다면, 주상 전하께서 단검을 한 자루씩 내릴 것이다."

중금의 임무에 대해서 속속들이 알고서 중금 취재에 응한 이는 없었다. 소중금들은 훈련을 받고 중금의 실체를 알아가면서 지금 자신이 무엇을 위해 이곳에 있는지 깨닫는 중이었다.

"오늘부터 석 달 동안 소중금들은 이곳에 군막을 설치하고 전시의 군사와 똑같이 생활할 것이다."

소중금들은 멍한 표정으로 서로의 얼굴을 쳐다보았다. 내시부 궐외 각사를 떠나며 터뜨렸던 환호성이 탄식과 한숨으로 변했다.

∞

비가 내렸다. 세자 이선은 동궁전의 문을 열어놓고 바깥을 내다보았다. 처마를 타고 떨어지는 낙숫물 소리가 듣기 좋았다.

어제 그는 갑자기 울화증이 치밀어 동궁전의 내시와 나인들을 다 내쫓았다. 그들이 우물거리자 칼을 뽑아 휘둘렀다. 내시와 궁녀들이 비명을 지르며 달아났다. 이후로 왕이 어떤 조치를 내렸는지 동궁전 부근에는 개미 한 마리 얼씬거리지 않았다. 세자는 밤새 가슴속에 타오르는 불길을 잠재우지 못해 고함을 질러대고 방바닥에 머리를 찧었다. 그렇게 밤이 지나자 새벽녘에 비가 내리기 시작했다. 더위가 물러가면서 마음이 가라앉았다. 새벽부터 세자는 줄곧 바깥의 비를 바라보는 중이었다.

정중금 최헌직이 동궁전을 찾았다.

"세자 저하, 정중금 최헌직이 왔습니다."

세자가 힘없는 목소리로 물었다.

"아바마마께서는 동궁전의 소동을 모르십니까?"

최헌직은 적절한 답을 찾을 수 없어 고민하다가 가까스로 입을 열고 대답했다.

"주상 전하께서 걱정이 많으십니다, 저하."

"걱정이 많으시다? 그건 아바마마의 입에서 나온 소리입니까, 정중금의 생각입니까?"

최헌직은 그 물음에 답할 수 없었다.

"이젠 내가 소동을 일으켜도 찾아오시지 않는구려. 와서 꾸짖지도 않으시는구려."

사실이 그랬다. 동궁전의 전날 소동은 곧장 임금의 귀에도 들어갔다. 최헌직은 임금이 보인 반응에 적잖이 놀랐다. 예전 같았으면 불같이 화를 내고 당장 동궁전으로 들이닥쳤을 텐데, 어제는 세자의 기행을 접하고도 시큰둥했다. 아비로서의 관용이 아니었다. 무관심도 아니었다. 과연 세자의 기행이 어디까지 갈 것인지 두고 보겠다는 뜻이었다. 그 끝은 무엇일까? 최헌직은 무서운 일이 일어날 듯하여 두려웠다.

세자가 처량한 눈길로 바깥에 시선을 둔 채 말했다.

"박문수 대감이 그랬소. 송도겸 중금을 살리라고. 주상 전하께 송도겸 중금의 무고함을 알리라고. 내가 어땠는지 아시오? 아바마마와 부딪치는 것이 두려워 귀를 닫아버렸소. 이 세상 어느 누구보다도 그의 무고함을 잘 아는데, 그런 내가 송도겸 중금이 국문을 당하는 동안 이 동궁전에서 꼼짝도 하지 않았소. 비루먹은 개처럼 벌벌 떨었소."

최헌직은 송도겸 중금을 동궁전에 배속하며 세자에게 처음 인사시키던 그날이 떠올랐다. 송도겸은 내내 떨떠름한 표정을 짓고 있는 세자에게 이렇게 말했다.

"저하, 중금은 말하는 자이기 이전에 말을 지키는 자입니다. 속에서

열불이 나는 일이 있으시거든 저한테 시원하게 뱉으십시오. 저한테 온 말은 절대로 새지 않습니다."

그때 세자는 보일 듯 말 듯 웃음을 지었다. 송도겸은 군신의 예를 다하면서도 형이 동생을 돌보는 마음으로 세자를 대했다. 세자 역시 송도겸 중금의 마음을 헤아렸다. 두 사람은 잘 어울렸다. 송도겸 중금이 곁을 지키는 동안 세자가 말썽을 일으킨 적은 없었다. 하지만 이제 송도겸 중금은 이 세상 사람이 아니었다. 가장 아꼈던 이의 죽음 앞에서 비겁했다는 자책이, 다시는 그를 볼 수 없다는 슬픔이 세자의 우울증을 더했다. 그리고 이어진 원손 이정의 죽음은 그를 완전히 나락으로 떨어뜨리고 말았다.

"저하, 세자빈마마의 몸속에 자라는 아기씨를 생각하시어 용기를 내십시오."

원손이 세상을 떠나기 얼마 전 세자빈에게 태기가 있었다. 오래지 않아 2세를 맞이할 예정이었지만, 세자는 새 생명이 반갑지 않은 모양이었다.

최헌직은 왕이 있는 희정당으로 가기 위해 세자에게 절을 올렸다.

"저하, 신은 이만 물러가겠습니다."

최헌직이 뒷걸음질을 치는데 세자가 말했다.

"정중금, 내의원 의원들이 말하기를 세자빈이 잉태한 아이가 아들인 것 같다고 하오. 내가…… 그 아이의 좋은 아비가 될 수 있을까?"

최헌직이 뭐라 대꾸하려 했으나, 세자는 대답을 듣지 않고 안으로 들어가 방문을 닫아버렸다. 최헌직은 한참 동안 빗속에 서 있다가 발길을 돌렸다.

∞

소중금들이 군영에 든 지도 벌써 두 달 보름을 넘어서고 있었다. 그동안 맨손 무예와 창술, 봉술, 곤봉 다루는 법, 활쏘기, 말타기 등을 익혔다. 깎아놓은 밤톨처럼 뽀얗던 소중금들의 피부는 검게 그을었고, 체격은 더욱 다부지게 다져져 있었다. 미소년 같던 그들의 풍모는 혹독한 군사 훈련을 거치는 동안 제법 무관으로서의 면모를 내비쳤다.

내시부 중청에서 한 달, 강변의 군영에서 두 달 보름을 지내는 동안 여섯 명의 소중금 사이에는 어느 정도 서열이 정리되었다. 알게 모르게 상전 노릇을 하는 서무일이 겉보기에는 우두머리 행세를 했으나, 지견과 서무일을 제외한 나머지 네 명의 소중금은 지견 안에 감추어진 잠재력을 서무일보다 높게 평가했다. 서무일조차도 지견이 가진 능력의 끝을 알 수 없었다. 더욱 두려운 것은 지견이 지금 자신의 실력을 제대로 보이지 않고 있는지도 모른다는 점이었다. 그것은 공부와 수련으로는 넘어설 수 없는 천성적인 것이었다. 서무일은 지견을 경쟁자로 의식하지 않으려 마음을 다잡으면서도, 시시때때로 노력만으로는 도저히 좇을 수 없는 벽을 실감하고는 했다.

'왜 하필 저런 자가 지금 나타났는가.'

서무일은 중금을 얕보았다. 기껏해야 중인 집안의 자제들이었다. 태생이 천하고 자란 환경이 비루하니 아무리 다듬어보았자 그 나물에 그 밥일 거라고 생각했다. 하지만 서무일은 중금 수련을 받는 동안 선배 중금들이 보이는 태도와 성품에 저도 모르게 감화를 받고는 했다. 그들은 출신이나 성장 배경으로 평가할 수 없는 존재들이었다. 도대체 무엇이 저들을 저렇게 만들었는가. 서무일로서는 이해하기 힘들었고 받아들일 수 없었다. 엎친 데 덮친 격으로 이지견이 있었다. 굳이 양부의 힘이나 입김 없이도 오래지 않아 승전중금이 되고 정중금에 오를 거라던 그의 계획이 시작부터 꼬이고 있었다. 내반원을 완전히 장악하고자 하는 양부 서승의 원대한 계획에 쓸모가 없어진다면 서무일은 미래를 장담할 수 없었다. 그래서 두렵고 조바심이 났다. 그는 내면의 어둠을 겉으로 드러내지 않으려 무던히도 애를 쓰며 버티는 중이었다.

"오늘부터 검술 훈련을 시작할 것이다."

연석이 내금위 무사들에게 눈짓을 했다. 그동안 내내 무술 훈련을 함께했던 내금위 무사들이 소중금들에게 장검 한 자루씩을 나누어주었다. 지견은 검을 받아드는 순간 묵직하고도 날카로운 감각이 척추를 타고 흐르는 느낌을 받았다. 무예 훈련을 하는 동안 목검만 휘둘렀지 진짜 검을 잡은 것은 처음이었다. 내금위 무사가 말했다.

"자, 모두들 서 있는 간격을 벌리고, 칼집에서 칼을 뽑으십시오."

소중금들은 일사불란한 동작으로 흩어져서 칼을 뽑았다. 한여름의 뜨거운 햇볕이 칼날에 부딪쳐 산산조각이 나며 사방으로 퍼졌다.

"아홉 개의 손가락으로 자루를 쥐고 왼손 새끼손가락으로 자루를 받치는 식으로 쥐십시오."

소중금들이 모두 자세를 잡았다. 중금 취재를 위해 검술을 수련했기에 모두들 자세는 안정적이었다. 내금위 무사의 말이 이어졌다.

"그동안 창과 봉, 곤봉, 활을 다루었습니다. 무기 다루는 법을 배우면서 검을 가장 늦게 취하는 데에는 이유가 있습니다. 수련이 부족한 상태에서 검을 쥐면 검에 사람이 굴복당하기 때문입니다. 검은 탄생하는 순간부터 살기를 품기에 그 기운을 다스리지 못하면 부당한 살육이 일어나고 결국 칼끝이 자신을 향하게 될 것입니다."

내금위 무관들이 시범을 보였다.

"검보(劍譜)를 보십시오. 검보를 머릿속에 그리면서 머리와 발을 움직여야 합니다."

무관의 동작을 따라 소중금들이 칼을 들고 움직였다. 마치 소중금들의 몸이 한 자루의 붓이 되어 세상이라는 백지에 그림을 그리는 것만 같았다. 어설프게나마 칼춤을 춘 소중금들의 온몸이 땀으로 젖었다.

내금위 무관이 말했다.

"중요한 점은 검술을 익히면서 간합과 기회를 잡는 힘을 키우는 것입니다."

방시경이 물었다.

"간합이 무엇입니까?"

"검과 검 사이의 거리를 뜻하기도 하고, 검을 휘두를 때 검 끝이 미치는 거리를 말하기도 합니다. 상대와 검을 들고 대치할 때 간합을 어느 정도로 조절하느냐에 따라 대결의 형태가 결정됩니다. 그리고 상대가 검을 휘두를 때는 검 끝이 미치지 못하는 곳에서 움직여야 기회를 잡을 수 있습니다."

이때 연석이 끼어들었다.

"말에도 간합이 있다."

소중금들의 시선이 일제히 연석에게로 모였다.

"상대가 하는 말의 범위를 침범하지 않아야 받아칠 시점을 잡을 수 있다. 상대가 말을 할 때 섣불리 그를 납득시키겠다는 생각으로 들어갔다가는 역공을 당하거나 마음의 문을 닫게 만든다. 그렇다고 너무 멀어지면 상대의 오해를 살 수 있다. 말과 말 사이에도 간합이 있어서 적절한 거리를 유지해야 마음이 오갈 수 있는 것이다."

완전히 이해하기는 힘들었지만, 훈도중금 연석이 뜻하는 바가 무엇인지 어렴풋이 알 수는 있었다. 한 가지 궁금한 것은 왕의 목소리를 전할 뿐 문자와 언어를 다듬고 재단할 재량권이 주어지지 않는 중금에게 말의 간합을 다루는 능력이 왜 필요하냐는 점이었다. 하지만 지견의 생각은 거기에서 잠시 멈추어야 했다. 무관이 소리쳤다.

"상대가 검을 휘두르기 전에 미리 움직여서는 기회를 잡을 수 없습니다. 허나 너무 늦게 움직이면 생명을 잃을 수 있습니다. 너무 빠르지도 않고 너무 늦지도 않게 움직여야 상대를 제압할 수 있습니다. 다시 검을 드십시오."

소중금들은 무관의 움직임을 따라 일사불란하게 검을 휘둘렀다. 지견은 연석의 말을 가슴속에 새겼다. 칼끝의 거리와 말의 거리, 너무 가깝지도 멀지도 않은 거리, 그 거리를 벗어나는 순간 생과 사가 달라질 것이다.

교관이 소리쳤다.

"베십시오."

"이얍!"

소중금들이 일제히 검을 들어 올려 허공을 갈랐다.

∞

군영을 떠나기 전 소중금들은 강가에서 멱을 감았다. 이제 가을이 완연하여 한강물이 차가웠으나, 소중금들은 지긋지긋한 군막 생활을 접는다는 사실만으로도 신이 났다. 그들은 군영에 들어올 때와 마찬가지로 의관을 단정히 하고 열을 지어 내시부 궐외 각사로 향했다. 석 달 만에 보는 인가와 사람들이 반가웠다. 내시부 중청에 도착하여 여장을 풀자, 그제야 긴장이 풀리면서 피로가 몰려왔다. 소중금들을 기다리고 있던 훈도중금 김밀희가 말했다.

"그동안 고생했다. 오늘은 교육이 없으니, 편히 쉬도록 하라. 단, 이곳을 벗어나서는 안 된다."

김밀희의 말이 떨어지자마자 방시경이 바닥에 벌러덩 드러누웠다.

다른 중금들도 방시경을 따라 바닥에 퍼졌다. 다른 날과 달리 다른 훈도중금들은 자리를 비우고 김밀희와 유준상만이 중청을 지켰다. 지견이 궁금하여 유준상에게 물었다.

"훈도중금들께서는 모두 궁에 가셨습니까?"

"그렇네. 오늘은 교육이 없기도 하거니와 궁에 급한 일이 있어 모두들 호출되었네."

"무슨 일인지 여쭤도 되겠습니까?"

"세자빈마마께서 아기씨를 생산하실 모양이네. 궁에 경사가 났어."

그날이 임신년(1752년) 10월 28일(음력 9월 22일)이었다. 지견은 궁의 사정에 어두웠지만, 새 생명이 태어나는 일은 언제나 반가운 일이었다.

지견은 지난 5월에 혼례를 올린 도정윤과 설영 부부를 생각했다. 그들도 오래지 않아 2세를 맞이할 것이다. 그는 중청 마루에 앉은 채 도경술 집의 식솔들 얼굴을 하나하나 떠올리며 그리움에 잠겼다. 물건을 구하러 청에 갔던 도경술은 조선에 왔을 것이고, 효동은 지전 일꾼들과 함께 부지런히 일할 것이며, 방종현도 이제는 몸을 회복했을 것이고, 경란은 새침한 표정으로 설영과 꼭 붙어 다닐 것이다. 음 선생과 재인은 보름마다 청독회에 참석했겠지. 그러고 보니 지견이 도경술을 따라 처음 화원의 청독회에 갔던 때가 지난해 9월이었다. 벌써 일 년을 넘겼다. 세월이 참 빨랐다.

이튿날부터 다시 교육이 시작되었다. 전날 원손이 태어난 덕에 내시부는 온종일 들썩거렸으나, 중청의 소중금들은 그 흥겨운 분위기에 낄 수가 없었다. 오전 내도록 참선을 하고, 오후에는 발음 훈련을 했다. 군영에서 군막 생활을 할 때는 중청의 마룻바닥이 그리도 그립더니, 하루도 안 되어 몸이 근질거렸다.

밤에 방시경이 자리에 누우며 말했다.

"아, 지긋지긋하다. 벌써 넉 달이 넘었는데, 언제쯤 이곳을 벗어나려나."

그러고는 옆에 누운 지견을 돌아보며 물었다.

"어떤가? 뭐 아는 게 없는가?"

지견이 대답했다.

"무엇을 말입니까?"

방시경은 나머지 다섯 명의 소중금들보다 나이가 두 살 많았다. 지견을 비롯한 다섯 명의 소중금 나이가 열여덟 동갑인 데 비해 그는 스물이었다. 지견은 시경에게 꼬박꼬박 존대했지만, 다른 이들은 존대도 아니고 하대도 아닌 애매한 말투로 시경을 대했다.

"우리가 언제쯤 소중금 딱지를 떼고 입궐할 수 있는지 말일세."

지견이 의아한 표정으로 시경을 돌아보며 물었다.

"왜 그걸 제가 알 거라고 생각하십니까?"

시경이 대답했다.

"나는 말이야, 지견이 네가 중금 집안의 자식이 아닌가 생각하고 있어. 괜한 참견을 하는지 모르겠지만, 중금으로서의 소양과 재주를 뭐

앵무새가 말의 뜻을 알랴

하나 빠지지 않게 갖추고 있는 듯하여 내내 그리 생각했지. 어릴 때부터 중금이 되기 위한 훈련을 받았다고 말이야. 내 말이 틀렸나?"

갑자기 중청이 무거운 적막에 잠겼다. 나란히 누워 있는 나머지 소중금들이 숨을 멎은 채 지견의 대답을 기다리는 듯했다. 잠시 사이를 두고 지견이 대답했다.

"제 아버님은 심마니셨습니다. 제가 어릴 때 돌아가셔서 저는 줄곧 소금 장수를 따라다니며 자랐고요. 그러다 한양 시전에서 기연이 맺어져 이곳까지 오게 되었습니다."

"허, 그래? 쳇, 혼자서 별의별 상상을 다 했는데 그만 싱겁게 되어버렸군."

방시경의 그 말에 적막이 풀렸다.

지견의 말을 듣고 나서 서무일은 더욱 분통이 터졌다. 산에서 약초나 캐던 자의 자식에게 밀리고 있다는 사실이 화를 부추겼다. 그는 속으로 생각했다. 그래봤자 천한 것의 씨다. 씨는 못 속인다!

지견도 생각에 잠겼다. 시경의 상상과 달리 그는 분명 중금과 관련이 없는 삶을 살아왔으나, 어릴 때부터 받아온 가르침이 중금과 완전히 무관한 것도 아니었다. 사람의 음성과 소리에 대한 아버지의 가르침이 그러했고, 변산과 한양을 오가며 들렀던 주막에서 마주친 수많은 사람의 이야기 역시 지견에게 간접 경험으로 다가왔다. 홀연히 찾아와 무예를 가르쳐주고 떠난 스승은 또 어떠했는가. 청독회에 참석하게 하여 중금 취재에 이르게 한 도경술과의 인연 역시 결론적으로는 중금이라는 지점을 향하고 있었다. 아무도 의도하지 않았지만 어떤 힘에 이끌려 여기까지 온 것은 아닐까 하고 지견은 생각했다.

∞

내시부 중청 한가운데에 큰 항아리가 놓였다. 그 아래에는 커다란 그릇이 놓여 있었는데, 항아리 아래에 구멍이 뚫린 듯 작은 물방울이 아래로 떨어지고 있었다.

"모두 눈을 감고 물방울 떨어지는 소리에 집중하라."

똑똑똑똑. 일정한 간격을 두고 물방울 소리가 들려왔다. 소리에 집중하는 동안 사위가 적막에 잠겼다. 지견은 이 세상에 오로지 홀로 있는 것만 같았다. 외롭지도 않고 두렵지도 않았다. 어머니의 자궁 속이 이럴까. 몸이 나른해지고 마음이 편안했다.

훈도중금 김밀희가 말했다.

"소리의 간격을 기억하라. 물방울 소리에 맞추어 글을 읽을 것이다. 모두 앞에 놓인 종이를 펼쳐라."

눈을 감고 있는 사이 훈도중금들이 소중금들 앞에 글이 적힌 종이를 놓아둔 모양이었다.

세상의 옥구슬들 부질없이 다투지만, 다 쓰면 마침내 한 개도 남은 것이 없네. 만약 이 보물을 빈 골짝에 갈무리할 수 있다면, 속에 찬 모두가 옥처럼 쟁그랑거릴 것을.

　매월당 김시습이 『고문진보』라는 책을 접하고 느낀 감회를 술회한 시였다. 김밀희가 말했다.

　"주어진 글을 물방울 소리에 맞추어 소리 내어 읽어라."

　첫 번째 소중금이 나섰다.

　"세상의 옥구슬들 부질없이 다투지만……."

　채 한 줄을 못 넘기고 침을 꿀꺽 삼키는 바람에 그만 박자를 놓치고 말았다.

　"불통! 다음!"

　두 번째 중금은 너무 서두르는 바람에 물방울 떨어지는 간격을 앞서고 말았다.

　"불통이다! 다음!"

　일정한 간격으로 글자를 읽는다는 것이 생각보다 쉽지 않았다. 세 번째는 서무일의 차례였다. 그는 아무런 표정의 변화 없이 물방울 소리 하나에 한 글자씩 처음부터 끝까지 또박또박 읽었다.

　"통이다. 잘했다."

　방시경도 만만치 않았다. 조금 덜 떨어져 보이지만 그는 목소리와 발성에 관해서는 어느 누구에게도 뒤지지 않았다.

　"잘했다. 통!"

　다섯 번째 소중금은 '불통'을 받았다.

지견이 마지막이었다. 그는 물방울이 자신의 가슴에 떨어지는 상상을 하다가 입을 열었다.

"세상의 옥구슬들 부질없이 다투지만, 다 쓰면 마침내 한 개도 남은 것이 없네……."

한 글자 한 글자 읽어나가는 데 그치지 않고 음성에 고저와 장단을 부여하여 음감을 살렸다. 엇나갈 듯하다가도 제자리를 찾아가는 맛이 묘하면서도 율동감이 있었다.

"……만약 이 보물을 빈 골짝에 갈무리할 수 있다면, 속에 찬 모두가 옥처럼 쟁그랑거릴 것을."

서무일은 자신도 모르게 입술을 깨물었다. 한 발자국 앞으로 내디디면 지견은 두세 걸음을 앞서가버렸다. 이쪽은 헉헉대며 좇아가는데, 저쪽은 휘파람을 불며 여유를 부리면서도 자꾸만 간격을 벌렸다. 참으로 징그러운 작자였다.

"아주 잘했다. 통이다."

김밀희의 음성이 나긋나긋해진 것으로 보아 그도 지견의 낭독에 감명을 받은 듯했다.

"항아리를 여기 둘 테니, 낭독 훈련을 게을리하지 말도록 하라."

똑똑똑똑똑똑똑……. 물방울 떨어지는 소리와 함께 시간이 흘렀다. 완연하던 가을은 점점 깊어갔다. 내시부 중청의 아침은 낙엽을 치우는 비질 소리로 시작되었다. 나무들이 앙상한 가지를 드러내고 하늘은 얼음장처럼 파랗게 시렸다. 소중금들의 입에서는 연신 입김이 새어나왔다. 차갑게 얼어붙는 손발을 주무르며 서책을 읽던 중에 지견이 문득 고개를 들고는 혼잣말을 했다.

"눈이다."

소중금들을 지켜보던 훈도중금 유준상이 지견의 그 말에 중청의 문을 열고 밖을 내다보았다. 정말로 탐스러운 눈이 내리고 있었다. 유준상이 말했다.

"지견의 귀는 눈 오는 소리도 듣는구나."

눈이 내리는 것을 소리로 안다? 소중금들은 별로 놀라지도 않았다. 지견이 중청 마당에서 소리 내어 책을 읽으면 새들이 모여들었다. 군영의 말들도 지견이 부르면 달려왔다. 처음에는 모두 그 희한한 광경에 입이 벌어졌으나, 비슷한 일이 되풀이되자 심드렁해졌다. 지견 저 친구는 원래 저래. 심마니 아버지를 따라다니며 짐승들의 울음소리를 배웠나 보군. 소중금들은 산을 가까이 두고 살았던 지견이 잔재주를 익힌 것이라고 낮잡으려 했다. 하지만 다들 알았다. 지견이 중금으로 태어난 사람임을.

∞

12월 중순이었다. 저녁을 먹고 난 뒤 중청에 모여 있는데, 갑자기 주변이 소란스러워졌다. 소중금으로 처음 출사해 상투를 틀었던 그날 저녁처럼 자주색 관복을 입은 중금들이 우르르 중청으로 들어섰다. 여섯 명의 소중금은 어리둥절한 표정으로 자신들을 둘러싼 중금들을 두리번거렸다. 중금 여섯 사람이 곱게 받쳐 든 옷을 소중금들 앞에 놓았다.

"갈아입으라."

많은 눈이 지켜보는 가운데 소중금들은 주뼛거리며 하얀 저고리와 바지로 갈아입었다. 그러자 다시 중금들이 물때가 전혀 없는 놋 세숫대야를 소중금들 앞에 놓고 거기에 맑은 물을 부었다. 중금 한 명이 말했다.

"지금부터 너희는 몸을 깨끗이 하는 의식을 치르며, 세 번 세수를 할 것이다. 첫 번째, 맑은 물에 세수를 하는 것은 사가에서 쌓인 먼지를 제거하는 것이다. 두 번째, 팥과 녹두, 쌀겨를 곱게 빻아 넣은 물에 세수를 하는 것은 살 속에 깊숙이 낀 때를 닦아내는 것이다. 마지막으로 꽃잎과 향초를 우려낸 물에 손과 얼굴을 담그는 것은 살결에 향내를 유지하기 위함이다. 세수!"

소중금들은 가슴이 뭉클했다. 드디어 여섯 달 동안의 교육과 훈련이 끝나고 중금으로서 첫발을 내딛는 순간에 이른 것이었다. 간밤에 얼음이 어는 추운 계절이었으나, 그들은 찬물에 손과 얼굴을 씻으면서도 시린 줄을 몰랐다.

소중금들이 세 번의 세수를 마치고 나자 훈도중금 김밀희가 그들을 향해 말했다.

"모두 뒤로 돌아서라."

그 방향은 임금이 있는 곳으로 향했다.

"재배!"

소중금들이 두 번 절을 올렸다.

"폐구(閉口)!"

중금들이 소중금들의 입에 하얀 창호지를 붙였다. 이제까지 입에 올렸던 더러운 말을 다 닦아내고 새 입술로 갈아입는다는 의미였다. 떼어낸 창호지는 불에 태웠다. 재가 공중으로 흩어졌다.

"너희는 이제부터 중금이다."

뒤에서 들려온 음성에 지견은 고개를 돌릴 뻔했다. 도경술이 중금일지 모른다고 생각했던 바로 그 청독회 사내의 음성이었다.

"여섯 달 동안의 수련 중에 한 사람도 낙오하지 않고 여기까지 온 것을 축하한다. 돌아서라."

조금 전까지만 해도 중금들 틈에 섞여 있어 눈에 띄지 않던 그를 중심으로 중금들이 반원을 그리며 서 있었다. 소중금들은 가운데에 선 사내가 중금들의 수장인 정중금임을 직감적으로 알아차렸다. 훈도중금 김밀희가 말했다.

"하례!"

소중금들이 허리를 굽히고, 중금들도 맞절을 했다.

"나는 정중금 최헌직이다."

지견은 그의 얼굴을 보며 마음이 놓였다. 음성뿐만 아니라 외모에서도 푸근한 인성이 드러났다. 그의 말이 이어졌다.

"이제 곧 너희는 궁으로 갈 것이다. 당분간 장번으로 일하며 선배 중금들로부터 배우도록 하라. 그 전에 너희에게 묻겠다. 중금은 무엇을 하는 자인가?"

서무일이 대답했다.

"주상 전하의 어성을 전하는 자입니다."

"그렇다면 다시 묻겠다."

"어성을 전한다고 함은 무엇을 뜻하는가?"

그 물음에는 아무도 답하지 못했다. 잠시의 침묵이 흐른 뒤에 최헌직이 말했다.

"이 질문의 답은 스스로 구하라. 또 한 가지 생각할 것은 중금이 전하의 어성을 되풀이하기만 하는 앵무새인가 하는 점이다. 여기에 대해서도 스스로 생각하고 답을 구하라."

최헌직이 고갯짓을 했다. 그러자 중금 여섯 명이 자주색 의복을 들고 앞으로 나와 새 중금들 앞에 놓았다. 관복이었다. 선배 중금들이 정성스럽게 의관을 갖추도록 도왔다. 관복의 흉배에는 한 마리의 학이 수놓아져 있었는데, 중금들 가운데 정중금 최헌직의 흉배에만 학이 두 마리였다. 이는 정중금이 당상관의 관직임을 의미했다. 신입 중금의 품계는 정8품이었다. 그러나 6품과 7품의 관리가 하는 소은대(素銀帶)를 허리에 착용했고, 신은 당상관에게 주어지는 협금화(挾金靴)를 신었다. 어성을 전하는 직책이 갖는 상징성으로 인해 중금이 품계를 초월한다는 사실이 관복에서도 드러났다. 마지막으로 사모를 쓰자 관복이 완성되었다.

훈도중금 김밀희가 말했다.

"이목을 끌지 않기 위해 지금 어둠을 틈타 입궐한다. 궁으로 향하는 동안 신입 중금들은 묵언의 계를 따른다. 출사!"

훈도중금과 훈령중금 여덟 명이 신입 중금들의 앞뒤에 두 명씩, 좌와 우에 각각 두 명씩 횃불을 든 채 에워쌌다. 다른 중금들은 중청에 남아 그들을 마음으로 배웅했다. 중금들의 호위를 받으며 어둠을 뚫고 걸어가는 신입 중금들은 하나같이 설렘과 두려움이 교차하는 표정을 짓고 있었다. 그들의 정체를 모르는 행인들이 길을 비키고 멈춘 채 허리를 굽혔다. 한 식경 가까이 걸은 끝에 드디어 궁의 남문에 도착했다. 남문 앞에는 내금위 무사들이 칼을 든 채 중금들을 기다리고 있었다.

"새 중금 여섯 명이 입궐합니다."

김밀희와 수문장이 마주 본 채 허리를 숙여 보였다. 수문장이 비켜서고 훈도중금이 궁궐 안으로 걸음을 옮겼다. 그들 주위에 무사 네 명이 더해졌다. 지견은 궁문을 지나며 아버지를 떠올렸다.

'아버지, 드디어 소자가 입궐합니다.'

횃불을 치켜든 일행 앞으로 황량한 궁궐의 밤 풍경이 음산하게 다가왔다.

24. 매사냥

　서무일은 궁궐의 남문을 나섰다. 입궐한 지 석 달 만이었다. 동료 중금들이 들떠 있는 것과는 달리 그는 시큰둥한 표정으로 방향을 잃은 사람처럼 우두커니 섰다. 양부 서승과 내반원에서 여러 번 마주쳤으나, 서승은 특별히 아는 체를 하지 않았다. 그러다가 어제저녁 마주쳤을 때 말을 건넸다.

　"내일 관가를 얻거든 곧장 집으로 오라."

　무일은 집에서 양부 서승을 대할 생각에 가슴이 답답했다. 어릴 때 유모의 손에 자라는 동안에는 생각해보지 않았으나, 이제야 그는 양부가 양자를 들인 목적을 알 것 같았다.

　유모인 양주댁은 무일이 어디서 왔는지, 어느 집 아이였는지 알지 못했다. 계목이 젖먹이나 다름없는 아이를 데려왔고, 그 아이에게 무일이라는 이름을 지어주었다는 사실만이 양주댁이 아는 전부였다. 일곱 살

때였던가, 하루는 궁금하여 계목에게 물은 적이 있었다. 계목은 무일의 친부모가 비명횡사하는 바람에 자신이 거두어 상선 어른께 맡겼노라고 답했다. 그 며칠 뒤 무일은 서승에게 회초리를 맞았다.

"다시는 너의 생부와 생모에 대해서 알려 하지 마라!"

이후로 자신이 어느 집 아이였는지, 어떤 연유로 서승의 양자가 되었는지 의문을 품는 것조차 삼갔다. 하지만 최근 들어 무일의 가슴속에 궁금증이 자라기 시작했다. 부모 노릇하는 즐거움도 모르면서 왜 양부는 양자를 들였는가? 그리고 조금씩 답을 알아가는 중이었다. 양부에게는 아들이 필요했던 것이 아니라, 절대 배반하지 않을 충직한 부하가 필요했다는 사실을.

"도련님, 주막에 들러 국밥이라도 한 그릇 안 하시렵니까? 그동안 궁중 음식만 먹었더니 얼큰한 선지가 당깁니다."

동료 중금들 중에 서무일을 따르는 셋은 여전히 그를 '도련님'이라 불렀고, 존대를 놓지 않았다. 서무일 역시 그들끼리 있을 때는 상전이 하인 대하듯 했다.

"너희들끼리 가라. 나는 곧장 집으로 가련다."

그러면서 엽전 몇 개를 꺼내 그들 중 한 명에게 쥐어주었다.

"아이고, 감사합니다, 도련님. 그럼 사흘 뒤에 뵙겠습니다."

굽실거리고 돌아서는 그들을 보며 서무일이 히죽 웃어 보였다. 집으로 향하려는데 마침 방시경과 이지견이 궁을 나섰다. 이지견은 준수방의 내시부 궐외 각사로 들어올 때 모습 그대로 패랭이를 쓰고 있었다.

가소롭기 짝이 없는 행색이었다. 저런 놈에게 밀리고 있다는 느낌이 너무나도 싫었다. 지견과 눈길이 마주치자 시무일은 깔보는 투로 콧방귀를 끼고는 멀어졌다.

방시경이 지견에게 말했다.

"저치처럼 정이 안 가는 인물도 드물 거네."

지견은 대꾸하지 않았다.

서무일이 집에 도착하자 서승과 계목이 기다리고 있었다. 무일이 절을 하고 자리를 잡았다. 서승이 말했다.

"이지견이라는 아이가 만만치 않다고?"

서무일이 놀란 표정으로 서승을 바라보다가 계목에게로 눈길을 돌렸다. 계목은 덤덤한 표정으로 서무일의 눈길을 받았다. 서승의 말이 이어졌다.

"상대할 수 있느냐?"

서무일이 답했다.

"천하디 천한 놈입니다."

"버겁다면 말하라. 처리해줄 테니."

"소자에게 맡겨주십시오."

서승은 미덥지 않은 듯 한쪽 눈썹을 치켜 올린 채 서무일을 보고 있다가 말했다.

"잡초를 방치하면 나중에 성가셔진다. 그리 알고 처신하라."

"예, 아버님. 염려하지 않으셔도 됩니다."

서승이 자리에서 일어섰다. 그는 입궐을 서둘렀다.

서승과 계목이 집을 떠난 뒤 무일은 길게 한숨을 내쉬었다. 하인이 옆에 섰다가 물었다.

"도련님, 저녁상을 올리라고 할깝쇼?"

무일은 대꾸하지 않고 돌아서서 자기 방으로 향하다가 멈추었다.

"이 집에 얼마나 있었는가?"

하인이 대답했다.

"예? 예예, 도련님, 열다섯 해입니다요."

"혹시 전에 이 집에 있던 양주댁을 기억하는가?"

"기억합니다요."

"소식을 아는가?"

"박석재 부근의 가루게에 산다는 이야기만 들었습니다."

거기에서 대화가 끊겼다. 하인이 생각에 잠겨 있는 서무일의 눈치를 살피며 물었다.

"양주댁은 무슨 일로 물으십니까요?"

무일은 고개를 가로 저으며 말했다.

"아니다. 괘념치 마라."

서무일은 자기 방으로 향했다.

∞

　지견은 조금 떨어진 곳에 시시 지전을 바라보았다. 일꾼들이 칠시를 준비하고 있었다. 지전 안을 오가는 도경술과 도정윤의 모습이 얼핏얼핏 보였다. 어디를 다녀오는지 효동이 뛰어와서는 지전 안으로 들어서려다가 이상한 낌새를 차리고는 지견 쪽으로 고개를 돌렸다. 효동의 눈이 커졌다.

　"도련님! 이지견 도련님!"

　효동은 지전 안으로 고개를 들이밀고 소리쳤다.

　"이지견 도련님이 왔어요!"

　그러고는 지견 쪽으로 달려왔다. 일꾼들과 도경술 부자가 밖으로 나서서 두리번거렸다. 곧 지견을 발견하고는 모두 함박웃음을 지었다. 지견이 다가가 허리를 굽혔다.

　"어르신, 사흘 관가를 얻어 나왔습니다. 그동안 평안하셨습니까?"

　도경술이 말했다.

　"오냐. 그동안 내시부 궐외 각사에 여러 차례 네 소식을 문의했다. 잘 지낸다는 이야기를 듣고 안심했다만, 그래도 다들 네 염려를 많이 했다."

　도정윤이 지견의 손을 잡았다.

　"견아, 보고 싶었다. 아픈 데는 없느냐?"

　지견은 일꾼들의 얼굴을 한 명 한 명 일별하며 눈인사를 건넸다. 갑자기 효동이 소리쳤다.

"도련님, 상투 트셨어요?"

지견이 패랭이를 벗어 보였다. 상투를 틀고 망건을 쓴 지견의 모습에 모두 놀란 표정을 지었다. 도경술이 말했다.

"그래, 나라의 녹을 먹는 관리인데, 어른이 되어야지."

그러고 나서 도정윤을 돌아보며 말했다.

"중금 나리가 패랭이를 쓰고 다니게 해서야 되겠느냐? 윤아, 사돈의 가게에 가서 좋은 천을 떼다가 도포를 맞추고 갓도 준비하여라."

지견이 손을 내저었다.

"아닙니다, 어르신. 저는 이 옷과 패랭이가 편합니다."

"어허, 자네가 그러고 다니면 내가 욕을 먹네. 내 체면을 생각해서 자네가 양보하게."

도정윤이 끼어들었다.

"그래, 견아, 아버님 뜻이 이러하니 네가 받아들여라."

지견은 하는 수 없이 고개를 끄덕였다.

목멱산 아래의 도경술 집에 도착한 때는 술시(戌時, 오후 8시경)였다. 어둑어둑했다. 대문을 열고 들어서자, 도경술의 부인과 설영이 나와 맞았다. 그들은 지견을 발견하고는 깜짝 놀랐다. 하인들도 지견이 온 것을 알고는 모두 마당으로 모였다. 지견은 그들 한 사람 한 사람과 인사를 나누었다. 조금 거리를 두고 경란이 서 있었다. 아홉 달 만이었다. 그 사이에 경란은 소녀티를 완전히 벗고 처녀가 되어 있었다. 지견이 쉽게 말을 붙이기 힘들 정도였다. 경란이 다가왔다.

"오라버니, 몸은 건강하오?"

지견이 고개를 끄덕이며 말했다.

"응, 난 아주 잘 지냈어. 너는 내일 당장 혼례를 치러도 이상할 게 없겠구나."

그 말에 경란은 살포시 웃음 지었다. 하지만 웃음이 그리 밝지만은 않았다.

지견이 도정윤에게 물었다.

"형님, 종현 형님은 어떠십니까?"

"방 거사께서는 지금 청에 있다. 물품을 구하러 갔어."

"그럼 회복이 되셨군요."

"물론이다. 억울한 누명을 벗는 데 너의 공이 큰 것을 알고 무척 고마워했다."

사람들이 흩어지고 지견과 도정윤은 지견이 머무는 사랑채 마루에 앉았다.

"그러면 앞으로 어떻게 되는 것이냐? 집에서 오가는 것이냐, 아니면 궁에 계속 있다가 가끔씩 나오는 것이냐?"

"상궁과 나인을 비롯한 궁녀들은 일정한 나이가 될 때까지는 계속 궁에서 살아야 합니다. 하지만 내시와 중금들은 사가에 머물다가 궁으로 출사합니다. 다만 장번과 출입번이 있는데, 장번은 며칠씩 궁에 머물다가 가끔 바깥에 나옵니다. 출입번은 매일 출사를 합니다."

"그렇다면 지견이 너는 장번이냐, 출입번이냐?"

"신입 중금은 교육을 받는 동안 장번으로 일해야 합니다. 가끔씩 다니러 오겠습니다."

"그래도 가끔이나마 얼굴을 볼 수 있다니, 다행이다."

도정윤이 몸을 일으키고 나서 말했다.

"고단할 테니, 오늘은 이만 쉬어라. 내일 또 얘기하자꾸나."

"예, 형님."

도정윤이 떠난 뒤 지견은 밤하늘을 올려다보며 목에 걸린 장신구를 만지작거렸다. 처음 궁에 들어가 내반원에 도착했을 때, 내시부 궐외 각사로 출사하며 가지고 간 함이 각자의 숙소에 놓여 있었다. 함을 열자, 처음 들여올 때의 물건이 고스란히 그대로 있었다. 액정서에서 검열한다 하여 걱정했으나, 스승의 단검도 거기에 있었다. 그때 지견이 검을 집어 들자, 같은 방을 쓰게 된 방시경의 눈이 휘둥그레졌다.

"이보게, 지견, 그게 뭔가?"

"제 스승님께서 남겨주신 물건입니다."

방시경이 단검을 받아 들고 살펴보았다.

"칼집에 용 문양 상감이 새겨진 것으로 보아 주상 전하께서 내리신 물건으로 보이네만……."

내금위 무관들의 품새를 접한 이후로 지견도 스승이 왕실의 무관이었을지 모른다고 생각하는 중이었다.

"사실 저는 스승님이 어떤 분이신지 모르고, 함자도 모릅니다. 홀연히 나타나셔서 제게 무예를 가르치시고는 홀연히 사라지셨습니다."

방시경이 지견의 얼굴을 뚫어져라 쳐다보며 말했다.

"언젠가 내가 자네더러 중금 집안의 자식이 아니냐고 물었지? 자네의 말을 들어보면 내 예상이 틀렸지만, 어쨌든 자네가 지나온 세월은 자네를 아주 훌륭한 중금으로 만든 것 같아."

지견도 같은 생각이었다. 세상을 떠난 아버지가 길을 인도하고 있는 것만 같았다.

갑자기 사무치게 아버지가 그리웠다. 지견은 밤하늘을 올려다보며 아버지의 얼굴을 머릿속에 그렸다.

∞

지전이 문을 닫기를 기다렸다가 지견은 효동과 함께 길을 나섰다. 음 선생을 찾아가는 길에 같은 마을에 사는 효동과 동행하기로 한 것이었다.

"도련님, 주상 전하의 용안은 뵈었습니까?"

효동이 물었다. 지견은 고개를 가로젓고 답했다.

"아니다. 전하의 용안은 아무나 볼 수 없다. 나중에 내가 승전중금이 된다면 그때나 뵐 수 있을까?"

그렇게 대답하고 나서 지견은 문득 지난달 조회 때 정중금 최헌직이 했던 말이 떠올랐다.

"전하의 용안을 뵐 수 있는 백성이 몇이나 되겠느냐? 그래서 우리가 있는 것이다. 전하의 목소리와 뜻이 널리널리 퍼져 백성들에게 전해지게 하려고 중금이 있는 것이다."

중금의 표면적인 역할은 어성 통갈과 왕명 출납이다. 그 외에 왕을 호위하고 경호하는 일이 부수적으로 따랐다. 하지만 지견은 중금에 대해서 알면 알수록 겉으로 드러난 역할 이외에 많은 것을 책임져야 한다는 사실을 어렴풋이 깨달아가는 중이었다.

무악재를 넘는 동안 날이 어두워졌다. 마을 초입의 갈라지는 길에서 지견과 효동은 헤어졌다. 음 선생의 집에 다다랐지만, 방이 어두웠다.

"계시오? 어르신 계십니까?"

마당으로 들어섰다. 인기척이 없었다. 지견은 하릴없이 밤하늘에 눈을 두었다. 지전 문을 닫고 무악재를 넘어왔으니 지금은 술시(戌時, 오후 8시경)를 넘겼을 것이었다. 인경이 울리고 도성 문을 닫기까지 숭례문을 통과하려면 두 시진 정도 여유가 있었다. 지견은 그때까지 기다릴 요량으로 아예 마루에 자리를 잡았다. 그때였다. 사립문이 열리고 누군가 마당으로 들어섰다. 재인이었다. 지견은 재인이 놀라지 않도록 헛기침을 하고 말했다.

"놀라지 마시오. 나요. 이지견이오."

재인이 우뚝 멈추어 섰다. 지견이 달빛 안으로 나왔으나, 재인은 움직이지 않았다. 지견이 말했다.

"어르신을 뵈러 왔다가 아무도 없기에, 예서 시간을 조금 보내는 중이었소.”

그래도 재인은 반응을 보이지 않았다. 지견은 무안하고 멋쩍어서 말이 많아졌다.

“아홉 달 만에 관가를 얻어 잠시 나온 것입니다. 음 선생께서는 안 오시었소?”

재인은 대꾸 없이 자신의 방으로 들어가서 등잔에 불을 밝혔다. 곧이어 등잔불을 마루로 들고 나왔다.

“선생님께서는 오늘 안 오십니다. 낮에 형조참판 댁 노모에게 서책을 읽어주러 갔다가 참판이 마련한 자리에 붙잡히시었소. 종종 이런 일이 있습니다.”

“날이 어두운데 고개를 혼자 넘었소? 어르신께서 그리 두셨소?”

음 선생을 책망하는 지견의 말에 재인은 살짝 그와 눈을 맞추고는 마루에 부려놓은 보따리에서 단검을 꺼냈다. 양반가 아녀자들이 품에 지니고 다니는 은장도보다는 컸다. 재인이 말했다.

“선생님께서 단검 쓰는 법을 가르쳐주십니다.”

지견이 다소 놀란 표정으로 물었다.

“책비 수련만 하는 것이 아니었군요?”

재인이 고개를 끄덕이고 답했다.

“나를 선생님께 맡긴 사람들이 원한 것입니다. 이유는 모릅니다.”

지견은 재인이 관노 신세라는 사실을 잊고는 했다. 아니, 일부러 생각하지 않으려 했다. 그러다가 현실을 자각할 때면 마음이 무너져 내렸다. 앞이 막막하고 가슴이 답답했다. 지견은 자신도 모르게 긴 한숨을 내쉬었다. 중금 교육을 받으며 감정 다스리는 훈련을 했건만 수련이 모자라도 한참 모자란 듯했다.

"궁은 어떻습니까? 저잣거리나 여염의 세상하고는 생각처럼 많이 다릅니까?"

지견은 재인이 말을 걸어와서 마음이 좀 놓였다.

"법도와 규율이 까다로운 곳입니다. 나처럼 돌아다니기 좋아하는 사람에게는 어울리지 않습니다."

"임금이나 그 자제를 본 적이 있소?"

"궁에서 석 달을 살았지만, 아직 뵌 적이 없습니다. 주상 전하와 세자 저하 같은 분을 천한 사람이 어떻게 뵙겠소?"

"중금이 왜 천합니까?"

재인의 음성에 다소 날이 서 있었다. 지견은 뜨끔했다. 재인의 오라비가 중금이었다는 사실을 잊고 실언을 한 것이었다.

"중금이 천하다는 말이 아니라 내가 아직 그럴 만한 위치에 있지 않다는 뜻이었소."

재인의 오라비는 문관이나 무관으로 입신양명할 수 있었으나, 부친의 명을 따라 중금이 되는 길을 택했던 멋진 사내였다. 양반가의 자제였던 그가 중금이 되기 위한 수련을 위해 음 선생을 따라다니며 전기수 행세를 했던 이야기는 참으로 갸륵했다. 그처럼 훌륭한 오라비를 잃고 집안이 풍비박산 난 것도 모자라 하루아침에 양반가 규수에서 관노가 되어버린 재인의 한이 얼마나 깊을까 생각하니, 지견은 가슴이 쓰리고 쓰렸다. 재인은 자신의 오라비에 대해서 말하지 않았다. 신세를 한탄하는 기색도 보이지 않았다. 입이 무겁고 마음이 단단한 여자였다. 그래서 지견은 더 마음이 아팠다.

한참 동안 두 사람은 말이 없었다. 지견은 목구멍까지 차오르는 수많은 말들을 삼켰다. 가슴이 두근거리고 불편했으나, 그 순간이 싫지 않았다. 재인도 같은 마음인 듯 자리를 뜨지 않았다.

재인이 말했다.

"서두르지 않으면 도성 문이 닫힐 것입니다."

지견은 하는 수 없이 일어섰다. 재인이 광에서 조족등을 꺼내 와서 불을 밝혔다. 두 사람은 동리 어귀와 고개가 시작되는 지점까지 함께 걸었다. 헤어지려 할 때 재인이 물었다.

"이제 가면 또 언제 나옵니까?"

"나도 잘 모르겠소."

"가을이 깊어지기 전에 다시 찾아주시렵니까?"

지견이 기다렸던 말이었다. 듣고 싶었던 말이었다. 지견이 힘차게 고개를 끄덕였다.

"궁궐 담을 넘어서라도 그렇게 하겠소."

재인이 웃었다. 지견은 재인의 미소를 보자 가슴이 몹시 쿵쾅거렸다. 심장 뛰는 소리가 재인에게 들릴까 염려될 정도였다. 지견은 짐짓 서두르는 척하며 걸음을 옮겼다. 조족등의 불빛이 멀어짐에 따라 재인의 모습이 차츰 흐려졌다. 지견은 아쉽고 서운한 마음을 다스리며 고개를 올랐다.

∞

"이게 어떻게 된 일인가? 아침까지만 해도 있던 책이 감쪽같이 사라지다니!"

일과를 마치고 내반원 숙소로 돌아왔을 때였다. 지견과 시경의 몫인 『경국대전』의 「형전」과 「공전」이 보이지 않았다.

중금은 석 달에 한 번 서책을 읽고 문답을 주고받는 자리를 가졌다. 이번에 택한 책은 『경국대전』이었다. 분량이 방대하여 여섯 명의 신입 중금에게 각각 이 · 호 · 예 · 병 · 형 · 공의 법전을 나누어주고 선배 중금들 앞에서 돌아가며 강론하도록 했다. 이를 통해 학문을 쌓게 하고 각자의 능력을 평가하며 인사에 반영했다. 그런데 지견의 몫인 「형전」과 시경의 몫인 「공전」이 사라진 것이었다. 서책에 발이 달리지 않은 한 누군가가 치웠거나 일부러 감춘 것이 분명했다. 서무일 패거리의 심보가 고약한 것을 아는 시경은 동료 중금들의 숙소를 돌아다니며 다그쳤다. 그러던 중에 서무일이 머무르는 방에서 큰 소리가 났다.

"방시경 중금, 지금 우리를 도둑으로 모는 것인가?"

서무일과 같은 방을 쓰는 중금이었다. 지견이 황급히 달려갔다. 시경이 기가 죽어 얼버무리는 중이었다.

"내가 언제 자네더러 도둑이라 했는가? 혹시 장난을 쳤으면 이만하고 돌려달란 말일세."

"그린 일 없으니 딴 데 가서 알아보시게."

그렇게 말한 중금은 방시경 뒤에 서 있는 지견을 발견하고는 멈칫했다. 지견이 사람의 음성을 통해 심중을 파악한다는 사실을 동료 중금들은 어느 정도 눈치 채고 있었다. 지견은 방시경을 윽박지른 중금과 눈을 맞춘 뒤 서무일 쪽으로 눈길을 돌렸다. 서무일은 입꼬리를 한쪽으로 올린 채 지견을 바라보았다.

"우리는 상관없는 일이니, 그만들 가시게."

소리친 중금이 방시경을 밀어내고는 문을 닫아버렸다.

방으로 돌아온 뒤 방시경이 지견에게 물었다.

"어떤가, 이지견 중금? 저치들 소행인가?"

지견이 고개를 끄덕이고 말했다.

"하지만 물증이 없으니, 어쩌겠습니까? 이 넓은 궁을 다 뒤질 수도 없고……."

방시경이 말했다.

"이거 큰일이군. 강론도 강론이지만, 그 귀한 법전을 잃어버렸다고 하면 틀림없이 불호령이 떨어질 텐데……."

잠시 사이를 두고 시경이 지견의 눈치를 보며 말했다.

"훈도중금들께 이 일을 알리는 것이 어떻겠는가?"

지견이 고개를 저었다.

"이 일이 내반원에 퍼지면, 내시부가 우리 중금부를 얕잡아보게 될 것입니다. 제 부실로 책을 잃어버렸다 할 것이니, 염려 마십시오."

"이 사람! 그 역할은 내가 맡겠네. 나야 근근이 중금 생활을 이어가는 것에 만족하는 사람이네만, 자네는 승전중금이 되어야 할 몸 아닌가. 괜히 이번 일로 나쁜 평가가 따르면 자네 앞길에 좋지 않은 영향을 미칠 것이네."

지견이 미소 지었다. 방시경도 웃어 보였다.

∞

정중금 최헌직은 이지견과 방시경, 두 사람에게 국가의 재산인 법전을 분실한 책임을 물어 한 달간 응방에서 일할 것을 명하고, 품계를 정하는 기준이 되는 근무 일수에서 열흘을 제하는 징계를 내렸다. 서임중금들은 부주의로 서책을 잃어버렸다는 두 사람의 말이 석연치 않으나, 한사코 그렇게 나오는데 달리 캐물을 수가 없었다.

지견과 시경을 응방으로 데리고 가던 중에 훈도중금 유준상이 고개를 갸웃하며 말했다.

"너희 두 사람이 동시에 책을 잃어버리다니, 참 괴이한 일일세."

유준상은 그렇게 말하고 나서 흘깃 두 사람의 표정을 살폈다. 둘 다 무언가 단단히 지키고자 하는 것이 있는 것처럼 표정이 굳어 있었다. 유준상의 말이 이어졌다.

"어느 조직에서나 파벌이 있기 마련이다. 내가 신입 중금일 때도 동기가 여섯 명이었는데, 서로 좋은 직책을 맡겠다고 치열하게 다투었다. 중금이라면 누구나 전하를 가까이서 보필하는 승전중금이 되기를 원하지. 특히나 승전중금은 장번이기 때문에 근무 일수가 빨리 누적되어 품계 승진이 빠르니, 말해 무엇 하겠는가. 하지만 시간이 지나면 알게 된다. 중금은 한 몸이라는 사실을."

유준상이 멈추어 서서 잠시 하늘을 올려다보고 말을 이었다.

"주상 전하의 말을 지키기 위해 중금은 하나이어야 하고, 결국에는 늘 그렇게 되었다."

주상 전하의 말을 지킨다? 그렇다면 누가 왕의 말을 훼손하기라도 한다는 뜻일까? 선임 중금들은 늘 이렇게 선문답 같은 말을 툭툭 던져서 신입 중금들을 깨우쳤다. 그리고 지견은 또 하나를 얻었다. 중금의 직무를 제대로 수행하기 위해서 하나가 되어야 한다는 가르침을.

그때 날카로운 소리가 들려왔다. 시경이 몸을 움찔했다. 그 소리는 여자아이의 비명 같기도 하고, 젖을 찾는 아기의 울음 같기도 했다. 지견은 그 소리에 익숙했다. 고향인 독골에서 자주 접했던 매의 울음소리였다. 응방이 가까워진 모양이었다.

도성 부근에 응방은 두 군데가 있었다. 매를 길들이고 사육하는 응방도감이 광나루에 있었고, 나머지 하나가 이미 잘 길들여진 매를 키우는 궐에 딸린 응방이었다. 궐에 딸린 응방에서 자라는 매들은 모두 왕과 왕의 종친 소유였다.

"이곳이 응방이다."

유준상을 따라 작은 숲을 지나자 제법 큰 누각이 나타났다. 정교하고 세련된 맛이 없는 투박한 건물이었지만, 크기만큼은 궁궐의 웬만한 건물 못지않았다.

누각으로 다가가던 방시경은 다시 한 번 몸을 움찔했다. 백발에 머리를 풀어 헤친 송장 같은 늙은이가 지견 일행을 노려보고 있었다. 노인의 나이를 가늠하기 힘들었다. 그저 오래 살았다는 말로는 그 낡고 오래되었으며 고색창연한 느낌을 표현할 수 없었다. 지견은 마치 고대의 유적을 마주하고 있는 것 같았다. 그리고 수염으로 뒤덮인 입이 서서히 열리고 지하 깊숙한 곳에서 길어 올린 듯한 음산하고 날카로운 소리가 퍼져 나오는 순간, 지견은 온몸에 소름이 돋았다.

"네놈들이 겨우 쫓겨나는 것을 면한 문제아들이냐?"

처음 접해보는 음색이었다. 만약 사람의 음성을 무기로 만들 수 있다면 노인의 음성으로는 표창을 만들 수 있을 거라는 생각이 들었다.

"응방 어른, 그간 안녕하셨습니까?"

유준상이 다가가며 인사를 했다. 노인은 여전히 지견과 시경을 마뜩찮은 눈길로 바라보며 말했다.

"정중금으로부터 이야기 들었다. 다시는 중금의 이름에 먹칠하지 않도록 단단히 잡을 터이니, 자네는 그만 가게."

"예, 어른. 그럼 또 뵙겠습니다. 건강 유념하십시오."

"자네보다 오래 살 테니 그런 걱정은 말게."

유준상은 지견과 시경에게 눈을 찡긋해 보이고는 왔던 길을 되돌아 갔다.

시경이 노인 앞에서 머리를 조아리며 물었다.

"저희는 예서 무엇을 하면 됩니까요?"

노인은 시경의 말이 귀에 들어오지 않는지 묘한 눈길로 지견을 쏘아 보기만 했다. 한참 동안 그렇게 있다가 비로소 입을 열었다.

"너는 이름이 무엇이냐?"

"이지견입니다."

"나를 만난 적이 있느냐?"

"오늘 처음 뵙습니다."

"그럴 리 없다. 분명 너를 본 적이 있거늘……."

방시경이 끼어들었다.

"응방 어른, 저희는 입궐한 지 얼마 되지 않았고, 응방에도 처음입니다."

그제야 노인이 시경을 돌아본 뒤에 고개를 갸웃거렸다. 그러고는 광주리에서 칼 두 자루를 꺼내 두 사람의 발치에 던졌다.

"안에 들어가면 고기가 있을 것이다. 매들이 먹기 좋은 크기로 잘라라."

노인이 먼저 누각으로 향했다. 지견과 시경이 칼을 집어 들고 노인의 뒤를 따랐다.

∞

새벽에는 궁에 거주하는 궁인들이 아침에 쓸 물을 길어 나르느라 무수리들이 가장 바빴다. 내반원 앞에도 우물이 있었지만, 내시와 중금이 씻을 물을 긷는 일은 무수리들의 몫이었다. 기침한 뒤에 중금들은 손과 얼굴을 씻고 버드나무 가지로 이를 닦았다. 궁인들 중에 몸단장에 가장 각별한 이들이 중금이었다. 어성을 전하는 승전중금뿐만 아니라, 용안을 뵐 일이 거의 없는 훈도중금과 훈령중금들도 중금의 규율에 따라 이른 아침마다 몸을 단장하느라 부산했다.

방시경이 얼굴을 닦으며 투덜거렸다.

"이렇게 씻으면 뭘 하는가? 온종일 매들의 똥을 치우다 보면 냄새가 배고 더러워질 것을."

지견이 웃으며 말했다.

"그러니까 더 깨끗이 씻어야 하지 않겠습니까."

응방에서 힘쓸 일은 많지 않으나, 잔일이 많아 무척 성가셨다. 지견과 시경처럼 벌을 받아 일정 기간 응방에서 일하는 것을 두고 내반원 사람들은 '응방 귀양'이라고 불렀는데, 응방 귀양 이후로 지견과 시경은 저녁을 먹자마자 잠에 빠졌다. 평소에는 응방내시 혼자서 그 많은 일을 처리한다는데, 노구에 어떻게 그럴 수 있는지 신기한 일이었다.

응방내시의 이름은 고우익이었다. 정확한 나이를 아는 사람이 없었다. 원래 왕실의 무관이었으나, 숙종 임금 때 쉰이 넘어 스스로 거세를 하고 내시가 되었다고 했다. 믿을 수 없는 이야기지만, 그게 사실이라면 족히 백 살이 가까웠다. 숙종 임금 말년에 서승과 상선 자리를 다투다가 밀려서 응방에 유폐된 뒤로 계속 그곳을 지키고 있다는 소문도 돌았다. 자신이 죽거든 살점을 떼어 매에게 먹이라는 유언을 남겼다는 이야기도 돌았다.

동료 중금들이 액정서로 향할 때 지견과 시경은 물을 담은 죽통을 하나씩 챙겨 들고 궁궐의 동문으로 향했다. 경추문을 지나 북악산을 오르다 보면 응방이 나왔다. 두 사람이 나타나자 고우익은 늘 그렇듯 매서운 눈길로 쏘아보며 소리쳤다.

"매들이 배고파서 울부짖는 소리가 안 들리는 게냐? 굼벵이가 형님 하겠구나, 이놈들아."

나이가 많고 관직이 높아도 중금에게는 함부로 하대하지 않는 것이 불문율이었다. 하지만 고우익은 그런 왕실의 법도 따위 개나 줘버리라는 식으로 늘 말이 거칠었다. 정시에 출사를 해도 굼벵이 취급이었고, 일을 잘해놓아도 욕을 해댔다.

하지만 지견은 그런 고우익이 싫지 않았다. 말이 거칠고 음색이 날카로웠으나 상대를 해하거나 미워하는 마음이 없는 음성이었다. 처음에는 낯설고 어려웠지만, 자꾸 들으니 고우익의 품성이 헤아려졌다. 그의 그런 품성은 밥을 먹을 때 여실히 드러났다. 응방은 궁궐에서 떨어져 있어 점심 끼니를 직접 해결해야 했다. 그때마다 밥을 준비하는 일은 고우익이 도맡았다. 그리고 밥을 먹을 때면 식충이니 돼지새끼니 잔

소리를 하면서도 솥이 비도록 밥그릇을 채워주었다. 시경도 고우익의 품성을 간파한 듯 제법 맞받아치기도 하면서 잘 어울렸다. 정확하게 말하면 지견이 고우익의 음성을 통해 품성을 간파한 것이 아니라, 그의 품성을 통해 음성에 의미를 부여하게 된 것이었다.

응방 귀양을 시작한 지 보름쯤 지났을 때 예정에 없이 훈령중금 한 사람이 응방으로 찾아왔다. 훈도중금 유준상과 마찬가지로 그 역시 응방내시 고우익을 깍듯하게 대했다.

"잘들 하고 있느냐?"

지견과 시경이 허리를 굽혀 보였다. 두 사람의 인사를 받은 뒤 그가 고우익에게 말했다.

"세자 저하께서 닷새 뒤에 매사냥을 하시겠다며 해동청 두 마리를 요청하셨습니다. 응방 어른께서 잘 준비해주십시오."

그리고 나서 지견과 시경을 향해 말했다.

"저하께서 매사냥을 하실 때 너희 둘이 몰이꾼을 맡아라."

고우익이 소리쳤다.

"저런 조무래기들이 뭘 할 줄 알아서!"

훈령중금이 머리를 조아렸다.

"정중금 어른의 명입니다. 응방 어른께서 잘 좀 가르쳐주십시오."

훈령중금은 고우익의 호통을 듣기 싫었던지 그 말만 전하고는 도망치듯 산에서 내려갔다. 고우익은 남아 있는 지견과 시경이 큰 잘못이라도 저지른 양 눈을 부라렸다.

∞

“이 매가 조선에서 서식하는 해동청이다. 세자 저하께서 특별히 좋아하지.”

고우익이 새의 목을 쓰다듬으며 말했다.

“사냥매를 사육할 때 가장 중요한 점은 영양 상태와 털의 윤기를 유지하면서 사냥 본능을 잃지 않도록 하는 것이다.”

시경이 고개를 갸웃거리며 물었다.

“영양 상태가 좋고 털에 윤기가 흐른다는 것은 평소에 먹이가 안정적으로 공급되고 있다는 뜻이 아닙니까? 그런데도 매가 배고픔을 느끼고 사냥을 합니까?”

“좋은 질문이다.”

고우익의 칭찬에 시경이 우쭐해했다. 고우익의 말이 이어졌다.

“무릇 내가 풍족할수록 타인의 부족함과 궁핍함을 헤아리고 행동하는 것이 군자의 덕목 아니겠느냐? 모든 것을 누리면서도 백성의 아픔을 자신의 것으로 받아들여야 좋은 관리가 되고 성군이 될 것이다.”

옳은 말이었다. 누리는 것이 많은 자에게는 그만큼의 책임이 따라야 했다. 과거를 비롯하여 관리로 등용되는 관문은 천민을 제외한 누구에게나 열려 있었다. 하지만 온종일 중노동에 시달리는 일반 백성에게 학문을 닦는 일이란 불가능했다. 그래서 사실상 경제적 혜택을 입는 양반가의 자제에게만 관리가 되는 등용문이 열려 있는 것이 현실이었고, 배경과 부가 인재를 만드는 일이 되풀이되었다. 이런 상황에서는 일부 계층만이 사회적 지위와 부를 누리는 현상이 고착될 수밖에 없었다. 누구에게나 공정하고 평등한 기회가 주어지기 위해서는 많은 것을 누리는 이들이 부를 나누고 제도를 개선하기 위한 노력에 동참해야 했다.

하지만 그것은 너무나도 요원한 일이었다. 그래서 백성은 왕에게 기대었고 왕의 편이 되고자 했다. 백성에게 왕은 탐관과 간관, 부를 독점한 세력을 견제하고 최소한의 공정함을 실현해줄 유일한 존재였다. 아니, 백성들은 그렇게 믿었다.

지견이 생각에 잠겨 있는 사이 고우익이 헝겊 뭉치에 끈을 맸다. 그리고 헝겊 뭉치를 매가 삼키도록 했다. 이어서 끈을 잡아당겨 매가 삼킨 헝겊 뭉치를 꺼냈다. 위가 자극된 매가 음식물을 토해냈다. 시경이 걱정되어 물었다.

"매가 힘들어 보입니다, 응방 어른."

사냥에 나서기 전에 반드시 거쳐야 하는 일이라고 고우익이 설명했다. 뱃속의 기름기를 씻어냄으로써 매가 더욱 적극적으로 사냥에 나선다고 했다.

"한 가지 더 가르쳐주마. 매사냥에는 어린 매보다는 늙은 매를 쓴다. 활동성이 떨어지기 때문에 단 한 번에 사냥에 성공하기 위해 정확도를 기하거든. 매가 사방팔방으로 날아다닌다면 쫓아다니는 사람도 피곤해지는 법이니까."

고우익이 매를 횃대에 앉히고 나서 지견과 시경을 돌아보았다.

"이것으로 내일 매사냥 준비는 끝났다. 내일 새벽 파루가 울리자마자 이곳에 도착할 수 있도록 미리 의관을 갖추고 준비하거라."

여느 날보다 응방을 일찍 벗어났다. 산자락을 내려오면서 시경이 말했다.

"처음 응방으로 향할 때만 해도 마음이 착잡했는데, 전화위복이란 게 이런 걸 두고 하는 말이구먼. 응방 귀양 중에 매사냥을 구경하고 세자 저하를 뵙게 될지 누가 알았겠는가?"

지견도 같은 생각이었다. 매사냥이라는 귀한 경험을 하게 된 것이 그랬고, 세자를 알현하게 된 것도 그랬고, 똑같이 되풀이되는 중금의 일상에서 잠시나마 벗어난 것이 그랬으며, 응방내시 고우익을 만난 것이 그랬다. 응방 귀양은 벌이 아니라 상이었다.

∞

뿌우우우웅!

고각 소리가 울려 퍼졌다. 왕실의 매사냥이 시작되었으니, 접근하지 말라는 의미였다. 매사냥은 사시(巳時, 오전 10시경)에 시작할 예정이었다. 이 시간은 뱀이 자고 있어서 사람을 해치지 않는다고 믿기 때문이었다.

지견과 시경은 무관들과 함께 도열해 있었다. 두 사람은 사슴 가죽으로 만든 장갑을 끼고 있었고, 해동청 두 마리가 두 사람의 팔뚝 위에 앉아 있었다. 고우익은 관복을 차려입고 있었는데, 지견과 시경에게는 그 모습이 아주 낯설었다. 고우익도 오랜만에 입은 관복이 거추장스럽고 불편한지 자꾸만 옷매무새를 살폈다.

지견이 말했다.

"세자 저하께서 오시는 모양입니다."

고우익이 고개를 돌려 지견을 보면서 의아한 표정을 지었다. 그 모습을 보고 시경이 말했다.

"이지견 중금은 남이 듣지 못하는 소리를 듣습니다, 응방 어른."

고우익의 눈매가 매서워졌다. 그는 뚫어질 듯 지견을 쏘아보았다.

오래지 않아 멀리서 말발굽 소리가 들려왔고, 세자를 상징하는 깃발이 보였다. 고우익이 무릎을 꿇었다. 지견과 시경도 고우익을 따라 무릎을 꿇었다. 지견은 말을 탄 무리 속에서 어렵지 않게 세자를 찾아냈다. 다른 말보다 치장이 화려한 말에 기골이 장대한 사내가 허리를 꼿꼿이 세운 채 앉아 있었다. 감색 융복(戎服)을 입은 그는 세자라기보다는 장수처럼 보였다. 세자가 가까이 다가오자 지견은 급히 고개를 숙였다.

"응방, 건강해 보이는군요."

고우익이 고개를 숙인 채 대답했다.

"성은을 입어 천수를 누리고 있나이다."

세자가 말에서 내리자, 함께 온 무관들도 말에서 내렸다. 세자는 지견과 시경에게 다가가 매를 살펴보았다. 지견은 고개를 들어 세자의 얼굴을 보고 싶은 마음이 굴뚝같았지만 가까스로 참았다.

"그동안 잘 지냈느냐?"

세자가 매에게 말을 걸었다. 지견은 세자의 음성을 더듬어보았다. 겉모습과 마찬가지로 음성에서도 남아의 기개가 느껴졌다. 만약 세자가 벼슬을 했다면 틀림없이 무관이 되었을 것이라는 생각이 들었다.

세자가 다시 말에 올랐다. 고우익이 지견의 팔뚝에 앉아 있던 매를 세자의 팔뚝으로 옮겼다. 세자가 말했다.

"가자."

사냥터에 이르러 고우익이 지견과 시경에게 신호를 주었다. 미리 언질을 받은 대로 두 사람은 나무를 모조리 베어낸 야트막한 산자락의 아래쪽으로 내달렸다. 그 사이에 고우익은 새장에서 꿩 두 마리를 꺼내었다. 꿩들이 울음소리를 내자 세자의 팔뚝에 앉은 매가 날개를 푸덕이며 흥분하기 시작했다. 세자가 매를 달랬다.

"워워, 조금 기다려라. 곧 창공으로 놓아주마."

고우익이 꿩들을 날렸다. 꿩들은 사람들이 있는 반대편으로 날갯짓을 하다가 곧 바닥에 내려앉아 수풀 속에 몸을 감추었다. 지견과 시경 차례였다.

"우우우우!"

두 사람은 소리를 지르며 꿩에게로 달려갔다. 꿩이 수풀에 몸을 감추거나 잔솔가지 아래에 웅크리면 매사냥이 순조로울 수 없었다.

"우우우우우!"

지견과 시경이 내뱉는 소리에 꿩이 놀라 달아났다. 이때 세자가 팔뚝을 위로 쳐들어 매를 날렸다. 매가 파란 하늘로 날아올라 원을 그리다가 수직으로 하강했다. 그러고는 산자락의 능선을 따라 비행하다가 허겁지겁 달아나는 꿩 한 마리를 낚아채려 발을 뻗었다. 하지만 꿩이 급히 선회하는 바람에 놓치고 말았다. 매가 다시 하늘로 치솟았다. 지견과 시경은 꿩이 달아난 방향을 쫓아가며 소리를 질러댔다.

　그때 수풀에 숨어 있던 다른 꿩이 공중으로 튀어 올랐다. 지견은 그 꿩을 향해, 시경은 매를 피해 달아난 꿩을 향해 소리를 지르며 쫓아갔다. 공중을 헤엄치던 매가 다시 하강했다. 지견이 쫓는 꿩에게로 향하는 것 같았다. 지견은 바짝 엎드린 채 매의 움직임을 살폈다. 지면에 닿을 듯 낮게 비행하던 매가 꿩을 향해 발톱을 세웠다.

　지견은 매가 꿩을 낚아채는 순간을 똑똑히 보았다. 한 쪽 발로 꿩의 머리를 움켜쥔 채 짓누르고 다른 발로 몸통을 눌렀다. 꿩이 발버둥 치며 저항했다. 매가 꿩의 목 줄기를 날카로운 부리로 쪼았다. 연거푸 쪼아대자 꿩은 곧 축 늘어지고 말았다.

　세자와 무관들이 말을 탄 채 산자락을 내려오고 있었다. 지견은 여전히 바닥에 바짝 엎드린 채 기다렸다. 세자가 말에서 내려 매에게 다가가 작은 고기 조각을 먹여 달랬다.

　"잘했다. 아주 고생했다."

　지견은 세자의 그 말이 매에게 하는 것인지, 자신에게 하는 것인지 헷갈렸다.

말발굽 소리가 멀어졌다. 지견은 살짝 고개를 들어 말 탄 무리가 멀어지는 뒷모습을 바라보았다. 세자 일행이 시야에서 사라진 뒤에야 몸을 일으켰다. 시경이 디기왔다.

"끝난 것인가?"

"글쎄요. 응방 어른께서 아시겠지요?"

두 사람이 산자락을 타고 올라갔다. 매들이 휴식을 취하는 횃대 곁에 고우익이 서 있었다. 시경이 다가가서 물었다.

"매사냥은 끝난 것입니까?"

하지만 고우익은 대꾸하지 않고, 곧장 지견에게 물음을 던졌다.

"너의 고향이 어디더냐?"

지견은 아주 짧은 순간 머리를 굴렸다. 사실대로 말해서 이로울 것이 하나도 없었다.

"변산입니다."

"변산? 부친은 뭐 하는 사람이었느냐?"

"심마니이셨습니다. 제가 어릴 때 두 분 다 돌아가셨습니다."

"부친의 함자는?"

지견은 아버지의 이름을 사실대로 말할 수 없었다. 방종현이 흥양 독골에서 가져온 소식에 의하면 아버지는 나라에 큰 죄를 지었음에 분명했다. 그는 호조 정랑 정홍순의 이름을 퍼뜩 떠올렸다.

"이자, 홍자, 순자를 쓰셨습니다."

"이홍순……."

방시경이 말했다.

"응방 어른, 갑자기 왜 그리 꼬치꼬치 캐물으십니까?"

역시 고우익은 대꾸하지 않았다. 그는 생각에 잠겨 있다가 고개를 젓고 말했다.

"매들과 횃대를 응방으로 옮겨라. 나는 조금 있다가 가마. 오늘 고생했다."

지견과 시경이 앞서 걸어갔다. 고우익은 멀어지는 두 사람을 바라보며 서 있다가 나무에 등을 기대고 앉았다.

25. 월명

아직 역할을 배정받지 않은 신입 중금들은 아침에 일어나면 액정서
로 향했다. 내시부에 속한 액정서는 왕명 전달을 비롯하여 궁궐 안의
시설을 관리했다. 또한 궁에 종이와 붓 등의 문방구를 공급하는 업무
를 담당하는 관아로, 정6품 사알(司謁)부터 종9품 부사소(副司掃)까지
서른 남짓한 관리들이 근무했다. 이들은 모두 현직에서 물러난 뒤 임
시로 관직을 맡은 체아직(遞兒職) 관리들이었다. 액정서는 궁궐 내에서
담당하는 업무가 광범위해서 궁궐에 갓 배속된 견습생 궁인들이 궁궐
돌아가는 사정을 익히기에 적절했다. 이곳에서 중금들은 왕명이 적힌
교서를 각 관아에 전달하고 액정서 관리들을 따라다니며 허드렛일을
하면서 일을 배웠다.

"이지견 중금, 이 교서를 이조에 전하십시오."

나이 지긋한 사알이 지견에게 교서를 넘겼다. 지견은 교서를 가슴

께까지 두 손으로 받쳐 들고 이조 관청으로 향했다. 교서를 들고 갈 때면 항상 무관이 한 사람 이상 동행했다. 중금 관복과 교서는 모든 관아를 통제 없이 드나들게 해주는 출입증이었다. 이조 관청의 문턱을 넘은 뒤 지견이 소리쳤다.

"주상 전하의 교서를 받드시오!"

관리 여럿이 종종걸음으로 다가와 지견 앞에 고개를 숙였다. 근엄한 표정을 짓고 있던 지견의 얼굴에 살짝 웃음기가 돌았다. 관리 중에 정홍순이 있기 때문이었다. 교서를 수령한 관리들이 물러날 때 눈치를 살피며 자리에 남은 정홍순이 지견을 한쪽으로 끌었다.

지견이 말했다.

"나리, 이조로 옮기셨습니까?"

정홍순이 손가락으로 자신의 입술에 빗장을 거는 시늉을 하며 조심스레 말했다.

"어허, 나리라니? 중금한테 나리 소리 듣다가는 내 목이 달아나네."

두 사람은 웃음을 지었다.

"이조 전랑(銓郎)이 되셨습니까? 어찌하다……."

"사정이 있네."

이조 전랑은 이조의 정랑과 좌랑을 일컫는 말로 비록 이들의 품계는 각각 정5품과 정6품으로 그리 높지 않았지만, 이들만이 당하관과 삼사의 관리를 천거할 수 있는 고유의 권한을 갖고 있어서 조정에서는 알짜배기 관직으로 통했다. 이조판서도 이조 전랑의 관리 천거에 개입할 수 없었다. 특히 임금에게 직언을 할 수 있는 삼사, 즉 사헌부와 사간원, 홍문관의 관리를 선발하고 과거를 통과하지 못한 재야의 선비를 관리로 천거하며 등용하는 막강한 권한을 가지고 있어서 사색당파는 서로 자기네 인물을 그 자리에 앉히려고 혈안이 되었다.

궁에서 지내며 조정 돌아가는 사정을 어렴풋이 알게 된 지견이 말했다.

"참으로 감축드립니다. 이조 전랑에 나리만큼 적합한 인물도 없을 것입니다."

"어허, 나리라는 소리 집어치우라니까."

이조 전랑의 권한이 엄청난 만큼 부작용이 많았다. 부정한 자가 그 자리에 오르면 인사 청탁이 끊이지 않았고, 매관매직으로 조정이 혼탁해졌다. 이런 점을 생각하면, 지견의 말대로 정홍순만큼 이조 전랑에 적합한 인물이 없었다. 그는 당파에 얽매이지 않아서 관리를 천거할 때 어느 쪽으로 기울지 않았고, 공무를 처리하는 데 있어 눈치를 보지 않았으며, 일 처리가 매끄러운 것으로 정평이 나 있었다. 아마도 사색당파가 이조 전랑 자리를 놓고 대결하던 중 당파의 사각지대에 있는 정홍순을 앉히기로 합의를 본 모양이었다.

정홍순이 말했다.

"나한테는 불편한 자리네. 나는 장부 들여다보면서 숫자 맞추는 것이 제격인 사람일세. 정치적 셈법에 따라 잠시 어울리지 않는 옷을 입고 있는 것이니 자네는 개의치 말게."

누구나 탐내는, 아니 조정의 모든 신료가 목을 매는 자리를 이처럼 대수롭지 않게 여기는 사람이 몇이나 있을까. 거리낄 것이 없어서 당당했고, 스스로 부끄러움이 없기에 자유로웠다. 지견은 정홍순을 보며 오랜만에 기분이 좋아졌다.

"관아는 이야기 나누기 불편하니, 나중에 자리를 마련함세. 내 지전에 일러놓을 테니 자네도 그쪽으로 기별을 주게나."

"예, 그렇지 않아도 여쭐 게 있습니다. 꼭 좀 시간을 내어주십시오, 나리."

"어허, 그 소리 말래도."

그렇게 말하고 정홍순은 총총히 자리를 떴다.

∞

액정서에서 일을 보고 선임 중금들의 심부름을 하다 보면 하루가 훌쩍 지나갔다. 저녁 이후에 액정서에 딸린 서가에서 책을 펼치면 어느새 밤이었다. 단조로운 하루하루가 쏜살같이 지나갔다.

인경이 울리자, 그를 신호로 지견은 서책을 덮고 자리에서 일어섰다. 서가에는 신입 중금 여섯 명과 내시 네 사람이 끝까지 남아 있었다. 신입 중금들은 선임들로부터 좋은 평가를 받기 위해 저녁밥을 먹은 뒤에는 서가로 가서 눈도장을 찍는 것이 관례였다. 그들은 몰려오는 졸음을 쫓으며 인경이 울릴 때까지 책장을 넘겼다.

지견과 시경은 서가에서 나와 내반원 숙소로 향했다. 내시 네 사람이 그들보다 앞섰고, 서무일 무리가 내시 일행보다 앞서 걸었다. 그렇게 조족등 세 개가 일정한 거리를 두고 어둠을 가르고 있었다. 시경이 길게 기지개를 켜고 난 뒤에 말했다.

"궁에 들어온 지도 벌써 여섯 달일세. 소중금 때부터 치면 딱 한 해가 되었어. 시간 참 빨라."

어느덧 6월이었다. 중금 취재에 통과하여 출사한 첫날, 준수방의 내시부 궐외 각사에서 상투를 튼 지도 벌써 일 년이었다. 그동안『경국대전』의「형전」과「공전」을 분실하여 한 달 동안 응방 귀양을 다녀온 일을 제외하면 사고라고 할 만한 일은 없었다. 서무일 무리와의 적대감과 경쟁심만 아니면 모든 것이 순조로웠다. 끼니를 그른 적이 없었고, 계절마다 녹봉을 받았다. 거느리는 식솔이 없는 지견은 녹봉을 도경술에게 맡겼다. 도경술은 잘 적립해둘 터이니 나중에 찾아가라고 지견에게 일렀다.

'아버지는 이처럼 편히 살라고 그런 유언을 남기셨던 걸까?'

죽음을 각오한 아비가 어린 자식을 떠나보내며 남긴 비장한 유언에 담긴 의미를 지견은 아직 알지 못했다. 궁에 들어오기만 하면 명백해지리라 여겼건만 모든 것이 아직 안개 속에 있었다. 이렇게 하루하루 무탈하게 시간을 보내도 되는지, 지견은 더러 답답하고 초조했다.

지견이 시경에게 물었다.

"방시경 중금께서는 왜 중금이 되시었습니까?"

시경은 마치 대단히 어려운 질문이라도 받은 양 우물쭈물했다. 생각을 정리하는 듯 이리저리 고개를 갸우뚱거리던 그가 대답했다.

"글쎄, 뭐라도 해야 하지 않겠는가? 난 아버지처럼 전기수가 되기보다는 이왕이면 중금이 되어 궁에 들어가겠다고 일찌감치 마음을 먹었어."

"부친께서 전기수이셨습니까?"

"응, 우리 집안은 아들이 귀한데, 대대로 전기수를 했어. 도성에 이름난 음 선생처럼 고관에 불려 다니는 그런 전기수는 아니고, 장터에서 이야기를 풀어놓다가 가장 재미있는 대목에서 딱 끊고는 손을 내미는 거야. 더 듣고 싶으면 뭐라도 내놓으라고 말이지. 어릴 때부터 아버지를 따라다니며 나도 전기수 수업을 받는데, 그게 갈수록 영 신통치 않았어. 활자 기술이 발달하고 서책 가격이 내려가면서 전기수라는 직업도 사양길로 접어든 거지."

시경이 말하는 동안 앞서 걷던 내시들 가운데 유독 몸집이 작은 내시 한 명이 일부러 걸음을 늦추어 거리를 좁혀왔다. 지견이 보기에 이제 갓 내시에 입문하여 아직 품계가 없는 소환(小宦)이었다. 지견은 그의 행동을 살폈으나, 자신의 이야기에 빠진 시경은 소환의 움직임을 알아차리지 못했다.

"그런데 우리 동리에 중금을 지내다가 은퇴한 어르신이 계셨어. 참기품 있는 어른이셨지. 그분께서 내 목소리가 우렁차고 맑다며 중금이 되라고 하셨어. 그 어른은 내가 커서 이렇게 못생기게 될 줄은 몰랐던 게지. 아무튼 그 소리를 듣고 난 뒤로 다른 건 생각해본 적이 없었네. 그저 중금이 되면 저 어른처럼 장수할 수 있겠구나 하는 생각에 딱 꽂힌 걸세."

소환은 이제 지견, 시경과 거의 같이 걷고 있었다.

"솔직히 난 중금이 주상 전하와 내명부의 종친들께 심심풀이로 책이나 읽어주는 일을 하는 줄 알았어. 그래서 열여섯에 치른 중금 취재에서는 입도 못 떼어보고 떨어졌지 뭔가. 사실 그때부터 슬슬 내 얼굴이 유난히 붉어지고 못생기게 자리 잡기 시작했거든. 그래도 이왕 이렇게 된 것 한 번 더 해보자고 마음을 다잡았지. 집에서 사람 노릇 못한다고 온갖 구박을 받으면서도 사 년 동안 혼자 공부를 하고 무예를 닦아…… 에그머니나!"

그제야 시경은 지견이 들고 있는 조족등 불빛 속으로 불쑥 나타난 소환을 발견하고는 깜짝 놀랐다. 시경의 반응에 소환이 바닥에 납작 엎드렸다.

"중금 나리, 죄송합니다. 나리의 이야기에 넋을 놓았다가 그만……."

시경은 쿵쾅거리는 가슴을 진정시키느라 숨을 고르고, 지견은 웃음을 지었다. 지견이 손을 뻗어 소환을 일으켰다.

"그만 일어나시게. 우리는 괜찮소."

소환이 엎드린 채 고개를 들고 지견과 시경의 표정을 살폈다. 두 사람의 표정이 온화한 것을 확인하고는 천천히 몸을 일으켰다. 그러고는 다시 허리를 굽히며 말했다.

앵무새가 말의 뜻을 알라

"궁에 들어온 지 오늘로 한 달이온데, 궁에서 사사로운 이야기를 접한 것이 처음이라 저도 모르게 이야기에 끌렸습니다."

지견이 물었다.

"이름이 어떻게 되오?"

"김동첩입니다."

"나이는 몇이오?"

"올해 열셋입니다."

잠시 사이를 두고 동첩이 말했다.

"……중금 나리, 말씀 낮추십시오."

"나중에 소환과 친해지면, 그때 낮추겠습니다."

한사코 동첩이 조족등을 자신이 들겠다 하여, 하는 수 없이 지견은 그에게 등을 맡겼다. 내반원이 가까워졌을 때 시경이 물었다.

"그런데 내 이야기가 재미있던가?"

동첩이 대답했다.

"네, 말씀을 참 귀에 감기게 잘하십니다."

그 말을 듣고 시경이 너스레를 떨었다.

"어허, 중금 말고 전기수를 했으면 음 선생처럼 되었으려나……."

동첩이 뒤를 돌아보고 웃음을 지었다. 지견은 지전의 효동이 떠올라 동첩이 남 같지 않았다.

지견은 어둠 속을 걸으며 책비 재인을 떠올렸다. 음 선생의 집에서 단둘이 있었던 그 순간이, 불빛 속에서 흔들리던 그녀의 얼굴이 내내 머릿속에서 떠나지 않았다.

∞

　지견이 액정서에서 임금의 교서를 분류하는 동안 궁에서 쓸 종이와 붓 등의 문방구가 도착했다. 그런데 물품을 날라 온 이들 중에 효동을 비롯한 도경술의 지전 일꾼들이 있었다. 지견은 반가웠으나, 크게 아는 체를 않고 표정으로만 내색했다. 효동이 지견에게 다가와 귀엣말을 했다.

　"도련님, 이따 잠깐 뵐 수 있을까요?"

　지견은 일꾼들이 일을 마치기를 액정서 밖에서 기다렸다. 일꾼들이 밖으로 나오자 그제야 지견이 아는 체를 했다.

　"궁에서 어른의 물건을 쓸 것이라고 생각은 했습니다만, 여기서 이렇게 뵙게 되니 더 반갑습니다."

　그동안 지견에게 하대했던 일꾼들은 관복을 입은 지견을 어떻게 대해야 할지 몰라 데면데면하게 굴었다. 그들의 사정을 알아차린 지견이 먼저 말했다.

　"관복은 직업과 역할을 나타내는 표식일 뿐입니다. 전에 했던 대로 편하게 대해주십시오. 그래야 저도 편합니다."

　"다른 관리도 아니고 궁궐의 관리한테 어떻게 말을 놓누?"

　"제가 늙어 죽을 때까지 관리이겠습니까? 나중에 궁을 떠나 여염의 사람이 되었을 때 어쩌시려고 이러십니까? 제발 예전처럼 대해주십시오."

그제야 지전 일꾼들도 마음을 놓고 표정이 밝아졌다.

효동이 지견의 소매를 당겼다.

"그래, 무슨 일이냐?"

"이조 전랑 나리께서 오늘 퇴청 후에 지전에서 뵙자고 하시던데, 도련님은 괜찮으세요?"

"알았다. 내 어떡하든 시간을 마련하마."

그날 저녁 지견은 훈도중금 김밀희에게 잠시의 외출을 허락받고 궁 밖으로 나섰다. 해가 길어진 덕분에 유시(酉時, 오후 6시경)가 지나서도 날이 밝았다. 지견이 지전으로 들어서자 도경술과 도정윤이 반갑게 맞았다. 이조 전랑 정홍순이 먼저 와서 기다리고 있었다.

네 사람은 가까운 주막에서 저녁을 먹었다. 오랜만에 지견은 마음이 넉넉했다. 저녁을 다 먹은 뒤 도경술 부자는 떠나고 정홍순과 지견만 남았다. 정홍순이 말했다.

"일전에 내게 물어볼 것이 있다고 했는데, 무슨 일인가?"

지견이 쉽게 이야기를 꺼내지 못하고 머뭇거리자, 정홍순이 재차 물었다.

"인사 청탁인가?"

그 말에 지견이 깜짝 놀라 고개를 저었다.

"아닙니다, 나리. 그럴 리가 있겠습니까?"

정홍순이 웃으며 말했다.

"농담이네, 농담. 허허허."

"나리도 참 짓궂으십니다."

지견이 본론을 꺼냈다.

"오라비가 왕실과 조정을 비판하는 괘서를 썼다는 죄목을 받고 참형된 탓에 관노가 된 처자가 있습니다. 지금 도성에서 유명한 전기수인 음 선생이라는 분 밑에서 벌써 이 년 가까이 책비 수련을 하고 있습니다. 이런 경우에 관노의 신분을 벗을 방법이 없는지요?"

정홍순이 난처한 표정을 지었다.

"사정이 어떤지는 모르겠으나, 그런 일로 죄인이 되었다면 역모를 한 것이나 매한가지네. 그러면 그 직계 가족 역시 참형을 당하거나 관아의 노비가 되지. 특히 어린 아녀자의 경우에는 관기가 될 테고."

"나리, 방법이 없습니까?"

"당장은 신원을 회복할 방법이 없네. 주상 전하와 신료들이 당시에 억울한 사정이 있다고 판단하여 복권하지 않는 한, 그의 식솔들도 그 덫에서 벗어날 수 없지. 역모에 대한 복권은 오랜 시간이 필요하네. 정권이 바뀌어 과거사를 뒤지며 앞선 정권을 비판하는 과정에서 역모에 대한 신원이 회복되는 일이 종종 있네. 지금이 노론 세상이니, 세상이 뒤집히지 않는 한 요원한 일일세."

지견의 표정이 어두워졌다. 그의 낯빛을 살핀 정홍순이 물었다.

"마음에 둔 처자인가?"

지견이 고개를 끄덕였다. 정홍순의 입에서 탄식이 새어 나왔다. 잠시 사이를 두고 정홍순이 말했다.

"훗날 자네가 당상관이 된다면, 그 처자를 첩으로 들일 수 있을 것이네. 중금의 최고 품계가 당상에 해당하는 정3품이니, 불가능한 일은 아니지. 그리고 마지막 방법이 있네만……."

내내 어두웠던 지견의 표정에 한 줄기 빛이 스며들었다. 그는 두 눈에 힘을 모으고 정홍순의 다음 말을 기다렸다.

"주상 전하의 승은을 입는 것이네."

한 줄기 비쳤던 실낱같은 희망이 다시 사그라졌다. 관기인 재인이 궁인으로 지낼 방도가 없기도 하거니와 그것은 지견이 바라는 길이 아니었다.

"그런데 이상하군."

정홍순이 말했다.

"어찌 관노가 된 처자가 사가에서 책비 수련을 할 수 있단 말인가. 혹시 아는 것이 있는가?"

지견은 그런 사실에 대해서는 생각해본 적이 없었다. 잠시 사이를 두고 정홍순이 말을 이었다.

"관노는 엄밀히 국가의 재산일세. 그런데 그 처자를 누군가 사사로이 움직이고 있다는 생각이 드는구면. 어쨌든 자네의 마음을 내 모르는 바 아니나, 아무래도 자네가 너무 깊이 관여치 않았으면 하네."

지견은 아무런 대꾸를 할 수 없었다. 그저 씁쓸한 미소를 지을 뿐이었다.

∞

서가에서 내반원 숙소로 향하면서 방시경이 기지개를 켰다.

"아이고, 이렇게 공부를 많이 해야 하는 줄 알았으면 중금이 될 생각을 하지 않았을 것이네. 게다가 이 책이나 저 책이나 다 같은 소리만 하고 있으니, 지겹기 짝이 없구면."

조족등을 들고 앞서가던 소환 내시 동첩이 뒤를 돌아보았다. 처음 이야기를 나눈 이후로 지견과 시경, 동첩은 서가에서 내반원으로 향할 때면 자주 동행하고는 했다.

"서가의 책이 지겨우시면 서책 보관소에 가보십시오. 거기에는 서가와는 다른 책들이 엄청나게 쌓여 있습니다."

동첩의 말에 시경과 지견이 서로 마주 보았다. 지견이 물었다.

"김 소환, 서책 보관소가 또 있소?"

동첩이 대답했다.

"제가 상책내시 어른을 따라 궁궐 안의 서책과 문서 정리하는 작업을 한 적이 있는데, 액정서 뒤편 대숲 안에 못 쓰는 책을 쌓아두는 창고가 있는 걸 그때 알았습니다. 인적이 드물고 조용해서 책 읽으며 쉬기도 좋습니다. 궁인들 중에도 그곳을 아는 이가 많지 않은 것 같습니다."

"그래요?"

흥미가 돋았다. 지견도 시경과 마찬가지로 군신의 예와 효를 다루는 서가의 책만으로는 만족할 수 없었다.

며칠 뒤 액정서에서 일을 마친 지견과 시경은 동첩이 말한 곳을 찾아가보았다. 액정서 뒤편 대숲을 헤치고 들어가자 팔각형 모양의 퇴색한 전각이 나타났다. 다른 건물들로부터 외따로 떨어져 있는 것으로 보아 작은 연회나 휴양을 목적으로 만든 곳인 듯했다. 대숲을 흔들며 지나는 바람 소리가 시원했다. 후덥지근한 날씨 속에 종일 땀을 흘렸던 몸이 쾌청하게 맑아오는 것 같았다.

"궁에 이런 곳이 있었군 그래."

시경이 말하고 나서 전각 쪽으로 다가갔다. 지견이 뒤를 따랐다. 출입문에 빗장이 걸려 있었으나 자물쇠가 채워져 있지는 않았다.

"자, 어떤 책들이 있는지 볼까?"

문을 열자 퀴퀴한 서책 냄새가 코를 찔렀다. 수십 년 사람의 손을 타지 않은 채 웅크리고 있던 책들이 냄새로 자신의 존재를 알리는 듯했다. 지견과 시경이 안으로 들어섰다. 책장이 빼곡하게 들어서 있었고, 선반마다 책들이 꽂혀 있거나 쌓여 있었다. 태우지 않고 이렇게 보관하고 있는 걸 보면 영 쓸모없는 책들은 아닌 것 같았다. 지견이 책 한 권을 집어 들었다. 먼지를 불고 책장을 펼쳤다. 딱 보기에도 액정서에 딸린 서가의 책들과는 종류가 달랐다. 지견은 손에 잡히는 대로 책을 살펴보았다. 대부분이 청에서 들여온 것이고, 알아볼 수 없는 언어로 적힌 책들도 있었다.

시경이 책 한 권을 들고 다가왔다.

"세상의 잡다한 지식이 여기에 다 있는 것 같군."

"그러게 말입니다. 누군가 이 책들을 지을 때는 세상의 지식을 넓힌다는 책임감을 가졌을 것입니다."

"그랬겠지. 자신의 책이 이렇게 골방에 처박혀 있는 걸 알면 귀신이 되어서도 서럽지 않겠는가."

그러면서 시경은 자신이 찾아낸 책을 지견에게 내밀었다.

"천문에 관한 책일세. 하늘의 별자리를 그려놓고 자세하게 설명을 해놓았네."

지견은 시경이 건넨 책의 책장을 넘기다가 마지막 장에 이르러 누군가 '明'이라고 적어놓은 것을 발견했다. 시경이 그것을 보고 말했다.

"우리처럼 누군가 이곳에서 책을 읽은 모양이군. 책 한 권 읽을 때마다 서명을 했을 테지."

지견은 책을 선반 위에 놓았다. 그리고 밖으로 나섰다.

"이곳에 오는 것이 흠이 되지는 않겠지만, 서가에서 공부하는 모습을 보이지 않으면 선임들께 찍힐 수 있으니 주의함세."

시경의 말에 지견이 고개를 끄덕였다.

∞

서책 보관소에 처음 찾아간 이후로 지견은 거의 매일 그곳을 찾았다.

액정서에 딸린 서가에서 책을 읽다가 선임 중금들이 하나둘 자리를 뜨면, 슬그머니 빠져나가 서책 보관소로 향했다. 지견은 아예 등잔불을 하나 마련해서 어둠 속에 책을 읽다가 인경이 울리면 부리나케 내반원 숙소로 달려갔다. 처음에는 시경이 동행했으나, 그는 곧 서책 보관소의 책들에 흥미를 잃었다.

지견이 서책 보관소를 찾는 것은 쉽게 접하기 힘든 지식을 얻기 위해서였지만, '明'이라는 글씨가 적힌 책을 찾기 위한 이유도 있었다. 그는 한 권의 책을 읽은 뒤에 마지막 장을 넘기며 '明'이 적혀 있는지 어떤지 확인하는 버릇이 생겼다. 그런데 지견이 관심을 두고 읽은 책에는 항상 같은 서명이 있었다. 明이라는 글자를 새겨 넣은 사람과 지견의 책 읽는 취향이 비슷했던 것이다. 그러다 보니 오로지 하나의 글자로만 연결된 그 사람이 누구인지 궁금해졌다. 하루는 훈도중금 김밀희에게 혹시 중금 가운데 이름에 '밝을 명'을 쓰던 이가 있었는지 물어보았다. 김밀희는 자기가 아는 한 그런 사람은 없노라고 답했다.

여름이 서서히 저물면서 지견은 마음이 급해졌다. 재인이 찾아와 달라던 가을이 다가오고 있었다. 외출이라도 하고 싶었지만, 여의치 않았다. 중금은 내시들보다 엄격하게 사생활 통제를 받았다. 왕의 음성을 대신하는 직책이라 흠이 있어서는 안 되었다. 그 때문에 승전이나 훈도, 훈령 등의 역할을 부여받기 전인 신입 중금들은 사사로이 궁 바깥으로 나가기가 쉽지 않았다.

한편으로 생각하면 불쑥 찾아가는 것도 어색한 일이었다. 지견 자신이 무엇이라고 그 집을 방문하겠는가. 재인이 와달라고 했지만, 그냥 해본 소리인지도 몰랐다. 음 선생 핑계를 댈 수야 있겠지만, 속이 빤히 들여다보이는 짓이었다. 이래저래 지건은 시간이 갈수록 가슴앓이가 심해졌다.

여름과 가을이 맞물리는 9월 중순의 저녁이었다. 하루의 일이 끝날 무렵 액정서의 부사소가 급히 시경을 찾았다.

"중금 나리, 파발역참에 급히 보낼 교서가 있는데, 어떻게 할까요?"

파발역참은 양주 가는 길목인 박석재 너머에 있었다. 평안도, 함경도 지역으로 공문을 발송하는 곳이었다. 시경이 역정을 냈다.

"에이, 왜 또 나요?"

액정서 관리들은 어려운 일이 생기면 으레 성격 좋은 방시경에게 호소했다. 그러면 시경은 싫은 티를 내면서도 대부분 부탁을 들어주었다. 곁에서 부사소와 시경의 대화를 듣고 있던 지건의 귀가 쫑긋했다. 파발역참으로 가려면 무악재를 넘어야 했다. 오가는 길에 기회를 보아 음 선생 집에 들를 수 있었다.

지건이 부사소에게 말했다.

"어떤 교서입니까?"

부사소가 대답했다.

"벽제관에 내일 청의 사신이 도착하는 모양이오. 그곳에 파견된 관리들에게 급히 문서를 전해야 하는데, 파발들이 죄다 출사 중이라 사람이 없습니다."

"말이 있어야 할 터인데……."

지견의 말에 부사소가 마패와 공금으로 쓸 돈을 내밀었다.

"지금 곧장 사복시에 가서 이것을 보이시면, 바로 말을 내어줄 것입니다."

지견이 마패와 공금을 받아들고는 시경에게 말했다.

"제가 가겠습니다. 방시경 중금께서는 훈도중금께 말씀 전해주십시오."

"해가 지면 말을 타는 것이 위험하니, 너무 서두르지 말게나. 훈도중금께는 내가 잘 설명해놓겠네."

지견이 고개를 끄덕이고는 액정서를 나섰다.

∞

파발역참에 도착했을 때는 술시(戌時, 오후 8시경)가 가까워진 시각이었다. 교서를 전달하고 급히 말머리를 돌렸다. 돌아가는 길에 곧 사위가 어둠에 잠기기 시작했다. 무악재에 이르기도 전에 주위가 캄캄해져서 말을 모는 것이 어려웠다. 어둠 속에서 말이 발이라도 잘못 짚으면 큰 사고를 당할 수 있었다.

지견은 말에서 내렸다. 파발역참에서 챙겨온 횃불을 앞으로 내밀고 고삐를 쥔 채 말을 끌었다. 그렇게 두 식경 가까이 걸어온 끝에 드디어 음 선생의 마을 주변에 있는 마방(馬房)에 이르렀다. 어차피 말을 끌고 고개를 넘을 수는 없었다. 마방 주인에게 셈을 치르고 마구간에 말을 넣은 다음 방을 얻었다. 방에서는 부상으로 보이는 사내 셋이 놀음을 하고 있다. 철릭을 입고 전립을 쓴 관원 차림의 지견이 방으로 들어서자, 사내들은 흠칫 놀라 급히 판을 걷었다. 지견은 못 본 체하고 방 한구석에 웅크리고 있다가 밖으로 나섰다.

파발역참으로 향할 때는 음 선생 집에 들르리라 마음을 먹었건만 막상 근처에 이르고 나니 주저되었다. 이 늦은 시각에 불쑥 찾아갈 엄두가 나지 않았고, 명목도 없었다. 지견은 한참 동안 마방 주변을 서성거렸다.

지견은 마음을 굳게 먹었다. 오늘이 아니면 한동안 재인을 볼 수 없을지도 몰랐다. 따지고 보면 재인에게 지견은 아무 의미 없는 존재일 수 있었다. 하지만 지견에게 재인은 그렇지 않았다. 태어나 처음으로 끌린 사람이었다. 아버지와의 처절한 이별 이후로 굳고 단단하게 닫혔던 마음에 흠집을 낸 여인이었다. 지견은 심호흡을 하고 발걸음을 옮겼다.

효동의 마을로 들어서자, 밥을 태운 냄새가 코끝을 간질였다. 어느 집에선가 실수로 저녁을 망친 모양이었다. 저녁을 그른 지견은 그 냄새를 맡으며 구수한 누룽지를 떠올렸다. 냄새만이 유령처럼 골목을 돌아다닐 뿐 불을 밝힌 집은 보이지 않았다.

여름이 끝나고 가을이 다가오면 사람들은 겨울 걱정에 시름이 깊어졌다. 군불 때는 일도, 짧아진 해 때문에 등기름을 태워 불을 밝히는 것도 여염집에는 두려운 일이었다.

음 선생 집 역시 불이 꺼져 있었다. 언젠가 그랬던 것처럼 지견은 사립을 밀고 마당으로 들어서며 헛기침을 하고 말했다.

"어르신, 계십니까?"

잠시 사이를 두고 다시 불렀으나 반응이 없었다. 지견은 마루에 앉았다. 그리고 보니 화원에서 청독회가 열리는 보름이었다. 어쩌면 음 선생과 재인은 화원에서 밤을 보낼지도 몰랐다. 미처 생각지 못한 지견의 실수였으나, 그런 것을 따질 형편이 아니었다. 재인이 사는 동리를 지나가는 기회가 찾아왔고, 그 기회를 놓칠 수 없었다.

지견은 전립을 벗고 마루의 기둥에 등을 기댔다. 어차피 마방에서 밤을 지새우고 입궐해야 했다. 멀리서 인경 울리는 소리가 들려왔다. 이제 도성의 문이 닫히고 사람들의 발이 묶일 것이다. 어떤 이는 술에 취한 채 기생을 안을 것이고, 어떤 이는 등잔에 불을 밝히고 책을 읽을 것이며, 어떤 이는 곤히 잠들 것이고, 어떤 이는 잠자리에 들고도 시름에 겨워 쉬 잠들지 못할 것이고, 어떤 이는 골방에서 놀음을 할 것이다. 어둠이 내려앉은 세상의 온갖 풍경을 떠올리며 지견은 가슴이 먹먹해졌다. 지금쯤 흥양 독골의 사람들도 바다의 물결 소리에 취한 채 자리에 누웠겠지…….

그때였다. 발걸음 소리가 들려와 지견은 귀를 세웠다. 여인의 발걸음이었다. 소리가 점점 가까워졌다. 지견은 몸을 일으키고 전립을 썼다. 보지 않아도 알 수 있었다. 재인이었다.

사립문을 밀던 재인이 마당에 선 사내를 발견하고는 동작을 멈추었다. 하지만 곧 스스럼없이 마당으로 들어섰다. 지견은 굳이 음 선생을 핑계로 대고 싶지 않았다. 공무를 보고 돌아가는 길에 들렀다는 식으로 말하고 싶지도 않았다. 재인이 지견과 눈을 맞추었다. 재인의 이마를 타고 흘러내린 달빛이 눈에 머물러 반짝였다.

　"이상하게도 오늘 올 것 같아서 서둘러 혼자 집으로 왔습니다."

　재인의 그 말에 지견은 눈물이 날 것만 같았다. 재인을 향해 쌓아온 마음이 봇물 터지듯 와르르 쏟아지려는 것을 지견은 가까스로 참아냈다.

　재인이 지견의 손을 끌었다. 지견은 재인이 이끄는 대로 따라갔다. 두 사람이 별채로 들어간 뒤 마당에는 홑이불처럼 부드러운 달빛이 내려앉았다.

26. 열병

"솔직히 말하게. 도대체 그날 무슨 일이 있었던 건가?"

방시경이 이지견의 얼굴을 살피며 물었다. 지견은 무슨 뜻이냐고 표정으로 시경에게 되물었다.

"요새 자네 말이야, 영 넋이 나간 것 같아. 파발역참에 다녀온 다음 날부터 혼이 빠진 것처럼 보이니 슬슬 걱정일세."

"제가 그래 보입니까?"

"어허, 그렇다니까. 동첩아, 그렇지 않느냐?"

조족등을 들고 앞서가던 소환 내시 김동첩이 고개를 돌려 걱정스러운 투로 대답했다.

"예, 제가 보기에도 중금 나리께서 예전 같지 않으십니다."

조금 전 서가에서 서책을 펼쳐놓고도 지견은 딴생각에 빠져 있었다. 액정서에서 교서 분류하는 일을 하다가도 넋을 놓기 일쑤였다. 한

번은 교서를 들고 형조로 간다는 것이 공조로 빠진 적도 있었다. 동행한 무관이 중간에 일러주지 않았다면, 교서를 잘못 전달하여 크게 경을 치를 뻔했다.

지견은 시경이 책망하는데도 넉살 좋게 웃을 뿐이었다. 지견을 앞서 보낸 시경이 혼잣말을 했다.

"필시 여자 때문인데…… 그날 파발역참에서 향응을 받은 건가?"

동첩이 입술을 삐죽 내밀고는 어깨를 으쓱해 보였다.

내반원 숙소에 들어 자리에 누운 뒤에야 지견은 비로소 시경의 추궁에서 자유로워졌다. 캄캄한 방, 창호를 뚫고 들어온 희미한 겨울 달빛이 정겨웠다. 그날 밤 한 이불을 덮고 누운 재인과 지견을 훔쳐보던 바로 그 달빛이었다. 재인을 생각하면 심경이 복잡하여 잠을 이룰 수 없었다. 하지만 지견은 그 생각을, 그 기억을 놓치고 싶지 않았다. 둘 다 참으로 서툴렀으나 열정적이었다. 이성에게 처음 몸을 허락한 여인은 흐느끼며 매달렸고, 사내는 아픈 가슴으로 여인을 품었다. 그날 이후 보드라운 재인의 살결이 손끝에 느껴질 때마다 지견은 마음을 주체할 수 없었다. 이제 겨울이었다. 엄동설한에 음 선생을 따라 무악재를 넘는 재인을 떠올리면 가슴이 아렸다.

그로부터 며칠 뒤 시경과 단둘이 되었을 때 지견이 물었다.

"만약 노비가 달아나서 숨으면 어찌 됩니까?"

뜬금없는 질문에 시경의 눈이 커졌다. 지견이 천천히 고개를 들어 시경과 눈을 맞추었다. 시경은 근래 들어 지견의 몸과 마음을 사로잡고 있는 문제와 연관된 질문임을 직감하고 표정이 어두워졌다. 시경은 그 질문을 통해 많은 것을 짐작할 수 있었다. 그날 이지견 중금은 파발역참에서 향응을 받고 관기와 눈이 맞았다. 마음을 빼앗긴 그는 지금 관기와 달아날 궁리를 하고 있다…….

마음이 급해진 시경이 대답했다.

"추쇄도감이 꾸려지고 달아난 노비를 추적하는 추노관이 뜨네. 그랬다가 붙잡히면 노비뿐만 아니라 노비를 도왔거나 동행한 이마저 크나큰 형벌을 피하지 못하네."

그럴 줄 알았다는 듯 지견이 고개를 끄덕이며 말했다.

"영영 숨을 수도 있지 않습니까? 산속 깊은 곳이나 외딴 섬으로 들어가 관아의 사정권에서 벗어날 수도 있지 않습니까?"

시경이 대뜸 소리쳤다.

"이렇게 그럴 수 있겠는가? 이 세상천지에 그렇게 편하게 살 수 있는 곳이 어디 있단 말인가? 국가의 법과 제도에서 벗어나 훨훨 자유롭게 제 삶을 누릴 수 있는 그런 곳이 도대체 이 땅 어디에 있단 말인가?"

지견은 시경의 책망에도 눈빛이 흔들리지 않았다. 무언가 마음을 굳힌 듯 보였다. 시경이 매달렸다.

"이보게, 이지견 중금. 자네가 처음 그런 경험을 하여 몸과 마음이 몹시 동했을 것이네. 하지만 정신 차리게. 기생이란 원래 남자의 마음을 흔드는 존재들이라네. 그것이 그들의 살아가는 방편이야. 몸을 취하되 마음을 빼앗기지는 말게나. 헛된 생각일랑 말고!"

시경이 쏜 화살이 과녁을 정확히 맞힌 것은 아니었지만, 완전히 빗나간 것도 아니었다. 지견은 심중을 파악하기 힘든 표정을 지으며 생각에 잠겼다.

∞

　액정서 사알이 자리에서 벌떡 일어나 입구를 향해 달려갔다.

　"대감, 오시었습니까? 다시 뵙게 되어 참으로 다행입니다."

　그 소리에 지견이 고개를 들었다. 연로해 보이는 관리 한 사람이 사알의 인사를 받고 있었다. 지견은 곧장 그가 누구인지 알아보았다. 두 해 전 육조 거리에서 마주친 적이 있는 박문수였다.

　"장령께서 걱정해주시어 아무 탈 없이 잘 지냈습니다. 그동안 제주도에 정이 들어 주상 전하의 부름을 받고 떠나오는 것이 서운할 정도였습니다."

　임금의 손자인 의소세손이 태어나서 두 해를 넘기지 못하고 세상을 떠날 당시 예조판서를 지내며 내의원 제조를 겸했던 박문수는 제주도로 귀양을 떠나야 했다. 하지만 박문수에 대한 신임이 깊었던 임금은 그를 다시 궁으로 불러들여 우참찬을 맡겼다. 지금 액정서의 사알을 맡고 있는 이는 현직에 있을 때 사헌부 장령을 지낸 이로 예부터 박문수와 친분이 두터웠다.

　박문수가 말했다.

"지금 세손 저하를 뵈러 가는 길입니다. 처음 배알하는 처지에 무엇을 선물할까 고민하던 중에 이것을 골랐습니다."

박문수가 손에 들고 있는 것을 들어 보였다. 추운 날에 머리와 목덜미를 덮어주는 휘항(揮項)이었다. 세손의 몸집에 맞게 크기가 작았고 빨간색이었다. 박문수의 말이 이어졌다.

"궁에 물품을 들일 때는 액정서에 신고해야 한다고 하여 이렇게 찾아왔습니다."

"세자 저하와 세손 아기씨께서 기뻐하실 것입니다. 이리 주십시오. 제가 종이에 싸드리겠습니다."

사알이 휘항을 부사소에게 건넸다. 부사소가 한지에 싸서는 끈을 둘렀다. 액정서 안을 둘러보던 박문수의 눈길이 지견을 발견하고는 멈추었다. 지견이 고개를 숙여 보였다. 박문수는 지견을 알아보고는 놀란 표정을 지었다.

한지에 싼 휘항을 들고서 사알이 말했다.

"물건을 들 부사소를 붙여드리겠습니다."

그러나 박문수는 지견을 지목하며 말했다.

"저 중금에게 일을 맡겼으면 합니다. 괜찮으시겠습니까?"

사알이 지견의 의향을 묻는 듯 돌아보았다. 지견이 다가가 휘항을 받아 들었다.

박문수와 지견은 동궁으로 향했다. 동궁 부근에 발을 들이는 것은 지견으로서는 처음이었다. 박문수가 뒤를 따르는 지견에게 물었다.

"나를 기억하시는가?"

"예, 기억합니다."

"두 해 전이었는데, 그때도 중금이었는가, 아니면 이후로 중금이 된 것인가?"

"그 이듬해인 작년에 중금 취재에 응하였습니다."

박문수는 걸음을 옮기며 생각에 잠겼다. 또다시 칠장사에서 만났던 의문의 사내가 떠올랐다. 갑진년(1724년) 9월이었다. 경종 임금이 승하하고 소론이 철퇴를 맞아 낙향하던 길이었다. 임금의 독살설을 확인하기 위해 흥양 독골이라는 먼 고장에서 그곳까지 찾아왔던 약관의 사내. 필시 조정에서 벼슬을 한 흔적이 있었으나, 그 외에는 아무것도 짐작할수 없었다. 세월이 흘러 의금부와 내금위 무관들이 흥양 독골로 급히 향하던 현장에 우연히 박문수 자신이 있었다. 아무래도 독골이라는 동리와 생전에 깊은 인연을 맺은 듯 여겨졌다. 그리고 두 해 전 우연히 이 중금과 부딪쳤을 때 박문수는 문득 그 독골의 사내를 떠올렸더랬다.

박문수가 조심스레 물었다.

"고향이 어디인가?"

지견이 답했다.

"변산입니다."

잠시 사이를 두고 박문수가 다시 물었다.

"혹시 흥양이라는 고장의 독골이라는 동리를 아시는가?"

지견은 순간 크게 당황하지 않을 수 없었다. 어찌 아는가? 박문수 대감이 나의 고향을 어찌 아는가? 지견은 입술이 떨렸다. 머리와 가슴을 텅 비워야 했다. 음성의 작은 변화에도 생각과 마음이 드러나는 법이다. 지견의 유난히 발달한 감각이 그만의 것일 수는 없었다. 빈틈을 보이는 순간, 상대는 이쪽의 의중을 파악하고 집요하게 파고들 것이다.

"처음 듣습니다."

"그런가?"

동궁전에 접근하고 오래지 않아 지견은 한 사내의 울부짖음을 들었다. 소리로 들은 것이 아니라 공중을 타고 전해오는 미세한 공기의 흔들림을 통해서 감지했다. 누군가 맺히고 맺힌 한을 쏟아내고 있었다. 그때 내시 한 명이 박문수를 발견하고는 다가왔다.

"우참찬 대감, 지금 상황이 좋지 않습니다."

"무슨 일인가?"

내시는 대답하지 못하고 우물쭈물했다.

"어허, 무슨 일이냐고 묻지 않는가?"

내시는 마지못해 대답했다.

"주상 전하께서 선위(禪位)를 하시겠다고 하시어……."

"또……?"

박문수가 탄식을 내뱉고는 고개를 절레절레 흔들었다. 이미 여러 번째였다. 임금이 왕위를 내놓고 물러나겠다고 으름장을 놓을 때마다 세자는 죄인이 되어 석고대죄해야 했다. 박문수가 내시에게 물었다.

"세자 저하께서는 어디 계신가? 보아야겠네."

"지금 금천교 위에 계십니다."

박문수가 급히 걸음을 옮겼다. 내시가 만류했으나, 듣지 않았다. 지견도 하는 수 없이 박문수의 뒤를 따랐다. 곧 울부짖음이 들려왔다.

"아바마마, 통촉하시옵소서! 아바마마……."

매사냥 때 접했던 세자의 음성이었다. 음색과 높낮이가 일치했으나 느낌은 완전히 달랐다. 늠름하던 기상은 사라지고 잔뜩 겁먹고 주눅이 든 소인배의 음성에 진배없었다.

박문수가 걸음을 멈추었다. 지견도 같이 걸음을 멈추었다. 다리 위에서 한 사내가 흰 적삼과 바지 차림으로 상투가 흐트러진 채 대성통곡하고 있었다. 지견은 눈앞의 광경이 믿기지 않았다. 지금의 왕을 이어 조선을 이끌어갈 존재였다. 그런 존재가 참으로 비루하고 낮은 모습으로 울부짖고 있었다.

박문수가 지견에게 말했다.

"중금은 그만 돌아가시게."

지견은 휘항을 박문수에게 건네고 돌아섰다.

"통촉하시옵소서, 아바마마……."

세자의 슬픈 음성이 지견의 귓가에서 떠나지 않았다.

날이 저물었다. 낮부터 내린 눈이 멈출 줄 몰랐다. 지견은 서가에 가지 않고 홀로 서책 보관소로 향했다. 그곳의 고요 속에 묻힐 때라야 비로소 지견은 마음을 추스를 수 있었다.

등잔불을 밝혔다. 언 손을 녹이며 책을 펼쳤다. 청에서 들여온 『교우론』이었다. 청에서 서양 종교의 선교사로 활동한 이마두라는 이가 지은 책으로 서양 사람들의 우정에 관한 내용을 담고 있었다. 하지만 벌써 며칠째 책장이 넘어가지 않았다. 글이 눈에 들어오지 않았다. 마지막 책장을 넘겼다. 늘 그랬듯 '明'이라는 서명이 적혀 있었다.

지견은 생각을 정리했다. 먼저 재인을 데리고 도경술의 집으로 가야 했다. 자신의 뜻을 전하면 도경술과 도정윤이 어떻게 나올지 장담할 수 없으나, 설득할 자신이 있었다. 은애하는 여인을 위해 목숨을 거는 일이었다. 그 집에 오래 머무를 수는 없었다. 그동안 맡겨놓은 녹봉을 엽전으로 찾자마자 떠나야 했다. 그다음이 문제였다. 어디로 가야 하나? 소금 장수 시절 변산과 한양을 오가며 봐둔 마을이 여럿이었지만, 그곳에 정착할 수는 없었다. 독골로 갔다가는 흥양 관아에 들통이 날 수 있었다. 결국 만만치 않은 세월을 정처 없이 떠돌아야 할 것이다. 국경을 넘어야 할지도 몰랐다. 재인이 견디어줄까? 나를 믿고 이 세상 끝까지 같이해줄까?

지견은 책장을 덮고 등잔불을 껐다. 여전히 눈이 내리고 있었다. 뽀드득뽀드득. 그가 지나는 걸음마다 선명하게 발자국이 새겨지고 있었다. 지견은 문득 걸음을 멈추고 자신의 발자국을 보았다. 내일 아침이면 발자국이 눈에 덮일 것이다. 그렇게 깨끗이 자신과 재인의 과거가 지워질 수 있기를 바라고 또 바랐다.

　내반원 숙소로 향하는데 서무일 무리와 마주쳤다. 서무일은 지견을 보고 걸음을 멈추었으나, 지견은 그들을 의식하지 않고 그대로 걸어갔다. 사모와 어깨에 온통 눈을 얹고 걸어가는 그를 보며 서무일의 무리 중 하나가 말했다.

　"요즘 저치의 넋이 빠진 것 같은데, 무슨 일이 있나?"

　"저 상태로는 오래 못 버틸 것 같은데 말이야."

　무리가 멀어진 뒤 서무일은 지견의 뒷모습을 바라보고 있다가 몸을 돌리며 혼잣말을 했다.

　"일이 싱겁게 되어버렸군."

　방시경은 종일 불안하여 마음을 추스를 수 없었다. 그날 저녁에 퇴청하면 사흘 동안의 관가가 시작되었다. 근 열 달 만에 주어지는 장기 관가였다. 그래서 신입 중금들은 다들 들떠 있는데, 시경은 그럴 수 없었다. 지견 때문이었다. 아침부터 낮게 가라앉아 있었다. 예전처럼 넋을 놓지 않았고, 딴생각에 빠져 있지도 않았다. 그렇다고 본래의 모습으로 돌아온 것도 아니었다. 시경만이 지견의 상태를 감지할 수 있었다. 모든 것을 벗어버리고 내려놓은 사람의 기운이랄까, 자신의 내면 깊은 곳으로 침잠하여 다시는 떠오르지 않을 것만 같은 불길한 느낌이 떠나질 않았다. 그래서 퇴청하고 내반원에서 옷을 갈아입은 뒤 궁을 나설 때 시경은 지견의 소매를 붙잡았다.

"오랜만에 나왔는데, 어디 가서 좀 놀다가 가지 않을 텐가?"

지견은 말없이 고개를 저었다.

"사흘 뒤에 다시 볼 수 있는 거지?"

조급한 마음에 시경은 속내를 내보이고 말았다. 그 말에도 지견은 아무런 동요 없이 가볍게 웃음을 지을 뿐이었다.

"어허, 이 사람. 사람 불안하게 왜 이러는가?"

지견이 조용히 말했다.

"날이 춥습니다. 어서 들어가십시오."

그렇게 말하고 지견은 자리를 떴다. 시경은 멀어지는 지견의 뒷모습을 지켜보며 떠날 줄을 몰랐다.

12월 말이었다. 곧 있으면 갑술년(1754년) 새해였다. 변산의 집을 떠나 도성에 들어온 것이 경오년(1750년) 겨울이었다. 삼 년 동안 참으로 많은 일이 있었다. 저자를 떠돌며 거지 행세를 했고, 도경술과 인연이 닿아 도정윤과 의형제를 맺었다. 그를 통해 설영과 경란을 만났으며, 지전 일꾼들과 효동, 방종현과 인연을 맺었다. 해마 밀수 사건을 겪으며 정홍순과 연결되었고, 중금이 되었다. 그리고 음 선생과 재인을 만났다. 한 일생을 통해서도 겪기 힘든 수많은 인연과 사건이 삼 년이라는 짧은 시간에 압축되어 있었다. 지견은 더 멀어지기 전에 궁을 바라보았다. 아버지의 유언을 지켰으나, 아무것도 알아내지 못했다. 아니,

어쩌면 아무것도 없는지도 몰랐다. 어쨌든 이제는 자신과 상관없는 일이었다. 지견은 새로운 출발점으로 향하고 있었다. 그 길이 고난과 역경으로 점철될지라도 후회하지 않을 터였다.

무악재를 넘었다. 마을이 다가왔다. 마을 어귀에서 왼쪽으로 틀었다. 음 선생의 집이 점점 가까워졌다. 그제야 지견은 재인을 데리고 떠나기 위해서는 음 선생이라는 산을 넘어야 한다는 사실을 깨달았다. 만약 음 선생이 끝내 만류한다면 무력을 써서라도 뜻을 이룰 참이었다.

사립 너머로 마당을 건너다보았다. 재인이 쓰는 별채 앞에 재인의 짚신이 보이지 않았다. 반대편 안채 툇마루 앞에는 신이 놓여 있었다. 겨울 들어 내린 눈을 전혀 치우지 않았는지, 마당은 이미 빙판이 되어 있었다.

"어르신, 계십니까?"

대답이 없었다.

"어르신, 지견입니다. 계십니까?"

문이 벌컥 열렸다. 음 선생이 흐릿한 눈길로 지견을 내다보았다. 안 본 사이에 음 선생은 많이 노쇠해진 것 같았다.

"아, 자네 왔는가? 이리 드시게."

지견은 정주간으로 눈길을 주고는 마루에 올라섰다. 재인은 잠시 집을 비운 모양이었다.

음 선생이 물었다.

"그래, 궁궐 생활은 어떤가? 중금 노릇은 어떻고?"

"아직도 얼떨떨합니다."

"원래 신입 중금일 때가 그렇다네. 나중에 보직이 결정되면 그때는 자기 할 일만 하면 되기 때문에 좀 정리가 될 걸세."

지견이 고개를 끄덕였다. 지견은 생각이 딴 데 있어서 음 선생과의 대화에 집중할 수 없었다. 그러다 이참에 그동안 궁금했던 것을 해결하고자 음 선생에게 물었다.

"혹시 중금 중에 밝을 명(明)을 이름에 쓴 이가 있었습니까?"

음 선생이 놀란 표정을 지었다. 그는 잠시 입을 다물고 있다가 누가 듣기라도 하는 것처럼 목소리를 낮추어 말했다.

"있었네. 그런데 그건 왜 묻는가?"

"요즘 액정서 뒤편 대숲에 있는 서책 보관소의 책들을 읽는 중입니다. 거기에서 '명'이라고 서명된 책을 여러 권 보았습니다. 그래서 궁금하여 여쭌 것입니다. 그분께서는 언제 중금부를 떠나셨습니까?"

신축년(1721년) 봄의 일이었다. 역모의 죄를 쓴 이재운 중금이 사라지고, 대신 신효명 중금이 참형을 당한 그 일은 그날 이후 비밀과 의문에 묻혔다. 지금은 정중금이 된 최헌직과 중인 행색의 사내 그리고 장경 자신이 새남터에서 신효명의 몸과 머리를 발견하여 장사를 지냈다. 비석도 없고 봉분도 없는 그 무덤을 장경은 중금부를 떠나 전기수 음 선생이 되어서야 다시 찾아가보았다. 커다란 바윗돌 몇 개를 얹어 표식을 해두었던 그 자리는 여전했다. 신효명 중금이 묻힌 자리를 아는 이는 그때의 세 사람뿐이었다. 하지만 세상 사람들에게 참형을 당한 이는 이재운 중금이어야 했다.

음 선생이 답했다.

"떠난 게 아니라 사라졌네. 궁에 피바람이 불던 어느 날 갑자기 종적을 감추었어. 달아났거나 쥐도 새도 모르게 죽음을 맞았거나 둘 중 하나겠지."

음 선생의 표정이 무거웠다. 지견도 더 이상 알고 싶지 않았다. 한시라도 빨리 재인을 데리고 떠나야 했다.

"재인 낭자는 어디 갔습니까?"

음 선생은 대답하지 않았다. 대신 긴 한숨을 내쉬었다. 지견이 불안한 눈길로 음 선생을 바라보며 다시 물었다.

"재인은 어디 있습니까?"

음 선생이 방문을 열고 마당 건너편에 있는 별채를 턱짓으로 가리켰다. 지견은 그의 턱짓을 따라 눈길을 별채로 향했다. 분명 별채 마루 앞에는 신이 놓여 있지 않았다. 지견은 두려운 마음으로 안채를 나서서 마당을 가로질렀다. 그리고 천천히 별채 마루에 올라 문을 열었다. 찬 공기가 지견의 이마를 때렸다. 오랫동안 비어 있었던 듯했다. 그리고 문 바로 앞에 무엇인가 놓여 있었다. 지견이 그것을 집어 들었다. 댕기…… 연두색 댕기…… 재인의 머리에서 흔들리던 바로 그 연두색 댕기…….

뒤에서 음 선생이 말했다.

"재인은 지난가을에 관아로 돌아갔네. 원래 이 집에 올 때부터 이 년이 약조되어 있었어. 재인을 데리고 온 사람들이 책비 수련을 시키고 단검 쓰는 법을 가르치라고 하더군. 나도 재인이 떠난 뒤로 마음이 허하여 당분간 일을 놓고 있는 참이야."

지견은 댕기를 품에 안았다.

"댕기의 주인이 자네일 거라고 생각했네."

음 선생이 다가와 등을 두드렸다. 지견의 눈에서 뜨거운 눈물이 솟구쳤다.

∞

서무일이 대문을 넘어섰다. 오랜만에 집에 왔건만 아무런 감흥이 없었다. 하인 하나가 다가와 말했다.

"도련님, 오셨습니까? 상선 어른께서 와 계십니다."

서무일은 곧장 안채로 향했다. 댓돌에 신이 세 짝이었다.

"아버님, 저 왔습니다."

"들어오라."

양부와 계목 그리고 처음 보는 사내가 한 명 있었다. 무일이 들어서자 계목과 사내가 몸을 일으켰다. 서무일이 서승에게 절을 올리고 자리를 잡자 두 사람은 다시 자리에 앉았다. 사내는 인상이 험상궂고 비열했는데, 왼쪽 눈 아래로 볼까지 나 있는 칼자국이 인상을 더욱 험상궂게 만들고 있었다.

"강술 너는 처음 볼 것이다. 나의 양자 서무일이다."

강술이라는 사내가 몸을 일으켜 서무일에게 절을 했다.

"쉰네, 강술이라고 합니다."

서승이 서무일에게 말했다.

"앞으로 일 년만 더 있으면 너의 자리가 결정될 것이다. 그동안 아무일 없이 가만히 지내거라. 나머지는 내가 알아서 할 것이다."

"예, 아버님. 명심하겠습니다."

이어서 서승이 계목에게 말했다.

"그 아이는 잘 있느냐?"

계목이 되물었다.

"상선 어른, 누구를 말하시는지요?"

"양주 현청에 관기로 보낸 책비 말이다."

"아 예, 어른. 현감한테 단단히 일러두었고, 지난달에도 양주 관아를 지나는 길에 확인했습니다요."

"크게 쓸 아이다. 남정네의 손때가 묻지 않도록 각별히 유념하라."

"예, 어른."

관기까지 자기편으로 포섭해두었는가. 양부의 손이 미치지 않는 곳이 없는 듯했다. 서무일은 양부가 무엇을 생각하는지 알 수 없었으나, 겨우 상선내시 자리를 지키겠다고 집요하게 판을 짜는 것은 아닐 것이라 짐작했다. 도대체 양부는 무엇을 노리는가? 무엇에 그토록 집착하는가?

앵무새가 말의 뜻을 알랴

계목이 머리를 조아렸다.

"그런데 상선 어른, 그 책비 아이가 제 동생의 얼굴이라도 볼 수 있게 해달라고 간청하더이다."

"무시하라."

"워낙 독한 아이라 어떤 짓을 할지 몰라 염려가 됩니다."

"동생을 볼모로 잡고 있는 한 그년도 어쩔 수 없다. 무시하라."

"예, 어른."

양부와 계목이 나누는 대화를 들으며 서무일은 대충의 상황을 파악했다. 피붙이의 정을 볼모로 잡아 일을 도모하다니, 비정하기 짝이 없었다. 하지만 어쩔 수 없었다. 서무일 자신도 이 비정한 세계의 주역이었다. 조정을 손아귀에 쥔 권력가의 양아들. 그게 자신의 역할이었다.

∞

밤새 잠들지 못했다. 새벽 어스름이 방문의 창호지를 물들였다. 지난밤 도정윤이 방문 앞을 서성이는 것을 알고도 지견은 내다보지 않았다. 혼자 있고 싶었다. 어느 누구와도 말을 섞고 싶지 않았다.

전날 저녁, 음 선생은 지견에게 재인을 잊으라 했다. 재인이 바라는 바가 그것일 거라고, 그래서 아무런 언질도 없이 떠난 것이라고. 음 선생은 재인의 행방을 알지 못했다. 사내 두 명이 재인을 데리고 가는데 고분고분했다고 했다. 마지막 절을 올리며 눈물을 쏟더라는 말을 들으

며 지견은 대성통곡했다. 음 선생의 집을 떠나 어떻게 무악재를 넘었
는지 기억나지 않았다. 도성을 관통하여 도경술의 집에 이르는 과정도
생각나지 않았다. 모든 것이 멈추었다.

인경이 울리고 한참이 지나서야 지견은 도경술의 집 대문을 세차게
두드렸다. 그러면서 문을 열어달라고 고함을 쳤다. 세상의 꽉 막힌 문
을 열기 위해, 양천(良賤)의 장벽을 깨부수기 위해 정신없이 문들 두드
리며 소리쳤다. 청지기가 달려오고, 도경술과 도정윤 부자가 달려왔
다. 집 안의 모든 식솔이 달려 나왔다. 문이 열리고 식솔들을 대하자 지
견은 또다시 울음을 터뜨렸다. 부축을 받아 사랑으로 옮겨진 뒤에도 지
견의 울음은 한동안 멈추지 않았다. 지견의 울음이 잦아들고 비로소 집
안은 평안을 되찾았지만, 어느 누구도 편히 잠들지 못했다. 저럴 아이
가 아닌데……. 모두 같은 생각이었다. 도정윤은 지견이 걱정되어 밤
늦도록 사랑 앞을 서성였다.

모든 것이 멈추어야 하건만 잔인하게도 아침이 밝아오고 있었다.

"지견아, 들어가도 되겠느냐?"

도정윤이 밖에서 말했으나, 지견은 대답할 수 없었다.

"몸은 괜찮은 것이냐?"

"……."

"무슨 일이 있는 거냐?"

"……."

도정윤은 지견이 아무런 대꾸를 하지 않자 살짝 문을 열어 안을 들

여다보았다. 지견의 몸이 땀으로 흠뻑 젖어 있었다. 도정윤이 깜짝 놀라 들어서서는 지견의 이마를 짚었다. 열이 높았다. 마음의 병이 몸으로 옮은 것 같았다.

지견은 까무룩 정신을 잃었다가 깨기를 반복했다. 의원이 맥을 짚는 듯했고, 누군가가 이마에 물 적신 헝겊을 올리는 듯했다. 그리고 입술 사이로 탕약을 흘려 넣는 듯했다. 그 모든 일이 꿈속처럼 흐릿하게 흘러갔다. 저녁이 되어서도 지견의 상태는 나아지지 않았다. 마치 영원히 깨어나기를 거부하기라도 하듯 지견은 두 눈을 뜨고도 정신을 차리지 못했다. 몸과 정신이 분리된 느낌이었다.

밤이 찾아왔다. 지견은 어둠 속에서 천장을 응시했지만, 눈앞에 펼쳐진 것은 딱 한 번 가본 동궁 부근의 풍경이었다. 돌다리 위에 한 사내가 머리를 풀어 헤친 채 무릎을 꿇고 있었다. 불끈 쥔 두 주먹이 땅을 받치고 있었다. 지견은 그가 세자임을 알아차렸다. 얼굴을 본 적이 없었다. 지견이 기억하는 것은 매사냥에 나섰다가 돌아가는 뒷모습뿐이었다. 지견이 다가가자 세자가 고개를 틀었다. 세자의 얼굴이 보이려는 순간 뒤에서 누군가 소리쳤다. 가지 마! 재인이었다. 지견은 세자와 재인 사이에서 망설이다가 재인 쪽으로 향했다. 달려가 재인을 품에 안았다. 부드러운 몸체가 지견의 몸에 착 달라붙었다. 지견은 재인의 얼굴을 쓰다듬고 볼에 입을 맞추었다. 보드랍고 빨간 입술에 자신의 입술을 포개었다. 달콤한 혀가 느껴졌다. 지견은 홍시를 핥듯 그 촉촉한 혀를 살짝 깨물었다. 옷고름을 풀고 젖가슴을 부드럽게 움켜쥐었다. 솟아오른 유두가 손바닥에 느껴졌다. 재인의 숨소리가 거칠어졌다. 아니다! 재인의 숨소리가 아니다! 지견은 눈을 떴다. 캄캄한 방 안, 가녀린 몸체가 품에 안겨 있었다.

"오라버니……."

화들짝 놀라 몸을 일으켰다. 경란이었다. 지견은 너무 놀라 입을 다물지 못했다. 경란이 상체를 일으켜 옷매무새를 다듬었다. 지견이 더듬거리며 말했다.

"내, 내가……."

"응, 오라버니가 덮쳤어."

경란은 아무 일 없었다는 듯 이부자리를 곧게 펴고 물 적신 헝겊을 잘 개켜서는 베개 맡에 놓았다.

"회복해서 다행이야, 오라버니."

경란이 문을 열고 나갔다. 지견은 여전히 어안이 벙벙하여 꼼짝할 수 없었다.

경란은 우물가 무화과나무 아래에 앉았다. 차가운 달이 구름 속에 숨었다가 다시 나타났다. 경란은 그제야 긴 한숨을 내쉬고 가슴을 쓸어내렸다. 지견의 입술과 손이 닿았던 곳을 하나하나 손길로 쓰다듬었다. 그리고 조금 전 지견이 비몽사몽간에 내뱉은 이름을 입안에 굴렸다.

"재인……."

경란은 무릎에 자신의 얼굴을 묻었다.

앵무새가 말의 뜻을 알랴

27. 승전중금

신입 중금 여섯 명 앞에서 김밀희가 말했다.

"승전중금에 오르는 것이 중금 최고의 영예는 아니다. 너희들 각자의 능력과 재능에 따라 역할을 달리할 뿐이다. 너희들 가운데 두 사람은 승전이 되고, 두 사람은 훈도가 되며, 두 사람은 훈령이 될 것이다. 단, 승전중금은 주상 전하께서 최종적으로 판단하신다. 전하의 윤허가 떨어지지 않으면 승전이 될 수 없다. 승전에서 낙오하면 선임 중금들이 다시 판단하여 역할을 배정할 것이다. 만약 퇴궐을 원한다면, 그것은 자유다."

승전중금이 훈도중금이나 훈령중금의 상전은 아니었다. 중금의 위계는 철저하게 품계와 근무 일수에 따랐다. 물론 승전중금은 장번이어서 다른 중금에 비해 근무 일수가 빨리 누적되었고, 그만큼 승진이 일렀다. 그렇다고 해서 후임의 품계가 선임을 앞지르는 경우는 극히 드물었다. 그 이유는 중금 취재가 삼사 년에 한 번씩 있기 때문이었다. 단, 정중금의 지위는 근무 일수에 얽매이지 않았다. 정중금이 되는 순간, 모든 중금의 으뜸이 되있다.

훈도중금 김밀희의 말이 이어졌다.

"정중금 어른을 비롯한 선임 중금들이 논의를 거친 결과, 승전중금 후보 두 사람을 선발했다. 호명하면 한 발자국 나서서 대답하라."

신입 중금들의 긴장한 표정을 살피던 김밀희가 첫 번째 이름을 호명했다.

"서무일!"

"예."

서무일이 대답하고 앞으로 나섰다. 그의 표정에는 아무런 변화가 없었다.

"이지견!"

"예."

나머지 중금들 역시 표정의 변화가 없었다. 어떤 상황에서도 감정을 드러내지 않는 것이 중금의 소양이었다. 내심 그들도 승전중금을 꿈꾸었을 테지만, 음성과 발성, 학문, 무예 등 거의 모든 면에서 두 사람이 출중하다는 사실을 인정하지 않을 수 없었다. 방시경은 훈령중금이 되었다.

김밀희가 말했다.

"승전 후보 두 사람은 사흘 뒤 오전 주상 전하를 알현할 것이다. 몸가짐에 각별히 주의하라."

김밀희가 떠나고 난 뒤 방시경이 지견의 어깨를 두드렸다.

"이지견 중금, 부디 뜻을 이루기를 빌겠네."

지견은 승전중금의 뜻을 품은 적이 없었다. 궁에 들어오기를 바랐으나, 중금이 되기를 원한 것도 아니었다. 무리의 축하를 받는 서무일을 보면서도 무덤덤했다. 기뻐해야 할지 말아야 할지도 알 수 없었다.

∞

일 년의 시간이 참으로 빨리 지나갔다. 지견은 갑술년(1754년) 봄을 누리지 못했다. 궁궐 안에 각양각색의 꽃이 흐드러졌으나, 그의 눈에는 들어오지 않았다. 새벽에 눈을 뜨면 씻고 아침을 먹었다. 액정서와 궁궐 이곳저곳을 돌아다니며 일을 보았다. 일을 마친 뒤 저녁을 먹고 나서는 서가에서 서책에 눈을 두고 있다가 내반원 숙소로 가서 잠이 들었다. 한 달에 한 번 며칠 동안 병영에서 무술 훈련과 말타기 연습을 했다. 병영과 궁궐을 오갈 때 뒤에 따라붙는 사람들의 눈길도 느껴지지 않았다. 모든 일이 기계적으로 흘러갔다. 특별한 일이 없었고, 관심 가질 만한 일도 없었다. 무료하고 의미 없는 하루하루가 더해져갔다. 그렇게 여름이 지나고 가을이 지났다. 그리고 다시 겨울이 찾아왔다.

그동안 지견은 도경술의 집에 네 번 들렀다. 경란은 그날의 일을 말끔히 잊은 듯 스스럼없이 지견을 대했다. 분명 맺힌 게 있을 터인데 전혀 티를 내지 않았다. 경란이 그렇게 나오니 지견으로서는 새삼 그날의 일을 꺼내기가 불편했다. 그냥 묻어두어서는 안 되었겠기에 경란과 단둘이 될 기회를 엿보았지만, 좀처럼 기회가 찾아오지 않았다.

마지막으로 집에 들렀을 때 도정윤이 말했다.

"경란이 말이다, 올해 열여덟이야. 안사람은 곁에 두고 싶어 하나 혼기를 놓치기 전에 신랑감을 좀 알아봐야 할 것 같다. 혹시 주변에 좋은 장정이 없느냐?"

그 말을 듣는 동안 지견은 기분이 묘했다. 경란이 누군가의 아내가 되어 이 집을 떠난다고 생각하자 서운한 감정이 밀려왔다. 오라비의 마음이 원래 이런 것인가? 알 수 없었다.

지견과 서무일이 승전 후보가 되었음을 통보받은 다음 날이었다. 해가 저물고 액정서에서 일을 마무리하던 참이었다. 그날 다른 중금들은 바깥에서 일을 보았고, 지견 혼자 액정서를 지켰다. 부사소가 고개를 갸웃거리며 액정서로 들어섰다.

"사신이 온다는 소리는 없었는데, 벽제관에 왜 교서를 전하라는 건지……."

그렇게 혼잣말을 하다가 지견에게 말했다.

"중금 나리, 조금 전 이 앞에서 승문원 교리가 교서를 전해주었습니다. 지금 급히 벽제관으로 보내야 한다는데, 어떻게 처리할깝쇼?"

지견이 말했다.

"승문원 교리가 액정서에 정식으로 등록하지 않고 왜 사사로이 교서를 전달합니까?"

"가끔 사안이 급하면 이럴 때도 있습니다. 그나저나 파발을 부르려면 시간이 소요될 터인데, 큰일입니다."

전에 한 번 벽제관에 문서를 전하기 위해 파발역참에 다녀온 적이 있었기에 지견이 교서를 받아 들었다.

"마패와 공금을 주시오. 내가 다녀오겠소."

지견이 액정서를 나서려는데 온종일 바깥에서 일을 보았던 시경이 안으로 들어섰다.

"이지견 중금, 어디 가는가?"

"파발역참에 다녀와야 합니다. 훈도중금께 오늘 안으로 돌아오기 힘들지 모른다고 말씀 전해주십시오."

시경이 손을 앞으로 내밀었다.

"마패랑 공금 이리 내게."

"예?"

"내가 가겠네. 내일모레면 주상 전하를 뵐 사람이 낙마해서 다치기라도 하면 어쩌려고 그러나?"

"아닙니다. 제가 다녀오겠습니다."

"어허, 이리 내래도! 전에 파발역참 다녀왔다가 자네 완전히 맛이 가지 않았던가. 뭐 꼭 향응을 기대하는 것은 아니나…… 어쨌든 이리 내놓게."

그랬다. 그때 지견은 완전히 딴사람이 되고 말았다. 재인과 밤을 보낸 황홀함과 앞날에 대한 두려움 사이에서 갈팡질팡했다. 지견은 그때를 떠올리자 가슴 한쪽이 찌르르하고 몸에서 힘이 빠졌다. 그 기억이 지워지기까지는 얼마의 시간이 지나야 할까?

지견이 마패와 공금을 내밀었다. 시경이 그것을 받아 들고 밖으로 나서며 과장되게 소리쳤다.

"훈령중금 방시경 납시오!"

지견을 웃게 만드는 사람은 시경뿐이었다.

∞

다음 날 아침이었다. 지견이 의관을 갖추고 출사를 준비하던 중에 정중금 최헌직과 내금위 무관들이 내반원으로 들이닥쳤다. 최헌직이 지견이 있는 방의 문을 벌컥 열어젖혔다.

"방시경 중금은 어디 있는가?"

지견이 놀란 표정으로 답했다.

"어제저녁 늦게 벽제관에 전달할 교서를 갖고 파발역참으로 갔습니다."

최헌직의 얼굴이 일그러졌다. 그가 내금위 무관들에게 말했다.

"중금이 맞는 것 같소이다. 얼른 내의원으로 옮기고, 어의를 호출하시오."

무관들이 부리나케 달려갔다. 지견이 물었다.

"정중금 어른, 무슨 일입니까?"

"관리 한 명이 무악재에서 습격을 당했다. 피를 흘리고 쓰러져 있는 것을 행인이 발견하여 포도청에 신고했다. 관복 색깔이 자주색이라기에 혹시나 했거늘……."

지견은 얼어붙고 말았다. 그런 일이 일어나서는 안 되었다. 최헌직의 말이 이어졌다.

"궁인이 당한 일이다. 의금부에서 조사에 나설 것이다."

그렇게 말하고 최헌직은 자리를 떴다.

지견은 액정서로 가서 전날 교서를 전달한 부사소를 찾았다. 소식이 전해졌는지 전날의 그 부사소는 얼굴이 백짓장이 되어 있었다. 곧 의금부 도사 한 명과 나장 세 명이 액정서에 들이닥쳤다.

"교서를 받아온 자가 누구인가?"

"저, 접니다요."

"교서를 누가 건넸는가?"

"스스, 승문원 교리라고 밝힌 이가 저, 전해주었습니다요."

"얼굴을 기억하는가?"

"예, 나리."

"앞장서라."

궁이 발칵 뒤집혔다. 승문원에서는 전날 교서를 하달한 일이 없다고 했다. 액정서 부사소도 전날의 교리를 찾지 못했다. 가짜 관리였고, 가짜 교서였다.

오후에 지견은 내의원으로 향했다. 방시경은 혼수상태에 빠져 있었다. 피를 많이 흘렸으나, 다행히 생명에는 지장이 없을 것 같다고 했다. 하지만 지견은 나행으로 생각할 수 없었다. 공격을 당한 부위가 성대였다. 중금에게 생명과도 같은 성대를 칼이 관통했다고 했다.

애꿏은 액정서 부사소만 의금부로 압송되어 문초를 당했다. 지견은 원래 자신이 파발역참으로 가려고 했지만, 방시경이 일을 맡았다는 사실을 선임 중금들과 의금부 도사에게 알렸다. 지견도 심문을 당했으나 곧 풀려났다. 혐의가 없었다.

지견은 의금부에서 다시 내의원으로 향했다. 방시경은 아직 정신을 차리지 못하고 있었다. 저녁 내내 곁을 지키다가 어의와 의녀들에게 맡기고 일어섰다.

지견은 내반원으로 향하던 중에 서무일 무리와 마주쳤다. 확인을 해야 했다. 지견은 그들의 앞을 가로막고 물었다.

"혹시 이번 일과 관련이 있는가?"

무리 중의 하나가 대뜸 소리쳤다.

"이놈들이 전에는 도둑으로 몰더니 이제는 강도로 모는 것이냐?"

이지견이 말했다.

"전에 법전을 숨긴 것은 분명 네놈들 짓이었다. 하지만 그 일은 넘어가겠다. 다시 묻는다. 이번 일과 관련이 있는가?"

무리들은 흥분하였으나 입 밖으로 소리를 내지 못했다. 켕기는 것이 있을 때는 지견 앞에서 말을 삼가야 한다는 사실을 그들은 잘 알고 있었다. 정적 속에 서무일이 말했다.

"이번 일은 우리와 상관없다. 아는 것이 없다."

지견은 서무일의 음성을 듣고는 그대로 돌아섰다. 무리들이 지견의 뒤통수에 대고 저주를 퍼부었다.

무리 중에 한 명이 말했다.

"원래 저놈이 가기로 했는데, 방시경이 끼어들었다더군. 저놈이 가서 뒈졌어야 하는데……."

그 말을 듣고 서무일의 눈썹이 꿈틀거렸다.

∞

병시(丙時, 오전 11시경)에 이르러 상전내시의 음성이 들려왔다.

"서무일 중금과 이지견 중금은 밖으로 나오시오."

지견이 몸을 일으켰다. 마당으로 나서자 상선내시 서승과 정중금 최헌직을 필두로 내시부 소속 내시와 중금들이 도열해 있었다. 모두 새로운 승전중금의 탄생을 앞두고 긴장한 기색이 역력했다. 상선내시 서승이 말했다.

"어전에서 몸가짐을 어떻게 해야 하는지는 이미 알고 있을 것이다. 법도에 어긋남이 없도록 각별히 주의하라!"

서승이 눈짓을 하자, 상전내시가 길게 소리를 높였다.

"진보!"

상전내시가 제일 앞에 섰다. 훈도중금 김밀희와 연석이 그 뒤를 이었다. 서승이 두 사람 바로 뒤에 섰으며, 최헌직이 그다음이었다. 그리고 이지견과 서무일이 나란히 걸었다. 그들 뒤로 승전중금 두 명과 정4품 이상 고위직 내시 다섯 명이 줄을 이었다. 지견은 선임 중금들의 호위와 인도를 받으며 궁으로 향하던 임신년(1752년) 겨울밤의 광경을 떠올렸다. 궁에 들어와 세 번째 맞는 겨울에 드디어 임금을 알현하는 것이었다.

편전에 이르러 정중금 최헌직이 앞으로 나섰다.

"전하, 중금들 도착하였사옵니다."

편전 안에 있던 내시들이 문을 열었다. 서승과 최헌직이 먼저 안으로 들어서고, 서무일과 이지견이 그 뒤를 따랐다. 일부러 그렇게 한 것인지 편전 안의 조도가 무척 낮았다. 햇빛 아래 있다가 실내로 들어서자 사물을 분간하기가 쉽지 않았다. 지견은 시선을 바닥으로 향한 채 발이 엉키지 않도록 주의하며 조심스럽게 안으로 들어서서 바닥에 엎드렸다. 뒤에서 문이 닫히자 편전 안은 더욱 어두워졌다.

미리 약속한 대로 서무일이 먼저 엎드린 채 말했다.

"중금 서무일, 주상 전하를 알현하옵니다."

"중금 이지견, 주상 전하를 알현하옵니다."

임신년(1752년) 여름부터 지금까지 삼 년 가까이 수련을 해왔지만, 목소리가 떨리는 것을 주체할 수 없었다. 그것은 수련과는 다른 문제였다. 왕궁의 정점에 있는 신과 같은 존재를 마주한 미약한 존재의 어쩔 수 없는 두려움이었다. 어성이 들려왔다.

"고개를 들라."

해안을 쓸고 밀려드는 바다의 밀물처럼 잔잔하면서도 결코 거스를 수 없는 힘이 담긴 음성이었다. 순간, 지견은 깜짝 놀라 생각을 멈추었다. 감히 전하의 음성을 가늠하려 들다니! 한낱 미천한 재주로 판단할 존재가 아니었다. 그래서는 안 되었다. 지견은 제멋대로 뻗치려는 감각과 생각을 잠그기 위해 마음을 모았다.

지견과 서무일은 임금이 자신들의 얼굴을 볼 수 있도록 허리를 꼿꼿이 세우고 고개를 쳐들었다. 어둠에 익숙해지면서 차츰 사위가 눈에 들어왔다. 임금이 한가운데에 앉아 있고, 그 곁에 세자로 보이는 이와 내명부의 여인들이 자리를 잡고 있었다. 승전중금은 종친들에게도 낯이 익어야 하기에 그 자리는 일종의 상견례이기도 했다.

"너는 상선의 양자라 하였느냐?"

임금의 질문이 서무일에게로 향했다. 서무일은 침을 꼴깍 삼킨 뒤 대답했다.

"그러하옵니다, 전하."

"네 양부는 숙종 대왕과 경종 임금에 이어 나까지, 3대에 걸쳐 상선을 지내고 있다. 만약 흠이 있었다면 그토록 오랜 기간 자리를 보전하지 못했을 것이다. 양부와 양자가 대를 이어 왕실에 귀의하니 참으로 보기가 좋다. 너는 언행과 처신을 함에 있어 양부의 세를 믿고 경거망동하지 않도록 해야 할 것이다."

"명심하겠사옵니다, 전하."

임금의 눈길이 지견의 얼굴로 향했다. 임금은 매서운 눈길로 한참 동안 지견을 바라보다가 앞에 놓인 문서로 눈길을 주고 말했다.

"사조단자가 아니라 보단자를 제출했군. 보단자에 서명한 관리가⋯⋯?"

서승이 급히 끼어들었다.

"이조 전랑을 지낸 정홍순이라는 관리입니다, 전하."

"이조 전랑?"

치졸한 행동이었다. 정홍순이 이조 전랑을 지내기는 했으나, 지견의 보단자에 서명할 때에는 호조 정랑이었다. 서승은 정홍순이 당하관을 천거할 권한을 가진 이조 전랑이었음을 내세워, 지견이 중금이 되는 데 있어 입김이 작용했을지도 모른다는 의심을 은근히 부추기고 있었다.

왕이 말했다.

"중금은 나의 목소리를 대신하는 고귀한 직책이다. 출신이 어떠하든 지금 너의 자리에 어울리는 언행을 하여 왕실을 욕보이는 일이 없도록 하라."

"명심하겠사옵니다, 전하."

왕이 용상에 등을 기대며 말했다.

"세자가 중금들에게 질문을 하라. 그 대답을 듣고 세자가 직접 결정하라."

세자가 대리청정 중이었다. 공식적으로 그 자리에서 국정과 관련한 사항을 결정할 주체는 세자였다. 하지만 그것은 허울뿐이었다. 세자는 신료들의 공격을 맨몸으로 받아낼 뿐 어떤 것도 결정할 권한이 없었다.

갑자기 부왕의 명이 떨어지자 세자 이선은 적이 당황했다. 그는 승전중금 송도겸을 잃은 뒤로 중금을 가까이하지 않았다. 중금들을 대할 때마다 아끼는 이를 살리기 위해 아무것도 하지 못했다는 가책이 가슴에 파고들었다. 세자 자신과 송도겸이 각별한 군신관계였다는 사실을 중금들도 알 터, 그는 중금 앞에서 떳떳할 수 없었다.

세자가 선뜻 질문을 내놓지 못하자 임금이 조용히 다그쳤다.

"세자는 왜 질문을 하지 않는가?"

지견은 감히 세자 쪽으로 눈길을 던지지 못했으나, 세자가 크게 움츠러들었다는 사실을 편전의 공기를 통해 느낄 수 있었다. 계유년(1753년) 봄에 매사냥을 하러 나타났을 때의 기백 넘치고 늠름하던 모습은 어디로 갔단 말인가. 과연 같은 사람이 맞는가?

"어서 하지 못하는가?"

임금이 다시 한 번 다그치자 세자는 마지못해 입을 열었다. 하지만 목구멍에 찐 고구마가 걸린 듯 음성이 갈라지고 말을 더듬거렸다.

"주, 주상 전하와 내, 내가 가, 가장 듣기 좋아하는 소, 소리가 무, 무엇이냐?"

임금이 자신의 가슴을 치며 소리쳤다.

"세자는 더듬거리지 말고 똑바로 말하라!"

지견은 눈앞에서 벌어지고 있는 광경이 민망하여 눈을 감고 싶었다. 임금은 왜 세자를 욕보이는가. 신하들 앞에서 이런 모습을 보여서야 어떻게 군왕의 권위와 위신을 세울 수 있단 말인가. 지견은 지금 일어나는 일이 너무나 비현실적이어서 악몽을 꾸고 있는 것이 아닌지 순간적으로 착각할 정도였다. 지견은 지난해 초겨울 궁내의 금천교에서 적삼과 바지 차림으로 상투를 드러낸 채 돌바닥에 머리를 찧어대던 세자의 모습을 떠올렸다. 세자의 울부짖음에 담겨 있던 애달픈 감정은 결코 거짓이 아니었다. 지견은 왕과 왕세자, 아버지와 아들 사이에 복잡한 사연이 있을지도 모른다는 그때의 의구심을 눈으로 확인하면서 마음이 쓰라렸다.

　세자의 호흡이 점점 거칠어졌다. 그 자리에는 왕의 친모가 있을 것이고, 세자빈도 있을 것이다. 하지만 종친들 중 어느 누구도 왕의 다그침을 만류하지 않았다. 왕의 성품이 그토록 준엄한가, 아니면 이들 가운데 아무도 세자의 편이 없는가. 세자는 연신 입을 달싹였으나, 그의 목소리는 말이 되어 밖으로 나오지 못하고 불가해한 음성으로만 입술 언저리에 머물러 있었다. 그때였다.

　"꺼억!"

　갑작스러운 트림 소리에 순간 편전이 정적에 싸였다. 지견이 다시 한 번 시원하게 트림을 했다.

　"꺼어어억!"

　소리의 진원을 알아차린 상선내시 서승이 꾸짖었다.

"주상 전하 앞에서 이 무슨 추태인가?"

그와 달리 정중금 최헌직의 표정에는 아무런 변화가 없었다. 지견이 말했다.

"백성들이 배불리 먹고 나서 내는 소리입니다. 주상 전하와 저하께서 가장 듣고 싶어 하는 소리인 듯하여 흉내를 내보았습니다."

모두의 눈길이 지견에게로 쏠렸다. 지견의 시원한 트림 한 방에 막혔던 혈이 뚫린 듯 백짓장 같던 세자의 얼굴에 혈색이 돌기 시작했다. 얼어붙었던 편전의 분위기도 서서히 풀렸다. 왕은 지견의 대응에 싫다 좋다 말이 없이 곧장 서무일에게 말했다.

"너는 어떠하냐?"

서무일은 목청을 가다듬은 뒤 난데없이 가락을 뽑기 시작했다.

비 오면 미투리 안 팔리고 해 나면 나막신 안 팔리고 비가 오면 비가 와 탈이오, 안 오면 안 와서 걱정일세. 니나노 늴리리야 늴리리야 니나노. 이래도 걱정 저래도 걱정 날씨에 상관없이 언제나 마음 편할 날 없어서 울상일세.

비 오면 나막신 잘 팔리고 해 나면 미투리 잘 팔리고 비가 오면 비가 와서 좋고, 안 오면 안 와서 수가 나네. 니나노 늴리리야 늴리리야 니나노. 이래도 좋고 저래도 좋고 날씨에 상관없이 언제나 마음이 아주 턱 놓여서 태평일세.

왕과 종친들의 얼굴에 미소가 잡혀 있었다. 왕이 말했다.

"너의 태평가처럼만 마음을 먹는다면 원성이 사라질 것이다. 군주의 선정이 우선이나, 당장의 처지를 받아들이는 백성의 마음도 필요한 터, 너의 태평가가 옳다."

지견의 가슴에 그늘이 드리워졌다. 헐벗고 굶주린 백성들의 귀에 마음을 편히 먹으라는 소리가 들어갈 것인가. 문득 왕실과 도성 밖 세상 사이의 거리가 아득하게 느껴져 지견은 마음이 편치 않았다. 그의 마음에 아랑곳없이 왕의 말이 이어졌다.

"상선이 양자를 잘 두었소."

그리고 나서 왕은 지견과 무일에게 말했다.

"두 중금은 이만 물러가라."

왕과 종친들, 상선과 정중금이 논의하는 동안 지견과 무일은 밖에서 대기했다. 이윽고 편전의 문이 열리고 최헌직이 밖으로 나섰다.

"둘 다 오늘 잘하였다. 서무일 중금이 정(正)이고 이지견 중금이 부(副)다. 두 사람은 지금부터 승전중금이다."

지견과 서무일은 최헌직에게 허리를 굽혔다. 그리고 훈도중금 김밀희와 연석을 따라 내반원으로 향했다.

∞

새로이 승전중금이 탄생한 것을 축하하며 임금이 어식을 내렸다. 중금들은 액정서에 딸린 전각에서 조촐한 연회를 가졌다. 왁자하게 떠들 만도 하건만 중금부의 분위기는 가라앉아 있었다. 임금이 어식을 내려 어쩔 수 없이 가진 연회였다. 방시경이 화를 당한 처지에 어느 누구도 즐길 마음이 아니었다.

상선내시 서승이 내관들을 거느리고 도착했다. 중금들 모두 자리에서 일어나 예를 갖추었다. 정중금 최헌직이 자리를 비키며 말했다.

"이쪽으로 드십시오, 상선."

서승이 손사래를 쳤다.

"아니오. 내 중금부의 흥을 깨고 싶지 않으나, 좋은 날 부자가 오붓하게 보내고 싶어 무례를 범하겠소. 서무일 승전을 데리고 가도 괜찮겠소?"

최헌직이 대답했다.

"그리하십시오. 상선께서 양자와 시간을 보내고 싶어 하시는데, 제가 어떻게 막겠습니까?"

서무일이 서승을 따라나섰다.

서승은 서무일과 단둘이 궁을 나섰다. 궁 밖에서 계목이 대기 중이었다. 세 사람은 북촌에 이르러 한 집으로 들어갔다. 서무일은 처음 가보는 집이었다. 도성 곳곳에 양부 소유의 집이 널렸다는 사실을 서무일도 짐작하고 있었다. 안으로 들어서자 안채에 불이 환하게 밝혀져 있었다. 서승이 헛기침을 하자, 안채의 문이 열렸다.

"상선 오시었소?"

서승이 서무일을 데리고 방으로 들어섰다. 방 안에는 남자 다섯이 자리를 잡고 있었고, 기생 셋이 시중을 드는 중이었다. 그들 앞에 놓인 상에는 산해진미와 술병이 놓여 있었다. 서승이 어리둥절해 있는 서무일에게 말했다.

　"인사 올려라. 비변사 제조 정기량 대감이시다……."

　서무일이 바닥에 엎드려 절을 올렸다. 서승의 말이 이어졌다.

　"이조판서 김한로 대감이시다."

　마찬가지로 서무일이 절을 했다.

　그 자리에 모인 이들은 정기량과 김한로를 비롯하여 우찬성 김상구, 판의금부사 유경현 등이었다. 서승이 마지막 사내를 소개했다.

　"그리고 비변사 당상이신 홍봉한 대감이시다. 대감은 세자의 장인이시다."

　서무일과 홍봉한의 눈길이 짧게 마주쳤다. 서무일은 절을 올리고 일어섰다. 서승이 말했다.

　"이리로 앉아라."

　서무일이 서승 옆에 앉았다. 기생 하나가 붙어서 술잔에 술을 따랐다. 서무일은 마음이 편치 않았다. 왕이 전국에 금주령을 내리고 이를 어길 시에는 엄벌에 처한다고 포고했는데, 궁의 코앞에서 고관대작들이 술판을 벌이고 있었다. 그리고 그처럼 부도덕한 현장에 서무일 자신이 속해 있었다.

　"오늘 전하의 윤허가 떨어져 승전중금이 되었다고? 축하하네. 내 술한 잔 받게나.”

판의금부사 유경현이 술병을 앞으로 내밀었다. 그런 식으로 술병이 한 바퀴 돌았다. 다만 세자의 장인인 홍봉한은 술을 받지도, 술을 권하지도 않았다. 원래 술을 즐기지 않는 모양이었고, 다른 이들도 그의 그러한 성향을 잘 아는 듯했다.

술자리가 무르익었다. 서무일이 승전중금이 된 것을 축하하겠다고 모인 것은 아닐 터였다. 서무일은 본론이 나오기를 기다리며 묵묵히 술잔을 기울였다. 모두들 한창 홍이 올라 있는 동안에 서승이 기생들을 방에서 내보냈다.

“너희들은 밖에서 대기하라.”

홍이 꺾이자 정기량이 볼멘소리를 했다.

“어허, 상선께서 여자를 즐기지 않는다고 우리까지 그래야 하오?”

일순간 방 안이 적막에 싸였다. 서승은 아무런 표정의 변화 없이 눈을 상 위에 두었다. 숨소리조차 들리지 않았다. 잠시 뒤에 정기량이 입을 열었다.

“내가 상선께 큰 실수를 했소이다. 나의 잘못을 용서하십시오.”

이조판서 김한로가 서승의 눈치를 살피며 말했다.

“제조께서 약주가 좀 과하셨습니다 그려, 허허허.”

모두들 서승의 입만 바라보았다.

서무일은 놀랐다. 비변사가 어떤 곳인가. 사실상 국정의 정점에 있는 기관이다. 그리고 정기량은 비변사의 수장으로서 만인지상일인지하의 자리에 있었다. 그런 그가 서승의 심기를 살피느라 똥 마려운 개처럼 끙끙거리고 있었다. 세 명의 임금을 모신 상선내시 양부의 권세가 높다는 건 알고는 있었으나, 이 정도일 거라고는 생각지 못했다. 서무일은 자신이 양부의 실체를 지극히 일부만 알고 있다는 사실을 다시 한 번 실감했다.

서승이 입을 열었다.

"첩보가 있소이다."

모두 서승의 음성에 귀를 세웠다.

"신축년과 임인년에 일어난 옥사를 주도한 소론의 잔당들이 나주에서 필묵계라는 계를 조직하여 세력을 형성하고 있다고 하오."

판의금부사 유경현이 놀라서 소리쳤다.

"그런 일이 있소이까?"

서승이 말없이 고개를 끄덕이고는 말했다.

"윤지라는 자가 주동하고 있소. 신임옥사의 희생자들이 무고했음이 판명 나고 소론이 철퇴를 맞았을 때 벌을 받은 윤취상의 아들이오. 곧 일이 벌어질 것입니다."

역모를 꾀하는가. 서무일은 조정에 또다시 피바람이 불 것을 직감했다. 난리를 앞두고 있었으나 그 자리에 모인 신료들의 표정은 담담했다. 만약 정말로 소론의 무리가 그러한 일을 벌인다면, 노론에게는 소론을 척결할 빌미를 주는 꼴이었다.

홍봉한이 물었다.

"상선께서는 어떤 경로로 그 첩보를 접수하시었습니까?"

서승은 홍봉한의 질문이 못마땅한 듯 눈썹을 꿈틀거렸다. 김한로, 김상구, 정기량, 유경현은 서승의 심기가 불편하다는 사실을 알고 헛기침을 했으나, 홍봉한은 조금도 흔들리지 않았다. 서무일은 홍봉한이라는 인물이 흥미로웠다. 이 자리에 있다는 사실은 그 역시 양부와 한배를 탔다는 것을 의미했다. 하지만 그는 다른 이들과 달리 서승의 손아귀에 잡히지 않겠다는 의지를 보였다. 서승이 답했다.

"왕실에서 마흔 해 가까이 지내다 보니 듣기 싫은 말도 듣게 되고, 알기 싫은 일도 알게 되더이다."

홍봉한이 다시 물었다.

"신임옥사를 일으킨 잔당들이 세력을 규합하고 있다고 해서 반드시 일을 꾸민다고 볼 수는 없지 않습니까?"

나머지 사람들은 때아닌 서승과 홍봉한의 대결을 노심초사하며 지켜보았다.

홍봉한이 정계에 등장한 것은 계해년(1743년)으로, 임금이 하급 관리였던 그의 딸을 세자빈으로 간택하면서부터였다. 그는 음보(蔭補, 조상의 덕으로 벼슬을 하는 것)로 겨우 참봉이나 하던 인물이었다. 그러나 딸이 세자빈으로 간택된 이듬해에 정시문과에 급제하여 사관이 된 이후로 어영대장, 광주 부윤, 예조참판, 동지경연사를 거쳐 비변사 당상까지 고속 승진을 했다. 세자의 장인으로서 왕의 비호와 입김이 작용했을 것이라고 누구나 짐작할 수 있었지만, 그것만은 아니었다. 머리가 비상하고 행정력과 정치력이 탁월하여 어느 자리에 가나 눈에 띄었다. 말하자면 가공되지 않은 원석이었던 그가 딸이 세자빈이 되면서 빛을 발하기 시작한 것이었다. 그리고 소리 나지 않게 정계에서 조금씩 세력을 넓히며 실력을 쌓아가는 중이었다. 서승은 떠오르는 별인 그를 두고 칠 것인가, 품을 것인가를 오랫동안 고민하다가 품는 쪽으로 가닥을 잡았다. 하지만 좀처럼 손아귀에 잡히지 않는 그를 두고 서승은 슬그머니 후회하는 중이었다.

서승이 답했다.

"그런 자들은 조금 힘이 생겼다 싶으면 저 스스로 주체하지 못하고 반드시 일을 일으키고야 맙니다. 내가 보기에는 그때가 무르익은 것 같소이다."

홍봉한이 말했다.

"나는 상선께서 준비도 없이 우리에게 칼을 들라 하는 것인가 염려되어 물은 것이오."

그리고 나서 홍봉한이 자리에서 일어섰다.

"나는 상선의 뜻을 알았으니 이만 물러가겠소이다."

홍봉한이 떠나고 난 뒤에 방 안은 한동안 침묵에 싸였다. 서무일은 생각했다. 무서운 자다. 양부가 말한 '때'라는 것이 반드시 신임옥사의 잔당들이 움직인다는 것을 의미하지는 않았다. 정적을 제거할 빌미가 필요한 자들에 의해 얼마든지 조작될 수도 있었다. 홍봉한은 그것을 알고 싶었던 것이다. 옳고 그름은 중요하지 않았다. 내가 칼을 뽑았을 때 상대를 확실히 제압할 수 있음을 확인하는 것이 필요했을 뿐이다. 저토록 무서운 자가 세자의 장인이라니……. 서무일은 부왕 앞에서 바짝 얼어 있던 세자의 모습을 떠올리며 측은한 생각이 들었다.

기생들이 다시 방으로 들어오고, 서무일은 바람을 쐬기 위해 밖으로 나왔다. 찬 공기에 목이 상하지 않도록 솜이 든 천을 목에 대었다. 어둠 속에서 계목이 손에 입김을 불며 다가왔다.

"도련님, 재수 없게 엉뚱한 놈이 걸렸지 뭡니까요?"

계목의 말에 서무일이 말했다.

"그게 무슨 소리인가?"

"그 중금놈 말입니다. 이번에 도련님과 함께 승전이 된……."

무일의 눈이 커졌다.

"아 글쎄, 액정서에 그놈밖에 없는 걸 확인하고 일을 벌였는데, 그새 딴 놈이 나설 줄 누가 알았겠습니까? 이 일로 상선 어른께서 크게 노하셨습니다. 다음에는 실수 없도록 하겠습니다요."

서무일은 할 말을 잃었다. 계목이 멀어지자 그는 두 주먹을 불끈 쥐었다. 이기고 싶었다. 꼭 이기고 싶었다. 하지만 이런 식으로 이기고 싶지는 않았다. 칼이 조금만 깊이 들어갔어도 방시경 중금은 목숨을 잃었을 것이라고 했다. 아니, 중금인 방시경은 성대를 잃었기에 중금으로서는 죽은 목숨이나 매한가지였다. 서무일은 몸이 오들오들 떨렸다. 추위 때문이 아니었다.

6

마음속의
횃불

28. 갑진년부터 나는 게장을 먹지 않으니…

승전과 훈도, 훈령의 역할을 부여받고 신입 딱지를 뗀 중금들은 왕이 내린 단검을 받았다. 칼집에 용 문양이 상감된 멋들어진 검이었다. 왕과 세자의 호위를 겸하는 승전중금은 궁내에서 단검을 몸에 지녔지만, 훈도중금이나 훈령중금이 검을 가지고 다니는 경우는 드물었다. 하지만 방시경이 피습을 당한 뒤 규칙이 바뀌었다. 중금이 공무를 위해 관복을 입고 궁 밖으로 나갈 때는 항상 단검을 지니도록 한 것이다. 지견은 왕이 하사한 단검과 스승이 남긴 단검을 비교해보았다. 스승의 단검이 조금 더 길고 묵직했다. 그래서 지견은 스승의 단검을 허리에 찼다.

시경은 내의원에 오랫동안 머물렀다. 치료를 받는 동안 시경은 말을 할 수 없어 종이에 글을 써서 대화를 나누었다. 성대가 회복될 가능성은 희박했다. 목소리를 잃은 중금은 더 이상 중금일 수 없었다. 그래도 시경은 용기 있게 대처했다.

"그때 내가 갔어야 했는데……."

미안해하고 우울해하는 지견을 오히려 시경이 위로해주었다.

사고를 당한 지 열흘이 되어서야 시경은 드디어 말을 할 수 있었다. 하지만 과거의 목소리가 아니었다. 북을 울리듯 우렁차면서도 맑고 선명하던 음성이 탁하게 변해 있었다. 시경의 목소리를 확인한 정중금 최헌직의 표정이 어두워졌다.

"방시경 중금, 궁에 남아서 목소리 훈련을 할 텐가, 아니면 중금을 그만둘 텐가?"

시경이 고개를 저었다.

"궁을 떠나겠습니다. 이 목소리로 어떻게 주상 전하의 어성을 대신할 수 있겠습니까?"

최헌직이 고개를 끄덕였다.

"그러시게. 액정서의 부사소 자리를 알아볼 테니, 그동안 집에서 쉬게나."

방시경이 궁을 떠나던 날, 지견이 동행했다. 두 사람은 함을 하나씩 짊어지고 내반원을 떠났다. 동료 중금들이 환송해주었다.

시경의 집은 흥인문 바깥에 있었다. 지견은 시경의 집으로 향하는 길에 도경술의 지전에 들렀다. 사정을 접한 도경술이 시경에게 지전에서 일할 것을 제안했다. 마침 지전에 있던 방종현이 거들었다.

"나랑 종씨구먼. 둘이서 방방곡곡 다녀봄세."

처음 만났는데도 시경과 방종현은 죽이 잘 맞았다. 시경은 몸을 회복하면 신중하게 생각해보겠노라고 답했다.

마을 어귀에 다다랐을 때 시경이 말했다.

"이지견 중금, 내가 내의원에 누워 있으며 곰곰이 생각해보았네. 아무래도 그날 나를 공격한 놈들은 내가 아니라 자네를 노린 것 같아."

지견도 그 점이 내내 머리에 남아 있었다. 어차피 교서는 가짜였으니 그것을 탈취할 목적은 아니었다. 강도들이 끌고 갔던 말도 도성 밖에서 발견되었다. 공무에 쓰이는 말은 표식이 있어서 거래할 수가 없었다. 푼돈에 불과한 공금을 빼앗겠다고 그처럼 무모한 일을 저질렀다는 사실도 납득이 가지 않았다. 결국 사람을 노렸다는 말인데, 그렇다면 그 대상은 방시경이 아니라 지견일 가능성이 높았다.

"혹시 서무일 무리를 확인해보았는가?"

지견이 고개를 끄덕였다. 방시경이 말했다.

"자네를 속일 수는 없을 테니, 그놈들은 아닌가 보군."

방시경이 내려놓았던 함을 어깨에 짊어지며 말했다.

"자네는 그만 가게. 식구들이 괴로워하는 모습을 자네한테 보이고 싶지 않아. 나중에 혹시 나를 찾아올 일이 있거든 동리에서 나를 찾게. 워낙 작은 마을이라 다들 알고 지내니까."

지견이 말했다.

"그러겠습니다, 형님. 나중에 찾아뵙겠습니다."

"형님?"

방시경의 물음에 지견이 웃어 보였다.

"목소리를 잃었으나 동생을 얻었구먼. 오히려 득일세."

시경이 먼저 돌아섰다. 함을 등에 지고 머리에 인 채 걸어가는 시경의 뒷모습을 바라보는 지견의 코끝이 시큰했다. 아마도 시경이 없었다면 중금 생활을 견디기 힘들었을 것이다. 갑자기 외로움이 밀려왔다. 지견은 멀어지는 시경을 향해 허리를 굽혀 보이고 돌아서 걷기 시작했다.

∞

승전중금은 장번으로 근무하면서 네 명이 교대로 임금과 세자 곁을 지켰다. 특히 승전중금은 음성이 맑고 기억력이 비상해야 하는데, 나이가 들면 음성이 변하고 기억력이 감퇴하기 때문에 생명력이 길지 않았다. 여러 가지 이유로 승전중금을 그만둔 중금은 훈도중금이나 훈령중금으로 보직을 바꾸었다. 훈도중금 김밀희와 유준상이 그런 경우였다. 그렇게 지내다가 마흔을 넘기면 궁을 떠나야 했다. 정중금이 되지 못한 중금의 생명은 마흔까지였다. 그렇다고 해서 거기에서 관리 경력이 끝나지는 않았다. 중금으로 근무하던 때의 고과에 따라 체아직으로 여러 관청에 소속되어 관리 경력을 이어갈 수 있었다.

승전중금의 가장 중요한 업무는 어전 회의에 참석하는 것이었다. 어떤 사안과 정책을 놓고 왕과 신료 사이에 공방이 벌어지다 보면 말이 엉키기 일쑤였다. 그럴 때 승전중금이 왕의 명에 따라 사안을 정리했다. 그 외에 어전 회의에서 결정된 정책에 대하여 왕을 대신하여 교서를 낭독하고, 경연에 참석하여 경전을 읽으며, 과거와 취재 때 주제를 발표하거나 시권(詩卷)을 읽고, 임금이 행차할 때 앞장서서 알리며, 중요한 왕명을 하달하는 등의 일이 모두 승전중금의 몫이었다.

중금은 궁내의 업무를 보면서 틈틈이 학문을 닦고 무예를 익혔다. 또 중금이 갖추어야 할 여러 가지 훈련을 병행해야 했다. 그중의 하나가 구화였다. 소리를 내지 않고 입술의 움직임만으로 뜻을 전하고, 또 상대의 뜻을 헤아리는 기술은 중금 사이에서도 고급 기술에 해당했다. 하지만 무엇보다도 중금 최고의 기술은 음성과 음색, 말투를 통해 말하는 이의 진심과 의중을 파악하는 것이었다. 이는 중금이라고 해서 모두가 터득할 수는 없었다. 훈련으로도 어느 정도 수준에는 이를 수 있으나 타고난 재능이 있어야만 정점에 다다를 수 있었다.

지견은 승전중금으로서 어전 회의에 참석하는 동안 많은 것을 알아나갔다. 만인지상의 자리라는 왕의 힘이 그리 강하지 않다는 것이 첫 번째였다. 왕이 아무리 밀어붙여도 신료들이 반대하면 정책과 제도가 막혔다. 세자가 어전 회의를 주관할 때는 모든 것이 노론의 의지에 휘둘렸다. 세자는 노론 신료들의 맹공에 입도 제대로 떼지 못했다. 대체로 세자를 지지하는 편인 소론 신료들이 세자를 대신하여 방어에 나섰지만, 수적 열세를 극복하지 못했다.

노론 세상이었다. 그들은 대놓고 세자를 깔아뭉갰다. 왕실의 법도와 군신의 예도 깡그리 무시했다. 세자를 향해 소리치고 훈계를 일삼는 것이 예사였다. 그것을 지켜보는 지견은 무참하고 분노가 치밀었다. 중금이 왜 감정을 다스리는 훈련을 해야 하는지 그제야 이해할 수 있었다.

2월 5일 아침이었다. 세자가 창덕궁의 영화당에서 조강을 하던 중이었다. 지견은 이른 아침부터 세자를 수행하며 곁을 지켰다. 어전 회의와 경연 등에서 여러 번 수행했지만, 세자는 지견에게 단 한 번도 아는 체를 하지 않았다. 인사를 해도 묵묵부답, 보고를 올려도 반응이 없었다. 지견은 자신에게 미운털이 박혔는지 궁금하여, 훈도중금 유준상에게 세자의 반응에 관해서 물었다. 유준상이 대답했다.

"세자 저하께서 가까이하던 승전중금이 있었네. 그런데 역모를 쓰고 심문을 당하던 중에 세상을 떠났어. 이후로 세자께서는 중금들을 피하시네. 자네가 밉거나 싫어서 그런 것이 아니니, 잘 모시게."

재인의 오라비인 송도겸 중금을 두고 하는 말이었다. 이후로 지견은 세자의 쌀쌀한 태도를 마음에 두지 않았다.

강연관의 강연이 이어지던 중 갑자기 궁내가 소란스러워지기 시작했다. 지견이 밖으로 나갔다. 비변사 제조 정기량과 우찬성 김상구가 영화당 쪽으로 다가오고 있었다.

"세자 저하 계신가?"

정기량의 물음에 지견이 답했다.

"지금 조강 중이십니다."

"역모일세. 저하께 전라도에서 올라온 장계를 받으시라 하게. 지금 신료들이 인정전에 모이는 중이니, 저하를 그쪽으로 모시게."

그렇게 말하고 정기량과 김상구는 총총히 인정전으로 향했다.

지견이 영화당으로 들어섰다. 강연을 끊을 수 없어 그는 세자의 눈치를 살폈다. 세자는 큰일이 난 것을 알고도 짐짓 모르는 체 지견의 애를 태웠다. 강관도 강연을 하면서 어쩔 줄 몰라 하는 눈치였다. 세자는 태연했다. 갑자기 바깥에서 큰 소리가 들려왔다. 영화당의 문이 벌컥 열렸다.

"저하, 역모이옵니다. 어서 인정전으로 오셔서 장계를 확인해주옵소서."

강관이 강연을 멈추었다. 세자는 꼼짝하지 않았다. 지견도 자리를 지켰다.

"저하!"

김상구가 짜증 섞인 음성으로 소리쳤다. 그제야 세자가 몸을 일으켰다. 지견이 앞장서 걸었다. 인정전에 이르러 지견이 외쳤다.

"세자 저하 납시오!"

임금은 이미 인정전 용상에 자리 잡고 있었다. 임금 곁에 서승과 서무일이 서 있었다. 부왕을 대하자 조금 전까지 침착하던 세자가 쪼그라들기 시작했다. 세자는 용상의 오른편에 자리를 잡고 상 위에 놓인 장계를 펼쳤다.

하루 전 아침에 나주 객사의 망화루 벽에 익명의 괘서가 붙었다는 장계였다. 괘서에는 왕실이 선정을 베풀지 못해 백성이 도탄에 빠졌다는 내용이 담겨 있다고 적혀 있었다.

뒤에서 임금이 소리쳤다.

"세자는 회의를 주관하라."

장계를 상 위에 내려놓고 세자는 인정전에 모인 신료들의 면면을 살펴보았다. 소론은 한 명도 보이지 않았다. 죄다 노론 일색이었다. 세자가 실소를 머금고는 지견에게 장계를 넘겼다. 지견이 장계의 내용을 낭독했다. 낭독이 끝나기 무섭게 비변사 제조 정기량이 말했다.

"나주는 이인좌가 무신년에 난을 일으켰을 때, 심판을 받은 죄인들의 식솔이 대거 귀양을 간 곳으로 필시 무신의 잔당들이 종사와 민심을 어지럽힐 목적으로 괘서를 붙인 것이옵니다. 이미 윤지라는 자를 중심으로 무신 잔당들이 계를 조직하여 세력을 규합하고 있다는 첩보가 올라와 예의 주시하고 있던 차입니다. 국가의 기강을 해치는 대역죄로 다스림이 옳다고 봅니다."

정기량의 말이 끝나자 임금이 말했다.

"세자는 하명하라."

임금은 어전 회의를 할 때마다 항상 같은 태도를 보였다. 대리청정으로 세자를 내세우고는 신료들과 힘겨루기를 관망하거나 편파적인 심판을 내렸다. 마치 궁지에 몰리는 세자를 보고 즐기는 것 같았다.

입가에 실소를 머금고 있던 세자가 입을 열었다.

"어어찌하여 배배백관들께서는 이리도 이이일찍 구구궁으로 오시었소?"

안타까움이 지견의 가슴에 몰려왔다. 부왕 앞에만 서면 세자는 사정 없이 쪼그라들었다. 말을 더듬거리는 것은 물론이요, 목소리까지 기어들어갔다. 어깨가 움츠러들고 허리까지 굽었다.

"세자는 똑바로 이야기하라!"

임금이 다그쳤다. 항상 되풀이되는 상황이었다. 견디다 못한 지견이 큰 소리로 말했다.

"어찌하여 백관들께서는 이리도 일찍 궁으로 오시었소?"

모두의 눈이 지견에게 쏠렸다. 지견이 침착하게 덧붙였다.

"세자 저하께서 이리 말씀하셨습니다."

세자가 뒤에 서 있는 지견을 살짝 돌아보았다.

이조판서 김한로가 따지듯이 말했다.

"국사를 어지럽히는 난리가 일어날 판인데, 신하 된 자로서 어찌 아랫목을 지키고 있겠나이까!"

세자가 말했다.

"자장계가 오올라올 줄 미미미리 알고 있었던 듯하여 하는 마마말이오."

신료들이 침묵했다. 그 모습을 지켜보는 홍봉한의 입가에 비웃음이 자리 잡았다. 정기량이 목청을 가다듬고 말했다.

"장계가 올라오기 전에 이미 저자에 소문이 파다하였나이다. 신들의 충심이 일치하여 이렇게 모였나이다. 저하께서는 국사를 근심하는 신들의 마음을 낮잡아보지 마소서."

마음속의 횃불

세자가 대꾸했다.

"괘괘서가 부부붙은 것이 어제 아침입니다. 바바발 없는 마말이 천리를 간다더니 소속담이 하나도 트틀리지 않구려."

그때 인정전의 문이 열렸다. 우참찬 박문수였다. 그는 인정전을 가득 채운 신료들을 휘 둘러보고는 바닥에 엎드렸다.

"신 우참찬 박문수, 주상 전하와 세자 저하를 알현하옵니다."

임금이 말했다.

"우참찬은 좌정하시오."

박문수가 말했다.

"장계의 내용을 신에게도 알려주시옵소서."

임금이 지견에게 눈짓을 했다. 지견은 세자 앞에 놓인 상 위의 장계를 집어 박문수에게 건넸다. 장계를 읽은 박문수의 눈이 순간 매섭게 빛났다.

"백관들은 어찌 소식을 접했기에 이리 일찍들 모이셨소?"

임금이 말했다.

"그렇지 않아도 세자가 그 문제를 제기했소."

임금은 세자에게 눈길을 돌려 물었다.

"그래서 세자의 생각은 무엇이냐?"

세자가 답했다.

"여여역모가 일어나면 조조정에 피바람이 불고, 시시간이 지나 지지진실이 밝혀지는 일이 되되풀이되었습니다. 사사건을 면밀히 조조사하되 모모모함의 가능성까지 여여염두에 두기를 바바바랍니다.”

세자의 말을 받아 임금이 말했다.

“좌우 포도대장에게 이레의 기한을 준다. 괘서의 주모자를 색출하여 체포하라.”

세자가 머리를 조아리며 말했다.

“저전하, 그그리 그급히 조조조사를 진행하면 죄죄죄인이 마마만들어질 우려가 있나이다.”

임금은 세자의 말을 무시하고 하명했다.

“죄인을 체포하면 판의금부사는 나에게 보고하라. 내 친히 국문할 것이다.”

그렇게 말하고 임금이 자리를 떴다. 서승과 서무일이 뒤를 따랐다.

임금이 떠나자 신료들도 우르르 바깥으로 향했다. 인정전에 남은 사람은 세자와 지견, 박문수뿐이었다. 세자는 두 주먹을 불끈 쥔 채 몸을 떨었다. 한참 동안 그렇게 있던 세자가 비로소 몸을 일으켰다. 박문수도 자리에서 일어났다. 세자는 박문수를 일별하고는 밖으로 나섰다.

걸음을 옮기던 세자가 갑자기 멈추었다. 지견도 함께 걸음을 멈추었다. 세자가 말했다.

“오늘 너는 위험한 일을 하였다.”

그렇게 말하고 세자는 다시 걸음을 옮겼다.

∞

인정전을 나선 홍봉한은 편전으로 걸음을 옮겼다. 상선내시 서승이 막 편전을 나서는 중이었다. 홍봉한이 그에게 다가갔다. 서승은 무슨 일이냐고 표정으로 물었다. 주변을 확인한 홍봉한이 말했다.

"상선, 얕은수가 반복되면 도리어 이쪽이 당할 수 있소이다. 염려되어 드리는 말씀이니, 고깝게 여기지 마십시오."

홍봉한의 이죽거림에 서승이 노기를 띠었다. 하지만 그는 멀어지는 홍봉한의 뒤통수를 노려볼 뿐이었다.

임금이 하명한 대로 정확히 이레 만에 괘서 사건의 주모자가 체포되었다. 경종 임금이 급사하고 현왕이 즉위하면서 철퇴를 맞았던 소론 가운데 고문 끝에 목숨을 잃은 윤취상의 아들 윤지였다. 윤지는 제주도로 유배되었다가, 열여덟 해 만에 나주로 이배되어 있다가 괘서 사건을 일으킨 것이었다.

윤지는 왕의 국문 중에 한사코 죄를 부정했다. 하지만 윤지 주변의 인물들이 괘서의 필치가 윤지의 것과 동일하다고 자백하는 등 모든 정황이 그를 주모자로 지목했다. 세자는 부당함을 호소하며 피해를 최소화하려 했으나, 힘에 부쳤다. 임금은 국문 과정에 윤지에게 조롱을 당하자 이성을 잃고 말았다. 윤지는 능지처사되었다. 임금의 분노는 거기에서 그치지 않았다. 윤지의 아들 윤광철을 세자와 문무백관, 백성들이 지켜보는 가운데 처형했다. 손에 피를 묻힘으로써 임금은 신료와 백성들 앞에서 왕의 지엄함을 보인 것이었다. 윤지와 친분을 나누었던 나주 지역의 관리와 아전, 윤지의 제자들, 윤지와 편지를 주고받은 도성의 소론 정치인 등 65명이 참형을 당하거나 군문효수되었다.

나주 괘서 사건은 40일 동안 수사가 진행되었다. 모든 죄인을 처형한 뒤 임금은 종묘에 나가 역적을 토벌했노라고 공포했다. 승리감에 도취된 그는 이 일을 기념하여 특별 과거 시험인 토역경과정시를 열겠노라고 선포했다. 소론의 신료 여럿을 죽였으니 그 자리를 채우겠다는 뜻이었다.

저자에서는 나주 괘서 사건이 소론을 척결하기 위한 노론의 음모였다는 소문이 파다했다. 진실은 사건에 연루된 이들이 모두 죽음을 맞음으로써 영원히 묻히고 말았다. 어쨌든 이 일로 가장 이득을 본 이들은 노론이었다. 하지만 사건을 처리하는 과정에서 임금이 보인 공포 정치와 광기로 인해 노론 신료들도 몸을 사리지 않을 수 없었다.

5월, 토역경과정시(討逆慶科庭試)를 치르는 날이었다. 토역경과정시란 역적을 토벌한 일을 기념하여 경서에 능통한 사람을 가려 뽑는 과거를 뜻한다. 내반원은 새벽부터 분주했다. 특히 왕과 세자를 수행해야 하는 서무일과 이지견의 마음이 바빴다. 두 사람은 각각 왕이 있는 편전과 세자가 있는 동궁전으로 향했다.

지견이 동궁전에 도착했다. 세자는 이미 의관을 갖추고 있었다. 지견이 문안을 여쭈었다. 세자는 대꾸하지 않았다. 그래도 지견은 세자가 자신을 기다려준 것만도 감지덕지였다. 조강이나 어전 회의가 있어 세자를 수행하려 동궁전에 가면, 세자가 이미 자리를 떠서 헛걸음을 한 일이 한두 번이 아니었다.

세자와 지견은 영화당으로 향했다. 영화당과 맞닿은 춘당대에는 과거를 치르러 온 사람들이 구름처럼 운집해 있었다. 곧이어 서무일의 음성이 들려왔다.

"주상 전하 납시오!"

왕을 중심으로 서승과 최헌직, 서무일을 비롯한 신료들이 춘당대로 들어섰다. 거자(擧子)들이 일제히 임금을 향해 예를 갖추었다. 세자와 지견도 춘당대로 내려가 왕의 뒤에 섰다. 왕이 고개를 끄덕이자, 서무일이 외쳤다.

"시제 하차."

서무일이 외치고 나자 예조판서가 시제가 적힌 두루마리를 펼쳤다. 거기에는 '천인합일설(天人合一說)'이라고 적혀 있었다. 거자들은 여섯 자씩 간격을 두고 펼쳐놓은 명석에 앉아 시권(詩卷)을 작성하기 시작했다. 그 모습을 흐뭇한 표정으로 바라보던 왕이 돌아섰다.

과거는 오후 늦게까지 이어졌다. 비로소 모든 거자가 시권을 제출하고 결과를 기다렸다. 그런데 시권을 채점하던 강관들 사이에 소란이 일었다. 얼굴이 백짓장처럼 하얘진 강관 한 명이 예조판서에게 다가가 귀 엣말을 했다. 예조판서가 급히 달려가 시권 한 장을 들어 확인했다. 그의 표정이 일그러졌다. 그는 과거장을 통제하는 내금위장에게 무언가 언질을 하고는 부리나케 달려갔다.

과거 급제자에게 왕이 홍패와 어사화를 하사하는 방방례가 예정되었던 명륜당에는 젊은 사내 한 명이 포박된 채 무릎 꿇려 있었다. 그는 스물아홉 살의 심정연으로, 이인좌의 난에 기담했다는 이유로 아버지와 두 명의 형을 잃은 소론 집안의 자제였다.

왕과 문무백관이 명륜당으로 들어섰다. 왕의 얼굴은 노기로 인해 붉으락푸르락했다. 자리를 잡은 왕이 말했다.

"저놈의 시권을 가져오라."

형조의 관리 한 명이 그날의 승전인 서무일에게 시권을 건넸다. 왕의 말이 이어졌다.

"읽으라."

서무일은 침을 꼴깍 삼킨 뒤에 시권에 적힌 글을 읽기 시작했다.

"천지와 그 덕을 합하고 일월(日月)과 그 밝음을 합하고 사시(四時)와 그 차례를 합하고 귀신과 그 길흉을 합하여 천지와 혼연일체가 되어 같이 흐른다……."

시권에 적힌 내용을 읽어 내려가는 서무일의 음성이 흔들리기 시작했다.

"……그리하여 마음이 하고자 하는 바를 따라도 법도에 어긋나지 아니하였다라고 한 공자의 실천 세계도 또한 천인합일의 세계로 이해할 수 있다. 그러나……."

서무일은 거기에서 멈추었다. 이어지는 글을 차마 읽을 수 없었다. 왕이 말했다.

"계속하라."

서무일의 입술이 바르르 떨렸다. 그는 애처로운 눈길로 최헌직을 바라보며 도움을 구했다. 최헌직이 서무일에게 다가가 시권을 건네받았다. 하지만 그도 차마 읽지 못했다. 임금이 소리치며 다그쳤다.

"어서 읽지 못할까?"

이미 2월의 나주 괘서 사건을 처리하는 과정에서 왕의 잔인한 면모와 광기를 확인한 신료들은 잔뜩 움츠러들었다. 그곳에서 유일하게 표정의 변화 없이 당당한 사람은 시권을 써낸 심정연이 유일했다. 그는 자신을 둘러싼 왕과 신료들의 행태를 보며 쓸쓸한 웃음을 머금었다. 자신을 비판했다고 해서 이성을 잃은 왕이나 그 앞에서 기를 펴지 못하는 신료들이나 참으로 한심해 보였다. 이들을 믿고 살아가는 백성들을 생각하니 가슴이 답답했다.

"어서 저놈의 시권을 읽으라!"

다시 한 번 왕이 다그치자 최헌직은 시권을 바닥에 떨어뜨리고 납작 엎드렸다.

"전하, 차마 읽지 못하겠나이다. 분부를 거두어주시옵소서!"

"저 무례한 놈 앞에서 나의 명을 거역하는 모습을 보이려느냐? 어서 읽으라!"

"전하, 차라리 죽여주시옵소서."

최헌직에게서 죽음을 불사하겠다는 의지가 엿보였다. 지견은 최헌직을 보며 훈도중금 연석에서 들었던 일화를 떠올렸다. 반정을 이끈

세조로부터 단종의 폐위를 알리라는 명을 받은 중금이 그 말을 전하기 싫어 스스로 혀를 잘라버렸다는 전설 같은 이야기였다. 최헌직을 보며 시견은 중금이라는 직책의 준엄함을 다시금 되새겼다.

"전하, 제가 읽겠습니다."

지견이 앞으로 나섰다. 모두의 시선이 그에게로 쏠렸다. 지견은 최헌직이 떨어뜨린 시권을 집어 들었다. 최헌직이 당황한 눈길로 지견을 바라보았다. 지견이 시권을 펼치자 최헌직이 소리쳤다.

"이지견 중금, 읽지 말라. 나의 명을 따르라!"

지견이 최헌직에게 고개를 숙여 보이며 말했다.

"정중금 어른, 저의 무례를 용서하십시오."

그러고 나서 그는 시권의 글을 소리 내어 읽었다.

"누구는 흉서를 쓰고 누구는 창을 든다지만, 신은 갑진년부터 게장을 먹지 않았으니, 이것 또한 나의 역심(逆心)이다……."

경종이 연잉군이 내민 게장과 홍시를 먹고 시름시름 앓기 시작했다는 소문을 비꼰 글이었다. 왕이 두 주먹으로 탁자를 내리쳤다. 이복형인 경종을 독살했다는 흉흉한 소문이 꼬리표처럼 따라다녔다. 아무리 덮고 지우려 해도 잊을 만하면 고개를 내밀었다. 왕의 입술 사이로 빠드득빠드득 이를 가는 섬뜩한 소리가 새어 나왔다. 나주 괘서 사건이 저물면서 잦아들었던 매서운 피바람이 다시 한 번 거세게 일어날 기세였다.

"저놈을 가두라. 내가 친히 국문을 할 것이다."

자리에서 일어선 왕은 고개를 빳빳이 쳐들고 있는 심정연을 향해 말했다.

"네놈으로 인해 얼마나 많은 사람의 목이 떨어지는지 똑똑히 지켜보라."

그리고 여전히 엎드려 있는 최헌직에게 일렀다.

"흉서를 내뱉은 저 더러운 입이 내 눈에 띄지 않도록 하라."

지견을 두고 하는 말이었다. 최헌직은 눈을 감아버렸다. 세자도 마찬가지였다. 서무일은 떨리는 몸을 간신히 추스르며, 조심스럽게 왕의 뒤를 따랐다.

왕이 떠난 뒤 지견이 다가가 최헌직을 일으켰다. 최헌직은 노기와 애처로움이 뒤섞인 눈길로 지견을 쳐다보았다. 하지만 그는 지견에게 아무런 말도 해줄 수 없었다.

$$\infty$$

나주 괘서 사건은 음모와 모함의 의심을 지울 수 없었으나, 토역경과정시의 시권을 통해 왕을 비난한 사건은 죄인의 죄상이 명명백백하여 의심의 여지가 없었다. 심정연은 사건이 일어난 이틀 뒤에 처형되었다. 하지만 사건은 거기서 그치지 않았다. 일단락되었던 나주 괘서 사건이 또다시 소환되어 그와 관련된 것으로 의심되는 수많은 사람이 의금부로 압송되었다. 임금은 의금부 옥사가 아니라 운종가(雲從街)의 하나인 숭례문 누각에서 죄인들을 친국하여 도성을 공포의 도가니로 몰아넣었다. 나주 괘서 사건과 토역경과정시 시권 사건을 통틀어 을해역옥(乙亥逆獄)이라 하는데, 이 일로 목숨을 잃은 이가 500명을 넘었다. 을해역옥을 통해 소론은 사실상 궤멸되다시피 했고, 그렇지 않아도 권세를 누리던 노론은 더욱 날개를 달았다. 소론을 두둔하며 왕과 대치했던 세자의 입지는 더욱 좁아졌다. 그리고 심정연의 시권을 읽었던 지견은 두 번째 응방 귀양을 가게 되었다.

지견은 창덕궁을 빠져나와 북악산에 올랐다. 처음 그 길을 함께 올랐던 시경이 떠올랐다. 시경은 몸을 회복한 뒤에 도경술의 지전에서 일하는 중이었다. 정중금 최헌직이 액정서의 체아직을 권했지만, 시경은 궁을 오가면 상념이 많아질 것 같다며 고사했다.

왕실과 조정에서는 피바람이 휘몰아쳤으나, 여염의 삶은 그것대로 흘러갔다. 하루는 지전에 들른 지견을 붙잡고 시경이 물었다.

"경란 소저 말일세, 혹시 마음에 품고 있는 남자가 있는가?"

설영과 함께 지전에 온 경란을 보고 시경이 한눈에 반하고 만 것이었다. 지견은 똑 부러지게 대답해주지 못했다. 오래전부터 자신을 바라보는 경란의 눈길이 예사롭지 않았다는 사실을 지견은 모른 척할 수 없었다. 게다가 비몽사몽간에 경란을 재인으로 착각하여 일어난 일도 있었다. 그 마음과 일을 무시한 채 경란의 사정을 일방적으로 이야기할 수는 없는 노릇이었다. 다만 시경과 경란이 맺어진다면 더할 나위 없을 것이라는 지견의 마음은 진실했다. 부디 두 사람이 좋은 인연을 맺기를 바라고 또 바랐다.

응방에 이르렀다. 산도깨비 같은 몰골을 한 고우익이 지견에게 말했다.

"또 사고를 쳤더구나. 이참에 중금은 때려치우고 나랑 같이 매나 기르면서 살자꾸나. 자꾸 그렇게 사고를 치다가는 제 명을 다하지 못할지도 모른다."

풀이 죽은 지견이 그루터기에 걸터앉아 한숨을 쉬었다. 한참 동안 지견을 내버려둔 채 제 할 일만 하던 고우익이 자리를 털고 일어서며 한마디 했다.

"바람도 둥지의 재료다. 바람이 심한 곳에서 새는 둥지를 더 단단하게 만드는 법이니까."

지견은 버릇처럼 목에 건 장신구를 만지작거리며 주변의 녹음을 바라보았다. 그의 입가에 서서히 미소가 자리 잡았다. 나무들이 머리를 풀어헤친 여인처럼 바람결에 몸을 맡기고 춤을 추었다.

29. 기연

을해역옥으로 가장 큰 타격을 입은 이는 박문수였다. 그는 소론의 인물들과 그들에게 딸린 식솔들이 무더기로 참형을 당하고, 임금에 의해 그들의 유해가 백성과 문무백관 앞에서 조리돌림을 당하는 끔찍한 광경을 목격한 뒤로 시름시름 앓기 시작했다. 그는 더 이상 관직을 수행할 수 없다고 판단하여 왕에게 면직시켜줄 것을 청했으나, 왕은 오히려 그를 위로하며 노론의 반대를 무릅쓰고 계속 곁에 두려 했다. 하지만 이래저래 박문수의 정치적 생명은 끝난 것이나 다름없었다. 벼슬을 유지했으나 그 자신이 어전 회의에 나가기를 꺼렸다. 남은 것은 오랜 군신관계에서 비롯된 왕과의 정리(情理)뿐이었다. 당파와 이권에 연연하지 않고 왕실과 백성을 위해 고군분투했던 한 의로운 관리의 생애가 그렇게 저물고 있었다.

지견의 응방 귀양은 기한이 없었다. 예전에 시경과 함께 징벌을 받앉을 때는 한 달이라는 기한이 있었으나, 이번에는 왕의 노기가 가라앉기를 무작정 기다려야 했다. 하지만 지견은 아무래도 상관없었다. 그는 슬슬 지쳐갔다. 자신이 무엇을 지키기 위해 중금이라는 역할을 맡고 있는지 의미를 찾을 수 없었다. 아버지의 사정을 캘 길은 요원했고, 왕실과 조정에 대한 환멸이 점점 커져갔다. 차라리 모든 것을 내려놓고 도경술 부자와 함께 지전을 꾸리거나 음 선생을 따라다니며 전기수로 살아가는 쪽이 더 나을지도 모른다고 생각했다.

지견은 응방의 일을 돌보면서 넋을 놓기 일쑤였다. 먼산바라기를 하며 한참 동안 꼼짝 않고 있을 때가 많았다. 예전 같았으면 고우익의 불호령이 떨어졌을 테지만, 이제 고우익은 지견을 참견하지 않았다. 어차피 오십 년 가까이 혼자서 응방을 지켜왔다. 정3품 내금위장이었던 그가 나이 쉰이 다 되어 스스로 거세를 하고 내시가 된 그날부터였다.

정유년(1717년)이었다. 숙종 임금이 당시 세자였던 경종에게 대리청정을 명했다. 숙종의 하교가 떨어지자마자 노론은 세자의 대리청정을 지지하고 나섰다. 대리청정을 하는 동안 조금이라도 실수를 하면 노론은 그를 빌미로 자기네 세력이 밀고 있는 연잉군으로 세자를 교체할 속셈이었다. 경종의 지지 기반이었던 남인 세력이 노론에 의해 궤멸된 뒤, 노론은 세자가 죄인인 희빈 장씨의 소생이라는 이유를 들어 대놓고 폐세자를 주청했다. 남인에 이어 소론이 세자를 지지하고 나섰으나, 숙종은 노론과 정치적으로 결탁하여 소론을 탄압했다. 그리고 세자의 대리청정이 이어졌다. 모든 것이 세자를 몰아내기 위한 극본이었다.

왕실 무관으로서 나이 쉰에 이르러 정년을 앞두고 있던 고우익은 결단을 내렸다. 궁에 남아 세자를 지킬 유일한 방법은 내시가 되는 것이었다. 그는 숙종 임금을 속였다.

　"전하, 무관으로서 저의 육체적 생명력은 이제 다했나이다. 그러나 왕실과 종사를 향한 저의 충심은 오히려 더욱 젊어지고 있나이다. 부디 신의 뜻을 헤아리시어 내관으로서 충심을 바칠 수 있도록 허락해 주시옵소서."

　숙종은 고우익을 신임했으나, 스스로 거세를 하면서까지 궁에 머물겠다는 그의 뜻을 충심의 표현으로만 여기고 고개를 끄덕였다. 그랬는데, 실제로 고환을 잘라내고 고우익이 나타나자 숙종은 감격하여 눈물을 흘렸다. 하지만 궁에 머무를 수는 없었다. 상선 자리에 오른 서승의 견제 때문이었다. 고우익은 응방이라는 한직으로 밀려났으나, 세자의 경호를 자처했다. 세자가 매를 좋아해서 방에 두고 즐기기를 원한다는 구실을 만들어 곁에 머물렀던 것이다.

　세자는 대리청정을 하는 동안 눈에 불을 켜고 지켜보는 노론에게 어느 것 하나 책잡힐 일을 하지 않았다. 참으로 현명하고 영리했다. 그렇게 삼 년 동안 대리청정을 하는 사이에 숙종이 승하하고 세자가 왕위에 올랐다. 하지만 애석하게도 경종 임금은 왕위에 오른 지 사 년 만에 세상을 떠나고 말았다.

　하지만 고우익은 궁을 떠날 수 없었다. 경종 임금이 남긴 국금이 있었다. 자취를 감춘 지 이미 서른 해가 넘었으나, 그는 국금이 나타날 날을 손꼽아 기다렸다. 아흔을 한참 넘기고도 자신의 목숨이 붙어 있는 이유가 아직 할 일이 남았기 때문이라고 믿었다.

∞

지견이 응방에서 지낸 지 이레째 되던 날 훈도중금 김밀희와 연석이 찾아왔다. 고우익은 여느 때처럼 찾아온 손님을 향해 속사포처럼 험한 말을 쏟아댔다. 고우익의 말투에 익숙한 듯 김밀희와 연석은 욕을 먹으면서도 고분고분했고 웃음을 잃지 않았다. 그러고 보니 응방내시와 중금 사이에는 끈끈한 유대가 형성되어 있었다. 지견은 나중에 그 이유를 알았다.

"중금이 실수를 하면 이곳 응방으로 보낸다. 내시가 잘못하면 매로 다스리지 이곳에 보내지 않아. 서승 그 작자가 내시들이 나한테서 영향을 받을까 두려워서 그러는 것이다."

고우익이 기세등등한 내금위 교관이던 시절 서승은 궁의 등촉을 밝히는 상촉내시에 불과했다. 그랬는데 남인과 소론이 몰락하고 노론이 득세하던 혼란기를 틈타 서승은 선임 내시들을 모조리 제치고 내시의 수장 자리에 올랐다. 고우익은 서승을 두고 족제비 같은 작자라고 비난했다. 한때 서승의 꼬리를 밟기 위해 애쓴 적이 있었으나, 이제는 그것도 힘에 부쳐 그만두었다고 했다. 고우익은 시시때때로 지견에게 이렇게 말했다.

"경종 임금께서 서승의 음흉함을 아시고 내쫓으려 했으나 뜻을 이루지 못하고 승하하셨다. 지금의 주상께서 왜 그 작자를 곁에 두는지 궁금할 따름이야. 눈빛을 보고 음성을 들어보면 그 검은 속을 알 수 있을 텐데 말이다. 하기야 사람을 들이고 내보내는 것이 항상 주상의 뜻대로 되는 것은 아니니······."

조정 군신(群臣)들의 힘겨루기에 지견은 관심이 없었다. 노론이 무엇인지, 소론이 무엇인지도 알고 싶지 않았다. 을해역옥을 거치는 동안 왕의 잔인한 품성을 경험한 뒤로 지견은 자신이 충성을 바쳐야 할 존재에 대한 의미를 상실했다. 무엇을 위해 왕을 지킨단 말인가. 왕의 뜻을 전하고 지킨다는 게 다 무슨 소용이란 말인가. 차라리 소중금 시절이 나았다. 왕의 실체를 알기 전 추상적인 존재로서의 왕을 향해 무조건적인 충성심을 키우던 그때가 좋았다.

문득 흥양 독골의 집에서 마지막 이별하기 며칠 전 아버지가 들려준 이야기가 떠올랐다. 그 이야기 속의 왕은 얼마나 근사했던가. 그 왕은 자신과 선대 임금들의 잘못을 뉘우쳤다. 그리고 소수의 사람에게 권한이 집중되면 폐단이 생길 수밖에 없으므로, 권한의 많은 부분을 백성에게 나누어주어야 한다고 이야기했다. 지견은 그 이야기가 중국 고사에서 가져온 것으로 생각하여 액정서 서가와 서책 보관소의 책들을 탐독했으나, 같은 이야기를 찾을 수 없었다. 하기야 그런 이야기가 담긴 책이라면 금서가 되었을 가능성이 컸다.

"잠시 이지견 중금과 이야기를 나누어도 되겠습니까?"

김밀희의 말에 고우익이 대뜸 험한 말로 응수했다.

"내가 그놈 상전이냐? 네놈들 새끼인데 왜 나한테 물어?"

김밀희와 연석이 지견을 한쪽으로 끌었다.

"정중금 어른께서 너에게 고맙다고 전해달라고 하셨다. 전하께서 노여워하여 어쩔 수 없는 상황임도 이해해달라고 말씀하셨다."

지견이 웃어 보이며 말했다.

"정중금 어른께 개의치 말라 전해주십시오. 저는 이제 이곳이 더 편합니다."

김밀희가 지견의 어깨를 두드렸다. 연석도 마찬가지였다. 둘 다 평소에 표정이 거의 없는 사람들인데, 그날만큼은 온화했다.

그로부터 며칠 뒤 정중금 최헌직이 찾아왔다. 고우익은 다른 때와는 달리 험한 말을 퍼붓지는 않았으나, 말을 높이지도 않았다. 두 사람은 사십 년 가까이 친분을 쌓아온 관계였다. 최헌직은 고우익을 앞에 두고도 지견에게 편하게 말을 했다.

"험한 상황을 겪느라 몸과 마음이 매우 힘들 것이다. 네가 왜 중금이어야 하는지 의문도 들 것이다. 나 역시 오랜 시간 그 답을 찾아왔다."

지견이 물었다.

"그래서 어른께서는 답을 찾으셨습니까?"

최헌직이 고개를 끄덕이고 말했다.

"허나 모든 사람이 같은 답을 갖는 것은 아닐 것이다. 너에게는 너만의 답이 있을 것이다."

최헌직이 자리에서 일어서며 고우익에게 말했다.

"오늘 스승님을 만나 옛 벗의 무덤에 가볼까 합니다. 꽃이라도 한 송이 올리고 와야지요."

"장경 중금은 잘 있는가?"

"요즘 많이 쇠약해지셔서 걱정입니다."

"늙은 과부라도 하나 데리고 살면 좀 덜할 텐데 말일세."

그 말에 최헌직이 웃음을 지었다. 지견은 고우익의 말에 한 가지 의문이 생겼다. 그리고 보니 중금 중에 혼례를 올린 이가 없었다. 최헌직이 떠난 뒤 고우익에게 물었다.

"응방 어른, 중금은 혼례를 올리지 못합니까?"

"그런 법은 없다. 불알이 없는 내시도 살림을 차리는데, 중금이 왜 혼례를 올리지 못하겠느냐?"

"그런데 왜……?"

"스스로 안 하는 것이다."

지견은 고우익의 다음 말을 기다렸지만, 그는 끝내 지견의 의문을 풀어주지 않고 돌아섰다. 고우익이 그렇게 나오면 그것으로 끝이라는 사실을 알기에 지견은 더 묻지 못했다.

∞

어전 회의에서 왕은 홍봉한을 평안도 관찰사에 제수했다. 비변사의 구관당상(勾管堂上)으로서 평안도를 관할했기에 오래지 않아 그가 관찰사로 부임할 것이라는 점은 조정에서 기정사실로 받아들여져왔다. 평안도는 국경 지대라 국방을 위해 자체적으로 세금을 징수하고 행정 처분도 독립적으로 행하기 때문에 중앙의 통제를 벗어나는 일이 많았다. 그래서 왕실은 최측근을 평안도 관찰사로 제수하는 일이 잦았다. 홍봉한은 세자의 장인이자 노론에 발을 걸치고 있어서 왕의 의도에 부합하는 인물이었다. 그리고 평안도 관찰사를 역임하고 나면 오래지 않아 중앙의 요직을 꿰차는 것이 순서였다.

홍봉한은 어전 회의에서 물러난 뒤 빈궁전으로 향했다. 세자빈으로 딸을 들여보낸 뒤 아버지는 딸의 신하가 되었다. 얼굴 보기도 쉽지 않았다. 특히 홍봉한은 사사로이 세자빈과 접촉하여 외척을 형성한다는 인상을 주지 않으려 동석하는 기회가 와도 일부러 자리를 피하고는 했다. 하지만 도성을 비우는 참에 딸의 얼굴을 보지 않고 떠날 수는 없었다.

빈궁전에 든 뒤 홍봉한은 주변을 물리치고 세자빈과 독대했다. 세자빈 홍씨가 말했다.

"주상께서 아버님을 총애하시어 나날이 승천(陞遷)하시니 자식 된 이로서 참으로 기쁩니다."

"관직과 품계는 허울뿐입니다. 신은 개의치 않습니다."

"아버님의 이처럼 강직한 품성이 주상의 마음을 사로잡았나 봅니다."

홍봉한은 공치사를 즐기는 사람이 아니었다. 세자빈을 찾아온 것은 확실히 매듭을 지어야 할 일이 있기 때문이었다.

"빈궁 마마께서는 세자 저하와 세손 중 한 분을 택하라고 한다면 누구를 택하시렵니까?"

세자빈의 표정이 어두워졌다. 아버지는 원래 그런 사람이었다. 맺고 끊는 것이 너무도 분명해서 딸에게 상처 주는 일이 많았다. 세자빈 홍씨가 보기에 세상의 일이란 칼로 무 자르듯 반드시 양쪽으로 나뉘는 것이 아닌데, 홍봉한은 항상 이쪽 아니면 저쪽을 선택해서 움직였고 딸에게도 그렇게 행동하고 생각하도록 강요했다.

"아버님, 왜 그런 말씀을 하십니까?"

"빈궁 마마, 오래지 않아 선택해야 할 순간이 올 것입니다."

"세자 저하는 저의 지아비이고, 세손은 저의 아들입니다. 어찌 둘 중 하나를 선택하라 하십니까? 잔인하십니다."

홍봉한은 막힘이 없었고, 고민하지도 않았다. 빈궁전을 찾기 전 품은 생각과 목적에 따라 움직일 뿐이었다.

"제가 아니라 세상이 잔인한 것입니다, 빈궁 마마. 나주 괘서 사건으로 소론은 거의 씨가 말랐습니다. 노론과 척을 진 세자가 왕위를 이어받을 수 있을는지요? 주상께서도 같은 생각이실 겁니다. 세자를 내주고 세손을 지키십시오. 그게 빈궁 마마가 살길이고, 가문이 살길입니다."

홍봉한은 거기까지 이야기하고 일어섰다. 숙제를 던져놓고 상대로 하여금 선택하도록 하는 것이 그의 방식이었다. 따라오지 않으면 잘

라냈다.

홍봉한이 떠난 뒤 세자빈 홍씨는 머리를 감쌌다. 틀린 말이 아니었
다. 지난 괘서 사건 때 세자는 소론을 옹호함으로써 부왕과 정치적 노
선이 다름을 확실히 천명했다. 왕과 세자는 정적(政敵) 관계가 되고 말
았다. 홍씨는 두려웠다. 보위에 오르지 못한 세자가 가야 할 길은 유배
와 죽음뿐이었다.

∞

지견이 응방에서 지낸 지 두 달째였다. 첫 한 달은 내반원 숙소와 응
방을 오갔지만, 두 달째부터는 정중금의 허락을 얻어 아예 응방의 숙
소에서 지냈다. 여름이 시작되는 길목이어서 내반원보다는 산속의 응
방이 생활하기에는 더욱 좋았다. 매들의 먹이를 챙기고, 청소를 하고,
고우익이 어린 매들을 훈련시킬 때 보조하고, 매들의 몸을 닦아주는 등
응방 본연의 일 외에 산에서 자급자족하는 것도 만만치 않았지만, 지견
은 오랜만에 자유를 만끽했다.

여름의 더위가 기승을 부리던 7월 중순의 어느 날이었다. 새장 청소
를 막 끝내고 도구들을 씻기 위해 계곡으로 향하려는데 누군가가 저만
치 아래쪽에 서 있는 것이 보였다. 등에 함을 지고 있었는데, 나무 그
늘 아래에 있어서 관복 색깔을 구분할 수 없었다. 하지만 키가 훤칠하
고 자세가 곧은 것으로 보아 중금인 듯했다. 고우익도 그를 발견하고

는 소리쳤다.

"게 누구냐? 오려면 오고 가려면 갈 것이지, 왜 거기서 신경 쓰이게 히느냐?"

분명 이쪽에 용건이 있는데 섣불리 다가오지 못하는 눈치였다. 지견이 그쪽으로 걸음을 옮기다가 멈추었다. 불청객은 아니나 그리 반가운 손님도 아니었다. 그 객은 몸을 한쪽으로 튼 채 지견이 다가오기를 기다렸다. 지견이 고우익에게 말했다.

"저와 같은 승전중금입니다. 잠깐 다녀오겠습니다."

서무일이었다. 지견이 다가가자 그는 등에 진 함을 바닥에 내려놓았다. 서무일은 여전히 지견의 눈길을 피한 채 말했다.

"네 숙소에 있던 물건이다. 훈도중금께서 가져다주라고 하셨다."

지견은 의아했다. 그런 지시를 받았다고 해도 수하처럼 부리는 중금들에게 시키지 직접 이런 일을 할 위인이 아니었기 때문이다. 지견은 바닥에 놓인 함을 들어 어깨에 맸다.

"더운데 고생했네. 고맙네."

지견이 돌아서서 응방 쪽으로 향하는데도 서무일은 그 자리에 그대로 서 있었다. 주뼛거리는 모양새가 아무래도 다른 용무가 있는 것 같았다.

"서무일 중금, 혹시 다른 일이 있는가?"

서무일은 그제야 지견과 눈을 맞추었다. 그러고도 쉽게 입을 떼지 못했다. 지견이 재차 물었다.

"말해보게. 용건이 뭔가?"

서무일은 길게 한숨을 내쉰 뒤 입을 열었다.

"혹시 주변에 믿을 만한 사람이 있는가?"

"믿을 만한 사람?"

서무일이 고개를 끄덕이고 말했다.

"내 주변에는 온통 양부와 관련된 사람뿐이라 혹시나 해서 자네를 찾아왔네."

지견이 대답했다.

"무슨 일을 부탁하는가에 따라 다르겠지."

"꼭 알고 싶은 것…… 꼭 알아야만 하는 일이 있어서 그러네."

"무슨 일인지 말해보게. 그래야 나도 도울 수 있네."

서무일은 망설이다가 어렵게 입을 뗐다.

"나의 생부모에 대해서 알고자 하네. 나를 낳아준 분들이 어떻게 되었는지, 어디에 묻혔는지…… 그걸 알고 싶네."

뜻밖이었다. 그처럼 중요한 일을 왜 자신에게 부탁하는지 지견은 알수 없었다. 하지만 핏줄을 찾고자 하는 갸륵한 마음을 모른 척할 수는 없었다. 우선 떠오르는 사람은 방종현이었다.

"알아보겠네. 연결되면 자네가 직접 부탁하게."

서무일이 고개를 끄덕였다. 지견은 눈인사를 건네고 돌아섰다. 몇 발자국 걸음을 옮기는데 서무일이 말했다.

"이지견 중금……."

지견이 돌아보았다.

"고마웠네. 그날 시권은 내가 읽었어야 했네."

이번에는 서무일이 먼저 돌아섰다. 그는 빠른 걸음걸이로 산에서 내려갔다.

∞

지견은 짬을 내서 지전을 찾아가 방종현을 만났다. 그리고 서무일이 응방에 다녀간 열흘 뒤 저녁, 지견은 서무일과 함께 시전의 유곽으로 향했다. 방종현이 먼저 도착해 있었다. 자리를 잡자 방종현이 말했다.

"지견에게 대충 이야기는 들었소이다. 내가 무엇을 해주면 되겠소?"

서무일이 대답했다.

"박석재 너머 가루게라는 마을에 양주댁이라는 아낙이 살고 있습니다. 어릴 때 나를 키워준 유모요. 상선내시 서승의 집에서 하인으로 일한 이를 수소문하면 될 것이오."

"찾으면?"

"내가 양부의 양자로 든 것이 두 살 때였다고 하오. 계목이라는 양부의 수하가 나를 데려왔다고 하는데, 혹시 그 외에 아는 것이 없는지 알아봐주었으면 하오."

방종현이 고개를 끄덕였다. 서무일이 덧붙였다.

"양부께서 알지 못하도록 은밀히 했으면 하오. 양부는 사방팔방에 눈을 두고 있는 사람이오."

그렇게 말하고 나서 서무일이 탁자 위에 엽전 꾸러미를 올려놓았다.

"착수금이오. 쓸 만한 소식을 알아오면 더 사례하겠소."

방종현이 쓴웃음을 지었다.

"중금 나리, 넣어두시오. 지견이 부탁하여 움직이는 것입니다."

방종현이 자리에서 일어섰다.

"소식을 알아오는 대로 지견에게 연락하겠소."

지견이 함께 일어섰다.

"형님, 고맙습니다."

"자네 부탁이라면 불구덩이에라도 뛰어들 것이네."

방종현은 지견의 어깨를 두드리고 자리를 떴다. 서무일과 지견도 일어나 궁으로 향했다.

응방 귀양이 석 달째로 접어들었다. 첫 한 달 동안 지견은 새벽에 일어나 몸을 씻고 의관을 갖춘 뒤에 일을 시작했지만, 이제는 고우익과 마찬가지로 저고리와 바지만 걸친 채 생활했다. 그 모습을 보고 고우익이 '응방중금'이라고 놀렸다.

8월 중순이었다. 녹음은 더욱 짙어지고 벌레 소리가 요란했다. 이러다 더위가 한풀 꺾이면 계절은 빠르게 가을로 치달을 것이다.

고우익과 지견은 둘이서 가꾸는 텃밭의 푸성귀를 반찬으로 늦은 점심을 먹고 나무 그늘에서 쉬고 있었다. 궁과 이어지는 산길을 따라 누군가 올라오고 있었다. 도포 차림에 챙이 넓은 갓을 쓰고 있었다. 공무

(公務)는 아닌 모양이었다.

고우익이 그를 발견하고 말했다.

"행색을 보니 네 손님이구먼. 네놈 때문에 사람 왕래가 잦아져서 성가셔 죽겠다."

하지만 지견에게도 낯선 사람이었다. 양반네 복장을 하고 자신을 찾아올 사람은 없었다. 걸음걸이가 빠르고 기골이 장대했다. 갓의 챙에 가려 얼굴을 알아볼 수 없었다.

고우익이 몸을 일으켰다. 지견도 낯선 이에게 눈을 둔 채 일어섰다. 웬만큼 가까워졌지만 여전히 그가 누군지 알 수 없었다. 고우익이 그를 먼저 알아보고는 화들짝 놀랐다. 그러고는 바닥에 엎드려 외쳤다.

"세자 저하, 이 누추한 곳에 어쩐 일이시옵니까?"

지견의 눈이 커졌다. 그는 영문도 모른 채 반사적으로 바닥에 엎드렸다. 사내가 성큼성큼 다가와 말했다.

"응방, 일어나시오."

지견이 조심스럽게 고개를 들어 사내를 올려다보았다. 고우익의 말대로 세자였다. 지견은 못 볼 것을 본 양 얼른 고개를 숙이고 눈을 감았다.

"너도 일어서거라."

지견이 소리쳤다.

"세자 저하를 알현하옵니다."

"일어나래도."

고우익이 몸을 일으키고 물었다.

"저하, 이곳에 홀로 어쩐 일이시옵니까?"

세자가 그루터기에 엉덩이를 댔다. 손에 쥔 부채를 펼쳐 바람을 일으켰다.

"궁이 답답한데 갈 곳이 없었소. 어디든 훌쩍 달아나버릴까 생각하던 중에 떠오른 곳이 이곳이었소."

곤룡포와 강사포를 입지 않은 세자를 본 것은 처음이었다. 지견은 나무 그루터기에 앉아 가랑이를 벌리고 부채질을 하는 세자가 무척이나 친근하게 느껴졌다. 세자가 지견에게로 눈길을 주었다.

"너는 목숨이 달아나지 않은 것을 다행으로 알아라."

토역경과정시 때 임금 앞에서 심정연의 시권을 읽은 것을 두고 하는 말이었다. 세자는 잠시 사이를 두고 말을 이었다.

"그래도 그날 네가 중금과 강관 여럿을 살렸다."

지견이 머리를 조아리며 말했다.

"황공하옵니다, 저하."

이럴 때 세자는 격이 없고 소탈하며 대범했다. 왕 앞에만 가면 잔뜩 움츠러드는 것이 안타까웠다. 대신들 앞에서 이처럼 당당하게 어전 회의를 주관한다면 대신들도 세자를 낮잡아보지 못할 것이었다. 세자가 지견에게 말했다.

"이지견이라 했는가?"

"예, 저하."

"네가 나의 말 선생이 되어다오."

지견은 세자가 한 말의 의미를 선뜻 파악하지 못해 우물쭈물했다. 세자의 말이 이어졌다.

"아바마마 앞에서, 대신들 앞에서 말을 더듬거리지 않도록 네가 가르쳐달란 말이다."

지견이 머리를 조아렸다.

"하오나 주상 전하께서……."

"아바마마께는 내가 정중금과 함께 청할 것이다. 너는 그리 알고 기다려라."

세자가 일어섰다. 그리고 북악산 봉우리에 눈을 둔 채 말을 이었다.

"너도 알 것이다. 내가 의지했고 나의 편이 되어주었던 승전중금이 어떻게 되었는지……. 그 이후로 궁인 중에는 나의 편이 없다."

의문의 괘서로 인해 불귀의 객이 된 송도겸 중금을 두고 하는 말이었다. 고우익이 세자에게 말했다.

"저하, 아뢰옵기 황송하오나, 최소한 중금들은 저하의 편에 서 있나이다."

"그러하오?"

세자가 고우익과 지견을 번갈아 바라보았다.

"응방의 말이 힘이 되오."

그렇게 말하고 세자는 산에서 내려갔다. 고우익과 지견이 엎드렸다. 혼자서 산길을 걸어가는 세자의 뒷모습이 쓸쓸해 보였다.

∞

액정서에서 일하는 나이 지긋한 부사소가 응방으로 찾아왔다. 문방구를 납품하러 액정서에 들렀던 방시경의 전갈을 전해주었다. 저녁 이후에 지전으로 오기를 바란다는 내용이었다. 서무일이 부탁한 일과 관련된 듯했다.

응방을 일찍 나선 지견은 내반원 숙소에서 사복으로 갈아입고 서무일을 기다렸다. 서무일은 신시(辛時, 오후 4시경)를 조금 넘겨 내반원으로 들어섰다. 응방에서 지내는 지견이 내반원에 있는 것을 보고 서무일도 상황을 알아차린 듯했다. 두 사람이 짧게 마주쳤을 때 지견은 구화로 '지전'이라는 단어를 전했다. 지견이 먼저 퇴궐하여 지전으로 향했다. 시간 간격을 두고 서무일이 따라나섰다.

방종현 혼자 지전을 지키고 있었다. 철시를 하고 난 뒤여서 일꾼들은 보이지 않았다. 서무일까지 합류하자, 방종현이 말했다.

"양주댁이라는 아낙에게서 알아낸 것이 많지는 않소이다. 당시에 계목이라는 자가 보통 한 달 간격으로 젖먹이 남자아이 두셋을 상선 내관의 집에 데리고 왔다고 하오. 그렇게 여러 차례 선을 보이고 상선 내관께서 선택한 아이가 바로 서무일 중금입니다. 정황으로 보건대 상선 내관이 계목이라는 자에게 양자로 들일 아이를 물색하라는 명을 내렸고, 마치 물건을 조달하듯 아이들을 데리고 온 것 같소이다."

지견이 물었다.

“그 아이들은 어디서 데려온 것입니까? 선택받지 못한 아이들은 어떻게 되었고요?”

방종현이 대답했다.

“그게 말일세…….”

방종현은 말을 잇지 못하고 머뭇거리다가 서무일에게 물었다.

“혹시 서무일 중금께서는 계목이라는 자에게 들은 것이 없소이까?”

서무일이 대답했다.

“나의 생부모가 비명횡사하는 바람에 계목이 거두어 양부의 집에 맡겼다 했소. 그리 들었소.”

방종현이 고개를 절레절레 흔들었다.

“계목이라는 자가 갑자기 부모를 잃은 아이가 어디에 있는 줄 알고 매번 그렇게 젖먹이들을 데려왔겠소? 내 생각에는 아이를 훔친 것이 아닌가 하오.”

서무일의 눈이 커졌다. 지견도 벌어진 입을 다물지 못했다. 방종현의 말이 이어졌다.

“상선 내관의 선택을 받지 못한 아이들은 계목이라는 자가 다시 데려갔는데, 그 아이들이 어떻게 되었는지는 양주댁도 알지 못한다 하더이다. 궁금하고 걱정이 되었지만, 그걸 알아내려 했다가는 목숨을 부지하지 못할 것 같아 마음에만 담아두었다고 하오. 계목이 그 아이들을 원래 있던 집에 데려다놓지는 않았을 겁니다.”

그 아이들은 어떻게 되었을까? 노비로 팔려 갔을까? 들짐승의 먹이

마음속의 햇불

가 되었을까? 상상하기조차 싫은 일이었다. 서무일은 두 주먹을 쥔 채 몸을 떨었다. 지견은 지금 그의 심정이 어떠할지 가늠할 수 없었다. 방종현이 말했다.

"중금 나리의 생부모에 대한 의문은 계목이라는 자만이 풀 수 있습니다. 어찌시겠소? 그자를 족칠 셈이라면 힘을 보태드리겠소."

서무일의 표정이 잔뜩 굳어 있었다. 그는 생각에 잠겨 있다가 입을 열었다.

"어떻게 할지 생각을 좀 해보겠습니다. 어쨌든 고마웠습니다."

서무일이 먼저 지전을 나섰다. 그는 사람의 발길이 뜸해진 시전의 어둠 속으로 사라졌다. 서승의 정보망이 촘촘하다는 사실은 어느 누구보다도 서무일이 잘 알고 있었다.

서무일이 떠난 뒤 지견이 말했다.

"끔찍한 일입니다."

방종현이 고개를 끄덕이고 말했다.

"나의 추측이 사실이라면, 상선내시와 계목이라는 자는 악마나 다름없네. 천벌을 받을 자들이야."

"그나저나 서무일 중금이 어떻게 대처할지 걱정입니다."

생각해보니, 지견이 서무일을 처음 본 곳이 바로 이곳 지전이었다. 서무일이 용연향을 훔치는 바람에 지견과 도경술의 인연이 닿았고, 이후로 많은 기연이 쌓여 오늘에 이른 것이었다. 자신이 걸어온 길의 출발점에 서무일이 있었다는 사실이 묘한 느낌으로 다가왔다.

지견 앞에 고우익이 나무토막들을 부려놓았다.

"횃대를 만들 것이다. 네가 대충 모양을 잡아놓으면 내가 나중에 다듬으마."

고우익은 응방 전각의 새장으로 향했다. 초가을이었다. 매들이 털갈이하는 중이라 응방 주변은 깃털이 눈처럼 휘날렸다.

지견은 도끼로 나무토막을 가르고 모양이 좋게 나온 것들을 골라 칼질을 시작했다. 응방의 도구들은 죄다 낡고 오래되어서 다루기 쉽지 않았다. 숫돌에 갈아도 쓰다 보면 금세 날이 무뎌졌다. 무딘 칼로 한참 동안 나무와 씨름하던 지견은 칼을 내려놓았다. 속도가 나지 않아서 이대로는 고우익의 불호령을 피할 수 없을 것 같았다. 함 속에 있는 단검을 쓰는 편이 훨씬 나을 것 같았다.

지견은 숙소로 가서 함을 열었다. 서책과 단검 두 자루, 여벌의 옷가지와 몸을 청결히 하는 데 쓰는 물건들 그리고 아버지가 남긴 장신구가 들어 있었다. 지견은 장신구를 목에 걸고, 두 개의 단검을 놓고 고민하다가 스승이 남긴 단검을 집어 들었다.

훨씬 수월했다. 솜씨 좋은 대장장이의 물건일 것이다. 하기야 궁에서 내린 물건이니 어련할까. 단검의 날이 닿자마자 나뭇조각의 표피가 부드럽게 쓸려나갔다. 고우익은 새장을 치우느라 분주했다.

"응방 어른, 횃대를 몇 개나 만드실 겁니까?"

"여섯 개다. 오늘 할 수 있는 만큼만 해놓아라."

오전 내내 두 사람은 각자의 작업에 열중했다.

해가 중천에 걸렸을 때야 고우익은 새장 청소를 끝내고 허리를 폈다. 조금 무리한 날에는 온몸이 욱신거렸다. 그래도 그는 노구(老軀)를 핑계 삼지 않았다. 응방이 그의 집이었고, 매들이 자식이었다.

고우익은 지견에게로 다가갔다. 일을 잘했든 못했든 일단 바가지로 욕을 퍼부어 정신이 번쩍 들게 해줄 요량이었다.

장난기 가득한 눈으로 살금살금 다가가던 고우익은 지견의 손에 들려 있는 단검을 발견하고는 얼어붙고 말았다. 찰나의 시간에 수많은 일이 머릿속을 지나갔다. 이십여 년 전 의금부 관원들을 좇아간 뒤로 종적을 감춘 아들이 그동안 어디에서 무엇을 했는지, 이지견을 처음 보았을 때 왜 오래전의 그를 떠올렸는지, 그 오랜 기다림에도 언젠가 경종 임금의 국금이 다시 나타나리라는 믿음이 왜 조금도 옅어지지 않았는지 그는 그 짧은 순간에 비로소 알게 되었다. 지금 나뭇조각을 다듬고 있는 저 젊은이는 궁녀에게 마음을 빼앗겨 시름에 겨워하던 오래전의 그 젊은 중금이었다. 고우익은 주체할 수 없는 격정에 휩싸여 몸을 떨었다. 그리고 득달같이 달려들어 지견의 멱살을 움켜쥐었다. 얼떨결에 당한 지견은 놀란 눈을 치떴다.

"말해라, 이놈아! 네놈이 누구냐? 네가 왜 내 아들의 단검을 갖고 있는 것이냐? 네 아비가 누구냐? 내 아들 경찬이는 어디 있느냐? 말해라, 이놈아아아아!"

마른 장작 같은 고우익의 몸 어디에 그토록 많은 수분이 저장되어 있었을까. 그의 눈에서 눈물이 샘처럼 솟구치고 있었다. 수십 년의 한이 응축된 독하디 독한 눈물이었다.

30. 위험하고도 아름다운 생각

정중금 최헌직은 어둑해진 산길을 오르며 생각에 잠겼다. 응방내시 고우익이 그를 응방으로 부른 것은 처음이었다. 일부러 어두운 시각을 택했다는 것은 사안이 은밀하다는 사실을 의미했다. 하지만 최헌직은 고우익의 전갈을 전하던 이지견 중금이 더 마음에 걸렸다. 목소리가 떨렸고 표정이 좋지 않았다. 잔뜩 겁을 먹은 것처럼 보였다. 중금으로 살아온 세월이 사십 년이었다. 그동안 수많은 일을 겪었다. 신료들의 정쟁(政爭)을 수도 없이 목격했고 역모로 압송된 죄인을 임금이 친국하는 현장에 항상 있었다. 사람의 사지가 뜯겨나가는 장면을 본 것도 여러 번이었다. 웬만한 일에는 놀라거나 가슴이 뛰지 않았다. 그랬는데, 낮에 지견의 표정을 대한 순간 묘한 기운이 등골을 타고 올랐다. 보아서는 안 되고 알아서도 안 되는 것을 목격해버린 사람의 얼굴이었다.

응방에 도착하자 고우익은 아무 말 없이 최헌직을 숙소로 이끌었다.

고우익, 최헌직, 지견이 좁은 방 안에 마주 앉자 고우익이 등잔불을 껐다. 그리고 오랫동안 침묵을 지켰다. 아마도 주변에서 인기척이 느껴지지 않는지 확인하는 모양이었다. 사십 년 가까이 응방에서 살아온 그였다. 응방 주변의 것이 아닌 소리가 있다면 금세 알아차렸다.

비로소 어둠 속에서 고우익의 음성이 흘러나왔다.

"정중금, 지금으로부터 삼십오 년 전 비밀이 하나 만들어졌네. 신축년(1721년)에 어떤 일이 있었는지 기억하는가?"

최헌직은 기억을 더듬고 나서 대답했다.

"옥사가 있었습니다. 당시 왕세제이던 연잉군의 대리청정을 요구하던 노론이 역풍을 맞고 타격을 입었지요."

"다른 일은?"

"그보다 앞서 경종 임금을 시해하려는 시도가 있었고, 중금 한 사람이 그 일에 가담했다는 죄명을 쓰고 처형되었습니다."

"처형된 중금의 이름을 기억하는가?"

최헌직은 잠시 뜸을 들였다가 대답했다.

"이재운입니다."

고우익의 날카로운 음성이 날아왔다.

"정녕 이재운이었는가?"

어둠 속에서도 최헌직이 무척 놀랐다는 사실을 알 수 있었다. 고우익의 말이 이어졌다.

"그날 죽은 사람은 이재운이 아니라 신효명이었네. 자네와 훈도중금 장경 그리고 한 사내가 신효명 중금의 유해를 안장했지."

최헌직은 생각했다. 그 일을 아는 사람은 그날 신효명 중금의 유해를 묻은 세 사람과 당시의 정중금 홍정택뿐이었다. 하지만 그게 전부라고는 생각하지 않았다. 분명 일이 그렇게 되도록 만든 이들이 있으리라. 응방내시 고우익이 그들 중 한 명이었던가. 최헌직은 오랜 세월 가슴에 묻어둔 의문이 풀릴지도 모른다는 기대를 품었다.

"그랬습니다. 새남터에서 참형을 당한 사람은 이재운 중금이 아니라 신효명 중금이었습니다. 종적을 감춘 이는 신효명이 아니라 이재운이었고요."

"정중금 자네는 이재운이 왜 역모의 죄를 썼는지 아는가?"

"이재운 중금이 시해에 가담했을 리 없습니다. 분명 누군가가 일을 꾸몄을 것입니다. 하지만 그 이유는 지금도 알지 못합니다."

고우익이 다시 침묵에 잠겼다. 바깥의 소리를 살피는지, 생각을 정리하는지 알 수 없었다. 굳은 정적이 꽤 오랫동안 이어졌다.

"자네는 국금을 아는가?"

"임금께서 후대의 왕에게 남기는 유지라고 알고 있습니다. 종이에 적은 것이 아니라 사람의 입을 통해 전한다고 들었습니다."

"그렇네. 국금은 임금이 남긴 비밀스러운 유지이자, 그것을 전하는 사람을 말하지. 지금 이 자리에 국금이 있네."

다시 방 안은 침묵에 잠겼다. 지견은 보지 않아도 최헌직이 얼마나 놀랐는지 그의 숨소리를 통해 알 수 있었다. 최헌직이 정적을 깨고 입을 열었다.

"이지견 중금입니까?"

고우익은 답하지 않았다. 수긍의 침묵이자, 지신의 입으로 그러한 사실을 발설하지 않겠다는 뜻이 담겨 있었다. 잠시 사이를 두고 고우익이 말했다.

"경종 임금께서는 대리청정하는 동안 노론 신료들로부터 갖은 수모를 당하셨네. 그런 일을 겪으면서 원대한 꿈을 품으셨지. 하지만 자신의 힘으로는 그 일을 이룰 수 없음을 아시고 후대의 어진 왕에게 자신의 뜻이 전해지도록 국금을 세우셨네. 그때 국금을 받은 이가 바로 이재운 중금이었네."

"이재운 중금이 역모에 몰린 것……."

"국금을 두려워하는 자들에게 비밀이 누설된 것이야."

"노론이었을까요?"

"누가 알아낸 것인지, 누가 국금 이재운을 역모로 몰았는지는 아직 알 수 없네. 당시 노론의 영수들은 신축사화로 유배를 떠났다가 임인옥사 때 경종 임금이 내린 사약을 받았지."

"응방 어른, 그럼 신효명 중금이 대신 참형을 당한 것도 계획의 일부였습니까?"

"아니, 그렇지 않네. 신효명 중금의 선택이었어. 국금을 지키고 벗의 삶을 지키기 위해 스스로 이재운이 되는 선택을 했네."

지견은 신효명 중금이 서책 보관소에 '明'이라는 서명을 남긴 사람임을 직감했다. 그 한 글자로 연결되었던 작은 인연이 사실은 오래전부터 준비된 것임을 깨닫자 소름이 돋았다. 지견이 이 세상에 태어난 것은 신효명 중금 덕분이었다. 그의 갸륵한 희생이 지견을 여기까지 이끈 것이다.

고우익이 말했다.

"이지견 중금은 이재운의 아들일세. 이재운은 이용술이라는 이름으로 국금을 간직한 채 숨어 살았네. 남도의 흥양이라는 곳, 그 지역에 딸린 독골이라는 작은 어촌이었지. 하지만 경종 임금께서 갑자기 승하하고, 연잉군이 선왕을 독살했을지도 모른다는 추문이 일자 국금은 길을 잃고 말았지. 이재운 중금은 현왕을 경종 임금의 국금을 받을 어진 왕으로 생각지 않은 모양이네."

최헌직이 긴 한숨을 내쉬고 물었다.

"이지견 중금, 자네의 아버지는 어디 계신가?"

지견이 대답했다.

"제가 일곱 살 때 돌아가셨습니다. 의금부 도사와 나장들이 들이닥쳤을 때 스스로 목숨을 끊으셨다는 사실을 나중에야 알았습니다."

최헌직이 물었다.

"국금이 탄로 난 것이냐?"

"그건 모릅니다. 아버님이 궁인의 신분을 감추고 숨어 살고 있다는 사실을 알아차린 흥양의 유지가 공을 세울 요량으로 궁에 알렸고, 곧장 의금부 관원들이 파견되었습니다."

지견의 말을 고우익이 받았다.

"의금부 관원들은 이재운 중금의 시신을 한양으로 옮기려 했네. 자신들을 독골로 파견한 자에게 일굴을 확인시킬 계획이었겠지. 하지만 그들은 뜻을 이루지 못했네. 내금위 교관 고경찬이 이재운의 시신에 기름을 붓고 불을 질렀지."

최헌직이 물었다.

"그 내금위 교관은 어떻게 그곳에 간 것입니까?"

"그는 국금을 지킬 비밀 임무를 띠고 있었네. 자네와 함께 신효명의 시신을 안장했던 이가 바로 그 교관이야. 의금부에 사람을 심어 예의 주시하던 중에 독골로 관원들이 급파된 것을 알고 그들을 추적한 것이네. 그는…… 내 아들일세."

∞

밤하늘을 올려다보는 최헌직의 마음이 무거웠다. 한편으로는 이재운과 신효명이 국금의 의무를 짊어지고 그토록 비장하게 세상을 떠났다는 사실이 가슴 아팠다.

"이재운 중금, 신효명 중금, 그대들은 진정 중금이었구려."

혼잣말을 하는 최헌직의 등 뒤로 고우익과 이지견이 다가왔다. 고우익이 주변의 소리에 귀를 기울이고는 새장 쪽으로 걸음을 옮겼다. 두 사람이 뒤를 따랐다.

새장이 있는 곳에 이르자 고우익이 벽에 걸린 호롱불을 밝히고 말했다.

"경종 임금께서 이재운 중금에게 국금을 내린 곳이 바로 여길세."

삼십오 년 전 어둠 속에서 국금을 전하던 경종 임금의 비장한 목소리가 들려오는 것만 같았다.

최헌직이 물었다.

"이지견 중금, 자네는 국금의 내용을 아는가?"

"전에는 몰랐으나, 이제는 압니다. 저를 피신시키기 이틀 전 아버님께서는 제게 두 가지 이야기를 전해주며 외우도록 하셨습니다. 하나는 두 사람의 중금에 관한 것이었습니다. 아버님과 신효명 어른 사이에 있었던 일을 고사의 형식을 빌려 전해주셨습니다. 나머지 하나는 한 어진 왕이 세상에 남긴 유지였습니다. 저는 그것이 국금인지도 모른 채 살아왔습니다."

지견의 이야기를 들은 최헌직이 고우익에게 물었다.

"응방 어른, 국금은 사람의 입으로 전한다 하였는데, 그렇다면 그것이 선대 임금의 국금임을 어떻게 증명합니까?"

"경종 임금께서는 이재운 중금에게 증표를 전했네. 한지에 국금을 지닌 사람임을 보증하는 글을 쓰고 옥새를 찍으셨지. 경종 임금의 옥새는 상서원에서 보관하고 있으니, 비교해보면 진위가 드러날 것이네."

그렇게 말하고 고우익은 지견을 향해 말했다.

"증표에 대해서 아는 것이 있느냐? 헤어지기 전 아버지가 남긴 것이 없느냐?"

지견은 자신의 목에 걸린 장신구를 만졌다. 유일한 아버지의 유품이 있다. 심베 친을 돌돌 말아 송진으로 감싼 볼품없는 물건이었다. 그는 장신구를 풀어 고우익에게 건넸다.

"이것이 유일합니다. 헤어질 때 아버님께서는 절대 잃어버리지 말라며 이 물건을 주셨습니다."

고우익이 유심히 들여다보았다. 경종은 삼베로 증표를 싼 뒤 유약을 발라서 이재운에게 전했다. 지견이 가진 것도 삼베로 쌌으나 표면에 유약이 아니라 송진이 발라져 있었다. 고우익이 조심스럽게 송진을 떼어내고 천을 펼쳤다. 역시 그 안에는 글씨가 적힌 종이가 있었다. 최헌직과 고우익, 이지견은 호롱불을 가져와 내용을 살펴보았다. 하지만 그것은 경종의 증표가 아니라 장문의 글이었다. 경종이 이재운에게 남긴 국금이 거기에 적혀 있었다. 본의 아니게 국금을 접한 고우익과 최헌직의 입이 벌어졌다. 최헌직이 낮게 읊조렸다.

"경종 임금께서는 스스로 역적이 되셨군요."

고우익이 고개를 끄덕이며 울먹였다.

"참으로 성군이셨다. 이처럼 큰 꿈을 품고도 뜻을 이룰 수 없음에 얼마나 한이 크셨을까? 후대에 짐을 남기고 일찍 세상을 뜨시면서 얼마나 원통하셨을까?"

세 사람은 숙연한 표정으로 국금을 읽고 또 읽었다. 경종 임금은 참으로 위험한 생각을 품고서 아름다운 세상을 꿈꾼 선각자였다. 이러한 세상이 온다면, 만백성이 덩실덩실 춤을 출 것이었다. 하지만 누가 믿어줄 것인가! 조선의 한 왕이 이 같은 생각과 계획을 후대에 남겼음을 누가 믿을 수 있을 것인가!

"증표가 없으면 아무 소용이 없지 않습니까? 아무리 어진 왕이라 해도 진위를 가리지 않으면 받아들이지 않을 것입니다."

최헌직의 말에 지견은 마치 자신이 증표를 잃어버리기라도 한 것처럼 미안한 마음이 들었다. 고우익이 말했다.

"분명 어딘가에 있을 것이네. 누군가에게 전했을 것이야."

고우익이 생각에 잠겼다. 최헌직도 마찬가지였다. 관원들에게 붙잡혀가면서 이재운 중금은 어떤 기지를 발휘했을까? 그러다가 두 사람의 눈이 마주쳤다. 마치 약속이라도 한 것처럼 둘은 똑같은 말을 내뱉었다.

"신효명!"

∞

그날도 최헌직은 서책 보관소에서 한 시진째 시간을 보내는 중이었다. 당시에 신효명 중금이 서책 보관소에서 책을 읽다가 새벽녘이 되어서야 내반원 숙소로 돌아온다는 사실은 동료 중금들 사이에서 공공연한 비밀이었다. 만약 신효명 중금이 증표를 어딘가에 감추었다면 서책 보관소일 가능성이 높았다. 최헌직은 먼지가 앉은 서책들의 책장을 하나하나 넘겼다. 허술하게 책장 사이에 증표를 숨기지는 않았겠지만 서책에 어떤 단서를 남기지 않았을까 하는 생각에 거기서부터 시작하기로 마음먹고 짬이 날 때마다 벌써 며칠째 책장을 뒤지는 중이었다.

국금을 접한 그날 밤, 세 사람은 중대한 결정을 내려야 했다.

"만약 증표를 찾게 된다면 주상 전하께 국금을 전해야 할까요?"

지견의 그 질문은 신하 된 자로서 대단히 불충한 것으로, 현왕이 국금을 받을 어진 왕으로서의 자격이 있는가를 묻고 있었다. 하지만 고우익도, 최헌직도 섣불리 답하지 못했다. 국금의 내용은 집권 세력인 노론에게 치명적이었다. 그런데 왕은 노론을 등에 업고 왕위에 오른 처지였다. 노론과 왕에게 경종 임금의 국금은 왕실의 존립을 위협하고 국가의 기강을 해치는 '괘서'일 뿐이었다. 자칫하다가는 국금이 노론에게 소론 척결의 명분을 제공할지도 몰랐다.

고우익이 지견의 물음에 답했다.

"증표가 없으면 아무런 소용이 없으니, 일단은 증표 찾는 일에 집중하세. 그런 다음에 결정해도 늦지 않을 것이야."

그날 밤 내반원 숙소에 자리를 펴고 누운 뒤 최헌직은 생각이 많아져서 잠을 이룰 수 없었다. 국금을 접한 이상 그것이 올바르게 전해지도록 해야 했다. 중금이란 누구인가? 왕의 뜻을 지키는 자다. 비록 정권에 독이 된다는 판단에 의해 목이 달아날지라도 반드시 국금을 전해야 했다. 하지만 최헌직은 갈등하지 않을 수 없었다. 왕은 자식인 세자를 대신들 앞에서 창피 주기를 즐기는 비정한 아버지였다. 괘서 사건으로 500명을 죽인 잔인한 군주였다. 또한 노론 실력자들이 권력을 통해 사리사욕을 채운다는 사실을 알면서도 눈감아주는 타락한 정치인이었다. 그런 왕에게 경종 임금의 국금을 전하는 것이 과연 옳은 일인가. 최헌직은 자신의 불충을 스스로 탓하면서도 도의와 정의가 어떤 것인가 계속 자문했다. 쉽게 답할 수 없는 문제였다.

누군가가 서책 보관소로 다가오고 있었다. 정중금이 서책 보관소에 있는 것이 흠은 아니었지만, 행여 어떤 빌미를 제공할까 싶어 최헌직은 바짝 긴장했다. 상책내시와 소환이었다. 소환은 낡은 서책을 한 무더기 안고 있었다. 최헌직을 발견한 상책내시가 놀란 표정을 지었다.

"아니, 정중금께서 이곳에 웬일이십니까?"

"혹시 비기(祕記)를 담은 서책이 있을까 하여 둘러보는 중이오."

최헌직은 농담처럼 대답하고 자리를 떴다. 상책내시가 그의 뒷모습을 보며 고개를 갸웃거렸다.

∞

응방에서 지낸 지 다섯 달 만에 지견은 내반원으로 복귀했다. 세자가 부왕에게 주청한 대로 지견은 동궁전에 배속되었다. 왕은 반대할 이유가 없었다. 세자가 기행을 일삼을 때마다 세자 곁을 지키던 궁인들이 벌을 받고 때때로 울화를 견디지 못한 세자가 난리를 피우는 통에 궁인들 대부분이 동궁전에 가기를 꺼렸다. 왕으로서는 중금이라도 하나 동궁전을 지키면 그나마 마음이 놓일 것 같았다.

오랜만에 내반원 숙소에 돌아온 지견은 허전했다. 늘 곁에 있던 방시경이 없는 탓이었다. 게다가 동료 중금들도 제각각 훈도가 되고 훈령이 된 뒤 출입번으로 근무하게 되어 떠나고 없었다. 숙소를 쓰는 이는 장번인 정중금 최헌직과 승전중금들뿐이었다.

저녁에 액정서에 딸린 서가에 들렀다가 내반원 숙소로 돌아가는 길에 소환인 동첩과 동행하게 되었다. 동첩이 말했다.

"승전중금 나리, 동궁전으로 가신다고 들었습니다."

"그렇게 되었소."

동첩은 주위에 누가 없는지 살핀 뒤에 낮게 말했다.

"내관들은 동궁전 가는 것을 무서워합니다."

지견도 궁인들 사이에 떠도는 그런 이야기를 알고 있었다. 지견이 물었다.

"소환도 세자 저하가 무섭습니까?"

동첩은 어떻게 답을 할까 골똘하다가 대답했다.

"저는 동궁마마가 무섭지는 않습니다. 다만 유별난 분이신 것은 맞습니다."

"그래요?"

"어전 회의가 있던 날 전설(典設) 궁인과 함께 인정전을 치운 적이 있습니다. 그런데 동궁마마께서 갑자기 나타나셔서는 저와 궁인에게 넙죽 절을 하시는 겁니다. 어찌나 두렵던지 저희는 바닥에 엎드려 꼼짝할 수 없었습니다. 그때 저하께서 뭐라고 하신 줄 아십니까?"

지견이 동첩과 눈을 맞추었다. 동첩은 다시 한 번 주변을 둘러본 뒤 양손으로 입술 주위에 동그라미를 만들었다. 지견이 그 동그라미에 귀를 댔다.

"움직이는 똥 덩어리들이 있던 자리를 이렇게 닦아주니 그보다 귀한 일이 어디 있겠느냐. 절을 받아 마땅하다……."

하마터면 웃음이 터질 뻔했다. 지견은 웃음을 가까스로 참았다.

어떤 분일까? 지견은 세자에게 호기심이 생겼다. 어떤 분이기에 지체 낮은 궁인들 앞에서 대신들을 똥 덩어리 취급하는가. 지견은 세자가 사복 차림으로 응방을 찾았을 때부터, 신하에게 선생이 되어달라고 청할 때부터 그가 격식에 얽매이지 않는 사람이라는 사실을 알아보았다. 어디로 튈지 종잡을 수 없는 인물이어서 피곤한 일이 많겠지만, 최소한 지루하지는 않겠다고 생각했다.

다음 날 지견은 새벽에 일어나 몸을 씻고 의관을 갖춘 다음 동궁전으로 향했다. 내시와 나인이 보이지 않았다. 멀찍이 서서 호위(扈衛)하고 있는 내금위 무관들에게 물었다.

"어찌 나인들이 보이지 않습니까?"

"저하께서 간밤에 다 내치셨습니다. 가끔 있는 일입니다."

"저하께서는 기침하셨습니까?"

"저하께서 소리치시는 것으로 보아 그런 것 같습니다."

지견이 동궁전 문 앞에 이르자 세자의 거친 목소리가 들려왔다. 세자는 "삭정!"이라고 소리치고 있었다. 불필요한 글자나 글을 지우고 바르게 고친다는 뜻이었다.

지건이 기회를 보아 말했다.

"저하, 승전중금 이지견이옵니다."

"들라."

지건이 동궁전에 들어가 세자에게 절을 했다. 세자 옆에 장검이 놓여 있었다.

"저하, 간밤에 편안하셨습니까?"

"편안하지 못했다. 책을 읽다가 울화가 치밀어 다 쫓아냈다."

"무슨 책을 읽기에 그러셨습니까?"

"이 책이고 저 책이고 다 그렇다. 책의 내용들이 다 헛소리이니 읽으면 읽을수록 울화가 치민다."

세자는 정말로 화가 난 듯 씩씩거렸다. 잠시 사이를 두고 세자가 말했다.

"너는 나의 말 선생이다. 그래, 내가 무엇을 하면 되느냐?"

"아뢰옵기 황공하오나, 저하께서는 말이 아니라 마음공부를 하셔야 하옵니다."

"나인들을 내쫓은 것을 두고 하는 말이냐? 괴팍하고 포악하다?"

"괴팍하고 포악한 이가 말을 더듬지는 않습니다. 마음이 불안하고 걱정이 많은 이가 말을 더듬습니다."

"아바마마 앞에 가면 불안과 걱정이 끊이지 않는다. 그렇다면 나는 평생 어전에서 말을 더듬겠구나."

"다스리셔야 합니다. 불안과 걱정을 이겨내셔야 합니다. 그러면 자연히 말을 더듬지 않으실 것입니다."

"네가 그 방법을 아느냐?"

"저는 어릴 때부터 혼자 있는 시간이 많아 외로움과 무서움을 많이 탔습니다. 그런데 활쏘기를 하면 잡념이 사라지고 근심이 줄어들었습니다. 과녁에 집중하는 동안 정신이 맑아져서 마음 수양에 큰 도움이 되었습니다."

"그러하냐?"

"예, 세자 저하."

세자가 고개를 끄덕였다.

"알았다. 나도 어릴 때는 활쏘기를 했으나, 나이 먹고는 딱 끊었다. 너는 당장 무기고로 가서 가장 좋은 활을 골라 오거라."

"예, 저하."

지견은 무기 창고로 가서 물소 뿔로 만든 각궁과 나무로 만든 목궁을 하나씩 골랐다. 가죽으로 만든 화살집에 화살도 넉넉히 채웠다. 무기고를 지키는 관리에게 동궁전으로 가지고 간다고 이르자 관리가 기겁했다.

"아니, 저하께서 궁인들에게 화살을 날리면 어쩝니까?"

세자가 내시와 나인들에게 칼을 휘두른다는 소문이 궁궐 전체에 퍼진 모양이었다.

"가끔 울화가 치밀어 그런 식으로 화를 푸시는 겁니다. 그냥 겁을 주어 주변을 내치는 것뿐이니, 염려 마십시오."

하지만 관리는 걱정스러운 표정을 거두지 못했다.

∞

서승은 오랜만에 준수방의 내시부 궐외 각사를 찾았다. 내시부는 내명부의 사정을 파악하고 궁인을 감찰하기 위해 두 달에 한 번 열다섯 계통의 대표 내관들을 불러 회의를 열었다. 서승은 이 회의를 통해 종친들의 세력을 가늠하고 자신의 시선에 포착되지 않은 일이 없는지 살폈다.

그날 회의를 통해 서승은 새로운 사실 두 가지를 알았다. 하나는 정중금 최헌직이 액정서 뒤편의 서책 보관소에 자주 출몰하고 북악산으로 향하는 일이 잦아졌다는 소식이었다. 다른 하나는 세자가 승전중금과 같이 활쏘기를 하러 다닌다는 소식이었다.

두 번째 소식은 사소했다. 세자가 자신의 말 선생으로 심정연의 시권을 읽은 승전중금을 요청하는 자리에는 서승도 있었다. 왕이 허락한 일이었다.

신경 쓰이는 일은 최헌직에 관한 것이었다. 최헌직 같은 이가 갑자기 잡학에 대한 관심을 가졌을 리 만무했다. 다른 꿍꿍이가 있는 것이 분명했다. 북악산에는 응방이 있었다. 서승은 이 두 가지 사실을 연결하면서 불길함이 마음에 자리 잡는 것을 느꼈다. 응방은 경종의 국금이 발현된 곳이었고, 서책 보관소는 종적을 감춘 신효명이라는 중금이 새벽녘까지 책을 읽던 그만의 은신처였다. 신효명은 국금을 받은 이재운과 둘도 없는 사이였다.

신축년(1721년) 1월의 밤이었다. 서승은 평소보다 일찍 편전의 불이 꺼진 것을 확인하고 내반원 숙소로 향했다. 막 잠자리에 들려는데 누군가가 숙소의 문을 열었다. 서승은 옆구리 쪽에 둔 단검을 집었다. 하지만 침입자가 아니었다.

"상선 대감, 상선 대감."

편전에 장번으로 세워놓은 상전내시 정현일이었다. 그가 들릴 듯 말 듯한 소리로 서승을 깨웠다. 고양이 앞에 쥐 격인 정현일이 자신의 잠을 깨웠다는 사실만으로도 무언가 일어 벌어졌음을 직감했다. 서승 역시 들릴 듯 말 듯한 목소리로 말했다.

"밖으로."

정현일이 물러가고 대충 의관을 갖춘 뒤 서승이 뒤따랐다.

편전을 감시하기 위해 매수한 내금위 무관이 저녁나절에 매 한 마리가 편전 위를 돌며 우는 것을 괴상하게 여겨 각별히 주의를 기울였다고 했다. 그리고 오래지 않아 도둑고양이처럼 편전을 빠져나가는 임금을 발견하여 미행했다고 했다. 북쪽 벽을 넘은 임금의 발길은 응방으로 향했다. 미리 약속한 듯 응방내시가 임금을 맞았고, 두 사람은 어두컴컴한 전각 안으로 사라졌다. 곧 응방내시가 나와서 망을 보았다. 임금은 한참 동안 전각에 있다가 나와서 홀로 산에서 내려갔다고 했다.

정현일이 말했다.

"임금이 내려간 뒤 전각에서 젊은이 하나가 나왔다고 합니다. 어두워서 제대로 확인하지는 못했으나, 사모를 쓴 것 같다고 했습니다. 동작이 기민하고 민첩한 것이 무예를 익힌 듯하여 더는 미행하지 못했다고 합니다."

서승이 정현일의 말을 받았다.

"사모를 썼는데 무예를 익힌 듯하다? 그렇다면 중금이다. 내일 아침 날이 밝는 대로 최근에 응방을 드나든 중금이 있는지 확인하라."

"응방내시는 어떡할까요?"

"눈치가 빠른 인간이라 섣불리 접근하면 이쪽의 움직임이 드러난다. 응방 근처에는 얼씬도 하지 마라."

서승은 여러 날 조사한 끝에 임금이 은밀히 만난 자가 중금 이재운이라는 사실을 알아내고 그를 주시하도록 했다. 아니나 다를까, 역시 이재운의 모습과 행동이 평소와 다르다는 보고가 들어왔다. 소론이 지지하는 개혁 성향이 강한 왕과 중금의 조합에서 나온 결론은 국금이었다. 왕이 국금을 발동했다! 서승은 주판알을 굴려보았다. 임금이 은밀하게 계획하는 것이 있다면 그게 무엇이든 노론에게 이로울 수 없었다.

그는 노론의 영수들을 상대로 거래를 했다. 싹을 잘라주는 대가로 전라도 북부 지역의 군수와 현령, 현감 자리를 통째로 요구했다. 매관매직을 통해 부를 쌓고 그렇게 파견한 지방관들을 수하로 부릴 수 있었다. 그리고 징수한 세금의 일부를 상납하도록 하면 재물이 마르지 않는 화수분이 될 터였다.

하지만 중금 신효명이 사라지자, 서승과 거래를 했던 노론 대신들은 국금이 새어나간 것 아니냐며 서승을 질타했다. 거래가 깨질 판이었다. 그런데 신축사화와 임인옥사가 이어지면서 노론이 크게 타격을 입었다. 서승에게는 기회였다. 하지만 서두르지 않았다. 노론 쪽에서 먼저 제안이 오기를 기다렸다. 드디어 갑진년(1724년)에 궤멸 직전까지 몰린 노론이 서승에게 손을 뻗었다. 자신이 어떤 존재인지 확실히 보여줄 필요가 있었다.

"요 며칠 사이에 큰 조짐이 있을 것이오. 대신들께서는 만반의 준비를 해놓으십시오."

식은 죽 먹기였다. 소주방의 궁녀 몇 명과 기미상궁, 내의원 의녀와 어의만 매수하고 협박하면 되었다. 일이 끝난 뒤에는 매수한 자들을 쥐도 새도 모르게 처리하면 그만이었다. 임금은 게장에 바른 독을 먹고 죽었다. 연잉군이 왕위에 올랐다. 그렇게 서승은 왕실과 조정에서 가장 두려운 존재가 되었다.

"서책 보관소와 응방이라……. 정중금 그자가 응방내시와 손을 잡고 국금을 찾고 있는 것인가……?"

국금을 손에 넣을 수 있다면 더할 나위 없었다. 내킬 때마다 노론과 왕실을 쥐고 흔들 절대로 지지 않을 패를 갖는 것이었다.

∞

　세자는 타고난 무인이었다. 처음 열흘 동안은 활을 잘 다루지 못했
지만, 손에 한 번 익자 화살이 과녁을 빗나가지 않았다. 활쏘기에 재미
를 붙인 세자는 계절이 겨울로 접어들어서도 손이 부르트도록 매일 활
시위를 당겼다.

　"저하, 성취가 참 빠르십니다."

　"네 말이 맞다. 과녁을 노려보고 있으면 잡념이 사라진다."

　세자는 박석(薄石)을 깔고 비질을 한 어로를 두고 일부러 눈 쌓인 곳
만 골라서 걸었다. 뽀드득 눈 밟는 소리가 좋다고 했다.

　"어릴 때부터 무예에 끌렸다. 책 읽기보다는 칼싸움이 훨씬 즐거웠
지. 하지만 아바마마께서는 내가 무술 즐기는 것을 좋아하지 않으셨다.
학문의 깊이가 없으면 신하들 앞에서 위신이 서지 않는다며 혼을 내셨
다. 무수리의 몸을 빌려 태어난 아바마마는 아들마저 무수리의 자식인
것을 부끄러워하셨지. 그런 자괴감을 학문으로 덮으려 하신 거야."

　세자가 걸음을 멈추었다.

　"활과 화살을 다오."

　지견이 활과 화살을 건네자 세자가 하늘을 향해 활을 겨누었다. 날아
간 화살이 파란 창공 속으로 포물선을 그리며 사라졌다.

　"살을 날릴 때마다 시름을 하나씩 실어 보낸다. 하지만 날려 보내는
것보다 더 많은 시름이 쌓이는구나. 승전, 내가 왕이 되면 세상을 바

꿀 수 있을까?"

세자의 눈이 촉촉이 젖어 있었다. 지견은 세자의 기운을 북돋워줄 말을 찾을 수 없어 안타까웠다. 세자가 말을 이었다.

"너의 침묵이 좋다. 마음에도 없는, 입에 발린 소리만 들으면서 자란 탓에 사람의 말 자체에 환멸을 느끼는 중이다. 그래서 너의 침묵이 좋다."

세자가 다시 걸음을 옮겼다.

"세손이 보고 싶다. 환경전으로 가자."

환경전이 가까워지자 글 읽는 소리가 들려왔다. 그 소리를 들으며 세자는 미소를 지었다. 왕도 세손이 글 읽는 소리를 듣기 위해 수시로 환경전에 들른다고 했다. 나인들이 세자를 발견하고 다가왔다.

"왔다. 이르라."

문이 벌컥 열렸다. 세손이 버선발로 달려 나왔다. 세자가 세손을 번쩍 안아 올렸다. 세자는 그대로 걸어가서 세손을 환경전 마루에 앉혔다. 상궁이 휘항을 가져와 세손의 머리에 씌웠다. 우참찬 박문수가 세손에게 선물한 것이었다.

"아바마마, 어디 다녀오시는 길입니까?"

"승전과 함께 활쏘기를 하고 왔다. 날씨가 풀리거든 너도 함께 가자꾸나."

"예, 아바마마."

세자가 지견을 가까이 불러 활을 건네받았다.

"한번 당겨보겠느냐?"

네 살 난 세손에게는 무거운 물건이었다. 제대로 들어보지도 못하고 바닥에 떨어뜨렸다. 지견이 말했다.

"세손 저하, 신이 세손께 맞는 활을 준비하겠습니다."

세자가 그 말을 받았다.

"그리해줄 텐가?"

"예, 저하."

세자가 세손에게 말했다.

"승전이 세손에게 활을 선물하겠다고 한다. 마음에 들거든 상을 내리거라."

세손이 지견을 바라보았다. 맑은 눈동자가 지견의 눈에 들어와 박혔다. 지견은 저도 모르게 세손을 향해 함박웃음을 지었다. 그 모습을 보고 세자가 말했다.

"누가 보면 승전 아들인 줄 알겠군."

"황공하옵니다, 저하."

세자가 일어서서 세손에게 말했다.

"세손의 글 읽는 소리가 온 궁궐을 즐겁게 하는구나. 하지만 너무 책만 들여다보지 말고 몸도 써야 한다. 몸이 건강해야 마음도 건강한 법이다."

세손이 대답했다.

"예, 아바마마."

마음속의 횃불

세자와 지견은 동궁전으로 향했다. 지견이 말했다.

"저하, 세손께서 참으로 영민하고 기특하십니다."

세자가 고개를 끄덕이며 말했다.

"그렇지. 궁궐에서 태어나기에는 아까운 아이야."

"저하……."

세자는 지견을 향해 씁쓸한 웃음을 지어 보이고 걸음을 옮겼다. 석양빛이 세자의 어깨 위에 내려앉아 있었다.

∞

겨울이 지나고 봄이 찾아왔다. 박문수는 오랜만에 관복을 차려입고 궁으로 향했다. 많이 쇠약해진 탓에 집에서 출발할 때 가마를 타지 않을 수 없었다. 시전과 육조 거리를 지날 때는 하인의 부축을 받아서 잠시 걸었다. 그는 운종가(雲從街)를 메운 사람들을 바라보며 회한에 잠겼다. 왕명을 받아 전국을 돌아다니며, 백성의 삶을 살피던 시절이 떠올랐다.

강산은 아름다웠으나 인간은 그렇지 못했다. 도성에서 멀어질수록 삶이 피폐해졌다. 논밭에서는 곡식이 풍성하게 자라는데, 백성은 왜 자연이 내린 풍요로움을 누리지 못하는가. 한번은 전라도 어영청의 군사를 동원하여 지방 관아를 덮쳤다. 고을 수령을 포박하고 관아에 딸린 창고 문을 열었다. 재물과 곡식이 가득했다. 백성은 굶주리는데 수령은 제 배만 불리는가. 아니었다. 대부분이 어느 조정 대신의 몫이라고 했다. 박문수도 아는 자로, 권력의 중심에 있는 인물이었다. 섣불리 건드리기 힘들었다. 박문수는 수령을 어영청 옥사에 구금하고 증거가 될 만한 것들을 챙겨 도성으로 향했다.

하지만 왕은 문제 삼기를 원치 않았다. 기다려달라고 했다. 온몸에 힘이 빠지고 허탈했지만, 왕의 입장을 이해해야 했다. 그날 퇴궐하는 길에 박문수는 현기증을 느꼈다. 그와 같은 일에 엮인 자가 그자만은 아니었다. 민중을 수탈하는 구조는 오래전부터 형성되어서 점점 더 단단해지고 있을 것이다. 인간의 탐욕은 멈출 줄 모르니, 탐관들의 횡포역시 끊이지 않을 것이다. 그 생각을 하자 박문수는 눈앞이 아찔했다. 백성의 삶을 위해서는 세상을 갈아엎어야 할 판이었다. 그는 그날 처음으로 난리를 일으킨 자들의 심정을 이해했다. 순진한 생각으로 살아왔음이 부끄러웠다.

박문수가 탄 가마가 궁문을 통과했다. 입궐했으나 왕을 배알하고 싶지는 않았다. 박문수의 발걸음은 동궁전으로 향했다. 액정서 부사소의 도움을 받아 힘겹게 걸음을 옮겼다. 그러던 중 그를 지나쳐 앞서가려던 관리가 뒤를 돌아보았다.

"우참찬 대감, 그동안 안녕하셨습니까?"

박문수가 고개를 들었다. 고향이 변산이라던 그 중금이었다.

"보다시피…… 잘 지내지 못하네."

지견이 걱정스러운 표정을 짓고는 다시 물었다.

마음속의 횃불

"어디 가시는 길이십니까?"

"동궁마마를 뵙고 싶어 가는 길이네."

"제가 모셔도 되겠습니까?"

"나야 괜찮네만, 자네는 괜찮은가?"

"저도 동궁전으로 가는 길입니다. 세자 저하를 모시고 있습니다."

박문수의 표정이 밝아졌다.

"그런가? 전에도 세자 저하와 마음이 잘 맞는 중금이 있었지. 자네가 동궁마마의 좋은 말벗이 되어주시게."

"네, 그러하겠습니다, 대감."

지견이 박문수의 팔을 잡았다. 지견은 이참에 전에 품었던 의문에 관해서 물었다.

"대감, 전에 독골이라는 동리에 대해 아느냐고 물으셨는데, 왜였는지 여쭈어도 되겠습니까?"

생각에 잠긴 듯 잠시 사이를 두고 박문수가 대답했다.

"경종 임금이 승하하시고 연잉군께서 왕위에 오르셨을 때네. 소론이 탄압을 당하면서 나 역시 삭직되어 낙향하던 길이었네. 그때 칠장사라는 절에 들렀는데, 그곳에서 우연히 약관의 청년을 만났지. 경종 임금의 의문스러운 죽음에 대해 알고 싶어 도성으로 향하는 길이라고 하더군. 비상한 기운을 느꼈기 때문인지, 오랫동안 그 젊은이가 머릿속에서 떠나지 않았어. 그런데 자네를 보고는 그 젊은이가 떠올랐네. 그이가 떠나온 곳이 흥양 독골이라 했거든."

아버지가 틀림없었다. 경종 임금이 승하했다는 소식을 듣고 위험을 무릅쓴 채 먼 길을 떠났을 젊은 날의 아버지를 생각하자, 지견은 가슴이 뭉클했다. 아무런 대꾸 없이 표정이 굳어져 있는 지견을 보고 박문수가 말했다.

"어쩌면 자네의 고향이 변산이 아닐 수도 있다는 생각이 드는구면."

그렇게 말해놓고 박문수는 웃음을 지었다. 지견은 이 늙은 충신에게 모든 것을 털어놓고 싶다는 강한 충동이 일었다. 예, 맞습니다, 대감. 그때의 그 젊은이가 바로 제 아버지입니다. 경종 임금의 국금을 간직한 중금 이재운입니다. 자식을 살리고 국금을 지키기 위해 목숨을 던진 사람입니다……. 지견도 미소를 지었다. 두 사람 사이에 많은 것이 오갔다. 이심전심이고 염화미소였다.

세자는 박문수를 무척이나 반가워했다. 세자에게 박문수는 조정에서 말이 통하는 거의 유일한 대신이었다. 세자와 마주 앉은 박문수가 말했다.

"세자 저하, 주상께서는 어릴 때부터 친모이신 화경 숙빈의 신분이 미천해서 괴로워하셨습니다. 그러한 자격지심을 이기고자 학문에 매진할 수 있었으나, 끝내 그 한계를 극복하진 못하셨습니다. 아뢰옵기 황공하오나, 세자 저하를 낳으신 영빈께서도 궁녀이셨습니다. 더욱이 주상께서는 어린 시절 자신의 모습을 저하에게서 발견하시고 힘들어하셨습니다. 주상께서 세자 저하를 다그치고 몰아붙이신 것은 스스로를 극복하고자 했던 마음이 투영된 까닭이오니, 저하께서 널리 헤아리시어 부자의 정을 회복하는 데 애써주십시오. 이것이 신의 마지막 청이옵니다."

세자가 박문수의 손을 잡았다.

"대감, 왜 그런 말을 하시오. 어서 회복하여 나랑 같이 궁 안의 연못에 배를 띄우고 즐겁게 노십시다."

하지만 그 약속은 지켜지지 못했다. 그해 봄 박문수는 세상을 떠났다. 부음을 접한 왕과 세자는 각자의 처소에서 눈물을 흘렸다. 왕에게 그는 오랜 벗이자 스승이었고, 세자에게는 조정 대신들의 공격을 막아주던 충직한 우군이었다. 지견은 아버지의 젊은 시절을 기억하던 한 사람이 이 세상을 떠났다는 사실에 가슴이 비었다.

31. 암행

경연청에 세자와 당상관들이 자리를 잡고 있었다. 강관의 경서 강의가 끝났지만, 그들은 일어설 수 없었다. 왕이 경연청에 온다는 상전내시의 전갈 때문이었다. 신료들 사이에 구시렁거리는 소리가 나오기 시작했다. 세자는 대놓고 불만을 토로하는 신료들 사이에서 무참함을 견디는 중이었다.

"주상 전하 납시오."

승전중금 서무일의 음성이 들려왔다. 신료들이 자리에서 일어섰다. 나이 많은 이들은 세자가 들으라는 듯 에구구 소리를 했다. 노론 신료들의 행태가 갈수록 점입가경이었다. 궁에서 세자와 마주치고도 아는 체를 않고 지나치는 이들까지 있었다.

왕이 경연청에 들어서고 모두 자리에 앉았다. 왕이 말했다.

"다들 알 것이오. 우참찬 박문수가 얼마 전 졸(卒)하였소. 우참찬은 내가 세제이던 시절부터 사제지간으로 인연을 맺었소. 신하로서는 든든한 우군이었고, 관리로서는 백성이 우러러보는 명관이었소. 하여 그를 영의정으로 추서하여 그의 충정을 기리고 나의 슬픔을 달랠까 하오. 경들의 생각은 어떠시오?"

박문수는 한 해 전의 연이은 괘서와 시권 사건으로 소론 계통의 수많은 정치인과 식솔들이 죽임을 당하자 그 충격으로 정계에 발을 끊었다. 왕은 두문불출하는 그를 끌어내기 위해 무던히도 애썼지만, 넋을 놓은 그는 시름시름 앓다가 끝내 세상을 등졌다. 박문수의 죽음을 접한 왕은 크게 슬퍼했다. 왕은 오랜 벗이었던 박문수에게 살아서 다하지 못한 의리를 지키고자 그를 제배(除拜)하려 했다.

신료들이 웅성거렸다. 특히 노론 신료들의 표정이 좋지 않았다. 비변사 제조 정기량이 말했다.

"전하, 박문수가 누구입니까? 이광좌를 사표(師表)로 삼은 자입니다. 이광좌는 생전에 신임사화로 억울하게 죽은 노론의 영수들을 죄인으로 규정하였고, 뿐만 아니라 역적들을 두둔하고 옹호하는 발언을 일삼았습니다. 그 때문에 지난 괘서 사건 때 관작을 추탈하지 않았사옵니까? 이광좌 같은 자에게 마음을 빼앗긴 것도 모자라 스승으로 섬긴 박문수를 추선(追善)한다면 유생들이 크게 반발할 것입니다. 명을 거두어주십시오."

그것을 신호로 노론 신료들이 연이어 왕의 뜻에 반대하는 의견을 내었다. 신료들의 반대가 점점 거세지자 왕은 그들의 인정에 호소했다.

"이인좌가 일으킨 무신난 때 당파를 초월하여 공을 세운 사람이었소. 소론이었으나 노론에 관대했으며, 탕평에도 적극적이지 않았소? 박문수 같은 관리를 정승에 제배하지 않는다면 어떻게 관리의 표본으로 삼을 수 있겠소. 경들이 나의 뜻에 동참해줄 수는 없소?"

노론은 물러서지 않았다. 죽은 이에게는 관대한 것이 인간의 도리이고 상례였지만, 비록 유명을 달리했다 할지라도 소론에게는 인정을 베풀지 않겠다는 노론의 기류가 워낙 완강했다. 왕은 자기 뜻이 꺾이자 낙담한 채 자리를 떴다. 신료들은 세자가 있는 줄 알면서도 왕을 비난하고 험담했다. 세자는 마지막까지 자리를 지키고 있다가 모든 신료가 경연청을 빠져나간 뒤에야 일어섰다. 그는 동궁전에 도착할 때까지 한 마디도 하지 않았다.

지견은 세자가 또다시 울화를 참지 못하고 기행을 일삼을까 노심초사했다. 하지만 동궁전에 든 뒤로 세자는 내내 깊이 가라앉은 채 침묵을 지켰다. 지견이 기별을 해도 대꾸하지 않았다. 걱정이 된 지견은 무례를 무릅쓰고 문을 열어 안을 들여다보았다. 세자는 두 주먹을 불끈 쥔 채 눈물을 흘리고 있었다. 지견이 깜짝 놀라 안으로 들어섰다.

"저하, 고정하십시오."

세자가 말했다.

"나를 없는 사람 취급하고 모욕하는 것은 참을 수 있다. 하지만 아바마마를 능멸하는 것은 견딜 수 없다. 저들은 왕을 왕으로 여기지 않는다. 사대부의 우두머리쯤으로 안다. 아니, 자기네 권력을 유지하는 데 필요한 허수아비로 생각할 뿐이다."

세자의 말이 틀리지 않았다. 지난 괘서 사건 때 왕이 보여주었던 잔혹한 면모에 짓눌려 한동안 노론 신료들은 숨죽였다. 하지만 일 년이 지나지 않아 왕실을 업신여기는 생각과 행태가 곳간에 들끓는 들쥐처럼 창궐했다. 아니, 소론을 궤멸하여 사실상 독주 체제가 형성된 뒤로 노론은 대놓고 왕과 왕실을 깎아내렸다. 왕이 위태로웠고, 세자가 위태로웠으며, 세손 또한 위태로웠다. 하지만 세자는 아무것도 할 수 없었다.

∞

이대로 경종 임금의 국금이 묻히고 마는 것인가. 지난 여섯 달의 고생이 모두 허사였다. 최헌직은 서책 보관소에서 아무런 단서도 찾지 못했다. 지견 역시 내반원과 그 주변을 샅샅이 뒤졌지만 소득이 없었다. 고우익과 최헌직, 지견은 경종 임금의 원대한 뜻을 전하지 못하는 안타까움이 컸다. 응방에 모인 세 사람은 더 찾아볼 곳이 없는지, 신효명 중금이 어떤 방법으로 경종의 증표를 숨겼을지 머리를 모았다.

"친구를 대신하여 형장의 이슬이 된 신효명 중금은 어떤 방법을 택했을까? 나라면 어찌했을까……?"

최헌직의 혼잣말을 고우익이 받았다.

"산 사람 속도 모르는데, 귀신 속을 어떻게 알겠는가?"

지견은 할 수만 있다면 신효명 중금의 혼백을 불러내는 굿이라고 하고 싶은 심정이었다.

　다음 날 지견은 동궁진을 지켰다. 오전 내내 두문불출하는 세자가 걱정되어 지견이 조심스럽게 목소리를 밀어 넣었다.

　"세자 저하, 활쏘기를 하지 않으시렵니까?"

　세자가 안에서 답했다.

　"생각 없다. 승전은 안으로 들라."

　세자는 상 위에 놓인 교서에 눈을 두고 있었다. 지견이 물었다.

　"무엇이옵니까, 저하?"

　"아바마마께서 오래전부터 구상하고 계신 세법 개정안이다. 군포를 두 필에서 한 필로 줄이는 것을 골자로 한다."

　"저하의 생각은 어떠하옵니까?"

　세자가 생각에 잠겼다가 입을 열었다.

　"군포가 무엇이냐? 병역을 면제받는 대가로 내는 세금이다. 전에는 세금이 높아 어쩔 수 없이 병역의 의무를 졌다. 하지만 군포가 절반으로 줄어들면 병력의 수도 적어지고, 결국 국방은 약화될 것이다."

　"그러면 어떻게 하는 것이 좋겠습니까?"

　"군포가 줄어 세수가 줄어드는 부분은 결작(結作)을 통해서 보충해야 한다. 땅을 가진 자가 세금을 많이 내는 것이 당연한 일 아니겠느냐? 이렇게 충당한 세수로 고급 전문 병력을 양성하면 병력이 줄어드는 약점을 어느 정도 만회할 수 있을 것이다. 직업 무관의 수를 늘려 국방을 질적으로 향상하는 것이지. 그러면 상민들은 농사와 경제에 전념하여 나라 살림에 이바지하고, 군사력은 전문 병력을 통해 유지할 수 있지 않겠느냐?"

지견이 웃음을 지었다.

"참으로 훌륭한 생각이십니다, 저하. 이런 생각을 주상 전하께 올리셨습니까?"

세자가 인상을 찌푸렸다.

"알지 않느냐? 어전에만 가면 바짝 얼어버리는 것을. 그리고 신료들의 반박이 만만치 않을 것이다. 그들 모두가 땅을 가진 자들이 아니더냐? 곳간이 차고 넘치는데도 내놓는 것에는 인색한 인간들이다. 아마도 나의 이러한 생각을 밝히면 난리가 날 것이다."

"그래도 꼭 뜻을 알리십시오."

"마음공부가 완성되면 어전에서 밝히겠다."

잠시 사이를 두고 지견이 말했다.

"아직도 활쏘기가 내키지 않으십니까?"

세자가 지견을 매섭지 않게 노려보다가 말했다.

"그래, 가자. 가서 마음껏 화살을 날려보자."

∞

지견은 손재주가 뛰어난 응방내시 고우익의 도움을 받아 세손의 몸에 맞는 목궁을 만들었다. 물푸레나무에 기름을 먹이고 말리기를 반복하면서 탄력을 키웠다. 시위는 모시풀과 삼을 엮어서 준비했다. 화살역시 활의 크기에 맞추어 짧고 가늘게 만들었고, 세손이 다치지 않도록 화살촉을 둥글게 했다.

준비한 활과 화살을 건네자 세자는 크게 기뻐했다. 세자는 지견을 대동하여 세손이 있는 환경전으로 향했다. 세손이 마당에서 화살을 쏘았다. 어른 발자국으로 두세 걸음 정도밖에 날아가지 않았지만, 세손은 재미있는 듯 화살을 쏘고 또 쏘았다.

"산아, 틈틈이 수련하여 명궁이 되어라."

"예, 아바마마."

그해 가을부터 세자는 무예 수련법을 정리한 책을 짓기 시작했다. 세자가 직접 동작을 취하면, 그림 솜씨 좋은 내시가 그 모습을 그림으로 옮겼다. 때로는 지견이 세자를 대신해서 자세를 취했다. 그림이 완성되면 거기에 세자가 짧게 설명을 달았다. 세자는 책을 짓는 데 꽤 공을 들였다. 지견이 책을 짓는 이유를 묻자 세자는 고급 무관을 양성하는 데 도움을 주기 위해서라고 답했다.

조강이 있는 날이었다. 세자는 경연청으로 향하면서 지견에게 시가 적힌 종이를 내밀었다. 당대의 시인 이기가 쓴 「송진장보」라는 시였다. 그런데 자세히 보니 시구의 글자 하나가 다르게 적혀 있었다. 지견이 이상히 여겨 세자에게 물었다. 세자는 적혀 있는 그대로 읽으라고 지견에게 말했다.

조강 자리에는 평안도 관찰사를 지내다가 좌참찬으로 궁에 복귀한 홍봉한을 비롯하여 정3품 이상의 당상관 대부분이 참여했다. 세자가 한가운데 앉고 그 뒤에 왕이 앉았다. 왕 양쪽에는 서무일과 서승이 섰다.

조강을 하던 중에 세자가 대신들에게 말했다.

"마마마음에 드는 시시가 있어 대신들과 나누고자 가가지고 왔소이다. 스스승전이 읽을 것이오."

지견이 시를 읽기 시작했다.

四月南風大麥靑 (사월남풍대맥청)
사월 남풍에 보리는 푸르고

棗花未落桐葉長 (조화미낙동섭장)
대추꽃은 지지 않았는데 오동잎 그늘은 깊구나

靑山朝別暮還見 (청산조별모환견)
청산을 아침에 떠나면 저녁에 다시 보리

嘶馬出門思故鄕 (시마출문사고향).
우는 말 타고 문을 나서니 고향 그리워라.

풍성한 보리의 머릿결을 쓸고 지나가는 쓸쓸한 바람이 느껴졌다. 지견의 음성은 사람의 목소리가 아니라, 들판을 어루만지는 바람 소리 같았다. 대신들이 취하여 눈을 감았다. 시가 그치고 난 뒤에도 그들은 지견의 음성이 멀어져간 쪽으로 이끌려가듯 몸을 흔들어댔다. 그때 날카로운 음성이 대신들의 잠을 깨웠다.

"아뢰옵기 황공하오나, 방금 승전중금이 읽은 시는 당의 시성 이기께서 지으신 것입니다. 첫 행이 '사월남풍대맥황'이 옳지 않습니까? 학식이 짧은 중금이 실수했나 봅니다."

우찬성 김상구였다. 그는 세자의 실수를 꾸짖고 자신의 학식을 드러내기 위해 목소리를 높였다. 세자가 말했다.

"우우찬성이 옳습니다. 하지만 내내가 일부러 시시시를 고치었소. 주중국과 달리 조조조선의 보리는 사사월에 푸르지요."

일격을 당한 김상구가 얼굴을 붉혔다. 그는 지지 않겠다는 듯 목청을 더욱 높였다.

"사특한 문인들 사이에 새로운 것이랍시고 패사소품체(稗史小品體)가 유행하나, 이를 바로잡아 전아(典雅)한 당송의 문체로 되돌려야 하지 않겠습니까? 문장이란 도(道)를 실어 나르는 도구이고 바른 정치는 바른 문장에서 나오는 법입니다. 그런데 고전을 제 입맛대로 바꾸는 것은 성현에 대한 모독입니다."

세자가 기다렸다는 듯이 말했다.

"며며명문을 흠모하는 학자로서의 마음은 알겠으나, 그그것이 나라 사정을 앞서서야 되겠소이까? 어어얼굴 한번 보본 적이 없는 먼 나라의 시인은 그그그리도 존중하면서 어전에서 고고개를 빳빳이 들고 왕실을 깔아뭉개는 것은 옳습니까?"

세자는 전에 박문수의 추서 문제를 두고 부왕이 수모당한 깃을 갚아주려고 작정한 모양이었다. 세자가 강하게 나오자 김상구는 더 말을 잇지 못했다. 등 뒤에서 왕의 목소리가 들려왔다.

"그만하라. 오늘 조강은 여기까지다."

왕이 일어섰다. 신료들 중에는 왕을 따라 일어서는 이가 있는가 하면 그렇지 않은 이도 있었다. 김상구는 세자의 눈길을 피하지 않고 앉아 있다가 몸을 일으켰다. 그를 시작으로 신료들이 하나둘 경연청을 떠났다.

홍봉한이 자리를 지키고 있었다. 세자가 그에게 물었다.

"악공(岳公)께서는 사위에게 하실 말씀이 있으십니까?"

홍봉한은 곧바로 대답하지 않고 시간을 끌었다. 짧은 정적이 매우 길게 느껴졌다. 지견은 조마조마한 심정으로 두 사람을 번갈아 바라보았다. 이윽고 홍봉한이 입을 열었다.

"저하, 왜 대신들을 적으로 돌리십니까?"

세자가 대답했다.

"상민과 상민 사이에도 지켜야 할 예가 있습니다. 하물며 군신 사이의 예란 얼마나 지엄한 것입니까? 하지만 악공께서도 목격하지 않으셨습니까? 군주를 대하는 대신들의 태도 말입니다. 남의 나라 군주는 떠받들면서 제 나라의 군주는 쥐 잡듯 하는 것이 어제오늘의 일이 아닙니다."

세자의 음성이 강하지는 않았으나 말투는 단호했다. 홍봉한이 잠시 사이를 두고 말했다.

"저하, 시류에 따르십시오. 숙일 때는 숙일 줄도 아셔야 합니다."

"내가 그들보다 나은 인간은 아닙니다. 하지만 조롱하고 무시해도 되는 사람도 아닙니다. 나는 이 나라의 왕세자이고, 왕에게 기대는 수많은 백성이 있기에 결코 무시당해서는 안 되는 존재입니다. 나를 무시하는 것은 곧 백성을 무시하는 것이기 때문입니다."

홍봉한은 침묵을 지키고 있다가 일어섰다. 그러고는 세자를 향해 절을 하고 경연청 밖으로 나갔다.

세자는 일어설 줄 몰랐다. 내시와 나인들이 경연청을 기웃거리다가 세자를 발견하고는 달아났다. 세자 주변으로 무거운 장막이 쳐져 있는 것 같았다. 그 외로운 공간 속에 세자와 지견뿐이었다.

"나를 살리고 세손을 살리기 위해서는 그들의 비위를 맞추어야 한다는 사실을 내가 왜 모르겠느냐? 하지만 그런 왕이 무엇을 할 수 있겠느냐? 신료들의 손에 놀아나면서 어떻게 백성을 위한 선정을 베풀 수 있겠느냐? 나는 모르겠다. 어떻게 해야 할지 모르겠다. 나라를 위해, 백성을 위해 왕이라는 존재가 정녕 필요한지도 모르겠다."

지견은 세자의 말에 적잖이 놀랐다. 경종이 남긴 국금이 세자의 입을 통해 흘러나오고 있었다. 경종 임금도 이러했으리라. 적막강산 같은 궁궐에서 외로움, 두려움과 싸우며 같은 마음이었으리라. 그래서 그런 세상을 꿈꾸었으리라. 그 순간 지견은 세자 이선이 조선의 왕이 되기를, 그리하여 국금의 주인이 되기를 진심으로 바랐다.

∞

첫눈이 내리는 날, 세자와 지견은 경복궁을 거닐었다. 임란 때 소실된 전각들이 아직 복구되지 못한 채 방치되어 있었다. 그 쓸쓸한 회색빛 풍경 속으로 하얀 눈이 내렸다. 두 사람은 남문에 이르러 멈추었다. 궁문 박으로 육조 거리가 뻗어 있었고, 그 대로 위를 사람들이 분주히 오갔다.

"궁 안이 낫느냐, 바깥이 낫느냐?"

지견은 쉽게 대답하지 못했다. 솔직히 대답했다가는 세자가 서운할 듯싶었다.

"왜 대답이 없느냐? 너는 여염에서도 지내보았고, 궁내에서도 살아보지 않았느냐? 어느 쪽이 낫느냐?"

우물쭈물하다가 지견이 대답했다.

"아뢰옵기 황공하오나, 저는 바깥이 더 좋습니다."

"그럴 줄 알았다. 세상천지에 궁보다 못한 집은 없을 것이다."

잠시 사이를 두고 세자가 물었다.

"그런데 왜 너는 궁인이 되었느냐? 저 넓은 바깥세상을 두고 왜 스스로를 가두었느냐?"

이제 모든 것을 풀었다. 아버지가 왜 그렇게 살아야 했는지, 또 왜 그렇게 죽어야 했는지 모두 알게 되었다. 경종 임금의 증표를 찾지는 못했지만 정중금 최헌직에게 국금을 전했다. 그것으로 지건은 역할을 다한 것이다. 떠나도 미련이 남지 않았다. 그런데도 떠나지 못했다. 국금이 완성되지 않았기 때문일까? 정확히 알 수는 없지만, 아직 사명이 남은 것만 같았다. 과거로부터 이어온 중금들의 마음이 지건에게 이식되어 그를 붙잡고 있는 듯싶었다.

　　세자의 음성이 불쑥 상념 속으로 파고들었다.

　　"나랑 같이 나가볼 테냐?"

　　"예?"

　　"저기 말이다. 단지 몇 걸음 내딛기만 하면 닿을 수 있는 저 여염의 세상……."

　　지건이 놀라서 물었다.

　　"저하, 그래도 됩니까?"

　　"왜 안 되겠느냐? 나의 백성이 사는 땅에 왕세자가 가보겠다는데, 누가 막겠느냐?"

　　"저하께서 원하시면 제가 동행하겠습니다. 하지만 나중에 주상 전하의 불호령이 떨어질 것 같으면 하지 마시옵소서."

　　"괜찮다. 어차피 미친놈 소리를 듣는 몸이다. 뭔들 못하겠느냐? 하지만 몰래 나가야 한다. 왕실 무사들이 따라붙으면 '저기 왕세자가 간다.' 하고 알리고 다니는 꼴이지 않겠느냐? 그러면 재미없다."

세자는 잠시 생각에 잠겨 있다가 입을 열었다.

"개구멍이 있어야 하는데, 몰래 빠져나갔다가 다시 몰래 들어올 곳 말이다."

"액정서 근처에 있는 문을 통하시면 괜찮을 겁니다. 일꾼들과 물건이 빈번히 오가는 곳이라 그리로 통하시면 그리 눈에 띄지 않을 것입니다."

세자의 눈이 반짝였다.

∞

아침부터 세자는 장검을 들고 동궁전 마루에 앉았다. 내시와 나인들은 또 세자의 울화병이 도졌나 두려워 근처에 얼씬하지 않았다. 동궁전 주변이 쥐 죽은 듯 조용한 것을 확인하고, 세자는 지견이 미리 일러준 서책 보관소로 향했다. 지견이 도포 차림에 갓을 쓴 채 기다렸다. 그곳에서 세자는 지견과 마찬가지로 옷을 갈아입었다. 그리고 나자 몸집이 자그마한 내시 한 명이 서책 보관소로 달려왔다. 세자가 흠칫 놀랐다. 지견이 말했다.

"저와 각별히 지내는 동첩이라는 아이입니다. 저하의 곤룡포를 감추려고 온 것입니다."

동첩이 세자 앞에 바짝 엎드렸다.

"세자 저하를 알현하옵니다."

세자가 얼른 동첩을 일으켰다.

"눈치 없이 왜 그러느냐? 아무튼 너는 모르는 일이다."

동첩이 고개를 끄덕였다.

지견이 먼저 액정서로 들어섰다. 사알과 부사소들이 오랜만에 얼굴을 비친 지견을 보고 반가워했다. 마침 포목이 들어오는 중이었다. 지견이 액정서 관리들과 이야기를 나누는 동안에 세자가 슬쩍 액정서로 들어섰다. 그러고는 지견을 따라 액정서 부근에 있는 문으로 향했다. 문을 지키는 무관이 지견을 보고 아는 체를 했다. 무사통과였다.

궁문을 나선 뒤 한참동안 걷던 중에 세자가 길게 숨을 들이마셨다.

"이게 여염의 공기구나. 살짝 지린내가 나면서 구수하다."

"근처에 뒷간이 있나 봅니다."

세자가 호흡을 멈추었다. 그 모습을 보고 지견이 웃음을 지었다.

육조 거리를 걸으며 세자가 물었다. 세자는 장난기 가득한 아이 같은 표정을 짓고 있었다.

"너는 나를 어떻게 부를 테냐?"

"예?"

"저자에서 나를 저하라고 불러서는 안 되지 않느냐?"

"……."

걸음을 멈추고 잠시 골똘하던 세자가 말했다.

"신하 된 자로서 네가 나의 휘(諱)를 입에 올릴 수는 없을 테니, 각자 자기 이름을 부르기로 하자. 너는 나를 지견이라고 불러라. 나는 너를 선이라고 부르겠다. 불러보아라.”

지견은 도저히 입이 떨어지지 않았다. 예에 어긋난다는 생각보다는 민망함이 더 컸다.

“어허, 어서 불러보아라.”

지견은 마지못해 입을 뗐다.

“지견······.”

“그래, 선아. 어디로 가면 되겠느냐?”

“······여염의 음식부터 맛보시겠습니까? 얼큰한 선짓국밥이 맛있습니다.”

“그래, 가보자.”

주막을 향해 걸음을 옮기는데, 뒤에서 효동의 목소리가 들려왔다.

“도련님, 지견 도련님!”

효동이 멀리서 지견을 발견하고는 뛰어오는 중이었다.

“도련님, 어디 가시는 길입니까?”

지견이 대답을 못하고 우물쭈물하자 곁에 선 세자가 그 대신 대답했다.

“벗끼리 마실 나온 길이다. 너는 누구냐?”

“저는 지전에서 일하는 효동이라고 합니다. 지견 도련님의 벗이십니까?”

“그렇다. 아니, 사실은······.”

세자가 허리를 숙여 효동에게 귀엣말을 했다. 효동이 세자를 아래위로 훑어보고는 과장되게 말했다.

"예예, 세자 저하. 알아 모시겠습니다요."

시견은 깜짝 놀랐다. 세자가 웃음을 터뜨렸다.

"그럼 도련님, 저는 심부름 가는 길이라 이만 가보겠습니다."

효동이 멀어진 뒤 지견이 물었다.

"지견, 도대체 뭐라고 하신 겁니까?"

"내가 누군지 솔직히 말해주었다. 그런데 안 믿는구나."

"저하……."

"어허, 지견! 지견이라 부르라니까."

그래 놓고 세자는 앞서 걸어갔다. 지견이 놓칠세라 따라붙었다.

32. 몰려오는 먹구름

어전 회의 때마다 균역법이 논쟁거리였다. 왕이 신미년(1751년)에 큰 틀을 마련하고 임신년(1752년)에 세칙을 마련하여 공포했으나, 벌써 몇 년째 왕과 대신들 사이에 갑론을박이 그치지 않았다. 왕은 어떻게든 균역법을 국가 세법의 근간으로 자리 잡게 하고 싶어 했다. 하지만 번번이 신료들이 발목을 잡았다. 균역법을 실시하면서 줄어드는 세수를 채우려면 지방 관아가 자체적으로 관리하는 토지에서 발생하는 지대(地代)를 국가 수입으로 환원해야 했다. 그러나 이 토지들 대부분이 중앙 관료들의 주머니와 연결되어 있었다. 이런 사정을 알기에 왕도 세게 밀어붙이지 못하고 신료들의 눈치를 살폈다.

자신의 말이 먹히지 않을 때 왕은 세자에게 문제를 넘겼다.

"꿀 먹은 벙어리처럼 있지 말고 세자도 한마디 하라."

왕이 그렇게 말했지만, 신료들은 자기네 주장만 내세우며 핏대를 올렸다. 세자의 의견 따위 들을 생각조차 하지 않았다. 세자는 잠시 잠잠해진 틈을 타서 입을 열었다.

"모모모두들 세수만 기걱정을 하는데 구국방에 관해서도 생각을 해야 하합니다. 구군포가 저절반으로 줄면 병력의 의무를 다하려는 사사람이 줄어 국방 겨경비가 허술해질까 거걱정입니다. 따따라서……."

세자가 말하는 동안 신료들 사이의 공방이 더욱 거세졌다. 모두 자기네의 수익이 줄어드는 부분은 쏙 빼고 세법의 불합리성만 따졌다. 세자가 말하고자 하는 국경 수비와 관련해서는 아무도 이야기하지 않았다.

그때 잠자코 있던 지견이 입을 열었다. 그의 음성은 높지도 않고 강하지도 않았다. 하지만 산중을 휘도는 메아리처럼 울림이 증폭되어 좌중을 압도했다. 마치 지견의 성대와 입이 길고 커다란 동굴인 양, 단전에서부터 끌어올린 소리가 그곳을 지나는 동안 몇 배로 커져서 메아리쳤다.

"모두 세수만 걱정하는데 국방에 대해서도 생각해야 합니다. 군포가 절반으로 줄면 병역 의무를 다하려는 사람이 줄어 국방 경비가 허술해질까 걱정입니다. 따라서 다른 방식으로 세수를 충당하여 직업 병사의 수를 늘림으로써 국방의 질을 높여야 합니다. 그 방식이란 결작을 통해 세수를 보충하는 것입니다. 조선 땅에서 발생하는 수입 대부분이 지대인데, 땅 가진 사람들이 납세에 성실하지 않으면 어디에서 돈이 나오겠습니까? 지방 관아가 사사로이 운영하는 토지의 지대 역시 일괄적으로 국가가 관리하여 국가의 수입으로 삼아야 합니다. 상민은 살림에 전념하여 부를 늘리고, 군인은 국방에 매진하여 국경을 튼튼히 하면서, 각자 역할을 분담하면 국가의 부와 군사력이 같이 향상되지 않겠습니까?"

신료들 모두 할 말을 잃었다. 인정전은 순식간에 정적에 싸였다. 숨소리조차 들리지 않았다. 실내를 휘몰아친 지견의 음성이 만든 단단한 정적에 흠집을 내는 일이 마치 신성 모독이라도 되는 것처럼 모두 침묵했다.

침묵을 깬 이는 왕이었다.

"세자는 어서 말하라. 방금 그 말이 저 중금의 생각인가, 세자의 생각인가?"

세자는 조금도 지체하지 않고 대답했다.

"저의 생각이옵니다."

잠시 사이를 두고 왕이 말했다.

"대신들은 세자의 생각을 흘려듣지 말고 유념하라. 다음에 다시 이 문제를 논의하겠다."

서무일과 함께 왕의 뒤를 따르던 상선내시 서승이 세자의 뒷모습을 슬쩍 바라보았다.

∞

서무일은 왕 곁을 지키지 않는 날에도 집에 가지 않고 내반원 숙소에서 지냈다. 서승이 그것을 원했기 때문이다. 서승은 잠시라도 궁궐에서 떠나 있는 것을 두려워했다. 궁궐 돌아가는 사정이 눈 밖에서 벗어나면 견딜 수 없어했다. 수십 명의 상궁과 궁녀, 의녀, 무수리, 금군을 자신의 수하로 들이고 그들로 하여금 궁궐 구석구석까지 살피도록 한 것도 그 때문이었다. 양자인 서무일 역시 그들 중 하나였다. 사방팔방에 눈을 두었기에 사십 년 넘도록 상선내시 자리를 지킬 수 있었다.

"오늘 저녁에 퇴궐하거든 집으로 오너라."

서승이 낮에 퇴궐하면서 서무일에게 일렀다. 서무일은 최근 들어 세자가 조정 대신들에게 맞서는 것이 양부의 심기를 건드렸을 것으로 짐작했다. 이지견 중금이 세자 곁을 지키면서 일어난 변화였다. 방시경이 괴한들에게 습격당한 것과 비슷한 일이 오래지 않아 이지견 중금에게도 일어날지 몰랐다. 지견에게 경고해야 했지만, 서승과 자신 사이에 맺어진 검은 사슬이 드러날 것이 두려웠다.

서무일은 저녁에 퇴청하여 집으로 향했다. 서승은 관복을 갖추어 입고 서무일을 기다리고 있었다. 안채에 들어 절을 올리자마자 서승이 말했다.

"이지견이라는 놈을 어떻게 할 것이냐? 그대로 둘 것이냐?"

서무일의 짐작대로였다. 그는 준비한 대답을 했다.

"시권 사건 이후로 그자의 기가 꺾이어 특별히 마음에 두지 않았습니다. 계속 지켜보겠습니다."

서승이 혀를 찼다.

"전하께서 갑자기 병이 들기라도 하면 세자가 왕위에 오를 것이고, 그렇게 되면 훗날 정중금 자리는 그 이지견이라는 놈의 몫이 될 것이다. 그런데도 그처럼 태평하게 있는 것인가?"

"얼마 전 방시경의 일로 중금들이 경계를 놓지 않고 있사옵니다. 당장 그자에게 일이 생긴다면 의심을 살 것입니다."

틀린 말이 아니었다. 연이어 중금이 화를 당한다면 지난번 사건이 중금을 목표로 했다는 심증만 굳히는 꼴이었다. 서승이 말했다.

"오래 끌지 말라. 전에 말했듯 잡초를 방치하면 밭이 상한다. 네가 어렵다면 내가 나설 것이니 그리 알라."

"예, 아버님."

바깥에서 계목이 도착했다는 하인의 전갈이 들려왔다.

"들라 하라."

계목이 방으로 들어섰다. 계목은 서무일에게 눈인사를 건네고 서승에게 절을 올렸다. 그러고는 품에서 천으로 싼 무언가를 꺼내 서승에게 건넸다. 천을 펼친 서승이 눈살을 찌푸렸다.

"왜 이리 양이 적은가?"

계목이 머리를 조아리며 대답했다.

"청에서도 워낙 물건이 귀해져서 값이 오른 탓에 그것밖에 구할 수 없었다고 합니다요."

말린 해마였다. 서무일도 익히 아는 물건이었다. 양부가 다른 내시들과 달리 음성이 굵고 몸이 곧은 것은 해마의 약효 덕분이었다. 하지만 해가 갈수록 복용량이 많아졌다. 그의 몸이 낡고 있다는 증거였다.

"돈은 얼마든지 대주겠다. 그러니 해마를 확보하라. 다음에도 실망시킨다면 벌을 면치 못할 것이다."

서승은 말린 해마를 도포 자락에 넣은 뒤 서둘러 자리에서 일어섰다. 낮 동안 궁궐을 비운 탓에 마음이 급할 터였다. 가마가 대기 중이었다. 조족등을 밝힌 하인이 앞장서고 수레꾼 네 사람이 가마를 들었다. 가마가 떠나는 것을 확인한 계목이 서무일에게 허리를 굽혀 보이고 어둠 속으로 멀어졌다. 서무일은 그를 붙잡아서 생부모에 대해 캘까 말까 고민하다가 그만두었다. 힘으로 제압하면 캘 수야 있겠지만 뒤탈이 염려되었다.

∞

"너의 표정이 밝구나. 좋은 일이 있느냐?"

활쏘기를 마치고 동궁전으로 돌아가는 길에 세자가 지견에게 물었다. 그렇지 않아도 세자에게 그 이야기를 할까 말까 궁리하던 중이었다. 어제 낮에 액정서를 찾은 지전 일꾼으로부터 기별을 받은 것이었다. 지견이 말했다.

"저하, 이틀 뒤 저녁에 가깝게 지내는 분들을 만나기로 했습니다. 저하께서 허락하신다면 다녀올까 합니다."

"멀리 가느냐?"

"아닙니다, 저하. 시전에 지전이 있습니다. 간단한 음식을 마련하여 그곳에서 회포를 풀까 합니다. 제가 자리를 비운 동안 동첩에게 동궁전을 지키라 하겠나이다."

세자는 가타부타 대꾸가 없었다. 지견이 조바심이 나서 말했다.

"저하께서 원치 않으시면 가지 않겠나이다."

"아니다. 가거라. 대신 나를 데려가라."

"예?"

지난해 겨울 궁을 몰래 빠져나갔을 때 세자는 무척 즐거워했다. 주막에서 국밥을 먹고, 저잣거리에 벌어진 내기 윷놀이 판에도 끼었다. 세자는 왁자한 운종가의 풍경을 눈에 담기 바빴다. 궁으로 돌아갈 시간이 되었을 때는 대단히 아쉬워했다. 어둠이 내린 뒤 궁에 들어와 서책 보관소로 갔다. 동첩이 곤룡포를 챙겨 들고 기다리고 있었다. 옷을 갈아입자 여염의 사내는 다시 일국의 세자가 되었다. 하지만 세자는 몸에 맞지 않는 옷을 입은 듯 불편해했다. 지견이 보기에도 세자는 곤룡포와 익선관보다는 도포와 삿갓이 더 어울렸다.

이틀 뒤 저녁 지견은 액정서로 향했다. 액정서 관리들은 이미 퇴청한 뒤였다. 오래지 않아 도포 차림의 세자가 나타났다. 초여름이라 해가 길어져서 날이 밝았다. 지견이 궁문을 지키는 무관을 향해 눈인사를 건넸다. 무관은 지견 뒤를 따르는 세자를 심드렁한 표정으로 보았다.

"선아, 다시 나오니 정말 좋다."

지견도 세자와 함께해서 좋았다. 지난번 암행 때 지견은 세자가 정말

벗이라도 된 양 가깝게 느껴졌다. 그리고 궁궐이 아니라 바깥세상에서 인연이 닿았더라면 얼마나 좋았을까, 하고 생각했다.

지전으로 향하는 동안 세자가 물었다.

"선아, 네가 올해 몇이냐?"

여전히 세자의 휘로 불리는 것이 지견은 어색했다. 반면에 세자는 지견을 자신의 이름으로 부르는 것이 아주 자연스러웠다.

"스물세 살이옵니다."

세자가 걸음을 멈추고 지견을 보았다.

"을묘년(1735년) 생이더냐?"

"예, 그렇습니다."

"어느 계절에 태어났느냐?"

"여름이옵니다."

그제야 세자가 빙긋이 웃었다.

"나도 을묘년 생이니라. 그래도 내가 초봄에 태어났으니, 형이다."

두 사람이 동갑이라는 사실이 그제야 밝혀졌다. 왕세자는 만인지상의 존재여서 나이가 없었다. 하지만 이곳은 여염이었다. 아래위를 따지는 것이 지극히 자연스러운 일이었다.

지전에 도착하자 도경술과 도정윤 부자, 방종현, 방시경, 효동과 지전 일꾼들이 지견을 기다리고 있었다. 뿐만이 아니었다. 이제는 정4품 사헌부 장령이 된 정홍순이 있었고, 설영과 경란도 자리를 채우고 있었다. 그들을 보자 지견은 가슴이 부풀었다. 언제 보아도 반가운 얼굴들이었다.

그런데 지견을 대하는 방시경의 태도가 데면데면했다. 그뿐만 아니라 우스갯소리를 잘해서 좌중을 즐겁게 하던 그가 그날따라 말수가 없고 조신했다. 반면에 평소 그리 살갑지 않은 경란은 지견을 향해 편안한 미소를 지어 보였다. 사람이 많아 경란에게 따로 말을 걸지는 못했지만, 지견 역시 미소로 응답했다.

가게 뒤편의 마당에 모두 자리를 잡자 도경술이 지견에게 물었다.

"오늘 같이 온 객은 누구시냐?"

지견이 대답했다.

"궁에서 함께 지내고 있습니다……."

거기까지 말해놓고 지견은 말을 잇지 못했다. 이름을 무엇이라 해야 할지 떠오르지 않았다. 지견이 우물쭈물하는 사이 세자가 지견의 말을 받았다.

"이윤관이라 합니다. 벗이 좋은 자리에 간다고 하여 염치불구하고 따라나섰습니다."

윤관은 세자 이선의 자(字)였다. 도경술이 말했다.

"잘 오셨습니다. 지견처럼 풍채와 음성이 좋으신 걸 보니 중금이신가 봅니다."

"그러합니다."

지견은 좌불안석이었다. 중금이었던 시경이 중금을 알아보지 못할 리 없었다. 그런 사정을 모르는 세자가 태연히 거짓말을 한 것이었다.

아닌 게 아니라 시경의 눈이 커졌다. 시경은 세자와 지견을 번갈아 바라보다가 무언가 말을 하려는 듯 입술을 달싹거렸다. 지견이 재빨리 시경에게 구화로 말했다.

[동궁.]

시경의 눈이 더욱 커졌고 입이 벌어졌다. 그는 저도 모르게 세자와 눈이 마주치자 절을 올릴 자세를 취했다. 그 모습을 본 세자가 일부러 너스레를 떨며 큰 소리로 말했다.

"이렇게 좋은 분들과 함께하게 되어 참으로 기쁩니다. 지견은 참으로 복이 많은 사람입니다."

그러고는 시경에게 꾸짖는 표정을 지었다. 그제야 상황을 파악한 시경이 자세를 고쳤다. 하지만 그는 계속 얼어 있었다.

정홍순이 세자에게 말했다.

"많이 드시게. 지견과 벗이라니, 나에게는 아우뻘이구먼."

그는 세자를 본 적이 없었다. 중금보다 품계가 높은 그는 세자 앞에서 어른 행세를 했다. 세자도 알아서 행동했다.

도경술이 말했다.

"세 가지 좋은 일이 있어 조촐한 잔치를 열었습니다. 첫 번째 좋은 일은 늘 힘이 되어주시는 첨정 나리께서 사헌부 장령으로 진급하신 것입니다. 우리와는 호조 정랑으로 계실 때 인연을 맺었는데, 이후로 이조 전랑과 종부시 첨정을 거쳐 정4품 장령에 이르셨습니다. 장령 나리의 건승을 기원합니다."

모두 덕담을 건네며 정흥순을 축하했다. 정흥순은 마당을 채운 이들에게 일일이 웃음 지어 보였다.

도경술이 다시 입을 열었다.

"두 번째 좋은 일은 제가 오래지 않아 할아비가 된다는 것입니다."

그 소리에 모두들 소리를 지르며 손뼉을 쳤다. 도정윤이 곁에 앉은 설영을 흐뭇한 눈길로 바라보았고, 설영이 그 미소를 받아 웃음 지었다. 도경술의 말이 이어졌다.

"우리 집에 곧 경사가 있는 것이 세 번째 좋은 일입니다. 우리 지전 식솔들은 다 알 것이오. 여기 시경이 경란을 마음에 품고 있음을. 그런데 얼마 전에 시경의 집에서 경란에게 청혼을 넣었고 경란이 이를 받아들였다 합니다."

또다시 박수 소리가 터졌다. 지전 일꾼들이 시경의 몸을 흔들어댔다. 경란은 조금 떨어져서 얼굴을 붉혔다. 와자지껄한 중에 지견과 경란의 눈길이 마주쳤다. 경란은 지견의 눈길을 피하지 않고 미소를 지었다. 지견도 웃음을 지어 보였다.

지견은 코끝이 시큰했다. 경종 임금이 남긴 국금이 떠올랐다. 지금, 왕위를 이를 왕세자와 나라의 관리와 장사하는 사람과 그의 일꾼들이 한데 어우러져 흥겨움에 취해 있었다. 이것이야말로 경종 임금이 꿈꾸었던 세상이 아니던가. 왕이 백성의 한 사람이고, 관료가 백성 위에 있지 않으며, 백성 또한 관료를 두려워하지 않는 세상. 이러한 세상을 꿈꾸었던 왕은 가고 없었다. 국금을 지키려던 이들은 의로운 죽음을 맞았다. 하지만 뜻이 살아 있었다. 이 뜻이 후대에 전해진다면, 모두의 가슴에 그 뜻이 닿는다면, 언젠가는, 언젠가는, 언젠가는 그런 세상이 올 것이다. 반드시 그런 세상을 만들 것이다.

어둠을 틈타 궁궐로 향하며 세자와 지견은 말이 없었다. 두 사람 다 가슴속에 묵직한 무엇인가를 담고 가는 중이었다. 흥겨움의 끝에 이르러 세자는 마음이 아팠다. 저 어질고 착한 사람들 뒤에 도사리고 있는 탐욕스럽고 잔인한 무리를 생각하자 두렵고 슬퍼졌다. 하지만 그는 마음을 다잡았다. 이겨내리라. 그리하여 좋은 세상을 물려주리라. 곤룡포로 갈아입고 동궁전으로 향하는 그의 표정이 비장했다.

지견은 내반원 숙소로 돌아와서 함을 열었다. 재인이 남기고 간 연두색 댕기가 한쪽에 곱게 개켜져 있었다. 댕기를 꺼내 손바닥으로 쓸어보았다. 순간 숨이 멎고 울음이 차올랐다. 그는 한참 동안 천장을 올려다보고 서 있다가 눈을 감았다. 오늘 지전의 식솔들과 함께한 자리의 한 구석에 재인을 앉혀보았다. 가슴 벅찬 그 상상의 끄트머리에 날카로운 아픔이 찾아들었다.

∞

서승은 어둠이 내린 뒤에 길을 나섰다. 계목과 강술이 단검을 휴대한 채 그의 뒤를 따랐다. 노론 쪽에서 만나기를 요청했다는 사실은 그들의 사정이 급하다는 것을 의미했다.

마음속의 횃불

서승은 비변사 동문으로 접근했다. 사복 차림의 무사 두 사람이 문을 열었다. 길 건너편의 창덕궁 돈화문이 눈에 들어오자, 서승은 얼른 눈길을 돌렸다. 경종 때 돈화문의 부연(附椽)을 수리하던 일이 떠올랐다. 경종이 급사하고 서승은 한동안 꿈자리가 사나웠다. 아직 여물지 못했던 시절의 쓸데없는 가책이었다. 그로부터 삼십오 년이 지났다. 그동안 그는 수많은 죽음을 결정했다. 권력을 다투는 정치판에서 사람이란 장기판의 말에 지나지 않았다. 방해되거나 앞을 막으면 과감하게 쳐냈다. 하지만 궁을 다니다가 경종의 흔적이 눈에 띌 때면 눈길을 피했다. 숨이 넘어가던 순간, 전모를 알아차린 듯한 경종의 부릅뜬 두 눈이 서승을 향했다. 죽음을 맞는 경종의 매서운 눈길이 그에게 못 박혀 있었다.

비변사로 들어선 뒤 서승 일행을 안내하는 무사의 발길이 대청(臺廳)으로 향했다. 간이 크기로는 둘째가라면 서러울 서승도 놀라지 않을 수 없었다. 비변사 대청에 노론 관료들이 가득 차 있었다. 내 예상이 틀린 것인가. 야심한 시각에 자신에게 만나기를 청할 때는 떳떳한 일이 아닐 거라고 생각했다. 그런데 그들은 바로 길 건너에 궁이 있는 비변사 대청에 불을 밝히고서 서승을 맞았다.

"어서 오시오, 상선. 앉으십시오."

못해도 스무 명은 되어 보였다. 주변에는 각 대신들과 동행한 무사와 마름들이 대청을 호위하듯 진을 치고 있었다. 비변사 제조 정기량의 말이 이어졌다.

"근래 들어 세자의 망발과 도전이 날이 갈수록 거칠어지고 있소. 주상의 기에 눌려 버러지처럼 지내더니, 갑자기 이 무슨 일이오? 상선께서 말해주시오. 주상과 세자의 관계가 어떠하오?"

수십 개의 눈동자가 서승을 향하고 있었다. 관료들의 눈이 그를 추궁하는 듯했다. 그동안 서승은 내내 자신이 그들보다 우위에 있다고 자부했다. 품계가 어떻든 관직이 무엇이든 우습게 여겼다. 칼자루를 쥔 쪽은 항상 자신이라고 믿었다. 그런데 그 순간 서승은 자신의 판단이 틀렸는지도 모른다는 생각이 들었다.

"주상과 세자가 독대한 적은 없소이다. 세자는 여전히 부왕을 어려워하고, 주상 또한 세자를 미쁘게 생각지 않소이다."

거기까지 말한 뒤 서승은 차가운 표정으로 물었다.

"그런데 대신들께서는 이 시각에 어찌하여 나를 부르셨소? 주상과 세자의 관계를 확인하고자 부른 것이오?"

관료들은 대답하지 않았다. 평소와는 달랐다. 모든 것을 잃을지도 모른다는 위기감이 그들을 각성시킨 것인가. 서승은 표정에 감정이 드러나지 않도록 조심하면서 머리를 굴렸다.

이조판서 김한로가 말했다.

"경자년(1720년)에 숙종 임금이 갑자기 승하하여 우리가 손 써볼 틈도 없이 대리청정 중이던 경종이 왕위에 올랐소. 연잉군으로 세자를 교체하려던 차에 우리 노론 대신들이 역공을 당하여 여럿이 목숨을 잃었소이다. 지금 주상의 나이가 몇이오? 벌써 예순을 넘기고도 삼 년이 지났소. 아직 주상이 정정하나, 사람의 일이란 한 치 앞을 알 수 없는 것! 서두르지 않으면 같은 일이 되풀이될 것이오!"

참으로 간담 서늘한 장면이었다. 바로 길 건너의 궁에 세자가 있는데, 궁 바로 코앞에서 세자의 처리를 논하다니! 대청을 채운 관료들은 마치 중대한 국사(國事)를 논하듯 진지하고 당당했다. 어쩌면 그들에게는 그것이 국사인지도 몰랐다. 손에 쥔 권력을 빼앗기지 않고, 자신들이 세워놓은 질서와 구도가 흔들리지 않도록 관료 체제를 더욱 공고히 하는 것, 그것이 그들에게는 가장 중대한 국사였다.

서승이 말했다.

"그런 말을 왜 나에게 하시오? 대신들의 문제이니 스스로 처리하셔야지요."

올해 초 좌의정에 오른 김상구가 말했다.

"상선께서 경험이 풍부하시니, 이리 의논하는 것 아닙니까?"

서승의 눈썹이 꿈틀거렸다. 그제야 그는 왜 노론 대신들이 이처럼 대담하게 나오는지 알 수 있었다. 최소한 이 자리에 모인 자들은 자신들이 한배를 탔음을 공공연히 드러낸 것이다. 일종의 배수진이었다. 빠져나갈 구멍을 사전에 차단함으로써 공동운명체가 되었다. 탐욕을 향한 열정은 이처럼 끈끈하고 강렬했다.

서승은 손에 피 한 방울 안 묻히고 뜻하는 바를 이루겠다는 노론 신료들의 심보가 고약하여 분노가 치밀었으나, 자리를 박차고 일어설 수 없었다. 서승 그 자신이야말로 탐욕의 화신이었다. 궂은일을 하는 대신 그만큼 얻어내면 된다. 서승이 말했다.

"제사상에 올릴 돼지머리나 잘 준비해두시오. 근수가 꽤 나가야 그럴싸해 보일 것이오."

서승은 궁으로 돌아가지 않고 집으로 향했다. 계목과 강술이 여전히 뒤를 따랐다. 수하들 앞에서 자존심을 구겼으나 어쩔 수 없었다. 중과부적이었다. 하지만 가장 나중에 웃는 자는 그 자신일 것이다.

서승이 계목에게 물었다.

"양주 관아의 관기는 잘 있느냐?"

계목이 답했다.

"재인이라는 아이 말입니까?"

서승이 고개를 끄덕였다.

"그곳 행수기생이 왜 제일 고운 아이를 책비로만 돌리느냐고 불만이 많습니다만, 제가 단단히 일러두었습니다. 그런데 대감, 도대체 그 아이를 어찌 쓰시려고 하십니까?"

서승이 고개를 절레절레 흔들었다.

"나도 아직은 모른다. 미끼로 쓸지, 창으로 쓸지 결정하지 못했다. 상황을 보아 결정할 것이다. 우선 너는 사대문 부근에 그 아이가 머무를 집을 알아보아라. 더 값 떨어지기 전에 머리를 올려줘야지."

계목은 서승의 의중을 알 수 없었다. 이럴 때는 그저 시키는 대로 하는 것이 최선이었다.

33. 경종의 증표

지견은 화들짝 놀라 잠에서 깨었다. 꿈의 여운이 가시지 않아 가슴이 두근거렸다. 아버지와 헤어진 때가 신유년(1741년)이었다. 그토록 보고 싶었던 아버지를 꿈속에서 만났다. 아버지는 자주색 중금 관복을 입은 채 애처로운 눈길로 아들을 바라보았다. 그리고 자꾸만 뒤를 돌아보았다. 아버지의 어깨 너머로 흐릿하게 사람 형체가 보였다. 지견이 다가 갔으나 좀처럼 아버지와의 거리가 좁혀지지 않았다. 그러는 동안에도 지견의 눈길을 유도하듯 자꾸만 아버지는 뒤를 돌아보았다. 지견은 아버지 뒤쪽의 어둠 속에 서 있는 이를 유심히 살펴보았다. 그러다가 지견은 놀라서 잠에서 깨었다. 지견이 낮게 읊조렸다.

"신효명 중금이시다."

그 사내는 꼿꼿이 선 채 두 손을 단전 쪽으로 모으고 있었는데, 손에는 사람의 머리가 들려 있었다. 친구와 국금을 위해 의로운 죽음을 택했던 사람. 분명 신효명 중금이었다.

　다음 날 지견은 기회를 보아 최헌직에게 응방에서 만날 것을 구화로 전했다. 날이 저문 뒤 지견은 응방으로 향했다. 일부러 남문 쪽으로 궁을 나와서는 궁궐 동쪽으로 빙 돌아 북악산으로 향했다. 지견이 먼저 도착했다. 오래지 않아 최헌직이 합류했다. 세 사람은 고우익이 피워놓은 모닥불을 사이에 두고 마주 앉았다. 지견이 말했다.

　"정중금 어른, 신효명 어른의 유해를 다른 곳으로 옮기는 게 좋지 않을까 생각합니다."

　그 말에 고우익이 물었다.

　"왜 그러느냐? 무슨 일이라도 생긴 것이냐?"

　지견이 답했다.

　"아닙니다. 지난밤 꿈에 아버님을 뵈었습니다. 그리고 자신의 머리를 들고 있는 신효명 중금도 뵈었습니다. 아버님의 애처로운 눈길이 신효명 어른께로 향하는 것이 아무래도 벗의 유해를 이장해달라고 말하는 듯했습니다."

　최헌직이 고개를 끄덕이며 말했다.

　"당시에 경황이 없어 제대로 묘를 갖추지 못했다. 한강을 바라보는 둔지산 기슭에 유해를 묻었지. 나중에 제대로 봉분을 갖춘 무덤을 만들어야겠다고 마음먹었으나 아직 실행하지 못했다. 지견이 네 생각이 옳다. 스승님과 상의하여 이른 시일 안에 처리하겠다."

　이지견이 말했다.

"저도 동행하겠습니다. 하룻밤 만에 일을 끝내려면 손이 더 필요할 것입니다. 믿을 만한 사람으로 두 사람 정도 더 알아보겠습니다."

고우익이 말했다.

"그나저나 증표의 흔적은 아직 나타나지 않았는가?"

최헌직과 이지견이 침울한 표정으로 고개를 끄덕였다. 고우익의 말이 이어졌다.

"지견의 꿈에 재운이 나타났듯, 효명이 꿈에서 일러줄지도 모르지."

최헌직과 이지견이 떠난 뒤 고우익은 호롱불을 켜놓고 사육장의 매들을 지켜보았다. 성조들은 횃대를 움켜쥔 채 미동도 하지 않았다. 그는 지견이 건네준 고경찬의 단검을 만지작거렸다. 한사코 거부하는 것을 지견은 기어이 고우익의 손에 검을 쥐어주었다.

"스승님이 어른께 전하려던 뜻은, 바로 이 검이었을지도 모릅니다."

지견의 그 말이 적잖이 위로되었다. 신유년(1741년), 의금부 관원들이 흥양 독골로 급파되었을 때 그들을 쫓아간 뒤로 아들은 단 한 번도 모습을 드러내지 않았다. 무심하기 짝이 없는 자식이었다.

스물여섯에 사랑하는 여인으로부터 얻은 귀한 아들. 하지만 고우익은 아들을 호적에 올릴 수 없었다. 고우익의 마음을 빼앗고 자신의 둥지로 불러들여 새끼를 품은 여인은 관기였다.

초급 장교로 황해도의 국경을 지키던 시절이었다. 도성에는 부모끼리 맺은 약조에 따라 혼례를 올린 신부가 기다리고 있었다. 황량한 대지의 찬바람을 가르며 말을 달리던 무관의 굳은 마음은 관청의 연회에서 만난 한 관기 앞에서 무장 해제되고 말았다. 그렇게 태어난 아이였다. 서얼로 키울 수는 없었다. 자식이 없는 먼 친척 집에 양자로 보냈다. 틈틈이 찾아가 부자의 정을 나누었다.

아들은 무관인 아버지보다는 심성이 여리고 몸가짐이 차분한 어머니를 닮아서 문관이 어울렸다. 하지만 어린 아들은 굳이 아버지처럼 되겠다며 목검을 휘둘렀다. 무과에 급제하여 아버지를 따라 내금위 무관이 되었다. 그러나 조정과 왕실의 암투를 목격하며 성품이 여린 그는 상처를 많이 받았다. 궁을 지키기보다는 변방인 국경 지대로 가기를 원했다. 고경찬은 그것을 군인의 참다운 직무로 여겼다. 그런 그였기에 스스로 고환을 잘라내어 내시가 되면서까지 왕 곁을 지키고자 하는 아버지를 이해하지 못했다.

"아버님의 삶을 송두리째 바칠 정도로, 왕이란 그처럼 귀한 존재입니까?"

좀처럼 화를 내지 않는 아들이 불같이 화를 냈다. 그때 고우익은 아들에게 이렇게 말했다.

"왕을 지키는 것이 나라와 백성을 지키는 것이다. 이 나라가 탐욕스러운 권신들의 것이 되어서는 안 된다. 백성의 것이어야 한다. 그러한 세상을 만들기 위해 주상 전하의 편에서 싸워야 한다."

아들은 아버지의 뜻을 이해해주었다. 국금을 지닌 이재운을 위해 병영을 이탈해 떠도는 신세가 되었다. 그리고 십수 년의 세월을 넘어 한 자루의 단검으로 돌아왔다.

마음속의 횃불

∞

　그해, 정축년(1757년)에서 무인년(1758년)으로 넘어가는 겨울은 유난히 추웠다. 평안도와 황해도에는 혹독한 한파가 닥쳐 수많은 유민이 발생했다. 왕은 각 관아에 임시 거처를 마련토록 하고 국고를 열어 유민을 구제하라고 명했다. 하지만 재난 지역으로 보낸 식량이 중간에 증발하는 일이 빈번하게 일어났다. 도적질을 당했다는 보고가 올라왔다. 식량을 호송하던 관군들은 패퇴하여 도망쳤다. 그렇게 달아난 관군들의 행방을 알 길이 없었다. 곳곳에 도적이 창궐하고, 얼어 죽고 굶어 죽은 백성이 속출했다. 장례는 고사하고 시신을 땅에 묻을 일손조차 없었다.

　왕은 너무나도 허술한 국가 체제에 낙담했다. 왕은 지방의 행정 체계를 정비하여 왕명이 제때 하달되는 구조를 만들고, 국고를 늘리기 위한 제도 마련을 호소했다. 조정 신료들은 왕의 뜻에는 공감하나 지방 관리와 아전의 인식이 부족한 상태에서 무리하게 정책을 시행할 경우 거센 반발을 살 수 있다며 비협조적으로 나왔다. 시기상조라는 것이다. 때때로 왕은 관료들의 복지부동에 속이 터져 어전 회의에서 소리치기도 했다. 부패한 지방 관리를 붙잡아와 본보기로 매질을 하기도 했다. 하지만 중앙 관료들은 눈 하나 깜짝하지 않았다. 그들은 왕을 두려워하지 않았다. 날이 가고 해가 갈수록 왕실의 권위가 추락하고 있음을 실감했다.

이 모든 것이 첫 단추를 잘못 끼었기 때문이었다. 권신들을 등에 업고 보위에 오른 왕! 더군다나 그 왕은 선왕을 독살했다는 추문에서 자유롭지 못했다. 왕권의 당위성은 꼬리표처럼 따라다니는 그 추문 앞에서 힘을 잃었다. '너는 왕을 독살한 자가 아니더냐.' 어전 회의에서 대립할 때면 신료들의 표정이 그렇게 말하는 듯 보였다. 그때마다 왕은 한발 물러설 수밖에 없었다.

어전 회의에서 신료들은 또다시 균역법 폐지 상소를 내밀며 왕을 압박했다. 왕은 어전 회의를 마친 뒤 곧바로 침전으로 향했다.

"기은이 있었다면 그와 술잔이라도 기울이고 싶은 날이다."

왕은 상선내시 서승, 정중금 최헌직, 승전중금 서무일 앞에서 침통한 표정으로 말했다. 기은은 병자년(1756년)에 세상을 떠난 박문수의 호(號)였다.

"과인이 할 수 있는 게 아무것도 없다. 손발이 꽁꽁 묶여 있다. 세자가 아직 부족하나 선위를 하여 왕실과 조정의 분위기를 쇄신한다면 상황이 조금은 나아지지 않을까……."

왕이 선위하겠다고 밝힌 것이 처음은 아니었다. 왕은 세자와 조정 신료들을 겁박할 목적으로 이미 여러 번 선위의 뜻을 비쳤다. 그때마다 세자는 바지와 적삼 차림으로 무릎을 꿇고 편전을 향해 석고대죄해야 했다. 하지만 이번에는 달랐다. 늙은이의 몽니나 심술이 아니었다. 지칠 대로 지친 왕은 모든 걸 내려놓고 싶어 했다.

침전에서 물러난 서승은 마음이 급해졌다. 정말로 왕이 급작스럽게 선위를 공포하거나, 노론의 염려대로 몸져눕기라도 한다면 왕위는 꼼짝없이 세자에게 돌아갈 것이었다. 개혁 의지가 강한 세자는 급격한 체제 변화를 시도할 것이다. 세자를 지지하는 소론과 남인 세력이 미약하지만, 그들은 새 왕을 중심으로 똘똘 뭉칠 것이다. 경종 때도 같은 일이 벌어지지 않았던가. 상선 자리도 장담할 수 없었다. 자리를 잃는다면 서승 자신은 아무것도 아니었다.

∞

신효명의 유해를 이장하기에 앞서 많은 준비가 필요했다. 특히 묏자리 마련이 가장 큰 일이었다. 지견은 고우익과 최헌직에게 도경술에 대해서 이야기했다. 한양 시전의 큰 상인이라는 점과 청독회라는 비밀스러운 조직에 가담하고 있다는 점, 또 그가 지전 일꾼들을 어떻게 대하고 있는지 등을 설명했다. 최헌직은 도경술에 대해서 어느 정도 알고 있었다. 고우익은 지견의 이야기를 듣고 고개를 끄덕였다. 고우익이 말했다.

"앞으로 일을 도모하는 데 여러 사람의 도움이 필요할 것이네. 그 사람들에게 국금을 둘러싼 사정을 어디까지 발설할지는 전적으로 두 사람이 판단하게."

며칠 뒤 짬을 내어 지견은 도경술을 따로 만났다. 경종 임금이 남긴 비밀스러운 유지, 그로 인해 자신의 아버지가 숨어 살 수밖에 없었던 사연, 아버지를 대신해 참형을 당한 신효명 중금의 이야기, 경종의 증표가 사라졌다는 사실 등을 상세하게 전해주었다. 다만 국금의 내용에 대해서는 일절 전하지 않았다. 도경술은 지견의 이야기가 끝난 뒤 감격하여 말했다.

"그런 일이 있었구나. 지견이 네가 그런 임무를 맡고 있었다니, 나로서는 영광스러운 일이 아닐 수 없다. 힘이 닿는 대로 도울 테니, 무엇이든 청하여라."

겨우내 언 땅이 녹기 시작하는 초봄의 어느 하루를 택했다. 밤사이에 일을 끝내려면 일손이 많아야 했다. 그리하여 방종현과 도정윤, 방시경이 합류했다. 지견과 동시에 궁을 비울 수 없어 최헌직은 궁에 남았다. 대신 최헌직과 함께 신효명의 시신을 매장했던 음 선생이 길잡이를 맡았다.

유해를 파내기로 한 날이었다. 해가 지기 전에 지견과 음 선생, 방종현, 방시경이 목멱산 아래 도경술의 집에서 집결하기로 했다. 도경술과 도정윤은 땅을 팔 도구와 유골을 담을 함을 준비하고 기다렸다. 신효명의 유해는 그다음 날 도경술의 선산으로 옮겨서 장사지낼 예정이었다.

출발에 앞서 집 안을 거닐던 중 지견은 경란과 마주쳤다. 지견이 말했다.

"시경 형님은 참으로 좋은 사람이야. 시경 형님도, 경란이 너도 선택을 잘했다."

"알아, 오라버니."

경란이 수줍게 미소 지으며 말을 이었다.

"오라버니, 내가 은애하는 거 알지?"

지견이 고개를 끄덕였다. 그때는 몰랐으나 뒤늦게 알 수 있었다. 오랫동안 자신을 향해온 눈빛과 마음이 있었다는 사실을 지견은 나중에야 알았다. 경란은 당돌한 눈빛으로, 데면데면하게 구는 행동으로 지견에게 계속 마음을 전해왔다. 비몽사몽 중에 재인으로 착각하여 품었을 때, 경란은 거부하지 않았다. 경란은 무엇이든 내어줄 준비가 되어 있었다. 미안함보다는 고마움이 컸다.

"안타깝게도 혼례를 앞둔 지금까지도 내 마음이 변하질 않아. 그래서 이 마음 그냥 간직하기로 했어. 지아비에게 헌신하고 진정 그 사람을 존경할 거야. 좋은 부인이 되고 좋은 어미로 살래. 세월이 지나서도 오라버니를 향한 마음이 지워지지 않는다 해도 오히려 그걸 고맙게 여길 거야. 그만큼 나의 지금 이 마음이 소중하고 귀하다는 증거잖아."

경란의 그 말에 지견은 웃음을 지었으나 눈시울이 붉어졌다. 나의 누이, 경란. 지견도 그런 마음으로 오랫동안 경란을 바라보게 될 거라고 생각했다. 마침 도경술의 집에 도착하여 두 사람을 발견한 방시경이 다가왔다. 지견의 눈시울이 붉어진 것을 보고는 말했다.

"이보시오, 처남. 누이 시집보내기가 그렇게 아깝소?"

지견이 여전히 눈물이 그렁그렁한 눈으로 웃음을 지어 보였다.

∞

어둠이 내린 뒤 다섯 남자가 노성술의 집을 나섰다. 새남터 근처에 있는 둔지산에 이르러 음 선생이 네 사람을 이끌었다. 신효명의 가묘는 한강이 내려다보이는 야트막한 기슭에 있었다. 소나무가 빽빽하게 자라 있어서 접근이 쉽지 않은 곳이었다. 음 선생과 도정윤이 횃불을 들었고, 지견과 방시경, 방종현이 조심스럽게 땅을 파냈다. 유골이 다치지 않도록 괭이를 쓰지 않고 호미로만 작업해서 속도가 더뎠다.

음 선생이 나직이 말했다.

"세월 참 빨라. 벌써 삼십칠 년이나 지났다는 게 믿기지 않네그려. 여기 있으니까 그날 기억이 생생하구먼. 재운의 시신을 수습하라는 정중금 어른의 명을 받고 헌직과 함께 새남터 이곳저곳을 뒤지다가 비로소 찾았는데, 아 글쎄 그게 재운이 아니라 효명이지 뭔가. 정말 긴 세월 의문을 품은 채 살아왔는데, 오래 산 보람이 있구먼."

음 선생은 누가 듣건 말건 계속 말을 이었다.

"어린 아들을 떠나보내고 눈을 감으면서 재운이 얼마나 애통했을까? 그래도 아들이 자신을 대신해서 죽은 벗의 유골을 수습하고 있으니, 재운의 넋도 한을 풀었겠지. 지금쯤 재운과 효명 둘이서 우리를 흐뭇하게 내려다보고 있을지도 모르겠구먼."

그 말에 지견은 일손을 멈추고 하늘을 올려다보았다. 유난히 반짝이는 별 하나가 아버지의 눈동자인 것만 같았다.

"견아, 네 아버지는 하늘이 내린 중금이었다. 따라올 자가 없었어. 넉살은 또 어찌나 좋던지. 임금의 기침을 도우면서 우스갯소리를 하던 대범한 사람이었다."

방시경이 끼어들었다.

"지견도 하늘이 내린 중금입니다, 어른. 견이는 목소리만 듣고도 사람의 본심을 파악하고 눈 내리는 소리까지 듣는다니까요. 짐승들하고도 말이 통하고 말입니다."

음 선생이 말했다.

"맞다. 재운이 꼭 그랬어."

그때 방종현이 급히 말했다.

"잠깐! 호미 끝에 유골이 닿은 것 같소."

도정윤이 횃불을 가까이 붙였다. 방종현이 손으로 흙을 걷어냈다. 두골의 말간 이마가 드러났다. 시견과 방시경도 달라붙어 손으로 흙을 팠다. 방종현이 두골을 건져 올려 음 선생에게 건넸다. 음 선생은 두골에 묻은 흙을 털어내며 눈물을 흘렸다.

"효명아, 효명아, 이렇게 다시 만나는구나. 아이고, 효명아……."

도정윤이 지견에게 횃불을 건네고 함을 열었다. 솜을 채워 넣은 함에 음 선생이 두골을 담았다. 이어서 유골을 하나하나 조심스럽게 수습했다. 그러던 중에 방종현이 무언가를 발견하고 말했다.

"왜 이런 게 유골 사이에 있지?"

방종현이 무언가를 집어 올렸다. 지견이 횃불을 가까이 댔다. 지견의 눈이 서서히 커졌다. 돌돌 만 천을 유약으로 바른 물건……. 지견이 지니고 다닌 것과 비슷하게 생긴 장신구였다. 지견은 저도 모르게 말했다.

"경종 임금의 증표……."

그랬다. 경종이 이재운에게 전한 증표가 거기에 있었다. 지견은 다시 한 번 감격하지 않을 수 없었다. 신효명은 이재운이 남긴 물건을 삼켜 자신의 뱃속에 감추었던 것이다. 언젠가 백골이 된 자신을 이재운이 찾아오리라 굳게 믿으며…….

봉인된 장신구를 열어 그 속에 담긴 종이를 꺼냈다.

이 증표를 가진 자, 나의 국금을 간직한 자이니,

그가 전하는 말을 나의 말로 알고 받들라.

증표에는 이렇게 적혀 있었다. 그리고 옥새가 찍혀 있었다. 옥새의 붉은색 낙인이 여전히 선명했다.

∞

신효명의 유골을 경기도 양주의 양지 바른 언덕에 안장한 다음 날 저녁, 지견은 응방에 도착했다. 고우익과 최헌직이 지견을 기다리고 있었다. 두 사람은 지견이 내민 경종의 증표를 보고 놀란 눈으로 입을 벌렸다. 지견이 신효명의 유골 속에서 증표를 발견했을 때와 마찬가지로 고우익과 최헌직은 한동안 숙연함에 사로잡혔다.

"이로써 다 되었다. 나는 할 일을 다 했어. 이제 집으로 돌아갈 시간이다."

고우익이 말했다. 책무를 다해야 한다는 일념으로 버텨온 세월이었다. 그의 머리와 가슴에 갇혀 있던 열망이 비로소 해제되었다. 지견은 깜짝 놀랐다. 고우익의 형형하던 눈빛이 흐릿해지고 꼿꼿하던 허리가 구부정해진 것만 같았다. 최헌직도 같은 느낌을 받은 듯 놀란 표정을 지었다. 아흔을 넘긴 세월, 그동안 그를 지탱해온 어떤 기운이 일시에 빠져나가면서 고우익은 급격히 나이를 먹고 있었다. 육체의 시간을 멈추게 했던 충심에서 해방된 그의 몸은 이제 자연으로 돌아갈 준비를 하는 듯했다.

"두 사람이 국금이 되시게. 어진 왕에게 국금을 전하시게."

고우익이 돌아서서 응방의 매 사육장으로 향했다.

북악산에서 내려가는 동안 지견이 최헌직에게 물었다.

"증표를 어떻게 해야 할까요?"

최헌직은 쉽게 대답하지 못했다. 말없이 걸음을 옮기던 그는 궁궐 서문에 거의 다다라서야 비로소 입을 열었다.

"당장은 네가 간직하여라. 주상 전하께 국금을 전할지 어떨지는 조금 더 생각해보아야겠다."

"예, 어른."

여느 때와 마찬가지로 두 사람은 그곳에서 헤어졌다.

다음 날 새벽, 왕의 침전으로 가기 위해 내시들과 함께 내반원 숙소를 나선 서승은 어둠 속에 서 있는 괴상한 형체를 발견하고는 소스라치듯 놀랐다. 동행한 내시들 모두 같은 반응을 보였다. 그 기이한 형체가 조족등 불빛 속으로 모습을 드러냈다. 관복을 입고 사모를 썼으나, 사모 밖으로 흘러내린 백발이 바닥까지 닿아 있었다. 허리가 거의 기역자로 굽어진 탓에 늘어진 백발 위로 쭈글쭈글한 얼굴만 공중에 떠 있는 것처럼 보였다.

"상선, 그동안 잘 계시었소?"

괴이한 흉물을 바라보던 서승의 눈이 커졌다.

"응방!"

고우익이었다. 그가 말했다.

"나는 이제 응방을 떠나려 하오. 그러니 상선께서 매를 돌볼 후임을 뽑아주시오."

그렇게 말하고 고우익은 어둠 속으로 사라졌다.

서승은 놀란 가슴을 진정시키며 걸음을 옮겼다. 이상했다. 며칠 전 염탐을 하고 온 자의 보고에 의하면 산에서 땔감을 해올 정도로 정정하다 했거늘, 보고가 잘못된 것인가. 응방을 떠나겠다는 갑작스러운 행보도 수상했다. 무언가 올 것이 오고 있다는 직감이 들었다. 그동안 피차 궁궐 귀신으로 늙어가는 처지여서 배려를 했다. 하지만 이대로 고우익을 곱게 보낼 수는 없었다.

서승이 걸음을 멈추고 방향을 돌렸다.

"혹시 전하께서 찾으시거든 상선은 몸이 불편하여 잠시 집에 들렀다 온다 하더라고 전하라."

마음이 급했다. 고우익이 응방을 떠나기 전에 붙잡아야 했다.

$$\infty$$

같은 날 낮이었다. 고우익은 관복을 비롯한 옷가지를 보따리에 싸다가 급격히 기력이 떨어져 바닥에 주저앉았다. 축 처진 채 그는 자신의 팔뚝을 보았다. 근육과 살이 모두 빠져나가고 뼈와 가죽만 남아 있었다. 이틀 전만 해도 고기를 잘라 매들에게 나누어주고 사육장을 수리한 그였다. 경종 임금의 증표를 접한 이후로 하루 사이에 그는 미라처럼 변해 있었다. 수십 년 세월이 한꺼번에 닥친 것 같았다.

문득 낯선 소리가 들려왔다. 육신은 낡았으나 감각은 살아 있었다. 조심스러운 발걸음……. 모두 넷이다. 여기저기 뒤지는 기척이 느껴졌다. 그들이 찾는 것은 고우익 자신일 터였다. 곧이어 숙소의 문이 열렸다. 햇빛을 등지고 한 사내가 섰다.

"여기 있습니다."

사내가 바닥에 널브러진 고우익의 멱살을 잡아 일으켰다. 몸체가 너무 가벼워 한 손에 몸이 들렸다. 사내는 고우익을 그대로 숙소 밖 바닥에 내동댕이쳤다. 고우익은 마치 함부로 부려진 짐처럼 바닥에 엎어졌다. 얼굴에 칼자국이 난 사내가 다가와 고우익의 머리칼을 움켜쥐었다. 강술이었다.

"요사이 중금들과 어떤 이야기를 나누었느냐?"

고우익의 얼굴에서는 아무것도 느껴지지 않았다. 두려움도 분노도 보이지 않았다. 강술이 단검을 꺼내 고우익의 목에 댔다. 여전히 무표정한 얼굴로 고우익이 물었다.

"상선이냐?"

강술이 인상을 쓰며 말했다.

"질문은 내가 한다. 너는 대답만 해라. 그렇지 않으면 산 채로 가죽을 벗길 것이다. 중금들과 무슨 작당을 하고 있느냐?"

고우익은 차가운 표정으로 말했다.

"상선에게 전하라. 곧 데리러 가겠다고."

그러고 나서 고우익은 강술이 자신의 목에 대고 있는 검에 스스로 목을 베였다. 강술이 놀라 검을 뒤로 뺐으나, 이미 고우익의 목에는 선명한 칼자국이 나 있었다. 그런데 피가 솟지 않았다. 상처의 벌어진 틈새로 선혈이 약간 맺혔을 뿐이었다. 강술의 수하가 고우익의 몸을 뒤집었다. 숨이 끊어진 뒤였다. 수하가 물었다.

"어떻게 할까요?"

몸을 일으킨 강술이 말했다.

"시신을 멀리 갖다버려라. 상선에게는 우리가 도착하기 전에 자결한 것으로 보고한다."

마음속의 횃불

고우익의 시신은 숲속 깊은 곳에 아무렇게나 버려졌다.

그날 저녁 서승은 집에서 강술을 만나 자초지종을 들었다.

"스스로 목숨을 버렸다?"

"예, 그렇습니다, 대감."

고우익은 충분히 그러고도 남을 인간이었다. 아무것도 알아낸 것이 없으나, 그가 자결했다는 사실은 숨기고 싶은 것이 있음을 의미했다. 서승은 고개를 끄덕이며 혼잣말을 했다.

"국금이 살아 있다. 경종의 국금이 살아 있다."

서승의 입가에 야비한 미소가 자리 잡았다.

∞

응방내시가 자취를 감춘 일은 궁내에서 크게 화제 삼지 않았다. 새벽에 상선 앞에 나타나 응방을 떠나겠다고 말하던 고우익을 목격한 내시가 여럿이었다. 제 의지로 사십 년을 응방에 머물렀으니, 떠날 때도 제 의지로 떠난 것이라 여겼다. 하지만 지견의 생각은 달랐다. 그 이유를 묻는 최헌직에게 지견이 답했다.

"전에 응방 어른께서 하시는 행동을 본 적이 있습니다. 헝겊 뭉치를 실에 매달아 매에게 먹여서 위를 자극하면 매가 먹은 것을 토해냅니다. 응방 어른이 사라진 날, 저도 그렇게 해보았습니다. 하지만 매들은 아무것도 토하지 않았습니다. 매를 끔찍이 아끼는 어른이 매들을 굶기고 떠나지는 않았을 것입니다. 틀림없이 누군가에게 당했습니다. 다른 사람의 눈에 띌까 봐 오래 머무를 수 없어 응방 어른을 찾지는 못했습니다."

최헌직이 놀라서 물었다.

"누가 그런 짓을?"

지견이 답했다.

"누가 그랬느냐보다는 왜 그랬냐를 먼저 생각해야겠습니다, 어른. 사십 년째 응방에서만 지낸 어른에게 왜 그런 일이 일어났을까요? 매를 노린 것도 아니었습니다."

"그렇다면 자네 생각은……?"

"예, 아무래도 국금과 관련이 있지 않나 생각합니다."

최헌직의 표정이 어두워졌다. 서책 보관소에서 마주쳤던 상책내시가 떠올랐고, 서문과 동문을 지키는 문지기 무사들이 떠올랐으며, 지견과 구화를 주고받은 다음 눈이 마주쳤던 내시들과 궁녀들이 떠올랐다. 의심하자니 떠오르는 얼굴이 너무나 많았다.

최헌직이 말했다.

"만약 자네 말대로 응방 어른께서 누군가에게 당한 것이라면, 국금과의 관련성을 의심할 수밖에 없는 것 같군. 나도 그럴 테니, 자네도 각별히 주의하게."

북악산의 응방은 곧 폐쇄되었다. 사냥매들은 모두 광나루 부근의 응방도감으로 옮겨졌다. 조선의 열일곱 번째 임금 효종 말년에 설치되었던 북악산의 응방은 백 년 만에 문을 닫았다.

지견은 무인년(1758년) 여름 내내 짬이 날 때마다 고우익의 시신이라도 찾기 위해 응방 주변을 돌아다녔지만 끝내 찾지 못했다.

∞

그해 겨울 정홍순은 정3품 호조 참의에 올랐다. 을축년(1745년) 정시문과에 급제하여 정7품 설서로 관직을 시작한 뒤 십삼 년 만에 당상관에 오른 것이었다. 당상관은 품계가 정3품 이상으로 국가의 정책 결정에 참여하고 정치적 책임을 지는 고위 관료다. 정홍순은 어전에서 왕의 교서를 받은 뒤 편전에서 물러나왔다. 바깥에서 지견이 기다리고 있었다.

"형님, 당상관에 오르심을 축하드립니다."

"이게 무슨 축하받을 일인가? 앞으로 어전 회의에 참석할 생각을 하니 벌써부터 머리가 아프네."

"그래도 조정에 형님 같은 관리가 계셔서 얼마나 든든한지 모르겠습니다."

정홍순이 주변을 둘러보며 말했다.

"이윤관 중금은 보이지 않는구나. 궁에 온 김에 얼굴이라도 봤으면 했는데 말이다."

"이 중금을 아직도 기억하십니까?"

"기품이 흐르면서도 서글서글한 인상이 뇌리에 박혔다. 다음에 볼 기회가 있겠지."

지견이 대답했다.

"그보다는 세자 저하께서 형님을 뵙고 싶어 하십니다. 지금 동궁전에서 기다리고 계십니다."

"저하께서 나를?"

"예, 형님."

"그렇지 않아도 교서를 받는 자리에 세자께서 보이지 않으셔서 궁금하던 차였다. 어디 편찮으신 것이냐?"

"아닙니다. 다른 일이 있으셔서 신임 당상관들이 교서를 받는 자리에 참석하지 못하셨습니다."

두 사람은 동궁전으로 향했다.

정홍순은 오늘 왕의 용안을 처음 보았다. 세자를 본 적도 없었다. 관리라 해도 당상관이 되어 어전 회의에 참석하지 않는 한 왕과 세자를 보기 힘들었다.

동궁전에 이르러 지견이 말했다.

"세자 저하, 호조 참의를 모시고 왔습니다."

"들라."

방에 들어선 뒤 정홍순은 세자에게 절을 올렸다.

"신 호조 참의 정홍순, 세자 저하를 알현하나이다."

세자가 말했다.

"참의는 고개를 드시오."

정홍순이 고개를 들어 세자와 눈을 맞추었다. 순간 정홍순은 어리둥절한 표정을 짓더니, 지견 쪽으로 고개를 돌렸다. 잠시 생각에 잠겨 있다가 다시 지견을 보았다. 지견이 웃고 있는 것을 보고는 그제야 상황을 알아차리고 깜짝 놀라서 바닥에 엎드렸다.

"저하, 제가 일전에 저하를 몰라뵙고 큰 무례를 범하였사옵니다."

세자가 웃음을 터뜨리고 말했다.

"나를 본 적이 없으니 몰라본 것이 당연한 일 아니오. 앞으로도 여염에서 만나면 참의께서는 이전처럼 격 없이 대해주시오."

"제가 어찌……."

세자가 흐뭇한 표정으로 말했다.

"교서를 받는 자리에서 참의께서 나를 보고 실수할까 봐 오늘 일부러 참석하지 않았소. 그리고 앞으로 어전 회의에서 만날 터인데, 당황하실까 걱정되어 미리 보기를 청한 것이오. 참의께서 공사가 분명하고 일 처리가 뛰어나다고 조정 대신들 사이에 소문이 자자하더이다. 앞으로도 훌륭한 관리로서 임해주시오."

"성은이 망극하나이다, 저하."

동궁전에서 물러나와 지견과 함께 걸으며 정홍순은 가슴을 쓸어내렸다.

"세자 저하의 자가 윤관이라는 사실을 알고 있었거늘……."

그러고는 지견을 꾸짖었다.

"미리 알려주었더라면 내가 조심하지 않았겠느냐."

지견이 말했다.

"저하께서 알리고 싶어 하지 않으셨습니다."

잠시 사이를 두고 정홍순이 말했다.

"관리들 사이에는 세자 저하의 성정이 괴팍하고 포악하다고 소문이 나 있다. 그런데 전에 감쪽같이 신분을 감추셨을 때도 그렇고 오늘도 그렇고, 참으로 품이 넓은 분이시라는 생각이 드는구나. 왜 그런 소문이 났는지 알 수가 없다."

지견의 표정이 살짝 어두워졌다.

"형님, 앞으로 어전 회의에 참석하시다 보면 알게 되실 것입니다."

지견은 돈화문까지 정홍순을 배웅하고 돌아섰다.

동궁전으로 향하는 길에 지밀상궁이 나인들을 대동하고 궁을 가로지르는 것이 보였다. 그들이 향하는 방향으로 보아 왕실의 어른이 있는 대비전으로 향하는 것 같았다. 나인들은 지견을 곁눈질로 훔쳐보며 자기들끼리 수군거렸다. 지견은 그들이 지나가기를 기다린 뒤에 다시 걸음을 옮겼다. 그러다가 무리의 맨 끄트머리에 선 무수리 차림의 여인을 보고 걸음을 멈추었다. 귀신이라도 본 것처럼 지견의 눈이 커졌다.

청독회에서 처음 만난 그 순간부터 마음을 사로잡았던, 그 가을밤 달빛 아래서 조용히 다가와 지견을 자신의 품속으로 이끌었던, 오 년 전 가을 연두색 댕기만 남겨둔 채 갑자기 사라져버린 그 여인…… 재인이었다.

마음속의 횃불

34. 죽음으로 지킨 국금

 궁의 서쪽에는 문이 두 개였다. 하나는 관리들이 드나드는 문이고, 다른 하나는 새벽에 입궐했다가 저녁이면 퇴궐하는 무수리와 일꾼들이 쓰는 문이었다. 지견은 갓을 눌러쓴 채 상민이 드나드는 작은 문 앞에서 궁을 빠져나오는 사람들을 하나하나 지켜보았다. 해가 짧아진 탓에 이미 어둑어둑했다. 이윽고 문이 닫혔다. 문 앞에 피워놓은 모닥불이 궁을 지키는 무사들의 그림자를 흔들어댈 뿐이었다.

 무사들이 지견을 힐끔거렸다. 지견은 자리를 뜰 수 없었다. 분명 재인이었다. 무수리 복장이었으니, 저녁에는 궁에 남을 필요가 없다. 다른 문으로 나갔을까? 그럴 수가 없었다. 관리가 아닌 이는 액정서에 딸린 문과 서쪽의 작은 문으로만 드나들어야 했다. 액정서에 딸린 문은 물품이 들어오는 곳이기에 무수리가 그곳으로 출입하지는 않았을 터였다.

오 년 전 관아의 관기로 들어간 재인이 어떻게 무수리가 되어 궁에 나타났는지 의문스러울 법했지만, 지견은 그런 일에는 신경 쓰지 않았다. 재인이 이곳 한양에, 그것도 가까운 곳에 있다는 사실만이 중요했다. 지견이 모르는 사이에 재인과 같은 공간에 머물며 같은 공기를 호흡해왔다는 사실이 설레고 벅찰 뿐이었다.

　"거기서 무엇 하느냐?"

　순찰하던 무관이 문 뒤에 웅크리고 있는 재인을 발견하고는 물었다. 조족등이 다가오자 재인은 몸을 일으켜 옷을 털었다.

　"몸이 피곤하여 쉬는 중입니다."

　"쉬려거든 집에 가서 쉬어야지, 왜 거기 그러고 있느냐? 썩 나가거라."

　지견이 출입문 바깥에 있음을 알아차린 재인은 벌써 한 시진째 그렇게 문 뒤에 몸을 숨긴 채 지견이 떠나기를 기다리는 중이었다. 궁문이 닫혔지만 지견이 계속 그 자리에 있을 듯싶었다. 궁에 드나든 뒤로 언젠가는 마주치리라고 생각했지만, 오늘 만남은 너무나 갑작스러웠다. 다행히 그동안 잘 지낸 듯했다. 어엿한 관리의 풍모가 느껴졌다.

　궁문이 열리고, 무관이 소리쳤다.

　"다음에 또 그러면 감찰상궁에게 알릴 것이다. 그리 알아라!"

　문을 통과한 재인은 주위를 두리번거렸다. 지견은 보이지 않았다. 잘되었다 싶으면서도 한편으로는 서운했다. 그 마음에 스스로 놀라 입술을 깨물었다. 맺어질 수 없는 사람이었다. 재인은 자신이 왜 궁궐의 빈과 귀인들 앞에서 책비 노릇을 해야 하는지 알지 못했지만, 동생을 볼모로 잡은 이들은 흉한 목적을 가진 것이 분명했다. 그리고 동생을 노비의 사슬에서 해방시킬 수만 있다면, 그것이 어떤 일이든 해내고야 말겠다고 마음먹고 있었다.

"재인……."

재인은 흡, 하고 숨이 멎었다. 그 음성이었다. 화원의 청독회에서 『춘향전』을 주고받는 동안 자신을 훔쳐보던 사람의 목소리. 동생만은 노비의 굴레에서 벗어나게 하고 싶었던 굳은 다짐에 균열을 내고 마음속으로 스며든 사내. 평생 마음의 지아비로 삼으리라 다짐하며 품에 받아들인 단 한 명의 남자가 뒤에 서 있었다.

"오랜만이오, 재인……."

재인은 심호흡을 하고 돌아섰다. 언젠가 그런 날이 오면 이런 표정을 지으리라, 이렇게 말하리라 마음속으로 그려보고 다짐했던 것들이 하나도 생각나지 않았다. 그저 어색한 미소만 지을 뿐이었다.

지견이 말했다.

"다시 만날 수 있으리라고는 생각지 못했소."

"저도 그랬습니다. 내명부 어른들께 이야기를 들려주는 일을 맡고 있습니다."

"사는 곳이 어디요?"

"흥인문 밖입니다."

"데려다주겠소."

"아닙니다. 혼자 가겠습니다."

"같이 가겠소."

재인은 지견을 만류할 수 없다는 걸 알았다. 재인이 걸음을 옮겼다.

지견이 옆에서 걸었다. 육조 거리는 스산했다. 기리를 순찰하는 순라군들이 두 사람을 보고는 저희들끼리 말을 주고받았다. 지견은 개의치 않았으나, 재인은 그게 신경이 쓰였던 듯 걸음을 늦추어 지견의 뒤쪽에서 걸으려 했다. 그러면 지견이 걸음을 늦추어 재인과 보조를 맞추었다. 두 사람의 걸음이 자꾸만 느려졌다. 흥인문을 지났다. 재인이 기거하는 곳은 흥인문에서 화원으로 가는 길목의 마을에 있었다. 마을 초입에 이르러 재인이 멈추었다.

"마을 사람들은 저를 과부로 알고 있습니다."

지견은 그제야 재인이 머리를 올렸다는 사실을 발견했다. 거기에 관해서 묻고 싶지 않았는데, 지견의 생각을 먼저 헤아린 재인이 서둘러 말했다.

"관아에서 나오며 댕기를 풀었습니다. 저를 궁으로 보낸 이들이 그리 시켰습니다."

지견이 말했다.

"어찌되었건 관아보다는 여염에 있는 편이 낫지 않소?"

재인이 고개를 끄덕였다. 지견이 말했다.

"나를 피하지 마시오. 보고 싶을 때 멀리서 지켜보든지 오늘처럼 궁밖에서 기다리겠소."

재인은 대답하지 않았다. 지견에게 고개를 숙여 보이고 마을로 향했다. 지견은 재인이 보이지 않을 때까지 자리를 지키고 있다가 천천히 돌아섰다.

∞

세자 이선은 병자년(1756년) 가을부터 시작한 무예서 편찬 작업에 박차를 가했다. 이 책의 장점은 보병이 펼칠 수 있는 열여덟 가지 무예의 초식을 다루었고, 그림과 글이 어우러져 누구나 쉽게 따라 할 수 있다는 것이었다. 게다가 선조 때 일어난 임진왜란 말미에 편찬한 『무예제보』 이후 160년 만에 만들어진 무예 교본이어서 의미가 컸다. 어릴 때부터 부왕으로부터 학문을 등한시하고 전쟁놀이나 한다며 온갖 수모를 당하면서도, 무예를 놓지 않았던 세자의 고집이 만들어낸 결과물이었다. 모양새가 거의 갖추어진 책을 들여다보며 세자가 지견에게 말했다.

"나는 선왕들의 업적을 살펴보면서 두 분의 임금에게서 크게 감명을 받았다. 한 분은 세종이시다. 대왕께서는 하늘이 이 나라에 내린 큰 축복이셨다. 특히 익히기 어려운 한자를 대신하는 언문을 창제하시어 백성이 그 뜻을 펼칠 수 있게 하셨음은 역사에 길이길이 남을 것이다. 다른 한 분은 효종 임금이시다. 부왕인 인조께서 호란(胡亂) 중에 큰 굴욕을 당했음을 잊지 않고, 청을 치고자 하는 일념으로 조선의 군사력 증강에 힘쓰셨다. 급사하신 탓에 뜻을 이루지 못했지만, 나는 어릴 때부터 효종 임금의 유지를 잇고자 하는 마음을 품었다. 물론 북벌(北伐)은 현실적으로 힘든 일이다. 하지만 국방을 강화하여 호란과 왜란 같은 전란이 다시는 일어나지 않도록 하는 것이 왕과 조정의 책무가 아니겠느냐? 조선은 청에 비하면 소국(小國)이다. 병력이 상대가 안 된다. 그래서 고급 무관을 양성하여 양적인 열세를 질적 우세로 만회해야 한다. 이것이 내가 이 책을 펴내고자 하는 뜻이다. 유교 경전을 논하면서 학식을 뽐내는 경연이 무슨 소용이더냐? 소위 배웠다는 인간들이 나라를 망치는 원흉 아니더냐? 지식만 있고 지혜는 없는 배움은 오히려 독이다. 주상 전하와 조정의 권신들이 이 책을 두고 세자가 잡기나 다룬다고 욕할지라도, 나는 떳떳하다."

지견이 미소를 지으며 말했다.

"저하의 뜻이 높고 훌륭하십니다. 이 책에 담긴 저하의 마음을 아신다면, 주상 전하께서도 감흥하실 것입니다."

기묘년(1759년) 여름에 세자는 드디어 책을 완성했다. 군영과 왕실의 호위군에서 이어져온 보병의 무예를 집대성한 역작이었다. 세자는 상재(上梓)하기에 앞서 제목을 비워둔 채 왕에게 책을 바쳤다. 상선내시와 정중금, 승전중금 서무일, 지견이 함께한 자리에서 왕은 책장을 넘겼다. 세자는 긴장한 표정으로 왕의 반응을 기다렸다. 왕의 얼굴에서는 아무런 감정을 느낄 수 없었다. 책을 살펴본 왕이 이윽고 말했다.

"책의 제목을 '무예신보(武藝新譜)'라 하라. 조선 무예에 관한 새로운 계보라는 뜻이다."

지견의 입가에 어렴풋이 미소가 잡혔다. 왕의 음성에서 자식을 대견해하고 뿌듯해하는 감정을 느낄 수 있었다. 또한 그러한 감정을 감추려고 애쓰는 마음까지도 읽혔다. 왕이 말을 이었다.

"세자는 경연 때 대신들 앞에서 이 책을 지은 취지에 관해서 말하라. 승전의 도움을 받지 말고 세자가 직접 뜻을 펼치라."

동궁전으로 돌아온 뒤 세자가 지견에게 말했다.

"어전 회의에서 또 말을 더듬거릴 텐데, 이 일을 어찌하느냐? 그럴 때마다 신료들이 대놓고 깔보는 표정으로 쳐다본다. 그러면 『무예신보』를 지은 나의 뜻이 제대로 전달되지 않을 것이다. 아바마마께서는 왜 나에게 이런 숙제를 주신단 말이냐?"

지견이 말했다.

"오랫동안 저하께서 준비하신 일입니다. 전하께서는 이 일의 끝맺음을 저하께서 직접 하시기를 원하십니다. 그리고 대신들 앞에서 군왕으로 바로 서기를 바라십니다."

세자가 고개를 끄덕였다.

"해보겠다. 네가 나를 도와다오."

그러고 나서 세자가 지견에게 물었다.

"그런데 좋은 일이 있느냐?"

지견은 표정으로는 부정하지 않으면서 말했다.

"저하, 무슨 말씀이시옵니까?"

"요즘 네 표정이 심상치 않다. 살짝 얼이 빠졌다고 할까……."

지견은 대꾸하지 않았다. 그의 얼굴을 살피는 세자의 눈이 가늘어졌다.

"분명 뭔가가 있구나. 정인(情人)이 생긴 것이냐?"

지견은 세자를 힐끔거리고는 딴전을 피웠다. 세자가 자신의 가슴을 쳤다.

"허, 답답하다. 명으로 다스려야겠느냐?"

지견이 히죽 웃고는 고개를 끄덕였다.

"잘되었다. 궁에만 처박혀 있어서 네가 총각으로 늙을까 봐 걱정했다. 잘해보아라."

지견은 꿈을 꾸는 듯한 눈길로 천장을 바라보았다.

∞

경연이 열렸다. 왕은 신료들 앞에서 책 한 권을 집어 들었다. 세자가 지은 『무예신보』였다.

"오늘은 경전이 아니라, 특별한 것을 대신들과 함께 논할까 하오. 선조 임금께서는 임란을 겪으며 국방의 필요성을 실감하시고, 당시 훈련도감 낭관과 군자감 판관을 지낸 한교로 하여금 명의 『기효신서』를 본떠 『무예제보』를 짓도록 하셨소. 경들도 알다시피 『무예제보』는 오늘날까지 우리 무관들이 병기 다루는 법과 무예를 익히는 교본으로 삼고 있소. 허나 무술의 기예와 병기가 날로 발전함에 따라 새로운 무예 교본이 필요하던 차, 우리의 실정에 맞는 새로운 책이 탄생하였소. 이것이 그 책이오. 내가 '무예신보'라는 이름을 붙여주었소."

대신들이 서로의 얼굴을 보며 고개를 끄덕였다. 비변사 제조 정기량이 말했다.

"나라의 안위와 국방을 염려하시는 전하의 뜻을 받들어 그 업적을 이룬 이들에게 상을 내리심이 마땅한 줄 아옵니다."

그 말에 왕이 대신들에게 물었다.

"경들도 그렇게 생각하시오?"

대신들이 일제히 한목소리로 대답했다.

"그러하옵니다, 전하."

왕이 고개를 끄덕인 뒤 세자에게 말했다.

"들었느냐? 경들이 네게 상을 내리고자 한다. 세자는 어떤 상을 원하느냐?"

왕의 말에 대신들이 얼어붙었다. 일부러 불편한 기색을 보이려고 크게 헛기침을 하는 이들도 있었다. 세자는 정신을 가다듬었다. 활시위를 당겨 과녁을 향해 집중할 때처럼 머릿속을 비웠다. 어젯밤 지견이 해준 말이 귓속에 울렸다.

'말은 뜻을 전하는 수단입니다. 품은 뜻이 곧지 않고 사악한 자는 말을 유려하게 함으로써 뜻을 감춥니다. 뜻이 올곧은 사람은 말에 얽매이지 않습니다. 말을 잘하려고 하지 마시고 전하의 뜻에 집중하십시오······.'

세자는『무예신보』를 짓겠다고 마음먹었던 그때를 떠올렸다. 황구첨
정과 백골징포 등으로 어려서부터 죽은 이후까지도 군역의 굴레에서
벗어나지 못하는 백성을 향한 마음이 그 출발점이었다. 그 마음과 뜻에
입과 혀를 맡겼다. 세자가 입을 열었다.

　"임진년에 일어난 왜란을 예로 들겠습니다. 전란 초기에 왜는 우리
국토에 거의 무혈입성하다시피 했고, 단기간에 한양까지 북상하였습
니다. 왜군을 가로막아야 할 우리 군은 오합지졸의 모습을 보였습니다.
각 도에 군영이 설치되어 있었는데도 왜 이런 일이 벌어졌겠습니까?
조선의 병사들 스스로가 국방의 의무를 진 군인이 아니라, 국가에 노역
하는 존재로 인식했기 때문입니다. 이런 마음가짐으로야 전란을 피해
달아나는 것이 당연했습니다. 이와 같이 우리 군사들의 의무감과 책임
감이 미약한 데에는 크게 두 가지 이유가 있습니다. 실제로 우리 조선
의 징병 체계가 노역의 형태를 띠고 있기 때문입니다. 관아에서는 머
릿수를 채우느라 장정이 아닌 어린아이와 이미 죽은 사람까지 군적과
세금 대장에 올려 군포를 징수합니다. 이를 피할 길이 없어 군역에 나
선 이들은 이미 스스로 노역을 감당한다는 마음으로 임합니다. 이러니
군인으로서의 마음가짐이 있겠습니까? 두 번째 이유는 전문 병력을 양
성하는 교육 체계가 미비하기 때문입니다. 적이 출현해도 싸우는 방법
을 모르는데, 어떻게 당당히 전장에 나설 수 있겠습니까. 조선군 병력
의 절반 이상이 사실상 군인이 아닙니다. 어쩔 수 없이 군영에 끌려온
이가 대다수요, 그나마 제대로 된 군사 교육도 받지 못합니다. 병기는

어떻습니까? 나라에서 지급함이 당연한 일인데도 군역에 속한 백성이 제힘으로 구해야 합니다."

여기까지 말한 세자는 대신들을 둘러보았다. 지견은 막힘없이 생각을 풀어내는 세자가 자랑스러웠다. 왕이 있는 자리에서 말을 더듬지 않는 모습을 본 것은 처음이었다. 세자의 말이 이어졌다.

"지금껏 경들에게 호소했던 이야기가 바로 이것입니다. 국방을 강화하기 위해서는 재정의 바탕이 튼실해야 합니다. 하지만 지금 세수는 백성의 고혈을 쥐어짜는 방식으로 이루어지고 있습니다. 이미 말라버린 우물에서 물을 긷겠다는 것인데, 이렇게 해서야 어찌 국가 재정을 확충할 수 있겠습니까? 많이 가진 자가 많이 내는 것이 당연합니다. 토지를 가진 자는 대대로 부를 쌓고 있으니 토지의 결대로 세금을 걷고, 각 지방 관아에 딸린 토지와 거기에서 나오는 지대를 국고로 집중시켜 재정을 확충해야 합니다. 이를 바탕으로 구휼과 구제에 적극 나서며, 아울러 전문 직업 군인을 양성하는 데 힘을 기울여야 합니다. 경들은 지방 관리와 아전들의 인식이 아직 부족하여 시기상조라 하지만, 방만한 운영으로 기강이 해이해진 그들을 엄히 다스림으로써 하루빨리 그 기틀을 마련해야 하지 않겠습니까? 백성들이 자유로운 삶을 추구하기 위해서는 먼저 군역의 사슬에서 벗어나야 합니다. 군인들이 국방의 의무를 업으로 삼을 수 있도록 충분히 보상하고, 전문적이고 체계적인 교육을 해주어야 합니다. 비상시에는 하나가 되어 칼을 들지라도 평상시에는 각자의 본업에 충실할 수 있도록 여기 계신 대신들이 그 길을 마련해주어야 합니다. 내가 『무예신보』를 지은 뜻이 여기에 있습니다."

무거운 침묵이 흘렀다. 대신들과 세자의 기 싸움이 팽팽했다. 정홍순은 숨이 막힐 것 같은 긴장감에 모골이 송연했다. 그는 관가에 돌아다니는 세자에 관한 험담의 실체를 확인하고 아연실색했다. 대신들에게 세자는 적이었다. 만약 어느 편에 서야 한다면 어떻게 해야 할까? 그러다가 머리를 흔들었다. 그는 그 질문 자체가 추악하게 여겨졌다. 세자의 말은 하나도 틀리지 않았다. 만약 이를 천부당만부당하게 여긴다면 그것은 반역이다. 그런데 조정 신료들은 너무나도 당당하게 세자의 뜻을 거부하는 태도를 보이고 있었다.

일촉즉발의 판을 깬 이는 왕이었다.

"경연이 다소 뜨거워졌다. 뜻이 옳다고 무조건 밀어붙여서는 안 된다. 경들도 세자의 충심 어린 발언을 고깝게 듣지 말라. 오늘은 이만 하겠다."

위엄을 갖추면서도 적당히 타협하는 모양새였다. 왕은 늘 그랬다. 세자가 문제의 핵심을 흔들고자 하면 항상 피해 갔다. 결국 대신들의 원성은 세자에게 집중되었다. 왕이 채 자리를 뜨기도 전에 신료들이 먼저 박차고 일어났다. 그들은 세자에게 절도 올리지 않고 경연청을 나섰다. 새로이 당상관이 된 이들은 눈치를 살피다가 신료들 편에 섰다. 세자와 홍봉한의 눈길이 마주쳤으나, 홍봉한은 고개를 돌렸다. 조정에서 몇 남지 않은 소론 신료들과 정홍순만이 참담한 표정으로 세자에게 절을 하고 일어섰다.

∞

경연청에서 나와 동궁전으로 향하던 세자의 발걸음이 방향을 바꾸었다. 지견이 물었다.

"저하, 세손을 뵈러 가시옵니까?"

세자가 대답했다.

"기분이 우울할 때는 세손의 얼굴이 약이다."

잠시 사이를 두고 지견이 말했다.

"저하, 오늘 참으로 잘하셨습니다."

세자가 걸음을 멈추었다.

"그들에게 꼭 하고 싶은 말이었으나, 괜히 긁어 부스럼을 만든 것은 아닌지 모르겠다. 아무리 좋은 말과 뛰어난 의견이라 해도 그걸 들어줄 자세가 되지 않은 자에게는 한낱 시빗거리밖에 되지 않는데 말이다."

지견은 세자에게 힘이 되어줄 말이 차고 넘쳤으나 가슴에 담아두었다.

세손이 머무르는 환경전이 가까워졌을 때 지견은 저도 모르게 걸음을 멈추었다. 지견의 발걸음 소리가 멈춘 것을 알아차린 세자가 뒤를 돌아보았다.

"왜 그러느냐?"

지견은 세자의 물음에도 답하지 않고 아스라한 시선으로 환경전 쪽을 바라보고 있었다. 이상히 여긴 세자가 지견과 마찬가지로 환경전을 바라보며 정신을 모았다. 웬 여인의 말소리가 희미하게 들려왔다. 상궁이나 세자빈의 음성이 아니었다. 세자는 환경전과 지견을 번갈아 바라보다가 일부러 크게 헛기침을 하고 걸음을 옮겼다. 그제야 멀리 떠났던 징신이 돌아온 듯 지견은 황급히 세자의 뒤를 따랐다.

세자가 다가가자 환경전을 지키는 궁녀가 머리를 조아리고는 방을 향해 말했다.

"세자 저하께서 오시었습니다."

여인의 말소리가 멈추고 문이 열렸다. 낯선 여인 한 명이 밖으로 나와 머리를 조아렸다. 이어서 세손과 세자빈이 밖으로 나섰다. 세손이 말했다.

"책비가 재미있는 책을 읽어주고 있었습니다."

"그랬느냐? 어떤 이야기였느냐?"

세자의 물음에 세손이 답했다.

"매월당의 『금오신화』 가운데 「용궁부연록」입니다. 한 서생이 바다의 용왕과 만나는 신기한 이야기입니다."

세자가 세손을 안아 올렸다.

"바다의 임금과 땅 위의 임금 둘 중에 누가 더 훌륭하다고 생각하느냐?"

"왕은 섬김을 받는 동시에 백성을 섬기는 사람입니다. 백성을 잘 다스리고 섬기는 왕이 훌륭한 임금입니다."

세손의 대답에 세자가 웃음을 지었다.

"이 아비의 어리석은 질문에 세손이 현답을 내렸구나."

세손을 내려놓은 세자가 말을 이었다.

"아비는 너의 얼굴을 보았으니 되었다. 하던 일을 계속 하거라."

세자는 책비를 힐끗 쳐다본 뒤 세자빈을 일별하고는 돌아섰다.

환경전에서 멀어진 뒤에 세자가 말했다.

"책비 여인이 어떻더냐?"

지견은 답하지 않았다. 세자가 말을 이었다.

"목소리가 차분하고 가라앉은 것이 심지가 곧은 사람인 듯하다. 참한 여인이다."

지견은 여전히 아무런 답을 하지 못했다. 재인을 그런 곳에서 만날 것이라고는 기대하지 못했다. 음 선생을 따라다니며 책비 수련을 한 재인에게는 잘 어울리는 일이었다. 하지만 역적이라는 연좌에 걸려 관노가 된 여인이 어찌 궁에서 책비 노릇을 할 수 있는지는 여전히 의문이었다. 지견은 그 사실이 마음에 걸렸으나 당분간은 덮어두기로 했다. 영영 잃어버린 줄 알았던 은애하는 여인과 같은 공간에 머물며 가끔 볼 수 있다는 사실만으로도 가슴이 벅찼다.

"너의 마음을 빼앗은 이가 저 여인이더냐?"

지견은 대답을 않고 미소 지었다. 세자가 지견의 웃음을 수긍의 뜻으로 받아들이고 웃음을 머금었다.

"이름이 무엇이냐?"

"송재인이라 합니다, 저하."

세자는 무엇이 그리 좋은지 지견을 바라보며 다시 한 번 웃음을 지었다.

"지금 세자가 문제가 아니오."

서승의 말에 그 자리에 함께 있던 정기량, 김한로 등이 눈을 동그랗게 떴다.

"방자하기 이를 데 없는 세자 말고 다른 문제가 있단 말이오?"

김한로가 물었다. 서승이 대답했다.

"경종이 즉위한 이듬해였소. 그는 후대의 왕에게 남기는 비밀스러운 유지를 이재운이라는 중금에게 전했소."

"국금 말입니까?"

정기량이었다. 서승의 말이 이어졌다.

"아시는구려. 그때 국금이 내려진 것을 내가 알아차리고 노론의 핵심 인물들과 상의하여 가짜 시해 사건을 만들었소이다. 그로 인해 국금을 받은 중금은 참형을 당했소. 경거망동하지 말라고 왕에게 보내는 신료들의 경고였소. 그런데 당시에 신효명이라는 중금이 사라졌소. 그 일이 내내 앓는 이처럼 찜찜하더니 요사이 그때 소멸된 줄 알았던 국금이 다시 나타난 조짐이 보이오. 다들 알지 않소? 경종은 소론을 끼고돌며 노론을 견제하려 했소. 그런 이가 만든 국금이란 어떤 내용을 담고 있겠소? 나와는 상관이 없으나 노론 대신들에게는 상당히 불편한 내용일 거요."

김상구가 말했다.

"그깟 국금이 있다 한들 어쩌겠소? 왕도 우리의 눈치를 보는 처지요. 세자만 제거하면 두 발 뻗고 잘 수 있을 거요."

서승이 고개를 저었다.

"때로는 명분이 실력을 앞서는 법이외다. 임금이 노망나서 경종의 국금을 흔들어대면 민심이 동요하지 않겠습니까? 그게 임금의 손에 들어가지 않도록 하는 것이 상책이지요."

무리의 표정이 어두워졌다. 서승이라는 작자는 항상 자신들보다 한 발 앞서갔다. 이쪽에서 주도권을 잡았다 싶으면 어느새 새로운 패를 꺼내어 당혹스럽게 만들었다. 그들은 두려웠다. 사방팔방에 눈을 가진 그가 또 어떤 패를 만지작거리며 수를 세고 있을지 알 수 없었다.

정기량이 물었다.

"상선 대감, 어찌 해야겠소이까?"

서승이 대답했다.

"어전 회의에서 정중금 최헌직을 족치십시오. 국금이 오늘날까지 전해졌다는 것은 궁내에 경종의 잔당들이 있다는 증거지요. 선대 임금의 유지를 사사로이 써먹을 목적으로 독차지했다는 죄를 씌워서 최헌직을 신문하면 줄줄이 엮여 나오지 않겠습니까? 운이 좋으면 세자까지도 꿸 수 있을 것이오. 임금은 평생 경종을 독살했다는 추문에 시달렸소. 경종의 망령이 되살아났다고 생각하면, 임금도 우리 편에 설 것이오."

김한로가 말했다.

"만약 세자가 국금과 관련이 없다면?"

서승이 답했다.

"그것은 그때 가서 처리하면 되지 않겠소?"

노론 무리가 고개를 끄덕였다. 그때 바깥에서 하인이 일렀다.

"대감, 도련님께서 오셨습니다요."

정기량과 김한로, 김상구가 자리에서 일어섰다. 대청마루에서 그들과 마주친 서무일이 허리를 숙여 보였다. 노론 대신들이 떠난 뒤 서무일이 서승 앞에 앉았다. 서승이 말했다.

"곧 정중금이 자리에서 물러날 것이다. 서열과 품계상 바로 네 차례가 오지는 않을 것이나 멀지 않았다. 마음의 준비를 하여라."

서무일은 속으로 매우 놀랐다. 하지만 표정에 드러나지 않도록 마음을 다스렸다.

"이것을 챙겨두어라."

서승이 상 위에 종이로 싼 무언가를 올려놓았다.

"냄새도 없고 향도 없다. 물에 타든 음식에 묻히든 티가 나지 않는다. 혀에 대기만 해도 사지가 마비되어 산송장으로 시름시름 앓다가 수일 내로 숨이 끊어질 것이다."

서무일이 무슨 말인지 알아듣지 못하고 물었다.

"이것이 무엇이옵니까?"

"독이다. 기회를 보아 세자의 승전중금을 처리하라."

그 순간만큼은 감정을 다스릴 수 없었다. 서무일은 떨리는 손으로 상 위에 놓인 약을 집어 들었다.

∞

　가을 단풍이 요란했다. 무악재를 넘는 길목 양쪽으로 솟은 인왕산과 안산이 온통 붉게 물들었다. 재인은 한사코 지견과 나란히 걷기를 거부했다. 지견이 걸음을 늦추면 재인도 걸음을 늦추었고, 지견이 멈추면 재인도 멈추었다. 남녀가 나란히 걷는 것이 여염과 저잣거리의 통례에 어긋나는 일이기는 했으나, 지견은 그것이 옳다고 생각하지 않았다. 하지만 재인이 불편해하니 계속 고집할 수도 없었다.

　"지금쯤 목멱산도 단풍이 멋있을 거요."

　지견의 말에 재인이 물었다.

　"목멱산이 그리 좋습니까?"

　"그저 그런 산이오. 거기에 내가 머물던 집이 있어서 말해본 것뿐이오."

　그러다가 문득 생각나는 일이 있어 지견이 재인에게 물었다.

　"혹시 효동을 아시오?"

　"알다마다요. 중금께서는 어찌 아십니까?"

　"내가 조금 전에 말한 그 집 주인이 시전에서 지전을 하오. 효동은 시전에서 잔심부름을 했는데, 나와 인연이 닿아 지금은 지전에서 일하고 있소."

　"참으로 듬직한 아이입니다."

　"나도 그리 생각하오."

두 사람은 음 선생 집으로 향하는 길이었다. 지견은 벌써부터 재인과 단둘이 지낼 기회를 엿보았는데, 중금과 무수리의 관가를 맞추기가 쉽지 않았다. 게다가 둘이서 딱히 할 것도 없었다. 그래서 어렵게 관가를 맞추어 기껏 하는 것이 음 선생 댁 방문이었다. 하지만 지견은 행복했다. 푸른 하늘과 단풍 아래로 고운 햇빛을 맞으며 재인과 함께 걷는 것만으로도 좋았다. 힐끗힐끗 뒤를 돌아보는 지견과 눈이 마주칠 때마다 재인은 콧잔등을 찌푸려 보였다. 그게 예뻐서 지견은 자꾸자꾸 뒤를 돌아보았다.

　마을에 들어섰다. 무인년(1758년) 봄에 신효명의 유해를 도경술의 선산에 모신 이후로 음 선생을 본 적이 없었다. 그때 간소한 장례를 치르는 동안 음 선생은 많이 울었다. 젊은 날에 힘깨나 썼을 것처럼 우락부락하지만 정이 많은 사람이었다.

　"둘이서 찾아뵈면 어른께서 놀라 자빠지겠소."

　하지만 음 선생은 집에 없었다. 집 안의 가재가 아무렇게나 흩어져 있었다. 재인은 집을 치우는 일부터 했다. 지견이 도왔다.

　아침나절에 출발한 덕분에 청소를 끝내고도 햇빛이 좋았다. 지견은 대청마루에, 재인은 자신이 쓰던 별채 앞의 툇마루에 앉았다. 두 사람은 마당을 사이에 두고 한가하게 시간을 보내며 음 선생을 기다렸다. 두 사람 다 말이 별로 없었다. 같은 공간에 있는 것만으로도 설레고 벅찼다.

　지견이 말했다.

"내 고향이 어딘 줄 아시오?"

"어디인가요?"

"남도 끝자락의 흥양 땅에 있는 독골이라는 어촌 마을이오. 그곳 아낙들은 대체로 기가 세서 남정네들이 죽어지내는 편이었소. 부인한테 지청구를 들으면서도 거기 남자들은 화낼 줄을 몰랐소. 풍족하진 않았지만, 다들 한 식구처럼 잘 어울렸소. 아버지는 심마니 일을 해서 새벽에 나가 밤늦게 돌아왔는데, 낮 동안 동네 어른들이 나를 키웠소. 지금 생각하면 참으로 꿈같은 시간이었소."

갑자기 사무치게 독골이 그리워졌다. 눈물이 날 만큼. 아버지는 다시는 독골로 돌아가서는 안 된다고 했지만, 좋은 시절이 오면, 국금이 온전히 전해지면, 그때는 돌아가도 되지 않을까. 저기 온몸으로 가을 햇살을 받으며 아름답게 빛나고 있는 저 여인과 함께 가도 괜찮지 않을까.

"재인……."

두 발을 탁탁 부딪치고 있던 재인이 고개를 들었다.

"나중에 나랑 독골에 가지 않겠소?"

재인은 대답 없이 희미한 미소를 지었다. 그 미소가 슬퍼 보였다. 지견은 간절한 마음을 담아 다시 말했다.

"나랑 같이 독골에 갑시다."

재인은 지견의 눈을 지긋한 눈길로 바라보다가 말했다.

"그러고 싶습니다. 꼭 그렇게 하고 싶습니다."

지견이 일어섰다. 햇빛이 부서지는 마당을 건너 재인에게 다가갔다. 재인은 지견에게서 눈을 떼지 않았다. 지견이 어깨를 잡자 재인은 저도 모르게 부르르 몸을 떨었다. 지견의 입술이 재인의 이마에 닿았다.

∞

경진년(1760년) 새해의 첫 어전 회의였다. 인정전은 이른 시각부터 대신들이 자리 잡은 채 침묵을 지키고 있었다. 세자는 대신들의 기세가 여느 때 같지 않아 적잖이 긴장했다. 사관들도 무거운 침묵에 눌린 듯 이리저리 눈알을 굴렸다.

"주상 전하 납시오!"

서무일의 목소리를 앞세워 왕이 들어섰다. 상선내시 서승과 정중금 최헌직이 왕의 뒤를 따랐다. 대신들이 모두 자리에서 일어섰다.

"배례(拜禮)!"

서무일의 목소리에 따라 대신들이 왕에게 절을 올렸다. 대신들의 절도 있는 움직임이 세자 이선의 긴장을 더했다. 지견 역시 평소와 다른 대신들의 모습에 몸에 힘이 들어갔다.

왕이 말했다.

"새해에 경들의 성의 있는 인사를 받으니 기분이 좋소. 경진년을 맞아 경들이 소원하는 것 모두가 이루어지기를 바라오."

왕의 말이 떨어지기 무섭게 좌의정 김상구가 말했다.

"전하, 선대 임금이신 경종 대왕께서 남기신 국금을 아시옵니까?"

부드럽게 풀려 있던 왕의 표정이 갑자기 굳어졌다.

지견은 저도 모르게 최헌직을 쳐다보았다. 지견과 눈이 마주친 최헌직은 천천히 눈을 감았다가 떴다. 그의 눈은 이렇게 말하고 있었다. 놀라지 마라, 흔들리지 마라, 굳건해라…….

"좌상, 그게 무슨 말인가?"

왕의 물음에 김상구가 최헌직을 노려보며 소리쳤다.

"정중금은 대신들 앞으로 나오시오!"

최헌직은 동요하지 않았다. 그는 임금의 허락을 기다리는 듯 약간 고개를 숙였다. 임금이 고개를 끄덕이자 최헌직이 대신들 앞에 가서 섰다.

김상구의 말이 이어졌다.

"정중금은 내가 묻는 말에 거짓 없이 답하시오."

최헌직이 대답했다.

"거짓 없이 답하겠습니다."

"경종 대왕께서 국금을 남기신 사실을 알고 있소?"

"알고 있습니다."

좌중이 술렁였다. 노론 대신들은 득의만만한 표정으로 최헌직을 지켜보았다.

"그렇다면 국금의 내용도 알고 있소?"

"알고 있습니다."

최헌직의 뒷모습을 노려보고 있던 왕이 소리쳤다.

"무엇을 남겼는가? 정중금은 무엇을 알고 있는가?"

최헌식은 답하지 않았다. 평온한 표정으로 앞만 바라볼 뿐이었다.

"말하지 못할까?"

앞으로 뛰쳐나올 기세였다. 왕은 경종이라는 단어만 들어도 경기를
했다. 배다른 형제였지만, 깊은 우애를 나누었다. 왕세제 시절에 숱한
죽음의 문턱에서 건져준 고마운 형이었다. 그랬기에 선왕을 독살했다
는 추문이 만든 배덕의 올가미는 더욱더 단단했다.

정기량이 말했다.

"전하, 최헌직은 경종 대왕이 남긴 국금을 후대에 전하지 않고 사사
로이 간직하고 있었습니다. 이는 어떤 사악한 목적을 가진 것으로 사료
되오며, 필시 같이 작당하여 일을 꾸민 무리가 있을 것이옵니다. 저자
를 친국하시어 잔당의 뿌리를 뽑으심이 지당한 줄 아뢰옵니다."

"닥쳐라!"

왕이 소리쳤다. 언젠가 괘서 사건 때 그랬던 것처럼 왕은 이성을 잃
은 듯 보였다.

"나는 떳떳하다. 모두 나를 손가락질하나 나는 추호의 잘못도 없
다. 정중금 최헌직! 말하라. 선왕이 남긴 국금을 지금 이 자리에서 말
하라. 내 오늘로 평생을 괴롭혀온 추문의 고리를 대신들 앞에서 끊을
것이다!"

김한로가 목소리를 높였다.

"전하, 저자를 의금부에 압송하여 친국하심이……."

"닥쳐라! 닥쳐라! 지금 친국하고 있다!"

왕의 기세에 눌려 대신들은 입을 다물었다.

"정중금! 말해라. 선왕이 무엇을 남겼는지 당장 말하지 못할까?"

최헌직은 다시 지견과 눈을 맞추었다. 물결이 잠든 조용한 호수처럼 그의 눈은 깊이 침잠해 있었다. 지견은 최헌직의 눈에서 어떤 결심을 느끼고 두려워졌다.

최헌직이 몸을 돌려 임금을 향했다. 그는 임금에게 절을 올렸다. 왕의 노여움과 대신들의 흥분에도 아랑곳없이 그의 움직임은 느리고 평온했다. 최헌직이 몸을 일으켜 대신들에게로 돌아섰다.

"저저저……."

대신들은 너무 놀란 나머지 소리조차 내지 못하고 손가락질만 해댔다. 최헌직의 입술 사이로 피가 흘러내렸다. 정홍순이 달려 나갔다. 대신들의 반응을 본 지견도 최헌직에게로 달려갔다. 국금을 지키기 위해 최헌직은 자신의 혀를 자른 것이었다.

최헌직이 피를 토하며 바닥에 쓰러졌다. 쉴 새 없이 피가 솟구쳤다. 상선내시 서승은 전혀 예기치 못한 상황에 얼어붙고 말았다. 노론 신료들도 마찬가지였다. 누운 채 컥컥거리는 최헌직 주변으로 붉은 피가 번져나갔다.

35. 국금의 약속

다행히 최헌직의 시신은 훼손되지 않았다. 괘서 사건 때 죄인들의 머리를 군문효수하고 시신을 조리돌림했던 것에서 알 수 있듯 왕은 한번 포악해지면 끝을 가늠할 수 없는 사람이었다. 하지만 그는 최헌직의 시신을 집에 보내 장사지내도록 했다.

왕은 그런 결말을 원하지 않았다. 지난 십수 년간 곁을 지킨 충성스러운 신하였다. 비위를 맞출 줄 모르고 입에 발린 소리도 할 줄 몰랐으나, 그래서 왕은 그를 신뢰하고 아꼈다. 아까운 인물이 너무나도 허망하게 세상을 떠난 것이었다.

당혹스럽기는 서승도 마찬가지였다. 최헌직이 그렇게 나오리라고는 상상조차 하지 못했다. 역시 중금이란 무섭고 무거운 자들이었다. 아무리 애를 써도 손에 잡히지 않는 존재. 궁내에서 유일하게 자신의 손이 닿지 않는 영역이었다. 그는 양자 서무일이 어서 빨리 정중금에 오르기를 바랐다. 최헌직이 죽음으로써 순서를 앞당긴 것이 소득이라면 소득이었다.

노론은 아까운 패를 놓친 것을 아쉬워했다. 국금을 빌미로 소론 잔당과 남인까지 씨를 말릴 수 있는 호기를 잃고 말았다. 어쨌든 노론에 적대적이었던 경종이 남긴 국금은 소멸되었다. 이제 남은 패는 단 하나였다. 시간이 별로 없었다. 일흔을 코앞에 둔 왕에게 허락된 시간이 많지 않을 터였다.

∞

왕과 대신들 앞에서 정중금이 혀를 깨물고 자결했다는 이야기는 삽시간에 궁내에 퍼졌다. 무수리들의 입방아를 통해 사건을 접한 재인은 지견이 걱정되었다. 그녀는 궁녀들의 눈을 피해 내반원 부근을 어슬렁거리다가 돌아오기를 반복했다. 궁내를 다닐 수 있는 기회가 생기면 힘들고 어려운 일을 자청했다.

일이 벌어진 이후로 벌써 엿새째 지견으로부터 소식이 없었다. 퇴궐하는 길에 궁문 앞에서 잠시 얼굴만 볼지언정 이틀 걸러 한 번은 나타나서 환하게 미소 짓던 지견이 시야에서 사라지자, 정중금의 일에 엮여 어디서 고초를 당하는 것은 아닌지 재인은 두려웠다.

여드레째 되던 날 재인은 꾀병을 부려 궁에서 일찍 나왔다. 지전으로 가서 효동을 찾았다. 지전 근처를 한 시진 이상 맴돌았으나 효동은 보이지 않았다. 하는 수 없이 재인은 목멱산으로 방향을 잡았다. 지전의 큰 상인 집이니 찾기 어렵지 않을 것 같았다.

사람들에게 물어물어 시전의 지전 주인 도경술의 집에 이르렀을 때는 노을이 지고 있었다. 문이 열려 있었지만, 안으로 들어설 수 없었다. 겨울의 해는 급했다. 망설이는 사이에 사위가 어둑어둑해지기 시작했다. 고개를 들이밀고 안을 살펴보았다. 밥 짓는 냄새가 났다.

"뉘시오?"

경란은 애저녁부터 잠투정을 하는 아기를 업고 집 안을 돌아다니는 중이었다. 대문에 이르러 안을 기웃거리는 그림자를 발견하고 다가갔다. 동리에서 본 적이 없는 낯선 여자였다.

"누구 찾으시오?"

여자는 우물쭈물하다가 대답했다.

"여기가 이지견 중금이 머무는 집입니까?"

그 말을 듣는 순간 경란은 알아차렸다. 지견이 비몽사몽 속에서 경란을 안았던 날 내뱉은 이름……. 상상했던 대로 고운 사람이었다. 하지만 머리를 틀어 올린 것이 의아했다. 경란이 물었다.

"혹시 재인……?"

여자는 깜짝 놀랐지만, 어떻게 알았느냐고 묻지 않았다. 심지가 곧은 사람이었다.

"지견 오라버니한테 들은 적이 있습니다."

경란의 말에 재인이 고개를 끄덕이고 물었다.

"혹시 이지견 중금이 여기에 있나 해서 찾아왔습니다."

"오라버니한테 무슨 일이 생겼소?"

"아닙니다. 목멱산 아래에 머문다 하여 지나가는 길에 들렀을 뿐입니다."

경란은 자신보다 더 대담한 여자라는 생각이 들었다. 옷차림으로 보아 상민이었으나 기품이 있었다. 지견에게 어울리는 여자였다. 경란이 말했다.

"나도 혼례 때 보고는 아직 못 보았소. 줄곧 내반원에 머문다 하더이다. 중금 일이라는 게 그리 바쁜가 보오. 오라버니가 엄한 일을 할 사람은 아니니, 너무 걱정 마시오."

"예, 그렇지요. 이만 가보겠습니다."

"불이라도 들고 가시오. 날이 어둡습니다."

"아닙니다. 괜찮습니다."

재인은 돌아서려다가 경란에게 말했다.

"내가 찾아온 것을 이지견 중금께서는 모르셨으면 합니다."

여자의 심정은 여자가 알았다. 경란은 그러겠다고 대답했다. 재인은 고개를 숙여 보이고 어둠 속으로 멀어졌다.

경란은 재인이 어둠에 묻힐 때까지 자리를 지켰다. 두 사람 사이에 사연이 많은 것 같았다. 언젠가 김상엽의 집 장독대에서 설영이 지견을 두고 했던 말이 떠올랐다.

'뭐라고 할까…… 함께 있으면 마음이 푸근해져서 참 좋습니다만, 이

만남이 길지 않을 것 같은 조바심을 갖게 하는 구석이 있어요.'

그때 경란도 지견을 보며 같은 생각을 했더랬다. 곁에 두고 싶지만 끝내 잡을 수 없을 것 같은 사람. 경란에게 지견은 내내 그런 사람이었다. 경란은 부디 두 사람이 행복해지기를 진심으로 바랐다.

∞

최헌직의 장례를 치르고 돌아온 다음 날부터 지견은 심하게 앓았다. 세자는 어의를 불러 지견을 살펴보게 했다. 중금들이 돌아가며 지견의 곁을 지켰다.

정중금 최헌직의 죽음은 중금들에게 큰 충격을 주었다. 그런 가운데에도 훈도중금 김밀희는 장번으로 궁에 머물며 뒤처리를 하고 중금들을 추슬렀다. 모든 수습을 마친 뒤에 김밀희는 북악산에 올라 혼자 울음을 터뜨렸다.

중금은 언제든 왕을 위해, 왕의 뜻을 지키기 위해 목숨을 내어놓을 준비가 된 사람들이었다. 선임 중금들 어느 누구도 그렇게 말한 적은 없었지만, 중금은 앞선 중금을 보고 배웠다. 단종의 폐위를 알리지 않기 위해 스스로 혀를 깨물고 자결한 중금의 이야기는 전설이 아니었다. 중금 누구라도 그렇게 할 수 있음을, 그렇게 해야 함을 알고 있었다. 그것은 중금이 아닌 이는 이해할 수 없는 불가해한 면이었다. 그렇다고 해서 죽음이 슬프지 않은 것은 아니었다. 아니, 최헌직의 죽음을 통해 중금들은 자신들에게 주어진 사명의 실체를 확인하고는 처절함과 슬픔 속에서 헤매었다. 그러면서 칼날처럼 날카롭게 마음을 버리었다.

지견은 이레 동안 사경을 헤매었다. 어의는 병증이 없으면서도 식은 땀을 흘리고 정신을 차리지 못하는 지견에 대해서 어떠한 진단도 내리지 못했다. 간혹 신령이 내린 무녀에게서 이런 증세를 보았노라고 지나가듯 말했을 뿐이었다.

이레째 되던 날 지견은 씻은 듯이 나았다. 새벽에 일어나 몸을 깨끗이 씻고 동궁전으로 향했다. 세자는 이른 아침에 지견이 나타났을 때 지견의 육신을 떠난 혼령이 찾아온 것이 아닌가 싶어 적잖이 놀랐다. 그게 아니라는 사실을 알고 세자는 크게 기뻐했다. 지견은 자신이 아팠던 사실을 기억하지 못했다. 그의 삶에서 이레의 시간이 완전히 지워진 것 같았다.

그날 저녁 지견은 궁문으로 나갔다. 재인은 궁문을 빠져나온 뒤 주변을 두리번거리다가 지견을 발견하고 우뚝 멈추었다. 보는 눈이 많았지만 지견은 지체 없이 재인에게 다가갔다. 열흘 만이었다. 재인은 지견을 흘겨보다가 지견이 가까이 오자 재빨리 걸음을 옮겼다. 지견은 멋쩍은 표정으로 한참 동안 재인의 뒤만 따랐다. 인적이 드문 곳에 이르자 재인이 갑자기 몸을 돌렸다. 재인의 눈에 눈물이 그렁그렁했다.

"재인, 미안하오. 정중금 어른의 상을 치르고 돌아오자마자 많이 앓았소. 나는 잠깐 눈을 붙이고 일어난 것 같은데 그새 이레가 지났다 하더이다."

그 말을 듣고 재인의 표정이 누그러졌다.

"지금은 괜찮으십니까?"

"괜찮소. 사실은 전에도 이런 적이 있소. 재인이 음 선생 대을 떠난 걸 안 그날부터 며칠 동안 심하게 앓았더랬소."

그 말에 재인의 눈가에 아슬아슬하게 매달려 있던 눈물이 기어이 방울져 떨어지기 시작했다. 지견은 재인의 갑작스러운 울음에 당황스러워하다가 살포시 안아주었다. 재인은 지견의 품에 안긴 채 서럽게 울었다.

∞

"선아, 이 사람들을 행복하게 만들 수 있을까?"

오랜만에 궁을 빠져나온 세자가 주막 마루에 앉아 지나가는 사람들을 바라보며 말했다. 지견이 대꾸했다.

"왜요? 지견 눈에는 저들이 행복해 보이지 않습니까?"

"그렇기도 하고 아니기도 하다."

두 사람은 이제 서로의 이름을 바꿔 부르는 것이 익숙했다. 지견이 말했다.

"맞습니다. 항상 행복하지는 않습니다. 이 세상이 불공정하다는 사실에도 익숙해져 있습니다. 하지만 수많은 불행과 고통 중에 단 하나의 희망만으로도 저들은 살아갑니다."

"그 희망이라는 것이 어떤 것이냐?"

세자의 물음에 지견은 잠시 사이를 두고 대답했다.

"내일은 조금 더 나아지리라는 희망⋯⋯."

세자는 더 묻지 못했다. 과연 이 세상이 그 희망에 답할 수 있는 곳인지 의심스러웠다. 노비의 자식은 노비로 살아야 한다. 상민이라 해도 더 나은 삶을 꿈꾸기 힘들다. 극소수의 땅 가진 자들이 한 방울의 땀도 흘리지 않고서 수확을 가로챈다. 그리하여 신분과 재산은 대물림되고, 힘 가진 자들이 수많은 민중을 억압한다. 이러한 세상에서 희망을 찾고 삶의 이유를 찾으려는 그들은 누구인가? 희망을 갖기 힘든 처절한 상황 속에서 희망을 잃지 않는 그들이야말로 이 세상에 희망을 파종하는 고귀한 존재들이었다. 백성이라는 이름의.

"지견, 우울해 보입니다."

"그러냐? 내가 할 수 있는 것이 아무것도 없어서 우울하다."

"왜 없으십니까? 지견이 더 높은 자리에 오르면 그때는⋯⋯."

"너도 알지 않느냐? 조선의 군주는 힘이 없다. 지금 이 나라는 관료들의 것이다."

지견은 순간 경종 임금이 남긴 국금의 한 문장이 떠올랐다.

하지만 오늘날 이 나라는 관료들의 나라가 되고 말았다.

경종 임금의 고뇌는 그만의 것이 아니었다. 지견은 최소한 지금 내

곁에 있는 미래의 군주가 같은 고뇌를 하고 있노라고 경종의 혼백에게 전해주고 싶었다.

그로부터 오래지 않아 정홍순이 동궁전으로 세자를 찾아왔다. 평안도 관찰사로 제수되어 떠나기 전에 인사를 하러 온 것이었다. 세자는 그와 마주 앉자마자 대뜸 말했다.

"나를 만나러 온 것을 노론 대신들이 알면 관찰사에게 미운털이 박힐 것이오."

그 말에 정홍순이 웃었다.

"저도 알고 있습니다, 저하. 그렇다고 죄다 그들 눈에 드는 일만 한다면 정말로 그자들의 세상이 되지 않겠습니까?"

"관찰사 같은 신료가 다섯만 있어도 내가 든든할 텐데요."

"……곁에 있습니다. 곳곳에서 싹이 자라고 있으니 부디 견디어주십시오, 저하."

"고맙소. 경의 말이 참으로 힘이 됩니다."

"평안도 풍광이 원시적이고 이색적이라 합니다. 좋은 시절에 지견과 함께 한번 와주십시오. 오셔서 변방의 백성들에게 힘을 주십시오, 저하."

"약속은 못하지만, 기회를 만들어보리다. 그나저나 관찰사께서 멀리 떠나시니 서운하오."

지견과 정홍순은 동궁전에서 물러나와 같이 걸었다.

"노론의 움직임이 심상치 않다. 유생들을 동원하여 폐세자를 요청하는 상소를 무더기로 올릴 것이라는 소문이 돌고 있어. 그런 일이 생기면 조작된 여론이라는 걸 알면서도 민심이 흔들리게 마련이다. 네가 저하 곁에서 힘이 되어드려라."

정홍순의 말에 지견이 걱정스러운 표정을 지었다.

"혹시라도 저하께서 폐세자되시면 이후에는 어떻게 되는 겁니까?"

"서인으로 강등된 세자가 목숨을 부지한 사례가 많지 않다. 그리고 어린 세손께서 왕위를 이으시면 세손의 어린 나이를 이유로 들어 빈을 앞세운 노론 대신들이 섭정하려 들 것이다."

한동안 두 사람은 말이 없었다. 남문에 이르러 정홍순이 물었다.

"그런데 최헌직 정중금께서는 왜 그런 선택을 하셨느냐? 국금이라는 것이 목숨을 버리면서까지 지켜야 할 만큼 중한 것이냐?"

지견이 대답했다.

"어떤 사람에게는 하찮아 보이는 것이 어떤 사람에게는 목숨보다 소중할 수 있습니다. 중금은 왕의 음성으로 새겨진 뜻을 지키는 사람입니다. 경종 임금께서 뜻을 세우시고 그것이 은밀히 전해지기를 원하셨습니다. 정중금께서는 경종 임금의 뜻과 마음을 지키기 위해 그런 선택을 하신 겁니다."

"하지만 그로 인해 국금이 사라지고 말았지 않느냐?"

그 물음에 지견은 반응하지 않았다. 지견이 침묵을 지키자 정홍순이 말했다.

"더는 묻지 않겠다. 아무튼 지견이 너도 몸조심하거라."

"예, 형님."

남문을 빠져나간 정홍순은 거리의 인파 속에 묻혔다.

∞

정홍순의 말대로 그해 봄부터 세자를 폐하라는 유생들의 상소가 빗발쳤다. 어전 회의 때 세자 앞에서 버젓이 상소를 읽는 대신들을 보면서 지견은 낯이 뜨거워서 마음을 추스르기 힘들었다. 다행히 세자는 묵묵히 견뎠다. 하지만 동궁전으로 돌아오면 상황이 달라졌다. 유생들의 상소가 노론의 선동에 의한 것임을 알면서도 그것이 민심이지 않을까 염려하며 세자는 많이 흔들렸다. 왕도 마찬가지였다. 조정 대신들에 이어 유생들까지 들고일어나자 고민이 깊어졌다.

왕은 선왕의 예를 생각하지 않을 수 없었다. 하늘에 맹세코 자신은 경종의 죽음과 무관했다. 하지만 경종이 독살되었을지도 모른다는 의심마저 지울 수는 없었다. 모든 것이 딱딱 맞아떨어졌다. 집권 세력이었던 노론이 실각 위기에 처한 상황에서 경종이 급사한다, 노론이 밀고 있던 왕세제가 왕위에 오른다, 왕세제가 왕을 독살했다는 추문이 일고 전국 곳곳에 벽서가 붙는다, 노론은 이를 빌미로 소론을 탄압한다, 노론은 독주 체제를 굳힌다……. 어떤 작자의 머릿속에서 나온 계략인지 치밀하고 주도면밀했다.

세자에게 같은 일이 일어나지 말란 법이 없었다. 왕도 유생들의 상소가 노론의 선동에 의한 것임을 알았다. 그리고 그것이 노론의 준엄한 경고라는 사실도 알았다. 계속 노론의 뜻을 거스른다면 최악의 상황으로 치달을지도 몰랐다. 결단을 내릴 때가 오고 있었다.

무거워진 심신을 덜고 잠시 조정 대신들에게서 벗어나고자 왕은 온천 여행을 계획했다. 왕의 결정에 사사건건 트집을 잡는 노론 신료들은 탄핵 상소가 빗발치는 상황에서 왕실이 한가하게 여행을 떠난다며 비판했다. 하지만 왕은 저자세로 조정 대신들의 이해를 구했다. 혼란스러운 정국에 쉼표를 찍을 필요가 있었다.

경진년(1760년) 여름이었다. 어승차가 창덕궁을 출발했다. 목적지는 온양 행궁이었다. 어승차를 중심으로 종친을 태운 가마가 앞뒤로 늘어섰다. 그 양쪽을 금군이 두 겹으로 호위했다. 내시와 나인들이 그 뒤를 따랐다. 행렬에 속한 인원이 사백 명이었다. 왕실의 행차에 동원된 인원치고는 조촐했다. 민심을 염려하여 가소화한 것이었다.

지견은 세자가 탄 가마와 나란히 말을 타고 움직였다. 그 바로 뒤에 서무일이 어승차 곁에서 말을 타고 뒤따랐다. 서무일과는 여전히 데면데면했다. 내반원에서 마주쳐도 그다지 아는 체를 하지 않았다. 그렇다고 둘 사이가 불편한 것은 아니었다. 서무일로서는 생부모에 관한 일을 알고 싶어 지견에게 도움을 청했을 때 이미 손을 내민 것이었다. 그것은 엄하고 잔인한 양부 밑에서 자란 그가 할 수 있는 최고의 호의였다.

서울에서 곧장 남하하면 온양이었다. 왕실의 행차는 수원에서 하루를 묵었다. 수원에는 행궁이 없어 객주를 통째로 빌리고 그 주변에 막사를 빽빽이 세워 통제했다. 왕이 왔다는 소식에 상민들이 몰려들었지만, 용안을 볼 수는 없었다.

객주의 방은 여인들에게 양보하고 세자는 막사에 잠자리를 꾸렸다. 지견은 서무일과 같은 막사를 썼다. 예비 중금 시절 준수방 내시부 궐외 각사의 중청에서 수련하며 같이 잠을 자던 때 이후로 처음이었다.

지견은 세자의 잠자리를 봐준 뒤 막사로 들었다. 한참 지나서 서무일이 막사로 왔다. 막사 사이사이에 밝혀놓은 횃불의 불빛이 어른거렸다. 지견은 재인을 생각했다. 정말로 재인과 같이 독골에 갈 날이 올까? 독골 산기슭의 집 마루에서 재인과 함께 바다를 바라보는 상상을 했다. 절로 미소가 잡혔다.

"자는가?"

지견이 눈앞에 그린 풍경 속으로 서무일의 음성이 파고들었다.

"아니."

"그리움이라는 거…… 어떤 건가?"

지견은 서무일의 음성에서 짙은 고독을 느꼈다. 지견은 오래전부터 알고 있었다. 중금 취재 때 서무일의 음성을 들으며 지견은 서무일이 악한 사람일 수 없다고 생각했다. 그리고 나중에야 알았다. 짙은 외로움을 견디기 위해 그가 센 척하고 있다는 사실을.

"그리움은 나를 행복한 시간으로 데려다주네. 때로는 슬프게 만들기도 하지만, 그 슬픔이 괴롭지는 않아. 촉촉이 젖는 동안 깊이 가라앉아 있다 보면 다시 떠오를 희망을 갖게 하거든. 그게 그리움일세.”

침묵하고 있던 서무일이 말했다.

“나는 그런 걸 모른다고 생각했네. 그런데 그게 아니었어. 늘 부초처럼 떠다니는 마음이 향한 곳이 있었어.”

“부모님인가?”

서무일은 대답하지 않았다. 지견이 기다렸다가 말을 이었다.

“찾을 수 있지 않을까? 자네를 데리고 온 그 사람에게 물어보면 되지 않나?”

“그럴 참이네, 곧.”

그때 어디선가 구슬프면서도 포악한 소리가 들려왔다. 누군가 울부짖고 있었다. 울부짖음이 하나둘 더해져 소리가 점점 커졌다. 지견은 귀를 기울였다. 그 목소리는 왕을 부르고 있었다.

“상감마마, 도탄에 빠진 백성을 구하소서!”

“주상 전하, 어린 백성의 말에 귀 기울여주소서!”

그들은 왕에게 호소하고 있었다. 관리와 아전들 앞에서는 내내 침묵하고 참았던 그들이 왕을 향해 소리치고 있었다. 자신들의 이야기를 들어달라고 울부짖고 있었다. 곧이어 금군들이 그들을 쫓는 소리가 들렸다. 겸사복의 말 달리는 소리도 들려왔다. 울부짖음이 조금씩 잦아들었으나, 지견의 귓가에는 내내 그 소리가 머물러 있었다.

∞

　온양 행궁에 도착했다. 세사궁에 심을 정리한 궁녀들이 나가자마자 세자가 지견에게 말했다.

　"간밤의 소리를 들었느냐?"

　"예, 들었습니다, 저하."

　"가슴이 찢어지는 것 같았다. 백성들은 왕을 만나고 싶어 한다. 왕과 이야기하고 싶어 한다. 왕과 백성이 직접 만날 길은 없는 것이냐?"

　지견은 답할 수 없었다. 세자도 답을 구하려고 물은 것은 아니었다. 세자의 말이 이어졌다.

　"내가 왕이라면 저 궁문을 활짝 열 것이다. 백성들이 마음껏 드나들 도록 할 것이다."

　지견은 세자의 마음이 고마웠다. 그는 속으로 말했다. 꼭 그리하십시오. 왕위에 오르시거든 용상에서 내려와 백성에게로 가십시오.

　"백성들을 만나야겠다."

　지견은 마음을 들킨 것 같아 깜짝 놀랐다. 하지만 그것은 도성에서 궁인들 몰래 궁을 빠져나가 여염을 구경하는 것과는 다른 일이었다.

　"저하에 대한 상소가 끊이지 않고 있습니다. 자칫하다가 노론에게 빌미를 줄 수 있습니다."

　"그래서 더 알아야겠다. 저들에게 왕이라는 존재가 무엇인지 알아 야겠다."

지견은 세자를 말릴 수 없다는 걸 알았다.

지견은 온양 행궁의 구석구석을 살폈다. 마음만 먹는다면 담을 넘는 것쯤이야 쉬워 보였다. 하지만 금군들이 문제였다. 일정한 간격을 두고 무사들이 포위하듯 에워싸고 있어서 그들의 눈을 피하기 힘들 것 같았다. 그렇다면 당당히 문을 통해 나가는 수밖에 없었다.

지견은 관복을 입은 채 궁문을 나섰다. 수문장이 지견을 세웠다.

"중금께서 바깥에는 어인 일이시오?"

지견이 짐짓 너스레를 떨다가 수문장에게 귀엣말을 했다.

"어허, 이것 참. 세자 저하께서 온양 특산물인 소곡주를 맛보고 싶으시다 하십니다."

"전하께서 행궁 행차 중에는 특히 술을 멀리하라 하셨사온데 어찌……."

"어허, 그래서 내가 참 곤란하외다. 신하 된 자로서 저하의 명을 무시할 순 없지 않소이까. 무관께서는 비밀을 지켜주시오."

그렇게 주변의 주막에서 술을 얻어온 지견은 잠시 뒤에 도포와 삿갓 차림으로 다시 궁문으로 향했다.

"무관, 세자의 승전이오. 이번에는 세자 저하께서 이곳에서 나는 표고버섯을 올리지 않으면 상을 받지 않겠다 하시어……."

그런 식으로 지견은 이틀 동안 뻔질나게 궁문을 드나들었다. 같은 일이 반복되자 수문장은 지견이 궁문을 지나가도 신경 쓰지 않았다.

행궁에 도착한 지 나흘째 되는 날, 오일장이 열리는 때에 맞추어 지견은 세자와 함께 궁문으로 향했다. 세자 역시 지견과 마찬가지로 사복 차림이었다. 지견은 궁문을 지나면서 자신이 참 곤란하다는 몸짓을 해 보였다. 수문장은 심드렁한 표정으로 지견과 세자를 지켜보다가 고개를 돌렸다.

세자가 지견에게 말했다.

"선아, 너도 수완이 참 좋다. 어찌 궁문의 무관을 구슬렸느냐?"

"구슬린 게 아니라 귀찮게 했습니다. 관리들이 가장 싫어하는 게 그것입니다."

장은 사람들로 북적였다. 두 사람은 주막에 자리를 잡았다. 평상 하나를 차지하고는 국밥을 먹었다. 행궁에 왕이 행차했다는 이야기가 단연 화제였다.

"그래도 가보지 않겠는가? 운이 좋으면 용안이라도 뵐 수 있지 않을까?"

"어허, 임금 얼굴은 봐서 뭐 하려고? 임금이 우리 같은 것들 거들떠보기나 한대?"

바로 옆 평상에 있는 사내들의 대화였다. 세자의 표정이 굳어졌다.

"그래도 나라에서 환곡을 줄여주고 흉년이 들었을 때 세금을 감해준 덕분에 그 힘든 시기를 날 수 있지 않았는가?"

"그게 어디 임금이 한 일인가? 그때 대리청정을 하던 세자가 관리들의 반대를 무릅쓰고 밀어붙였다잖은가."

"그랬지. 방납을 금지한 것도 세자였지."

기억이 났다. 대리청정을 시작한 초기였다. 세자는 관아로부터 곡식을 빌린 백성들이 고리(高利)에 시달리자 이를 현실적으로 조정하는 작업을 했다. 그리고 흉년이 든 지역은 원래의 세금에서 내려서 받고, 풍년이 든 지역은 올려 받는 식으로 세수를 조정했다. 또 관리가 상민을 대신하여 공물을 내주고 나중에 높은 이자를 붙여서 돌려받던 방납을 금지했다.

그때 대신들의 반대가 거셌다. 하지만 하룻강아지 범 무서운 줄 모른다고, 정치 일선에 처음 뛰어든 세자는 멋모르고 밀어붙였다. 그때 노론 신료들에게 미운털이 단단히 박혔다.

세자는 그때 내린 용단이 백성들에게 어떤 도움이 되었는지 알지 못했다. 세자가 하명한 정책은 시간이 지나면서 다시 원점으로 돌아가고 말았다. 그런데 시간이 지나 그때를 기억하는 백성이 지금 세자 앞에서 기억을 되살려주고 있었다.

세자가 옆 평상의 사내들에게 말을 걸었다.

"그래도 어리석은 세자가 좋은 일을 한 게 있긴 한가 봅니다."

사내들의 눈매가 매서워졌다.

"이것 보시오. 무슨 말을 그렇게 함부로 하시오. 어리석은 사람이 그런 일을 합니까? 나라가 이 꼴이 된 게 왕이나 세자 때문이오? 해쳐먹지 못해서 안달이 난 조정의 권신들 때문 아니요? 욕을 하려거든 그놈들 욕이나 하시오."

한바탕 야단을 들은 세자가 잠시 사이를 두고 또 말을 걸었다.

"그런데 이번 왕실의 행차에 세자도 왔다고 하더군요?"

세자의 말에 두 사내의 눈이 커졌다.

"그게 정말이오?"

"한양에서 임금을 호송한 금군 중 하나가 친척이오. 그가 그랬소."

주막에서 나온 세자와 지견은 장의 여러 곳을 돌아다니며 백성들의 이야기에 귀 기울였다. 왕실을 편드는 사람, 욕하는 사람, 왕의 무능을 지적하는 사람, 그렇지만 어쩔 수 없지 않느냐고 두둔하는 사람 등 참으로 여론이 다양했다. 그런 중에도 한 가지만은 분명했다. 왕이 바로 서야 나라가 바로 선다는 사실이었다.

행궁으로 돌아온 세자는 깊은 생각에 잠겼다. 지견은 세자가 혼자 있고 싶어 한다는 것을 알고 세자궁에서 물러났다. 혼자가 된 지견은 관복의 솔기를 만지작거렸다. 실로 꿰맨 그 안쪽에 국금을 적은 글과 경종의 증표가 있었다.

∞

행궁을 떠나기 전날 밤이었다. 궁내가 소란스러워지기 시작했다. 금군들이 대열을 갖추어 움직였다. 흡사 전투를 치르려는 태세였다. 지견이 내금위 교관에게 물었다.

"무슨 일입니까?"

"궁 밖에 군중이 모여들고 있습니다. 그 숫자가 점점 불어나고 있어 군사를 배치하는 겁니다."

지견은 수원에서 하룻밤을 지내던 그때의 울부짖음이 떠올랐다. 그것은 분명 원성이 아니라 호소였다. 지금도 다르지 않을 것이다. 자칫 병사들이 백성의 움직임을 오해하여 충돌이 일어난다면, 큰 불행이었다.

지견은 곧장 세자궁으로 향했다.

"저하, 궁 밖에 백성들이 모여들고 있다 합니다. 금군이 병력을 움직였습니다."

행궁을 빠져나가 장을 돌아다니다가 돌아온 뒤로 세자는 말수가 없어졌다. 생각이 많아 보였다. 뜰을 거닐다가 하늘을 보며 자주 한숨을 지었다.

세자는 지견의 말을 듣고 놀란 표정을 지었다.

"백성이 다쳐서는 안 된다. 가자."

궁문으로 향하는 동안 군중의 소리가 점점 커졌다. 세자와 지견은 걸음걸이에 속도를 올렸다. 그러다가 둘 다 문득 걸음을 멈추었다.

"세자 저하, 용체를 보여주십시오!"

"세자 저하, 용체를 보여주십시오!"

궁 밖의 백성들이 세자를 부르고 있었다. 세자는 마치 몸이 마비된 듯 꼼짝하지 않았다. 그러다가 천천히 걸음을 옮겼다. 백성들의 소리가 점점 커졌다. 세자가 궁문 뒤에 이르렀다. 성벽 너머로 노을이 내려앉은 것처럼 벌건 불빛이 너울거렸다. 내금위장이 세자를 발견하고 다가왔다.

"저하, 무리가 저마다 횃불을 들고 있습니다. 화공(火攻)의 위험이 있으니 물러서십시오."

하지만 세자는 걸음을 멈추지 않았다.

"내금위장 눈에는 저들이 적으로 보이는가? 내 눈에는 어여쁜 백성으로 보인다. 궁문을 열라."

내금위장이 깜짝 놀라 무릎을 꿇었다.

"안 됩니다, 저하. 저들이 나쁜 마음을 품고 저하께 불을 던질 수 있습니다."

세자가 소리쳤다.

"적으로 여기고 두려워하면서 어떻게 백성을 이끈단 말인가! 어서 문을 열라!"

"저하……."

"어서!"

내금위장이 하는 수 없이 고개를 끄덕였다. 궁문이 요란한 소리를 내며 천천히 열렸다. 궁 밖의 소리가 일제히 멈추었다. 궁문이 열리자마자 금군들이 달려 나가 창을 겨누었다. 궁 밖에 수많은 사람이 횃불을 들고 있었다. 군사들이 튀어나오자 그들은 흠칫하며 뒤로 물러섰다. 세자는 붉게 타오르는 횃불 속으로 천천히 걸었다. 지견은 뒤에서 그 모습을 지켜보며 눈시울을 붉혔다.

이윽고 세자가 궁문을 나섰다. 그는 좌우의 군사들에게 일렀다.

"무관들은 창을 거두라!"

병사들은 서로의 눈치를 살폈다. 그들 중 한 명이 슬그머니 창을 내렸다. 그러자 다른 무관들도 창을 거두었다.

세자가 앞으로 걸어 나갔다. 곤룡포와 익선관을 본 적이 없는 상민들은 궁문을 나와 병사들을 다스리는 그를 의아한 눈길로 지켜보았다. 세자가 입을 열었다.

"나는…… 조선의 왕세자 이선이오. 지금 여러분이 찾고 있는 그 사람이오."

횃불을 든 민중들의 눈이 커지고 입이 벌어졌다. 지금 세자가 눈앞에 있다. 성벽 위 누각에 서 있는 형체만이라도 보기를 바랐는데, 손을 뻗으면 닿을 거리에 세자가 서 있었다.

"세자 저하가 나오셨다! 세자 저하가 여기에 계시다!"

불빛이 세자 주변으로 몰려들었다. 금군들이 막았으나 소용없었다. 세자를 연호하는 함성이 점점 커졌다.

∞

세자궁으로 돌아온 뒤 세자는 자리에 앉지 못하고 방 안을 서성이며 안절부절못했다. 그러다가 갑자기 멈추어 서서 천장을 올려다보며 말했다.

"내가…… 내가 저들의 좋은 임금이 될 수 있을까? 백성의 어버이가 될 수 있을까?"

지견은 말이 없었다. 문 앞에 서서 세자를 지켜볼 뿐이었다.

"먼 길을 와버렸다. 돌이키기에는 너무 멀리 왔다. 너를…… 너무 늦게 만났다. 나는 왕이 될 수 없을 것이다. 내게는 힘이 없다. 왕이 되어도 허수아비가 될 수밖에 없을 것이다."

침묵이 흘렀다. 한참이 지난 뒤에 지견이 입을 열었다. 그의 음성이 낮게 가라앉아 있었다.

"한 왕이 있었습니다. 그분께서는 당신의 힘으로는 세상을 바꿀 수 없음을 아시고, 후대의 어진 왕에게 유지를 남기셨습니다. 뜬 눈으로 아름다운 세상, 백성이 행복한 나라를 꿈꾸시던 그분께서는 먼 훗날의 그날을 기다리며 큰 뜻을 품으셨습니다."

세자가 지견을 돌아보았다. 지견이 무릎을 꿇고 무언가를 앞으로 내밀었다. 경종의 증표였다. 세자가 말했다.

"이것이 무엇이냐?"

지견이 엄숙한 음성으로 말했다.

"국금 이지견, 세자 저하께 경종 대왕이 남기신 국금을 전합니다. 국금은 음성으로 전하는 것이오나, 주변의 귀가 많음에 이 글을 올립니다. 받아주시옵소서."

세자가 놀란 표정으로 지견을 내려다보다가 국금이 적힌 종이를 받아들었다. 세자의 손이 떨렸다.

나, 조선의 스무 번째 국왕 이윤이 이 말을 남기노라.

태조께서 이 나라를 세울 때부터 왕실에는 피바람이 불었다. 이후로도 조선 왕가에는 왕위를 차지하기 위한 반인륜적 비극이 끊이지 않았다. 적통의 맥이 끊긴 지 오래다. 단지 왕가의 피 한 방울 섞였다 하여 왕이 된다면, 어느 누구라도 왕이 되지 않을 수 있겠는가. 신료들이 왕을 업신여기고 권력을 유지하기 위한 정쟁의 깃발로 삼게 된 것을 두고 어찌 그들만 탓하랴. 허나 내가 걱정하는 일은 왕실의 권위가 무너지고 왕의 목숨이 파리 목숨만도 못하게 된 현실이 아니다. 본디 백성이 왕을 추대한 것은 정의와 공정을 실현하고 귀족을 견제해달라는 염원에서 비롯되었다. 왕은 신료들의 왕이 아니라 백성의 왕이 되어야 한다. 하지만 작금에는 관료라는 장벽에 가로 막혀 왕과 백성이 통하지 못한다. 왕의 뜻을 백성에게 전할 길이 없고 왕이 백성의 소리를 들을 통로가 막혔다. 탐관과 간관이 판을 치는 탓에 백성들은 당장 먹고살 일에 몰두할 수밖에 없는 처지가 되었다. 생존에 급급한 이는 세상 돌아가는 이치에 눈을 돌릴 수 없기에 그것을 잘 아는 못된 지주와 관료들은 백성을 더욱 쥐어짠다. 애초에 조선은 왕의 나라가 아니라, 백성의 나라여야 했다. 하지만 오늘날 이 나라는 관료들의 나라가 되고 말았다.

선왕과 노론에게 등 떠밀려 대리청정을 할 때부터 왕위에 오른 오늘날까지, 나는 밤잠을 제대로 이루지 못했다. 내가 바라는 대로, 백성이 원하는 대로 이 나라를 개조할 수 없음이 원통하고 애석하다. 하여 나의 근심과 염원을 후대의 어진 왕에게 남긴다. 이 유지를 접한 그대는 이 못나고 어리석은 이의 생각과 마음에서 모범으로 백할 것이 있다면, 부디 국정 운영의 지표로 삼으라.

예로부터 사농공상(士農工商)이라 하여 선비를 으뜸으로 여기고 농부를 버금으로 쳤으며 물건을 만드는 이와 장사에 종사하는 이를 천하게 보았다. 이는 사대부의 지배 논리이기에 폐기해야 마땅하다. 농(農)을 버금으로 친 것은 지대(地代)를 중심으로 돌아가는 구조 속에서 그 땅에 부쳐먹는 소작농들을 계속 그 자리에 붙들어두기 위한 얄팍한 속임수에 지나지 않는다. 그대는 공상(工商)을 귀하게 여기고 장려하여 백성의 살아가는 방편이 다양하도록 꾀하라.

한양이 조선의 도성으로 자리 잡은 지 삼백오십 년이 되었다. 국가의 모든 문물이 한양으로 통하고 권력이 한양에 집중되었다. 삼백오십 년 세월 동안 한양을 근거지로 삼은 이들은 한양에서 인맥을 쌓고 권력을 쌓고 부를 쌓았다. 그리하여 한양이 조선의 도성이 아니라 공신들의 영지(領地)가 되었다. 이 영지 안에서 살아가는 백성은 공신들이 이룬 질서에서 자유롭지 못하다. 상황이 이러하니 국가의 역량 또한 한양에 편중되고 있다. 그대는 도성과 지방, 중앙과 주변이 차별되지 않도록 국가의 힘과 역량을 고루 분산하여 균형 있는 발전이 이루어지도록 하라.

허나 내가 가장 바라는 것은 이것이다. 날이 갈수록 견고해지는 관료들의 탐욕과 이기심을 왕 한 사람이 견제할 수는 없다. 왕과 왕실이 관료의 눈치를 보는 상황에서 어찌 떳떳한 군주의 길을 걸을 수 있겠는가. 그렇게 하기에 조선의 왕은 무능하다. 아니, 관료들은 무능한 왕이 탄생할 수밖에 없는 흐름을 만들어놓았다. 기적적으로 정의로운 뜻을 품은 왕이 나온다 하여도 미처 그 뜻을 펼치지 못하고 제거될 것이다. 그러니 왕이 무슨 소용인가. 어진 그대는 스스로 왕좌에서 내려오라. 왕실을 해체하라. 이미 조선의 왕실은 권력을 탐하는 자의 땅따먹기 놀이터가 되고 말았다. 그러니 두어서 무엇 하랴. 그대에 이르러서도 왕과 왕실이 가진 권한이 조금이나마 남아 있다면 그것을 백성에게 넘기라. 백성으로 하여금 관료들을 감찰하게 하고 아름다운 나라, 살기 좋은 세상을 설계하게 하라. 반상의 질서를 무너뜨리고 양천을 타파하여 만백성이 동등한 위치에 서게 하라.

이것이 지난 세월 내가 뜬눈으로 꾸어온 꿈이다. 이 못나고 어리석은 자가 그대에게 넘기는 짐이 버거울지라도 어진 백성들이 그대 곁에 있으니 부디 담대하고 용기 있게 헤쳐나아가라.

국금을 읽어 내려가는 세자 이선의 눈빛이 심하게 떨렸다.

36. 아름다운 꿈

온양 행궁에서 수많은 백성이 세자를 연호하고 지지한 일이 알려지자, 세자를 폐위하라는 유생들의 상소는 힘을 잃었다. 하지만 노론은 세자가 천한 백성과 작당하여 부왕을 욕보였다는 뜻밖의 문제를 거론하며 세자를 압박했다. 아닌 게 아니라 왕은 온양의 상민들이 자신을 제치고 세자를 연호했던 일에 심기가 불편했다. 왕은 선위를 하겠다고 선언했고, 세자는 또다시 편전을 향해 석고대죄해야 했다.

세자는 부쩍 말수가 없어졌다. 지견이 걱정되어 물으면 희미한 웃음을 지어 보일 뿐이었다.

가을과 겨울이 지났다. 어전 회의와 경연에서 노론 신료들이 시비를 걸어도 세자는 묵묵부답이었다. 그동안 잠잠했던 소론과 남인은 민심이 세자를 지지한다는 사실에 힘을 얻어 조금씩 목소리를 내기 시작했다. 조정은 새로운 국면으로 접어들었다.

궁은 대체로 평온해 보였으나, 관가에서는 세자를 둘러싸고 갖가지 풍문이 나돌았다. 그중에서도 세자가 여승(女僧)을 궁으로 끌어들여 음탕한 짓을 벌였다는 소문은 육조 거리를 넘어 저잣거리를 떠돌다가 다시 궁궐의 담을 넘었다. 그 이야기는 작은 일을 크게 만들기 좋아하는 왕실 여자들과 궁녀들의 좋은 먹이가 되었다. 소문은 눈밭을 구르는 눈덩이처럼 점점 커졌다. 세자가 화병이 도져 미쳐 날뛰는 바람에 궁인 여럿이 비명횡사했다는 이야기까지 나돌았다. 추문이 동궁전을 중심으로 소용돌이쳤으나, 정작 당사자인 세자는 그러한 사실을 몰랐다. 지견도 상촉내시가 된 동첩이 일러주기 전까지는 소문을 접하지 못했다. 하루는 동궁전에서 내반원으로 가는 길에 마주친 동첩이 지견을 한쪽으로 끌었다.

"세자 저하에 관한 이상한 소문이 돌고 있습니다. 내관들 사이에는 그게 사실로 굳어지다 못해 거의 매일 새로운 소문이 만들어지고 있습니다. 중금 나리까지 엮어서 민망한 이야기를 입에 올리고 있으니, 저하께서 적극적으로 해명하시는 것이 옳을 듯합니다."

지견은 대수롭지 않게 여겼다. 그런데 재인을 만나 이야기를 나누던 중에 지견은 기겁하고 말았다.

"혹시 궁인들 사이에 떠도는 소문을 아시오?"

지견이 묻자 재인이 웃음 지으며 대답했다.

"예, 참 기괴하고 기발한 이야기가 많습니다. 내명부와 궁인들은 남의 이야기를 입에 올리기 좋아하니 신경 쓰지 마세요."

"어떤 것이 있소?"

재인이 짓궂은 표정을 지어 보였다.

"세자와 당신이 그렇고 그런 사이라고 합니다."

"······."

지견은 세자와 같이 있는 동안 궁내에 떠도는 소문에 관해서 넌지시 이야기했다. 세자는 자신과 지견이 남색(男色)을 한다는 소문에도 대수롭지 않게 반응했다.

"그렇지 않아도 그 일로 빈궁에게 박박 긁혔다. 어이가 없어서 대꾸도 하지 않았다."

세자도, 지견도 웃어넘겼다. 하지만 소문은 기어이 어전 회의까지 침범했다. 젊은 당상관 하나가 낯을 붉히며 핏대를 올렸다.

"종사의 모범이 되어야 할 이가 추악한 일을 일삼으며 조정과 왕실을 욕되게 하고 있으니 조정 대신들은 두고 볼 수 없소이다."

세자는 멍하니 듣고 있다가 대신들의 시선이 자신에게 쏠린 것을 알고 오히려 물었다.

"지금 그 이야기가 나를 두고 하는 것이오?"

그러자 노론 신료들이 하나둘 침을 튀기 시작했다.

"행실이 그릇된 이가 어찌 백성의 우러름을 받고 정의를 세우며 신료들의 존경을 받을 수 있겠습니까? 패륜을 저지르고도 스스로 부끄러움을 모르니, 이는 사람의 도리가 아닙니다."

점입가경이었다. 소론과 남인 신료들도 윤리와 도덕에 있어서는 세자의 편이 아니었다. 문제는 그들이 사실이 아닌 것을 사실로 믿고 있다는 것이었다.

세자가 말했다.

"경들이 보았소? 어느 궁인이 내게 죽임을 당했는지 그 시신을 대령하시오. 근거도 없는 이야기를 들어 남을 욕보이는 경들이야말로 소인배의 행태를 보이는 것 아니오? 보고 싶은 것만 보고 믿고 싶은 것만 믿으면서 정의를 논하는 경들을 보고 있자니 낯이 뜨거워 견딜 수 없소이다!"

하지만 소문은 수그러들지 않고 일파만파 커졌다. 왕조차 추문에 편승했다. 자신을 버리지 보듯 하는 부왕의 눈길에 세자는 괴로워했다. 잔인한 시간이 이어졌다.

세자에 관한 추문의 출발점은 상선내시 서승과 노론이었다. 온양에서 세자를 향해 백성들이 환호했다는 소식을 접한 그들은 세자를 깎아내릴 목적으로 온갖 추문을 만들어냈다. 궁에서는 서승이 슬쩍슬쩍 흘렸고, 밖에서는 노론 신료들이 추문을 퍼뜨렸다. 그들의 계략은 먹혀들었다.

하지만 과실은 홍봉한의 몫이었다. 그는 세자에 관한 추문을 만지작거리며 적절히 줄타기를 했다. 세자를 향한 아비로서의 마음과 정적을 견제하려는 심리 사이에서 갈팡질팡하는 왕을 적당히 구슬리며 왕과 급격히 가까워졌다. 서승과 노론으로서는 닭 쫓던 개 지붕 쳐다보는 격이었다. 자기네가 만들어놓은 판에서 세자의 장인이 실력자로 떠오르자, 그들은 분통이 터졌고 위기감을 느꼈다.

신사년(1761년) 들어 홍봉한은 왕의 신임을 바탕으로 좌의정과 우의정을 거쳐 9월에는 영의정에 올랐다. 초고속 승진이었다. 홍봉한은 노론 신료들과 어울리면서도 속을 내비치지 않았다. 홍봉한이 세자의 편인지 아닌지 가늠할 수 없었다. 이런 상황 속에서 권력에서 멀어지는 것에 위기감을 느낀 노론의 김상구, 김한로 등이 작당하여 임오년(1762년) 5월에 일을 꾸몄다. 형조판서 윤급의 청지기였던 나경언으로 하여금 세자의 열 가지 비행을 고발하는 상소를 올리게 한 것이었다.

형조를 통해 나경언의 고변을 접한 왕은 대노했다. 어전 회의에서 왕이 세자를 비난하자, 대신들이 가세했다. 세자는 나경언을 불러 대질시켜달라고 요구했으나, 왕은 받아들이지 않았다. 왕은 처음에는 나경언에게 상을 내리겠다 했다가 나중에는 세자를 모함했다는 죄를 물어 참형에 처하는 갈지자 행보를 보였다. 그런데도 나경언의 고변은 여전히 유효했다. 왕은 계속 나경언의 고변을 들어 세자를 압박했다.

∞

봄이 완연했다. 뜰에 꽃이 흐드러졌다. 연못가에는 솟구친 꽃가지들이 멱을 감으려는 듯 물을 향해 몸을 기울였다. 연못의 물에 시선을 놓고 있던 세자가 말했다.

"선아, 봄꽃을 보는 것이 마지막인 것 같다."

온양 행궁에 다녀온 뒤로 세자는 단둘이 있을 때면 궁에서도 지견을 자신의 이름으로 불렀다. 그래서 세자의 말은 지견에게 하는 것이 아니라 자신에게 하는 것으로 들리고는 했다.

"저하, 어찌 그런 말씀을 하십니까?"

지견의 물음에 세자가 답했다.

"생각해보니, 나는 아무것도 아니구나. 내가 바라서 세자가 된 것이 아니다. 내 의지로 된 것이 아무것도 없다. 세자라는 껍질을 벗고 한 송이 꽃이 되고 싶다. 선아, 너는 그리되어라. 나를 떠나 훨훨 날아가거라."

지견도 그러고 싶었다. 재인과 함께 사라지고 싶었다. 하지만 그럴 수 없었다. 혀를 깨물고 죽어가던 최헌직의 모습이 뇌리에서 지워지지 않았다. 지견에게도 지켜야 할 것이 있었다. 그것은 한낱 언어로 쓰인 문장이 아니었다. 오래전부터 이어져온 수많은 이들의 바람이었다. 경종 임금은 그 오랜 바람과 뜻을 국금으로 남긴 것이었다. 경종 임금의 입을 통하였으나, 그것은 그만의 것이 아니었다. 횃불을 들고 온양 행궁으로 모였던 사람들과, 마음의 불씨를 간직한 모든 사람의 조상 때부터 유산으로 남겨진 염원이었다. 지견은 그 마음과 뜻을 지키는 파수꾼이 되겠노라고 마음먹었다.

"저하, 세손을 생각하십시오. 저하께서 모든 것을 이루고 바꾸겠다 생각지 마시고 좋은 자리를 물려주겠다 생각하십시오. 저하께서 모든 짐을 질 필요는 없습니다."

"선아, 나는 두렵다. 아바마마의 뒤를 잇는다 한들 내가 온전할 수 있을까? 관료들은 내가 왕이 되는 것을 바라지 않는다. 나 역시 탐욕에 찌든 그들이 관료이기를 바라지 않는다. 이 대결에서 누가 이기겠느냐? 누가 살고 누가 죽겠느냐? 내가 지면 세손은, 나의 아들은 어찌 되겠느냐?"

"저하, 약해지시면 안 됩니다. 마음을 굳게 먹으십시오."

세자의 눈길이 처연했다.

∞

서승이 말린 해마를 한 움큼 삼키고 물로 입을 헹구었다. 계목은 그 모습을 보며 안쓰러움을 느꼈다. 최근 들어 서승은 급격히 쪼그라들고 있었다. 그의 나이 일흔다섯이었다. 천수를 누리고도 모자라 약에 기대어 삶을 연명하겠다는 의지가 추해 보였다.

홍봉한이 조정의 실력자로 부상하면서 서승의 입지가 크게 줄었다. 노론 신료들은 더 이상 그를 찾지 않았다. 상선내시 자리를 지켜준 것은 왕이 아니었다. 노론과의 거래를 통해 얻은 대가였다. 하지만 서승은 이제 쥐고 있는 패가 별로 없었다. 무언가 해야 했다. 경종 때도 그랬다. 왕이 자신을 내칠 것이라는 낌새를 보이기 무섭게 그를 제거했다.

서승이 계목에게 말했다.

"궁에 책비로 들여보낸 아이를 창으로 써먹을 때가 되었다. 그 아이의 얼굴이 반반하여 승은을 입기를 바랐으나, 기다릴 시간이 없다. 동생을 살리겠다는 의지가 강하니 해낼 것이다. 무관들은 내가 알아서 할 것이니, 너와 강술이 그 아이를 도와라. 그 아이가 해내거든 지체 없이 죽여라. 세자와 치정을 쌓았으나 후궁으로 올려주지 않자 역하심정에 세자를 죽인 뒤에 자결했다는 소문을 퍼뜨리면 오래지 않아 묻힐 것이다."

계목이 물었다.

"그년 동생은 어떻게 할깝쇼?"

"그걸 왜 나에게 묻느냐? 네놈이 알아서 하라."

"예, 대감."

이튿날 아침 재인이 궁으로 향하는 길목을 계목이 지키고 있었다. 그를 보고 재인은 드디어 올 것이 오고야 말았음을 직감했다.

오라비였던 송도겸이 역적으로 몰려 죽음을 맞고 부모마저 역적을 키웠다는 죄목으로 참형을 당했다. 재인과 동생은 노비가 되어 흩어졌다. 재인이 자결하지 않은 것은 동생 때문이었다. 제힘으로 동생을 노비의 사슬에서 풀어주겠노라 다짐했다. 관기가 되기를 기다리던 중에 계목이 찾아왔다. 힘 있는 자의 하수인인 듯 그는 관아에서 재인을 데리고 나와 음 선생에게 맡겼다. 계목이 말했다.

"송도겸 중금은 세자에게 충심을 다했지만, 세자는 그를 배신했다. 뼛속 깊이 한을 새기거라."

경종의 어이없는 죽음을 목격한 아비는 임금과 세자를 지키라며 아들을 중금으로 들여보냈다. 아들은 아비의 뜻을 따랐다. 관가를 얻어 집에 올 때마다 오라비는 세자의 품성이 좋기 때문에 나중에 훌륭한 왕이 될 기라고 칭찬을 아끼지 않았다. 하지만 충절을 바친 대가는 배신과 죽음이었다. 계목이 그렇게 말하지 않았더라도 재인은 한이 사무쳤다.

"나중에 네가 우리의 뜻대로 움직여주면 너와 네 동생의 노비 문서를 없앨 것이다."

복수할 기회를 주고 동생의 신분까지 되돌려준다는 계목의 말이 고마웠다. 그의 그 말만 믿고 버텼다.

오랫동안 계목의 지령을 기다렸다. 드디어 때가 왔으나 재인은 흔들렸다. 독골에 함께 가자던 지견의 목소리가 맴돌았다. 그의 넉넉하고 단단한 품이 그리웠다. 흔들리는 마음을 다잡으려 동생을 떠올렸다. 어느 지방의 어느 집에서 험하게 살고 있을 동생을 위해 그녀는 해야만 했다. 한순간의 아름다운 꿈이었다. 너무나 아름답고 황홀해서 절대로 벗어나고 싶지 않던 꿈이었다.

∞

계절이 여름으로 향하는 길목에 접어들었다. 한낮을 데웠던 해가 서쪽으로 천천히 넘어가며 세상을 붉게 물들였다. 곧 어둠이 내렸다. 달빛이 훤했다. 왕이 침전에 드는 것을 보고 서무일은 내반원으로 향했다.

달이 밝고 궁내를 손바닥 보듯 하여 조족등이 필요치 않았다. 어둠 속에서 걸음을 옮길 때면 생각이 많아졌다. 양부가 죽을 때까지 기다릴 수는 없었다. 어서 계목으로부터 진실을 캐내야 했다. 하루라도 빨리 생부모를 만나고 싶었다. 멀리서 지켜보다 돌아설지언정 꼭 한번 보고 싶었다. 그래야만 도저히 채워지지 않는 마음의 허기를 잠재울 수 있을 것 같았다. 내반원이 가까워졌다. 오늘밤도 시름에 겨워 잠 못 들 것이다.

내시 한 명이 빠르게 스치고 지나갔다. 서무일은 걸음을 멈추었다. 어디선가 본 얼굴이었다. 왼쪽 눈 아래로부터 볼까지 난 칼자국. 강술이라 했던가. 양부의 수하 중 한 명이었다. 의아했다. 양부는 수하를 궁에 들이지 않았다. 항상 궁 밖의 사가에서 그들을 만나 지시하고 보고를 받았다. 무일은 사내가 멀어진 쪽으로 눈을 돌렸다. 이미 사라지고 없었다. 무일은 다시 걸음을 옮겼다. 머리가 복잡했다. 그가 왜 여기에 있는가. 이 시간에 왜……? 내반원에 이르러서야 무서운 직감이 뇌리를 스쳤다.

'자객이다!'

어느 쪽인가? 임금인가, 세자인가? 양부가 임금을 노리지는 않을 터였다. 왕실 무관들에게 알릴 틈이 없었다. 서무일은 동궁전을 향해 뛰었다. 마침 달빛을 받으며 지견이 걸어오고 있었다.

"자객이다. 동궁전!"

지견 역시 지체 없이 동궁전으로 내달렸다. 두 사람은 허리춤의 단검을 뽑았다.

재인은 동궁전 앞 수풀 속에서 세자가 혼자가 될 때까지 기다렸다. 주변의 어둠 속 어딘가에 계목 무리가 숨죽이고 있을 것이다. 내시로 변장한 다른 이가 세자가 잠든 것을 확인해주면 곧장 달려들어 목을 그으면 되었다. 재인은 사시나무 떨듯 몸을 떨었다. 가슴에 사무친 한이 깊었지만 사람을 죽인다는 것은 생각해보지 않은 일이었다. 그럴수록 재인은 오라비와 부모를 생각했다. 잔인하게도 형장의 관리들은 재인의 머리를 잡고 기어이 부모의 목이 떨어져 나가는 것을 보게 했다. 아비의 머리가 바닥을 굴렀다. 공교롭게도 아비의 치뜬 눈이 재인을 바라보고 있었다.

재인은 그 눈을 떠올렸다. 이승의 마지막 순간에 흘린 눈물이 저승까지 이어진 듯 그 눈에서는 눈물이 흘러내리고 있었다. 재인은 단검을 단단히 움켜쥐었다. 그랬는데, 동궁전의 불이 꺼지고 밖으로 나선 사람은…… 지견이었다. 달빛을 받은 그가 눈부시도록 빛나게 걸어가고 있었다. 만약에라도 살아 돌아갈 수 있다면, 함께 당신의 고향으로 가자고 말하려고 했다. 그 바닷가 마을에서 촌부(村夫)와 촌부(村婦)로 함께 늙고 싶었다. 하지만 그 또한 아름다운 꿈이었다.

내시 복장을 한 이가 나타나 동궁전으로 다가갔다. 곧이어 밖으로 나선 그가 고개를 끄덕여 보였다. 재인이 움직였다. 어둠 속에서 내시 복장의 계목이 나타났다. 강술과 계목이 망을 서고 재인이 동궁전으로 다가갔다.

마음속의 햇불

그때 지견과 무일이 빠른 속도로 다가왔다. 강술이 지견을 향해 검을 휘둘렀다. 지견은 그대로 바닥을 굴러 검을 피하고는 동궁전의 침소로 막 들어선 검은 그림자를 향해 달려갔다. 뒤이어 달려온 무일의 단검이 강술의 목을 꿰뚫었다. 그와 동시에 지견의 검이 동궁전 침소의 창호를 뚫고 들어갔다. 칼끝이 자객의 몸통을 뚫고 들어가는 것이 느껴졌다. 사람을 찌른 것은 처음이었다. 기분 나쁜 전율이 온몸을 타고 흘렀다.

　"여기를 지켜라, 지견!"

　무일은 달아나고 있는 한 놈을 좇아갔다.

　멀리서 호위하고 있던 내금위 무관들이 소란을 알아차리고 조족등을 든 채 동궁전으로 달려왔다. 세자가 가쁜 숨을 몰아쉬었다. 방 안이 어두워 누가 누군지 분간할 수 없었다.

　"저하, 지견입니다. 자객이 들었습니다."

　내금위 무관들이 조족등을 방 안으로 들이밀었다. 지견의 칼에 쓰러진 자객의 몸이 왜소했다. 지견은 자객의 복면을 벗겼다. 순간, 그는 맥이 풀려 무릎 꿇고 말았다. 그 모습을 지켜보는 세자 역시 아연실색했다. 바닥에 엎어져 있는 자객은 한때 동궁전에서 세손을 위해 책을 읽어주던 책비…… 지견이 마음에 품었던 바로 그 여인이었다.

37. 세상에 이어져야 할 뜻

세자 시해 사건은 그대로 묻혔다. 무수리와 연분이 난 내시가 세자의 승은을 입게 된 무수리를 죽이고 자결했다! 이것이 궁내에 알려진 사건의 전말이었다.

세자는 자객의 복면을 벗기던 지견의 표정을 잊을 수 없었다. 세상의 그 어떤 말로도 형용할 수 없는 절망과 분노가 지견의 얼굴을 지배하고 있었다. 은애하는 여인을 자신의 검으로 찔러 죽인 남자에게 닥친 고통을 세자는 감히 상상조차 할 수 없었다. 하지만 먼저 세자는 지견을 보호해야 했다. 동궁을 지키는 중금으로서 자객으로 변신한 책비를 안다는 사실만으로도 지견은 극형을 피할 수 없었다. 그 때문에 세자는 사건이 커지는 것을 바라지 않았다. 상선을 불러 단단히 내시들의 입단속을 시켰다. 은밀히 조사를 진행한 의금부에 의하면 강술이라는 자는 도성에서 이름난 껄렁패라고 했다. 여자는 무인년(1758년) 겨울에 세답방

상궁의 추천으로 궁에 들어온 무수리였다. 세답방 상궁은 경차관인 계목에게서 뒷돈을 받고 들인 것이라고 자백했다. 계목이 사건의 열쇠를 쥐고 있었지만, 행방이 묘연했다. 그런데 노론 신료들은 이 틈을 놓치지 않고 세자가 궁녀와 내시를 때려죽였다는 헛소문을 퍼뜨렸다. 진위야 상관없었다. 동궁전에서 사람이 죽은 것이 좋은 구실이 되었다.

지견은 내반원 숙소에서 두문불출했다. 중금들이 밥을 가져다주어도 먹지 않았다. 넋이 나가 보였다. 말소리가 나서 가보면 지견 혼자 중얼거리고 있었다.

가까스로 죽음을 면한 세자 역시 상황이 좋지 않았다. 밥에 독이 들었다며 소주방에서 만든 음식을 한사코 거부했다. 기미상궁이 찬과 밥을 일일이 먼저 먹어보아도 소용없었다. 내시와 궁녀들이 동궁전에 드는 것도 막았다. 밤늦도록 장검을 낀 채 마루를 지켰다.

홍봉한이 세자를 찾았다. 세자는 의관이 흐트러진 채 멍한 눈길로 동궁전으로 들어서는 홍봉한을 지켜보았다.

홍봉한이 말했다.

"안으로 드십시오, 저하."

"예서 말하시오. 아무도 얼씬거리지 않아 듣는 이가 없소."

홍봉한은 머뭇거리고 있다가 결심을 굳힌 듯 입술을 굳게 다물었다가 말했다.

"이런 일이 또 일어날 것입니다."

세자가 고개를 끄덕였다.

"그렇겠지요. 또 누군가 찾아오겠지요. 아바마마의 뒤를 이어 왕위에 오른다 해도 마찬가지겠지요."

"저하께서 자초한 일입니다."

세자의 눈매가 날카로워졌다.

"내가 무엇을 자초했소, 악공?"

"정치란 적당히 타협하며 길을 모색하는 것입니다. 세자께서는 너무 강하게 처신하셨습니다. 이기는 것만이 상책은 아니지요. 지지 않는 선택을 하셔야 했습니다."

"나도 내가 어리석었음을 압니다. 하지만 나 같은 자가 한둘은 있어야 권신들도 제멋대로 할 수만은 없다는 걸 알지 않겠소? 백성들에게는 세상 눈치를 보지 않는 권력자만큼 악한 것이 없소이다."

"하지만 저하는 세손까지 위험에 빠뜨렸습니다. 아비로서 세손을 살리는 길을 찾으십시오."

세자가 눈을 들어 홍봉한을 쳐다보았다. 그리고는 뜻을 알 수 없는 웃음을 지어 보였다.

"며칠째 여기서 이러고 있는 동안 많은 생각을 했소. 어떻게 하는 것이 왕실의 위엄을 되살리고 세손을 살리는 길인지 참으로 많이 생각했소."

"그래서 길을 찾으셨습니까?"

세자가 고개를 끄덕였다. 홍봉한은 허리를 숙여 보이고 돌아섰다.

무일이 집으로 들어서자 한 무리의 무사들이 양부의 명을 받고 있었다.

"반드시 찾아내어 이리로 끌고 오라. 여의치 않다면 죽여도 상관없다."

무사들이 저녁 어스름 속으로 사라졌다.

방으로 들어가서 마주 앉은 뒤 서승이 말했다.

"계목이 사라졌다. 수족처럼 부리던 놈이 시선에서 벗어났다는 건 결코 좋은 징조가 아니야. 심복은 언제든 가장 지독한 배신자가 될 수 있다, 앞으로 너도 사람을 부리는 데 있어 유념하여라."

서무일이 고개를 끄덕였다. 그는 며칠 전 동궁전으로 자객이 들이닥쳤던 때를 떠올렸다.

"강원도 강릉의 줄초리라는 마을이었소. 거기서 바닷가 쪽으로 조금 가다 보면 농가 대여섯 채가 있는 작은 동리가 나옵니다. 그 동리의 젊은 부부가 사는 집에서 도령을 훔쳤소."

동궁전을 습격한 자객 무리 중 하나를 좇았던 무일은 창덕궁 북쪽을 지나 북악산 넘어가는 초입에서 덜미를 잡았다. 잡고 보니 계목이었다. 계목은 검을 휘둘렀으나 왕실 무예로 단련된 무일에게는 상대가 되지 못했다. 무일은 계목의 목에 검을 겨누고 자신의 생부모에 관해 물었다. 계목은 순순히 답했다. 그리고 거기에서 그쳐야 했다.

"상선께서 이 일을 아시면 도령을 가만둘 것 같소?"

그 말이 죽음을 자초했다. 무일의 검이 그대로 계목의 목을 관통했다. 무일은 시신을 숲속 이슥한 곳으로 옮겼다.

그날 계목의 시신을 처리한 뒤 무일은 곧장 집으로 향했다. 사람을 죽였다는 자책감 따위는 없었다. 복수를 했다는 짜릿함도 느껴지지 않았다. 사악한 자들에 의해 어긋나버린 자신의 삶을 되돌려야 한다는 생각뿐이었다. 이대로 구중심처의 권력자로서 생을 이어갈 수도 있다. 하지만 생부모로부터 물려받은 천성이 그 길을 거부하고 있었다. 다시 그들의 자식으로 돌아갈 수 없을지라도 상관없었다. 멀리서나마 그들 곁에 머물며 한 번도 누려보지 못한 자유를 만끽하고 싶었다. 그러기 위해서는 반드시 해야 할 일이 있었다.

서무일은 집의 담을 넘었다. 청지기나 하인들의 눈에 띄어서는 안 되었다. 의심이 많은 서승은 자신이 부재하는 중에 양자가 집에 왔더라는 소식만으로도 낌새를 알아차릴 만큼 여우 같은 작자였다.

도둑처럼 스며든 무일은 양부가 머물렀다 가고는 하는 안채의 방문을 열었다. 그러고 나서 반닫이 깊숙한 곳에 보관하고 있는 말린 해마를 꺼냈다. 정말로 약효가 있는지 없는지 모를 그 물건을 서승은 육신을 지켜주는 부적으로 여기고 있었다.

"그놈은 어떻게 할 것이냐?"

서승의 물음에 무일이 고개를 들었다. 서승의 말이 이어졌다.

"세자에게 해코지할 목적으로 동궁에 침입한 책비 년을 그놈이 막았다고 하지 않더냐. 그 공을 인정받기라도 한다면, 놈이 너를 앞지를 것이다. 속히 처리하라."

무일이 말없이 고개를 끄덕였다.

서승이 바깥에 대고 소리쳤다.

"물을 가져오라."

서승의 요구를 예상하기라도 한 듯 냉큼 청지기가 물그릇을 들고 들어와 연상 위에 올려놓았다. 청지기가 나간 뒤 서승은 반닫이에 손을 넣어 종이 뭉치에 싼 말린 해마를 꺼냈다. 한 움큼에 집 몇 채 값이라는 물건을 서승은 아끼지 않았다. 일흔 중반을 넘긴 뒤로 서승은 그 물건에 더욱 매달렸다.

서승이 해마를 삼키고 입을 물로 헹구는 동안 무일은 그에게서 눈을 떼지 않았다. 내반원을 완전히 장악하기 위해 어린 생명들의 삶을 제 마음대로 유린했던 자의 마지막을 지켜보기 위해서였다. 무일의 눈길이 평소 같지 않음을 느낀 서승이 미간에 힘을 모았다. 순간 꼿꼿하던 서승의 상체가 좌우로 휘청거리더니 연상 위로 엎어졌다. 무일이 다가가 그의 몸을 바닥에 눕혔다. 뻣뻣하게 굳어가는 사지와 혀의 구속으로부터 벗어나기 위해 서승은 안간힘을 썼으나, 그의 몸은 시시각각 산송장으로 변해갔다.

무일은 효성 지극한 아들이 병석에 누운 아비를 보살피듯 서승의 머리를 베개에 누이고 이불을 덮어주었다.

"상선이 준 독약의 효험이 참으로 좋구려."

공포에 질린 듯하면서도 증오에 가득 찬 서승의 눈길이 똑바로 무일의 눈으로 향했다. 무일이 말을 이었다.

"이십 년을 그대의 양자로 살았으나, 지난 몇 년 동안 나는 다른 존재가 되었소. 상선, 나는 중금이오."

무일이 몸을 일으켰다. 연상 곁에 놓인 등잔불을 껐다. 캄캄한 어둠 속에서 서승은 몸을 일으키기 위해 발버둥을 쳤으나 꼼짝할 수 없었다. 마지막 숨이 넘어가던 순간에 자신을 노려보던 경종 임금의 매서운 눈길이 허공에 떠 있었다.

방을 나선 무일이 청지기에게 말했다.

"아버님께서 많이 피곤하신 듯하니, 수면에 방해가 되지 않도록 하게."

"예, 알겠습니다, 작은 마님."

무일은 아무런 미련도 없이 대문을 넘어섰다.

궁으로 향한 무일은 곧장 지견의 방을 찾았다. 지견은 구석에 쪼그린 채 미동도 하지 않았다. 눈을 뜨고 있으나 아무것도 보지 않는 것 같았다.

"이지견 중금, 나는 도성을 떠나네."

서무일은 지견을 지켜보다가 말을 이었다.

"자네에게 무슨 일이 일어났는지 세자 저하께서 말씀해주셨네. 그래도 이겨내게나. 꼭 이겨내게나."

무일은 일을 꾸민 자가 서승임을 밝히지 않았다. 서승은 급살을 맞아 산송장이 되었고, 동궁전을 습격했던 강술과 계목도 이미 이 세상 사람이 아니었다. 굳이 범인의 실체를 밝혀 증오의 과녁을 만들 필요는 없었다.

마음속의 햇불

"언젠가 강릉 줄초리라는 마을 부근의 바닷가에 놀러오게나. 그때는 내가 벗이 되어주겠네."

무일은 방을 나가며 지견을 돌아보았다. 지견의 눈에서 눈물이 떨어지고 있었다.

∞

세자는 오랜만에 의관을 갖추고 익선관을 썼다. 세자가 동궁전을 나서자 멀찍이 떨어져 있던 훈도중금 김밀희가 따라붙었다.

"저하, 어디 가시옵니까?"

"아바마마께 가자."

왕은 편전에서 징계를 들여다보는 중이었다.

"전하, 세자 저하께서 오시었습니다."

훈도 중금 김밀희가 아뢰자, 왕의 눈빛이 날카로워졌다. 세자가 편전으로 자신을 찾아온 것은 처음이었다.

"들라 하라."

세자가 들어서서 절을 올리고 부왕 앞에 앉았다.

"어쩐 일이냐?"

"아바마마, 주변을 물리쳐주십시오. 듣는 이가 아무도 없도록 해주십시오."

사지가 마비된 채 죽을 날만 기다리는 서승 대신 자리를 지키는 상전

내시 정현일에게 왕이 말했다.

"세자의 말을 들었느냐? 그리하라."

그러고 나서 왕은 편전 밖에 서 있는 훈도중금 김밀희에게 말했다.

"지금부터 세자와 은밀히 독대한다. 중금들은 편전 주변을 철저히 통제하라."

상전내시와 훈도중금이 물러가자 왕이 굳은 음성으로 말했다. 세자의 표정으로 보아 무언가 단단히 결심한 것 같았다. 그는 세자의 기세에 적잖이 긴장했다.

"아바마마, 저를 죽여주십시오."

세자가 무슨 엉뚱한 소리를 하는가 싶어 왕은 뜨악한 표정을 지었다.

"그게 무슨 소리냐?"

"저를 죽이셔야 합니다. 그래야 왕실이 살고 세손이 삽니다."

그제야 왕은 세자의 뜻이 굳은 것을 알아차렸다. 세자의 말이 이어졌다.

"저를 죽임으로써 왕위를 둘러싼 정쟁의 고리를 끊으십시오. 패륜을 일삼는 세자를 아바마마께서 단죄하여 대신들 앞에서 지엄한 뜻을 보이십시오. 강고한 권위를 발휘하시어 조정 대신들을 억누르고 세손이 보위에 오를 수 있도록 지켜주십시오."

왕은 입을 다물지 못했다. 굳어 있던 왕의 표정이 서서히 일그러지더니 눈물이 맺혔다. 자신을 죽여달라는 아들의 청을 아비로서는 거절해야 했다. 하지만 왕으로서는 받아들일 수밖에 없었다. 오래전부터 세자는 왕과 왕실의 권위를 무너지게 만드는 급소였다. 노론 대신들은 그 약한 지점을 집요하게 물어뜯었다. 하지만 그것이 세자의 탓은 아니었다. 태생이 천해서 신료들 앞에서 당당하지 못했던, 대신들에게 간택되어 휘둘릴 수밖에 없었던 왕 자신의 처지에서 비롯된 사슬이었다. 왜 그렇게 대신들 앞에서 세자를 몰아세웠던가. 나는 어찌하여 아들을 망가뜨렸던가. 지나온 시간을 아프게 되짚으며 왕은 진한 눈물을 흘렸다.

"정녕 그 길밖에는 없느냐?"

세자가 대답했다.

"아바마마, 소자는 기쁩니다. 아바마마의 눈물을 보아서 참으로 기쁩니다. 기쁘게 죽을 수 있습니다."

세자는 편전을 나와서 내반원으로 향했다. 세자가 내반원 전각에 들어서자, 내반원을 지키고 있던 내시들이 깜짝 놀라 바닥에 엎드렸다.

"이지견 중금 있느냐?"

"예, 저하. 제가 모시겠습니다."

내시가 이지견 중금의 방문을 열었다. 세자가 들어섰는데도 지견은 그를 알아보지 못했다. 세자가 나직이 말했다.

"선아, 내가 왔다."

마치 그 말이 최면을 깨우는 신호라도 된 듯 흐릿했던 지견의 눈동자에 힘이 들어갔다.

"저하……"

세자가 웃고 있었다.

"나가자. 나랑 같이 걷자꾸나."

두 사람은 창덕궁 외진 곳에 자리한 연못으로 향했다. 박문수에게 배를 띄우고 놀자던 그곳이었다.

"태어나서 처음으로 몸과 마음이 가볍다."

지견은 무슨 일이냐고 눈빛으로 물었다. 세자가 옷자락에서 무언가를 꺼내서 지견에게 내밀었다.

"경종 대왕의 증표와 국금이다. 잘 간직했다가 훗날 세손이 왕위에 오르거든 전해주어라."

지견은 세자의 뜻을 알아차리지 못해 눈을 동그랗게 떴다.

"지금 이 순간 내가 너를 다시 국금으로 명하는 것이다."

"저하……."

세자는 말이 없었다. 지견은 생각 끝에 세자의 의중을 알아차리고 깜짝 놀랐다. 세자가 그런 지견을 향해 웃어 보였다.

"그래도 너와 함께해서 좋았다."

세자가 일어섰다. 세자의 발길이 세손이 있는 환경전으로 향했다. 지견은 세자와 동행하지 않았다. 우두커니 서 있던 그는 내반원으로 달려갔다.

∞

정홍순이 편전에 들어 왕 앞에 엎드렸다. 그는 도성의 궁에 입궐하여 왕의 교서를 받들라는 훈령중금의 급보를 받고 이틀 동안 말을 달려 평양에서 막 도착한 참이었다. 그의 이마에서 땀이 샘솟듯 했다.

"경을 예조판서에 제수한다."

조정 대신들의 동의를 구하지 않은 일방적 행보였다. 정홍순은 임금이 왜 자신을 이리 급하게 예조판서에 앉히는지 영문을 몰라 어리둥절했다. 왕은 거기에 대해서 일절 말하지 않았다. 얼떨떨한 기분으로 어전에 물러난 그는 편전 앞에 있는 상전내시 정현일에게 물었다.

"혹시 주상 전하께서 이 일에 대해 말씀이 없으셨습니까?"

"지금 주상께서 대신들과 팽팽하게 대치하는 중이라 논의를 거치지 않은 듯합니다."

"세자 저하의 문제로 그런 겁니까?"

"연일 세자를 폐위하라는 대신들의 주청이 그치지 않고 있소이다. 곧 무슨 일이 날 것 같습니다."

상전내시는 '주청'이라 표현했지만, 어전 회의와 경연의 분위기를 잘 아는 정홍순은 그 살벌한 장면이 눈앞에 그려지는 듯했다. 세자의 면전에서 소리치고 훈계하는 노론 대신들을 떠올리자 그는 이가 갈렸다.

왕은 어떻게든 아까운 죽음을 막고 싶었다. 하지만 조정 대신들은 나경언의 고변을 들어 계속해서 압박했다. 게다가 세자의 친모인 영빈 이씨까지 노론의 꾐에 넘어가 세자의 폐위를 주장하고 나섰다. 안타까운 시간이 다가오고 있었다.

지견이 지전에 들어섰다. 모두 반가운 얼굴로 지견을 맞았다. 효동이 말했다.

　　"도련님께서 너무 안 오셔서 저희를 잊었나 했습니다."

　　도정윤도 거들었다.

　　"궁의 일이 그리도 바쁜 거냐? 어찌 그리 무심하냐?"

　　지견이 뒷머리를 긁적였다.

　　"죄송합니다, 형님. 조정이 시끄러워 자리를 뜰 수가 없었습니다."

　　도경술이 지견의 말을 받았다.

　　"그렇지 않아도 어제 정홍순 대감께서 다녀가셨다. 갑자기 예조판서에 제수되어 급히 도성으로 왔다고 하더구나. 세자 저하께서 연일 곤욕을 치르고 계시다고 걱정이 많으셨다."

　　지견이 고개를 끄덕이며 씁쓸히 미소 지었다. 정홍순이 예조판서가 되었으니, 계획의 절반은 성공한 셈이었다.

　　지견이 말했다.

　　"제가 서운한 소리를 해야겠습니다. 갑자기 먼 곳으로 가게 되었습니다. 오늘 보면 한동안 못 뵐 것 같습니다."

　　"아니, 중금이 궁을 지키지 않고 어디를 간단 말이냐?"

　　방시경이 의아한 표정으로 물었다. 지견이 대답했다.

　　"그럴 일이 생겼습니다."

마음속의 횃불

도경술이 물었다.

"오늘 바로 가느냐?"

"내일 입궐하면 됩니다."

지견의 대답을 듣고 도경술이 효동을 불렀다.

"효동아, 너는 우리 집에 먼저 가서 음식을 준비하라 일러라. 중금 나리가 먼 길을 가신다니 송별의 자리를 마련해야 하지 않겠느냐."

그리고 나서 도경술이 지전의 점원들에게 말했다.

"오늘은 일찍 접고 다들 우리 집으로 가세."

신시(申時, 오후 4시경)에 철시를 하고 일꾼들까지 도경술의 집으로 향했다. 두런두런 이야기를 나누느라 도경술의 집에 도착했을 때는 유시(酉時, 오후 6시경)였다. 집으로 들어서자 음식 냄새가 코를 찔렀다. 도경술의 부인과 설영, 경란을 비롯한 집안의 식솔들이 지견을 반갑게 맞았다. 경란의 아기가 제법 자라 있었다. 아기의 머리를 쓰다듬는 지견의 눈가가 촉촉해졌다.

저녁이 되면서 선선해졌다. 모두 후원에 자리 잡았다. 여느 때처럼 방시경이 분위기를 이끌었다. 좌중을 휘어잡는 솜씨가 타고난 전기수였다. 방종현은 지견과 눈길이 마주칠 때마다 모주가 담긴 잔을 내밀었다. 이제는 제법 청년 티가 나는 효동이 모주를 탐냈지만, 방종현이 허락하지 않았다. 설영은 언제나처럼 단아하고 기품 있게 행동하면서도 집안 식솔들과 격 없이 어울렸다. 도경술 부자는 즐거워하는 이들을 보며 흐뭇한 표정을 지었다.

지견은 속으로 울었다. 이 좋은 사람들을 다시는 볼 수 없다는 사실이 가슴 아팠다. 십 년 넘게 인연을 이어오면서 얼굴을 붉힌 적이 단 한 번도 없었다. 고맙고 다정한 사람들……. 지견은 이들을 만날 수 있게 해준 하늘에 감사했다.

잠시 자리를 비웠던 경란이 와서는 지견을 한쪽으로 이끌었다. 경란이 지견에게 옷 한 벌을 내밀었다. 바지와 적삼이었다. 지견이 무엇이냐고 눈으로 물었다.

"재인 아가씨가 몇 번 여기 왔더랬어. 직접 지은 거래. 지난달 중순쯤인가, 오라버니한테 전해달라며 찾아왔었어. 오라버니가 너무 바쁘니까 여자가 피곤하잖아. 재인 아가씨 참 예쁘더라."

지견의 눈앞이 흐려졌다. 쏟아지려는 눈물을 가까스로 참았다. 재인을 잃고 살아갈 의미를 잃었다. 그래도 자신의 목숨을 귀한 데 쓰게 되어 다행이었다. 곧 다시 만나려나. 재인의 연두색 댕기가 눈앞에 아른거렸다.

∞

임오년(1762년) 7월 4일이었다. 휘령전에 끌려온 세자가 무릎을 꿇었다. 왕이 죄인의 얼굴을 보기 싫다 하여 세자의 얼굴에는 몽두가 씌어 있었다.

"자결하라!"

왕이 노기 띤 음성으로 소리쳤다. 세자가 자신의 옷을 찢어 스스로 목을 조이려 했다. 하지만 강관들이 달려들어 그의 팔을 붙들었다. 그러자 세자는 돌바닥에 머리를 찧어댔다. 이 역시 강관들이 저지했다. 왕은 강관들의 행동을 막지 않았다. 세자가 연이어 자결을 시도한 뒤 왕이 다시 소리쳤다.

"뒤주를 가져오라!"

금군들이 가져온 뒤주가 휘령전 마당에 놓이는 것을 보면서도 주위를 둘러싼 신료들은 세자가 이렇게 죽음을 맞으리라고는 생각지 않았다. 세자가 기행을 일삼을 때마다 이미 여러 번 되풀이되어온 일이었다. 하지만 이렇게까지 하는 것으로 보아 세자를 폐위해야 한다는 대신들의 주청만큼은 왕이 받아들일 것 같았다. 노론의 승리였다.

세자가 뒤주에 들어가 웅크리자 왕이 다시 소리쳤다.

"뒤주에 나무를 덧대어라!"

그제야 신료들은 왕의 얼굴에서 어떤 결기를 느꼈다. 늘 보아오던 노기가 아니었다. 왕의 명 또한 엄포가 아니었다.

"전하!"

몇몇 신료들이 왕 앞에 엎드려 세자를 살려달라고 읍소했다. 하지만 왕의 눈빛은 조금도 흔들리지 않았다. 한 편의 살벌한 마당극을 구경하는 기분으로 서 있던 노론 신료들도 얼어붙었다. 왕의 말이 이어졌다.

"명을 받들라. 죄인의 숨소리조차 듣기 싫으니 나무를 덧대어라!"

세자가 뒤주에 갇힌 지 하루가 지났다. 여름 한낮의 태양이 휘령전 마당을 뜨겁게 달구었다. 대신과 궁인들은 왕이 명을 거두기를 기다렸다. 하지만 침전에 든 뒤로 문을 굳게 닫아버린 왕에게서는 어떠한 말도 나오지 않았다.

이틀째부터 다급해진 쪽은 노론 관료들이었다. 그들은 설마 왕이 세자를 죽게 내버려 두겠느냐고 귀엣말을 했다. 하지만 그들의 가슴에는 정말로 세자가 죽을지도 모른다는 두려움이 스며들었다. 세자는 분명 노론의 정적이었다. 세자가 왕위에 오른다면 노론은 쑥대밭이 될 것이다. 연산군이 사림을 상대로 피바람을 일으킨 것 못지않은 재앙이 따를지도 모른다. 하지만 이렇게 끝내서는 안 되었다. 피붙이를 죽이면서까지 노론의 숙적을 제거한 왕! 그런 왕 앞에서 노론이 더 이상 무엇을 할 수 있을 것인가.

이선이 눈을 떴다. 왕이 세자를 뒤주에 가두고 세자를 폐하는 반교문을 발표했으니, 그는 더 이상 세자가 아니었다. 사위가 어둑어둑했다. 문 쪽에 흐릿한 형체가 서 있었다. 그를 향해 말했다.

"여기가 어디인가?"

문을 지키고 있던 형체들이 달려왔다.

"저하, 일어나셨습니까?"

"내가 왜 여기에 있는 건가?"

세자가 눈을 비볐다. 훈도중금 김밀희를 비롯한 중금들이 서 있었다. 그들은 모두 사복 차림이었다. 이선은 도무지 상황을 이해할 수 없었다. 기억을 더듬었다. 난데없이 어의가 찾아와 침을 놓아주었다. 그

때까지가 기억의 전부였다.

"훈도중금, 말하라. 내가 왜 여기에 있는가?"

김밀희가 머뭇거리다가 힘겹게 입을 뗐다.

"주상 전하와 이지견 중금의 뜻이었습니다."

"……."

김밀희가 무릎을 꿇었다. 그리고 무언가를 내밀었다. 이선이 받아들고 보니 자신이 지견에게 주었던 경종의 증표와 국금이었다.

김밀희가 몸을 일으킨 뒤 말했다.

"저하, 주상 전하의 왕명을 전하겠습니다."

왕명을 받들기 위해 이번에는 이선이 무릎을 꿇었다. 김밀희의 음성을 통해 왕명이 내려졌다.

"폐세자 이선은 경종 임금의 국금이 되어라."

이선은 기어이 눈물을 쏟고 말았다. 무릎을 꿇은 그의 어깨가 심하게 흔들렸다.

∞

뒤주에 갇힌 지 이레가 지났다. 지견은 기진맥진했다. 숨이 빨리 끊어지지 않는 것이 야속했다. 한낮의 열기가 뒤주에 가득 차 숨쉬기조차 힘들었다. 재인이 지어준 옷을 버리면 안 되는데, 속절없이 분뇨가 흘러나왔다. 악취가 진동했다. 지견은 한시라도 빨리 숨이 멈추기를 바라고 또 바랐다.

"선아."

함부로 지을 수도 없고, 불러서도 안 되는 왕세자의 이름. 뒤주로 다가온 남자는 그 이름을 부르는 데 주저함이 없었다.

"선아."

지견은 반사적으로 허리를 폈다. 몸을 최대한 움직여 소리 나는 쪽으로 귀를 가져가려 했다.

"어제 네가 했다는 말을 듣고 기쁜 마음에 달려왔다."

"어리석은 자인지라……."

"살려달라고 하였다지?"

"예, 죽을 짓이지요. 죽어 마땅한 일입니다. 살려달라고 하였으니, 진정 죽어야겠습니다."

"살려달라고 하였다는 말을 듣고 기뻐서 달려왔다. 이제 그만 뒤주에서 나오너라."

이선의 음성에 울음이 섞여들었다.

어의의 침을 맞은 이선은 한밤중에 중금들에 의해 폐쇄된 응방으로 옮겨졌다. 모든 것이 지견의 계획이었다. 아들을 살리고 싶었던 왕은 승전중금의 제안을 아프게 받아들였다. 보아하니 과거 때 시권을 읽었다 하여 내친 바로 그 중금이었다. 왕은 그토록 냉대했건만 중금은 같은 마음으로 그 자리를 지키고 있었다. 최헌직도 같은 마음이었으리라.

전말을 전해 들은 이선은 중금들을 뿌리치고 궁으로 향하려 했다. 중금 다섯이 세자를 붙들었다. 김밀희가 간절하게 소리쳤다.

"저하, 이지견 중금의 충정을 저버리지 마소서!"

이선은 눈물을 흘리며 악을 썼다. 지견은 자신보다 훨씬 나은 사람이었다. 이렇게 죽어서는 안 될 귀한 사람이었다.

"내가 지견을 이렇게 보내면 앞으로 어떻게 살아갈 수 있단 말인가."

"저하, 이지견 중금은 저하께서 국금을 지키기를 바라셨습니다. 부디 국금이 되시어 거룩한 뜻을 세손께 전해주시옵소서!"

휘령전 초소에서 금군들에게 술을 먹이고 있던 동첩이 급히 뒤주 쪽으로 다가왔다. 새벽이 가까워지고 있었다. 동첩은 이선에게 급히 떠나야 한다는 신호를 보냈다.

이선이 일어나 뒤주에 절을 했다. 두 번 하려다가 세 번을 했다. 발걸음이 떨어지지 않았다. 동첩이 이선의 손을 끌었다. 그러면서 울음 섞인 목소리로 나직이 말했다.

"중금 나리, 극락왕생하소서. 부디 극락왕생하소서."

이선은 동첩의 손에 이끌려 터덜터덜 어둠 속으로 사라졌다.

지견은 여한이 없었다. 그 어느 때보다도 마음이 편안했다. 육신마저 벗어버린 듯 가벼웠다. 지견은 품에서 재인의 연두색 댕기를 꺼냈다. 거짓말처럼 재인의 살결 냄새가 났다. 좋은 꿈을 꿀 수 있을 것 같았다. 지견은 재인을 그리며 미소 지었다.

結. 나는 사도 세자의 아들이다

_1776년 3월

　세손 이산이 편전에 앉아 있었다. 왕위 즉위식을 하루 남겨둔 그는 오랫동안 하지 못했던 일을 앞두고 있었다. 선왕인 영조가 승하하기 전까지 그는 아버지 사도 세자에 대해서 일절 언급하지 않았다. 마치 세상에 존재하지 않은 인물처럼 완전히 잊고 지내는 듯했다. 그리고 지금 그 오랜 침묵을 깰 순간이 다가왔다.

　곁에는 정중금 김밀희와 상전내시 김동첩이 앉아 있었다. 두 사람도 세손만큼이나 이 시간을 기다려왔다. 무려 십사 년이었다. 과거의 일에 대해서는 입도 벙긋하지 않았다. 사정을 아는 중금들끼리 있을 때도 마찬가지였다.

　"호조판서 정홍순 대감 오셨습니다."

　승전중금이 문을 열었다. 정홍순이 세손에게 절을 했다. 세손이 물었다.

"오늘 오랫동안 마음에 담아두었던 일을 경에게 묻고자 불렀소. 사도 세자께서 승하하시고 당시 예조판서였던 대감께서 장의를 주관하였다 들었소이다. 맞소이까?"

정홍순이 머리를 조아리며 대답했다.

"예, 저하. 신이 세자 저하를 모시었습니다."

"그때는 내가 어렸고 선왕께서 장례에 참례하는 것을 금하여 당시 상황을 알지 못하오. 상례는 장엄하였소?"

"선왕께서 특별히 후하게 모시라는 명을 내리시어 예를 다함에 있어 부족함이 없었나이다. 양주 배봉산 묘소로 상여가 이동하는 동안에는 길가에 만백성이 나와 가슴을 치며 통곡하였사옵니다."

세손이 고개를 끄덕였다.

"대감에 대해서는 익히 알고 있소이다. 선왕을 대신하여 대리청정을 하는 석 달 동안 살펴본 바, 대감의 꼼꼼한 일솜씨에 탄복하였소. 아버님이 돌아가셨을 때 대감이 예판이었던 게 하늘이 내린 복이었던 듯하오."

정홍순은 그날의 일이 어제처럼 선명하게 떠올랐다. 세자는 뒤주에 갇힌 지 팔 일 만에 세상을 떠났다. 그 팔 일은 지옥과도 같은 시간이었다. 땡볕 아래에서 물 한 모금 마시지 못한 채 서서히 말라가고 있을 세자를 생각하면 심장이 벌렁거려서 아무것도 할 수 없었다. 그 팔 일 동안 모든 것이 정지되었다.

세자의 탄핵을 주청하던 노론 신료들은 왕의 노기에 눌려 기를 펴지 못했다. 노론은 세자가 제거됨으로써 쾌재를 불러야 했으나, 아무도 그러지 않았다. 오히려 일이 그렇게 된 데 대해서 서로를 탓하느라 내분이 일었다. 결과적으로 사도 세자의 그 처절한 죽음은 왕이 국정의 주도권을 쥐는 결정적인 계기가 되었다.

정홍순은 사도 세자의 시신을 염하던 그 순간을 평생 잊지 못할 것이다. 국장도감의 낭청들이 몽두를 벗기는데 세자가 아니라 지견의 얼굴이 드러났다. 그 짧은 순간에 정홍순은 왜 임금이 그리 급하게 자신을 예조판서에 앉혔는지 이해했다. 그는 낭청들에게 몽두를 그대로 두라는 어명이 있었다고 둘러댔다.

지견이 세자를 대신하여 죽음을 맞았다! 아, 왜 이토록 커다란 비밀을 품게 만들었는가. 정홍순은 염을 하는 내내 눈물을 흘렸다. 이것이 과연 그토록 영민하고 출중했던 인물에게 어울리는 죽음인가. 지전의 식솔들에게는 어찌 설명해야 한단 말인가. 막막하다 못해 분통이 터졌다. 지견이 이 같은 선택을 할 수밖에 없었던 저간의 사정이 야속했고, 이렇게 허무하게 떠나버린 지견이 야속했다. 십사 년 동안 묻어두었던 설움이 급하게 차올랐다.

정홍순이 세손에게 말했다.

"저하께 보여드릴 물건이 있사옵니다. 함을 들이는 것을 허락해주시옵소서."

"들라 하시오."

정홍순이 승전중금에게 말했다.

"바깥의 서리가 지고 있는 함을 이리로 들여주시오."

서리가 함을 들고 편전으로 들어섰다. 그는 함을 내려놓고 세손에게 절을 올린 뒤 밖으로 나갔다.

세손이 물었다.

"이것이 무엇이오?"

정홍순이 함을 열었다.

"영조 대왕 생전에는 저하께 전할 수 없어 신이 간직하고 있었사옵니다."

정홍순이 안에 든 물건을 하나하나 꺼냈다. 사도 세자가 생전에 쓰던 물건들이 나왔다. 세손은 정홍순이 건네는 물건을 세심하게 어루만졌다. 어릴 때 쓰던 휘항이 나오자 세손이 말했다.

"이것은 돌아가신 박문수 대감이 준 것이라고 아버님이 그러셨소."

세손은 함에서 나온 물건들을 눈물 어린 눈길로 하나하나 살펴보며 회한에 젖었다. 정홍순이 마지막으로 겹쳐놓은 천을 내밀었다. 세손이 천을 펼쳤다. 세 장의 종이가 있었다. 첫 번째 종이를 펼쳤다. 경종의 증표였다.

"이것이 무엇이오?"

"경종 대왕께서 후대의 왕에게 남기신 국금을 증명하는, 바로 그 증표입니다."

세손이 두 번째 종이를 펼쳤다. 그는 거기에 적힌 국금을 읽으며 연이어 탄복했다.

"경종 대왕께서 이런 생각을 하셨다 말입니까? 이 세상 어느 군주가 이 같은 생각을 할 수 있겠소! 참으로 놀랍소이다."

세손은 국금을 몇 번이나 곱씹으며 생각에 잠겼다. 그러다가 문득 떠오르는 것이 있어 정홍순에게 물었다.

"그런데 왜 경종 대왕의 국금이 내게로 온 것입니까? 그리고 어찌하여 이것을 대감께서 간직하시었소?"

정홍순이 왕 양쪽에 앉은 김밀희, 김동첩과 눈을 맞추었다. 잠시 사이를 두고 정중금 김밀희가 말했다.

"저하, 이 국금은 숱한 우여곡절을 거쳐 사도 세자께 전해진 것이옵니다."

세손이 고개를 끄덕였다.

"아버님께서 돌아가시기 전에 맡긴 것을 그동안 대감께서 보관한 것이구려."

정홍순이 대답했다.

"아닙니다. 이 국금은 어제 전달받은 것입니다."

"어제요? 그동안 국금을 간직한 이가 따로 있었소?"

김밀희가 말했다.

"저하, 세 번째 종이를 펼쳐 보십시오."

세손이 세 번째 종이를 펼쳤다. 글을 읽어 내려가는 세손의 눈빛이 흔들렸다.

나의 아들 산아.

이 서찰을 너에게 전할 수 있어 이 아비는 감격하고 있다. 선왕께서 장수하시며 나와의 약속을 지켜주신 은혜에 아들로서, 한 사람의 백성으로서 깊이 감사하지 않을 수 없구나. 아버님과 나는 너에게 온전히 왕위가 이어지도록 하기 위해 모종의 계획을 세웠고, 그 계획을 실현하는 데 있어 갸륵한 희생이 따랐다.

산아, 나는 온양 행궁에서 횃불을 들고 찾아온 백성들과 만났다. 그들은 나를 연호했으나, 그들은 나를 보러 온 것이 아니라 이 나라를 바르게 이끌고 백성의 편에 서는 선한 정치와 희망을 보러 온 것이었다. 그날 나는 마음먹었다. 경종 대왕의 거룩한 생각을 너에게 온전히 전하기 위해 어떤 희생이라도 감수하겠다고. 하지만 아비는 살았고, 대를 이어 국금을 지키고자 했던 이가 나 대신 죽음을 맞았다. 너에게 활을 만들어준 승전중금 이지견을 너도 기억할 것이다. 그이의 죽음이 나를 살렸고, 국금을 살렸다.

산아, 너는 용상에 혼자 앉는 것이 아니다. 국금을 지키고, 거룩하고 위대한 뜻을 지키고자 했던 수많은 이들과 함께 그 자리에 앉는 것이다. 항상 용상에 백성을 먼저 앉히고 생각하여라. 그 생각과 행동이 너를 어진 군주의 길로 이끌 것이다.

산아, 그립구나. 허나 나는 이 세상에 존재하지 않는 사람. 나를 찾으려
하지 말거라. 다만 백성의 한 사람인 이 아비가 항상 너를 지켜보고 있
다는 사실은 기억해다오. 언젠가 궁문 앞 육조 거리에 횃불이 밝혀지는
그날, 나는 너와 손잡고 춤을 출 것이다. 기쁨의 눈물을 흘리며 백성과
함께 소리칠 것이다. 백성이 주인인 나라에서 목청을 다해 노래할 것이
다. 그런 세상을 만드는 어진 군주가 되어다오.

그립다, 산아.

세손의 눈물이 떨어졌다. 세손은 한참 동안 소리 없이 울었다. 김밀
희가 말했다.
"사도 세자께서는 선왕의 유지에 따라 국금이 되셨습니다."
세손이 물었다.
"그 국금께서는 어떻게 살고 계시오?"
"사도 세자의 승전중금이었던 송도겸 중금의 동생과 함께 수원에서
살고 있나이다."
세손이 눈물을 닦으며 말했다.
"부끄럽지 않은 아들이 되겠소. 자랑스러운 임금이 되겠소. 그리하
여 언젠가 아버님을 뵈러 당당히 가겠소."
김밀희, 김동첩, 정홍순이 미소를 지으며 고개를 끄덕였다.

∞

고가 소리가 울렸다. 새로운 하늘이 열리는 신호였다. 중금들이 먼저 숭정문 안으로 들어섰다. 그들은 재빨리 주변 상황을 확인했다. 그 중 한 명이 고개를 끄덕이자 정중금 김밀희의 음성이 공간을 가득 채웠다.

"세손 저하 납시오!"

장악원 악공들의 장엄한 연주가 울려 퍼지고, 내관들을 앞세운 세손 이산이 숭정문으로 들어섰다.

"경하!"

정중금의 음성에 따라 문무백관과 종친들이 모두 무릎을 꿇었다.

"대보!"

도승지가 유교함을 진설하고 상서관은 대보(大寶)를 그 남쪽에 두었다. 대보는 옥새로, 그것을 넘겨받는다는 것은 왕의 권력을 갖게 된다는 것을 의미했다. 왕세손 이산을 푸른 부채를 든 이들이 둘러쌌다. 그는 가마를 타고 어좌가 설치된 정전으로 향했다. 가마에서 내린 이산은 오른쪽 계단을 통해 어좌 쪽으로 다가갔다. 그리고 마침내 어좌에 앉았다. 그 순간, 대소 신료들이 소리 높여 외쳤다.

"천세, 천세, 천천세!"

왕이 손을 들었다. 천세를 외치던 소리가 멈추었다.

왕이 즉위 교서를 읽기 시작했다.

"선왕께서는 얇은 얼음을 딛는 것처럼 항상 두려워하는 마음으로 국정을 운영하셨다. 가난한 백성들의 곤궁을 풀어주는 일에 전념하셨으며, 왕실 재정을 검소하게 하고 효제(孝悌)가 널리 퍼지게 하셨다……."

홍봉한이 백관들 사이에서 세손을 바라보았다. 사도 세자가 훙서하고 십사 년 만이었다. 영조는 생의 후반부에 선정을 베풀고 조정을 장악했다. 그 모든 것이 사도 세자가 뒤주에 갇혀 죽은 임오화변 이후에 일어난 변화였다. 이제 세손이 왕위에 올랐으니, 홍봉한의 집안은 강력한 외척으로서 세력을 다질 튼튼한 기반을 마련한 것이었다.

"……하여 왕실과 조정은 백성의 삶을 보살피는 일에 성심을 다해야 할 것이다. 이에 나태한 자는 스스로 책임을 포기하는 것이기에 권한 또한 철저히 몰수할 것이다……."

즉위 교서가 신료들의 심기를 건드렸다. 하지만 결국 왕과 대신의 대결에서 승자는 항상 대신들이었다.

"……이에 과인은 군주의 무거운 짐을 질 것을 천명하며 첫 번째 일성을 이렇게 밝히노라."

이산은 즉위식에 참가한 신료들의 얼굴을 죽 훑어본 뒤 소리쳤다.

"나는 사도 세자의 아들이다!"

순간적으로 홍봉한은 움찔하며 주변을 돌아보았다. 군대의 움직임은 없었다. 부친의 복수를 꾀하여 신료들을 도륙하려 했다면 벌써 금군들이 칼을 뽑았을 것이다. 신료들은 이산의 사자후에 사색이 되었다.

다시 한 번 이산이 소리쳤다.

"나는 사도 세자의 아들이다!"

홍봉한은 두려움이 서린 눈길로 젊은 군주를 바라보았다. 그리고 자신의 시대가 끝났음을 직감했다. 그는 속으로 말했다. 사도 세자, 그대가 이겼소.

"나는 사도 세자의 아들이다!"

중금들이 일제히 소리 높였다.

"천세, 천세, 천천세!"

〈끝〉

1판 1쇄 발행	2019년 12월 19일
2판 1쇄 발행	2022년 10월 10일

지은이	임정원
발행인	전형진, 김성룡

편집	이양훈
교정	윤희원
디자인	이인선
캘리	김기연

펴낸곳	비욘드오리진
주소	서울시 마포구 월드컵 북로 4길 77, 3층(동교동 ANT 빌딩)
전화	02-858-2217
팩스	02-858-2219
이메일	2001nov@naver.com

ISBN	978-89-6897-113-6 04810
	978-89-6897-111-2 (세트)